Jonas Herlin
KRIEGER DES NORDENS

Buch

Im Jahre des Herrn 842 führt der Wikingerfürst Eirik »Blutaxt« Sturlason seine Raubflotte den Rhein hinauf, erobert Xanten und setzt sich dort fest. Doch für seinen wichtigsten Verbündeten war das nicht genug. Wenig später befindet sich die Langbootflotte von Grimr Schädelspalter auf dem Rhein mitten im Reich der Franken, als er nach einer Schlacht an seinen Wunden stirbt. Für seinen Sohn Olav ist klar, dass er nun die Führung der Flotte übernimmt. Doch sein Bruder Thorbrand greift ebenfalls nach der Macht. Plötzlich sind die Nordmänner in zwei Lager gespalten und können sich auf kein gemeinsames Vorgehen einigen.

Und die Zeit drängt! Zwar bildet der Rhein die Grenze zwischen den Reichen der Könige Lothar und Ludwig der Fromme, sodass sich keines ihrer Reiche in der Verantwortung sieht, die Bedrohung durch die Wikinger zu beenden. Aber eine Einigung für ein gemeinsames Vorgehen steht unmittelbar bevor.

Was als gewinnbringendes Abenteuer begann, endet in einem gewaltigen Kampf. Dem einen bringt er Ruhm, dem anderen den Tod.

Autor

Jonas Herlin studierte alte Sprachen, bevor er als Lehrer tätig wurde. Wenn er gerade nicht an seinem nächsten Roman schreibt, segelt er (auch mal auf einem Wikingerschiff). Er lebt mit seiner Familie in Nordrhein-Westfalen.

JONAS HERLIN

KRIEGER DES NORDENS

Roman

Originalausgabe

blanvalet

MIX
Papier aus verantwortungsvollen Quellen
FSC® C014496

Verlagsgruppe Random House FSC® N001967
Das für dieses Buch verwendete FSC®-zertifizierte Papier
Holmen Book Cream liefert Holmen Paper,
Hallstavik, Schweden.

1. Auflage
Originalausgabe Januar 2016
bei Blanvalet, einem Unternehmen der
Verlagsgruppe Random House GmbH, München

Umschlaggestaltung: Johannes Frick, Neusäß
Umschlagmotive: plainpicture/Philippe Lesprit;
iStockphoto; Shutterstock
Lektorat: Peter Thannisch
Karte: Jürgen Speh
HK · Herstellung: sam
Satz: Mediengestaltung Vornehm GmbH, München
Druck und Einband: GGP Media GmbH, Pößneck
Printed in Germany
ISBN: 978-3-7341-0189-2

www.blanvalet.de

KAPITEL 1

Anno 842, in der Nähe von Xanten am Niederrhein.

»Olav! Thorbrand! Meine Söhne!«

Grimr Schädelspalter Grimssons mächtige Pranken legten sich auf jeweils eine Schulter der beiden jungen Männer, die am Bug der schlanken Skaid standen. Thorbrand und Olav waren gleich groß. Und ihre Gesichtszüge waren denen ihres Vaters so ähnlich, dass man nicht einen Augenblick lang daran zweifeln konnte, von wem sie abstammten. »Heute könnt ihr Ruhm erwerben, meine Söhne! Es wartet reiche Beute auf uns im Land der Franken! So viel Beute, wie selbst ich noch nie auf einem Haufen gesehen habe …«

»Wir werden sie uns holen«, sagte Olav. »Bei Thor, wir werden sie uns holen!« Er grinste. »Indem sich die Königssöhne dieses Landes gegenseitig zerfleischen, statt ihre Küsten zu schützen, laden sie uns ja geradezu ein, sich das Gold ihrer Klöster und Städte zu holen!«

»Ja, aber lasst euch dies eine Warnung sein«, mahnte Grimr in ernstem Ton. Ein leichter Wind blies ihnen entgegen. Er kräuselte das Wasser des breiten Stroms, auf dem ihre Skaid zusammen mit Dutzenden anderer Schiffe flussaufwärts ruderte. Das Segel war eingeholt. Die Ruderblätter tauchten gleichmäßig ins Wasser.

Utrecht
Seeland
Antwerpen
Maas
Verdu

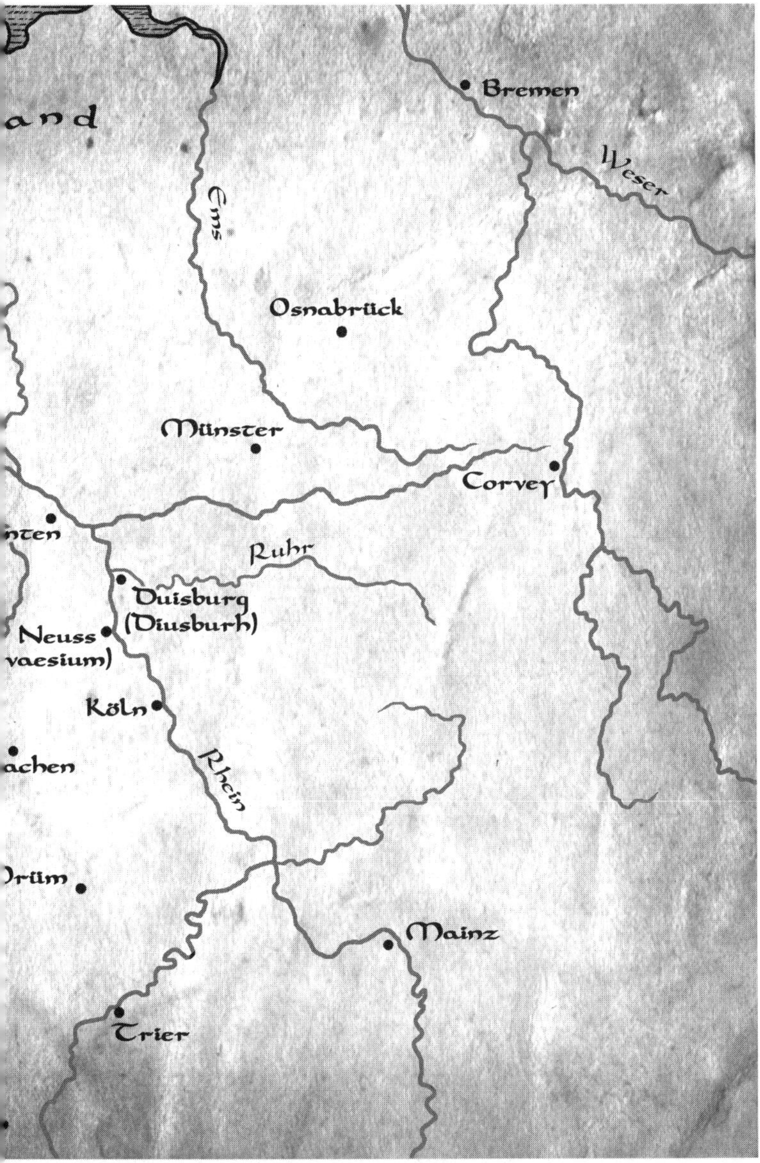

Bremen
and
Weser
Ems
Osnabrück
Münster
Corvey
nten
Ruhr
Duisburg
(Diusburh)
Neuss
vaesium)
Köln
Rhein
achen
rüm
Mainz
Trier

Mit fast hundert Schiffen mit einigen tausend Nordmännern an Bord waren sie den Rhein flussaufwärts gefahren. Das öde Küstenland lohnte nicht für Plünderungen.

Die schmalen, wendigen Skaids bildeten die Vorhut. Später folgten bauchige Knorren, auf denen sogar Reitpferde transportiert wurden. Der breite Strom war voll von Schiffen. Mit einer so großen Flotte war selbst der in Ehren ergraute Grimr noch nicht auf Fahrt gegangen. Allerdings standen die meisten dieser Schiffe auch nicht unter seinem Befehl, sondern unter dem von Eirik »Axtmann« Sturlason. Sein mit mehr als hundert Kriegern bemannter Draken war das größte Schiff der Flotte. Gemeinsam waren sie in Dänemark gestartet, die friesische Küste entlanggefahren und dann in Britannien gelandet. Aber dort waren sie nicht lange geblieben, sondern hatten dann den Weg zur Rheinmündung gesucht.

Die sumpfige friesische Küstenwildnis hatten sie ungehindert durchquert, um ins Herz des fränkischen Reiches vorzustoßen. Ein Reich, in dem die drei Enkel von Karl dem Großen zurzeit um ihr Erbe einen verbissenen Krieg führten. Sie hatten von friesischen Händlern davon gehört, die mit ihren plumpen, an einen Schuh aus Holz erinnernden Schiffen regelmäßig über den Kanal fuhren, um im Land der Angelsachsen Handel zu treiben. Und einige gefangene Sachsen, die Kontakt zu ihren Verwandten im Regnum Francorum hatten, bestätigten diese Geschichten von den widerstreitenden Thronerben. Als sie dann auch noch erfuhren, dass unter den Sachsen die schwarzen Blattern wüteten, hatte Eirik Axtmann beschlossen, die Küste der Angelsachsen zu verlassen. Grimr war gar nichts anderes übrig geblieben, als seinem mächtigen Bundesgenossen zu folgen, denn seine Männer allein wären niemals zahlreich genug gewesen, um sich gegen die Sachsen zu behaupten. Natürlich hatte die Aussicht auf leichte Beute im Reich der Franken die Entscheidung erleichtert, die Klöster von Wessex links liegen zu lassen.

»Macht dem Namen unserer Sippe Ehre, meine Söhne!«, sagte Grimr mit breitem Lächeln. »Thor und Odin mögen uns Glück bringen.«

»So sei es!«, sagte Olav, während sich seine Hand um den Schwertgriff legte. In seinen Augen blitzte es, als er Thorbrand einen höhnischen Blick zuwarf. »Obwohl ich mir nicht sicher bin, ob mein Bruder nicht insgeheim zum Christengott seiner fränkischen Mutter betet!«

Thorbrands Körperhaltung spannte sich unwillkürlich an. Das kantige Gesicht mit den hellblonden Bartstoppeln wurde von Zornesröte überzogen. Auch seine Hand umfasste den Griff des Schwertes an seiner Seite, und das so stark, dass die Knöchel weiß hervortraten. »Was willst du damit sagen, Olav?«

»Nichts, was ich nicht ausgesprochen habe.«

»Dann wiederhole es in deutlicheren Worten!«

»Stimmt es nicht, dass du heimlich zum Christengott der Franken-Sklavin betest, die dich gebar?«

Thorbrand kochte innerlich. Man sah ihm an, dass er Mühe hatte, seine Wut im Zaum zu halten. Aber genau das wollte Olav nur. Dass er aus der Haut fuhr und Dinge sagte, die ihn wie einen wütenden Tölpel erscheinen ließen.

Ehe Thorbrand jedoch etwas hätte erwidern können, ergriff Grimr das Wort. »Unsere Götter sind nicht eifersüchtig wie der der Franken«, sagte er. »Und zu vielen Göttern zu beten hilft vielleicht auch viel. Weder Thor noch Odin oder Njörd wären so dumm, die Hilfe eines anderen mächtigen Gottes abzulehnen.«

»Ja, so dumm ist nur der Christengott«, sagte Olav. »Aber dessen Sohn hat sich ja auch ans Kreuz schlagen lassen. Was soll man von so einem Schwächling auch anderes erwarten, als dass er alle verflucht, die nicht einzig zu ihm beten. Er ist so eifersüchtig wie ein Weib. Vielleicht hat er ja auch dich verflucht, Thorbrand.«

»He, Grimr!«, rief in diesem Moment Bjarne, der Steuermann, ein baumlanger Kerl, dessen weißblonder Bart zu Zöpfen geflochten war, während sich das Haar auf seinem Haupt mit den Jahren schon merklich zurückgezogen und einer braun gebrannten Glatze Platz gemacht hatte. Bjarne streckte den Arm aus. »Da sind Reiter am Ufer!«

Tatsächlich hoben sich am Flussufer einige Reiter als dunkle Schattenrisse gegen die tief stehende Morgensonne ab. Sie waren wie Geister aus den dichten Nebelbänken hervorgekommen, die die Flussufer umsäumten.

»Die sind weit weg«, meinte Grimr. Er lachte rau. »Und vor allem befinden sie sich auf der falschen Seite des Flusses. Die werden uns nicht gefährlich werden.«

Der Strom war zurzeit die Grenze, so hatten ihnen die Friesen erzählt, zwischen dem mittleren Teil des Reiches, den Kaiser Lothar beherrschte, und dem östlichen, regiert von Ludwig, während Karl von Paris aus den Westen des riesigen Reiches kontrollierte, dem sein Großvater und Namensvetter einst Gestalt und Größe verliehen hatte.

»Das werden Ludwigs Männer sein«, rief Grimr. »Sie

haben keinen Grund, auch nur einen Finger zu rühren, wenn wir Xanten plündern!«

»Würdest du darauf wetten?«, fragte Halmi der Graue. Niemand wusste genau, wie alt Halmi war. Seine lederne, faltige Haut ließ ihn aussehen, als wäre sein Gesicht aus grob behauenem Stein. Niemand hatte mehr erlebt als Halmi, niemand mehr Kämpfe ausgefochten, mehr Männer erschlagen, mehr fremde Länder gesehen und öfter Schiffbruch erlitten als dieser hagere Mann, der immer noch den federnden, sicheren Gang eines viel Jüngeren hatte. Nur ein zerfurchtes Gesicht ließ die Zahl der Jahre ahnen, die hinter ihm lagen. Er war allerdings auch *zu* alt, um Grimr die Führung über seine Männer streitig zu machen, und so vertraute dieser niemand anderem so sehr wie Halmi, nicht einmal seinen Söhnen.

»Auch wenn ich unrecht hätte«, entgegnete Grimr, »die Franken müssten zuerst einmal den Strom überqueren. Ohne Schiffe ist das nahezu unmöglich, und Brücken gibt es hier weit und breit nicht!«

Olav wandte sich an seinen Bruder. »Du hast mir noch nicht auf meine Frage geantwortet, Thorbrand. Betest du heimlich zum Gott deiner fränkischen Mutter, so wie sie es dir beigebracht hat, als du klein warst?« In Olavs Augen blitzte es angriffslustig.

»Ich bin mir sicher, dass unser Vater mit meiner Mutter sehr viel mehr Freude hatte als mit deiner, Olav«, sagte Thorbrand gehässig, »vor deren Anblick er nicht einmal mehr zu fernen Küsten fliehen kann, seit du auf seinen Schiffen mitsegelst. Denn du siehst dieser hinterhältigen, faltig gewordenen Schlange aus Bragis Sippe bemitleidenswert ähnlich.«

Olav stutzte einen Augenblick, dann ließ wieder ein wölfisches Grinsen seine Zähne blitzen. »Gut gebrüllt, Walross! Das hätte ich dir gar nicht zugetraut.«

»Ach nein?«

»Nein, ich hatte gedacht, deine Berserkerwut ginge mit dir durch und du würdest dich auf mich stürzen, sodass ich dich mit vollem Recht in mein Messer laufen lassen könnte. Aber dazu gibt es sicher noch eine Gelegenheit …«

»Willst du nicht erst noch ein paar Franken erschlagen? Oder fehlt dir dazu der Mut, Olav?« Thorbrand machte eine ausholende Geste. »Das Land hier ist flach, da wirst du richtig kämpfen müssen, denn einen Hinterhalt zu legen, ist hier nicht gut möglich.«

Ein wildes Kriegsgeschrei erhob sich, als in den Nebeln des Ostufers die Umrisse von Mauern und Gebäuden auftauchten. Das musste Xanten sein. Hölzerne Palisaden umgaben den Ort. Es schien aber auch Gebäude aus Stein zu geben. Zumindest ragte ein steinerner Kirchturm über die Befestigungen hinaus.

Am Fluss lagen Dutzende von Schiffen und Booten. Einige Fischer waren gerade damit beschäftigt, den Fang der letzten Nacht auszuladen. Aber als sie die Flotte der Nordmänner bemerkten, die sich dem Ort näherte, ließen sie die Netze und den Fang zurück und flohen augenblicklich. Ihre Schreie gellten bis zu den Drachenschiffen.

»Rudert schneller!«, rief Grimr und schwenkte die Streitaxt. »Ich kann es kaum erwarten, Franken zu töten!«

»Wenigstens gibt es einen Kirchturm«, meinte Olav.

»Dann können wir ja hoffen, dass es auch ein Kloster und ein paar Schätze zu erbeuten gibt.«

Die ersten Skaids erreichten die Anfurten am Flussufer. Grimr und Thorbrand gehörten zu den Ersten, die an Land gingen. Sie stürmten die Uferböschung hinauf.

Olav hingegen hielt sich zurück. Die Götter liebten zwar die Tollkühnen und ließen sie in Walhall bewirten, um mit ihnen auf die letzte Schlacht zu warten, in der am Ende der Zeiten die Götter zusammen mit den toten Helden gegen die Riesen kämpften. Aber Olav war sich gar nicht so sicher, ob er wirklich daran teilnehmen wollte. Schließlich sagten die Legenden, dass in dieser Schlacht am Tag Ragnarök die Riesen den Sieg davontrugen. Man nannte dieses Ereignis nicht umsonst die Götterdämmerung. Die Ordnung der Welt würde zerstört werden und die Erde zu dem werden, was sie schon vor dem Beginn der Zeiten gewesen war – einem Ort des Chaos.

Olav stand nicht gern auf der Seite der Verlierer. Niemals. Das Kriegsglück war nicht mit den tollkühnen Berserkern, sondern mit dem, der nur dann kämpfte, wenn er wusste, dass er auch gewann. Ein schneller Angriff aus dem Hinterhalt oder mit überlegenen Kräften – das war es, was die Götter in dieser Welt belohnten, auch wenn das als wenig heldenhaft galt. Doch das war Olav gleich, und so ging er erst an Land, als die meisten anderen Nordmänner schon längst auf die Palisaden von Xanten zugestürmt waren und die ersten von ihnen mit Pfeilen bespickt tot am Boden lagen.

»Na los, Olav! Dein Vater soll nicht sagen, dass du von einem alten Mann überholt worden bist!«, rief Halmi der Graue ihm zu.

In Pech getränkte Brandpfeile pfiffen durch die Luft und gingen wie Sternschnuppen zu Hunderten im Inneren des Umgrenzungswalls nieder. Vor allem die Männer aus Bragis Sippe galten als gute Bogenschützen. Diese Männer folgten Grimr seit vielen Jahren. Und dass Grimr eine ihrer Frauen geheiratet hatte, hatte die Verbindung zwischen beiden Sippen noch verfestigt. Grimr war bis zu einem gewissen Grad auf die Hilfe dieser Männer angewiesen. Krieger, die dem Feind mit einer langstieligen Dänenaxt den Schädel einschlagen konnten, gab es viele, aber gute Bogenschützen waren selten.

Nur ein Teil der Bogenschützen verschoss Brandpfeile. Die anderen hatten es auf die Kämpfer hinter den Palisaden abgesehen, die auf einem aufgeschütteten Wall errichtet waren. Die Anzahl dieser Kämpfer war nicht sehr hoch, doch auch unter ihnen gab es Bogenschützen, die Pfeil um Pfeil verschossen. Aber die Männer aus Bragis Sippe dezimierten sie schnell.

Das dem Fluss zugewandte Tor war längst verschlossen worden. Aber in den beiden Wachtürmen links und rechts davon steckten bereits mehrere Brandpfeile, und da diese Türme aus Holz waren, würden sie früher oder später in Brand geraten.

Der Großteil der Nordmänner stürmte einfach auf den Schutzwall zu. In den Schilden der meisten steckten bereits Pfeile, aber die Verluste hielten sich in Grenzen. Auch dafür sorgten die Männer aus Bragis Sippe, die die gegnerischen Bogenschützen unter Beschuss nahmen. Einer fiel schreiend über die Brüstung. Er lebte noch, als die ersten Nordmänner die aufgeschüttete, grasbewachsene Böschung hinaufstürmten. Es war Grimr persönlich, der den Franken mit seinem Schwert ins Jenseits beförderte.

Thorbrand erreichte mit einigen anderen Kriegern die Palisaden. Anderthalb Mannhöhen ragten sie empor und waren oben angespitzt. Aber solche Wälle stellten für die Nordmänner kein Hindernis dar. Einer der Krieger formte mit den Händen einen Tritt. Thorbrand steckte das Schwert ein und warf seinen Schild zur Seite, in dem ein halbes Dutzend Pfeile steckten. Ein Bogenschütze legte von oben auf ihn an. Aber noch bevor er die Bogensehne loslassen konnte, hatte ein Krieger aus Bragis Sippe ihn mit einem sicheren Schuss getötet.

Der Name dieses Kriegers war Gunjorn Gutauge. Er war ein Bruder von Grimrs Frau Solvejg. Gunjorns Helm fiel durch eine deutlich erkennbare Delle auf, die ihm der Kampf mit einem Sachsen eingebracht hatte. »Na los, über den Wall mit euch!«, rief er, während er beim Laufen einen weiteren Pfeil auf den Weg schickte, der einen anderen Gegner hinter der Brustwehr durchs Auge ins Hirn fuhr.

Thorbrand setzte den Fuß in die ineinander verschränkten Hände eines Kampfgefährten, schwang sich auf dessen Schultern, setzte einen Fuß zwischen die angespitzten Rundhölzer, aus denen die Umgrenzung gefertigt war, und sprang dann tollkühn über die Brüstung.

Er hatte so viel Schwung, dass er auf dem Wehrgang zu Boden taumelte. Er hielt einen Verteidiger mit einem wüsten Tritt auf Distanz und riss einen zweiten mit sich in die Tiefe. Thorbrand landete auf ihm und rutschte dann mit ihm zusammen die Aufschüttung für den Befestigungswall hinunter. Unten war er als Erster wieder auf den Beinen, riss eine kurzstielige, leichte Wurfaxt aus dem Gürtel und schleuderte sie mit einer fast beiläufig wirkenden Bewegung einem Verteidiger entgegen, der mit einer Axt in den Händen auf ihn zustürmte. Die Schneide des Beils traf den Franken ins Gesicht und spaltete ihm fast den Schädel.

Thorbrand riss das Schwert heraus und schwang die Klinge blitzschnell durch die Luft, gerade noch rechtzeitig, um damit den Angriff eines weiteren herbeigeeilten Angreifers abzuwehren. Stahl klirrte gegen Stahl. Thorbrand ließ seine lange, schlanke Klinge mit einem wuchtigen Hieb zurückfahren und traf das Bein des Angreifers. Dessen Schrei gellte, als Thorbrands Schwert das Bein knapp unterhalb des Knies durchtrennte. Der fränkische Krieger stürzte und ruderte dabei mit dem Schwertarm durch die Luft. Thorbrand rollte zur Seite, um dem Fallenden auszuweichen, und stieß ihm dann das Schwert in den Leib.

Rufe drangen an sein Ohr. »Feuer! Es brennt!«, rief die heisere Stimme einer Frau, die wie von Sinnen klang. Dass es brannte, war unübersehbar, denn es stiegen dunkle, fast pechschwarze Rauchsäulen zum dunstigen Himmel empor, durch den kaum die Morgensonne zu dringen vermochte.

Der Klang dieser Worte erinnerte Thorbrand an seine Kindheit. An seine Mutter, eine Sklavin auf dem Hof von Grimr Schädelspalter. Sie hatte Thorbrand die Sprache der Franken gelehrt. Seine Mutter war an einem Fieber gestorben, bevor er zehn Jahre gewesen war. Aber den Klang ihrer Sprache hatte er noch immer im Ohr – gut genug, um sich darin zu verständigen. Die Unterschiede zur Sprache der Nordmänner waren auch nicht besonders groß.

Es war ein eigenartiges Gefühl für Thorbrand, in das Land seiner Mutter als Räuber und Plünderer einzudringen. Ein Land, das ihm durch ihre Erzählungen auf eigenartige Weise vertraut erschien, obwohl er es bisher noch nie betreten hatte.

Thorbrand fasste den Schwertgriff mit beiden Händen und wirbelte herum, als er im Augenwinkel eine Bewegung wahrnahm. Heisere Schreie waren zu hören. Todesschreie und barsche Befehle mischten sich. Innerhalb weniger Augenblicke war Thorbrand von mindestens einem Dutzend Franken umringt. Ein Speer wurde in seine Richtung gestoßen. Thorbrand wich zur Seite. Durch einen wuchtigen Hieb sorgte er dafür, dass seine Gegner mehr Distanz wahrten.

Einen irren Schrei ausstoßend stürmte schließlich einer der Franken auf Thorbrand zu. Der parierte den ersten Schwerthieb und musste vor dem zweiten einen Schritt zurückweichen. Da er eingekreist war, blieb ihm nichts anderes übrig als ein blindwütiger Gegenangriff. Mit aller Kraft schlug er um sich. Die doppelschneidige Klinge wirbelte durch die Luft und klirrte gegen den Stahl des Gegners. Der Hieb war so heftig, dass dessen Klinge brach. Schlechter Stahl, der von Unkundigen gebrannt worden war. Schon im nächsten Augenblick hatte Thorbrands schneller Stich den Franken getötet. Der Nordmann wirbelte herum, trennte einem anderen Angreifer die Schwerthand vom Körper, wich einem Speer aus, der haarscharf an ihm vorbeiflog, und griff erneut an.

Da gellte ein Schrei. Ein zweiter Nordmann hatte es geschafft, die Palisaden zu überklettern, und sprang tollkühn zwischen die Franken. Das war Hromund der

Raue, einer der wenigen Männer aus Bragis Sippe, die schlecht im Bogenschießen waren. Dafür hatte Hromund andere Qualitäten. Er war selbst für die Verhältnisse der Nordmänner ein Riese. Thorbrand, obwohl hochgewachsen und breitschultrig, wirkte gegenüber diesem Koloss fast schmächtig. Die Muskeln seiner Arme, die sich unter seinem Wams abzeichneten, waren so dick, dass manch anderer sie gern als Oberschenkel gehabt hätte. Im Kampf trug er stets ein Bärenfell um die Schultern, weil er glaubte, dass dadurch die Kräfte des wilden Tieres auf ihn übergingen. Und er nahm vor jeder Schlacht eine Essenz bestimmter Pilze zu sich, die ihn in Rage brachte und dafür sorgte, dass er keine Furcht und keinen Schmerz fühlte.

Wild schreiend stürzte er sich sogleich auf seine Gegner. Einen von ihnen hatte er bereits mit einem Faustschlag außer Gefecht gesetzt. Einhändig führte er eine besonders lange Dänenaxt, deren Klinge deutlich größer war als die seiner Kampfgefährten. Ein Hieb fuhr dem nächstbesten Franken durch den Helm und spaltete ihm den Kopf bis zum Halsansatz. Blut schoss empor, als Hromund das Axtblatt aus dem knackenden Schädel zog, wobei er dem zuckenden Leib des Franken einen Tritt versetzte. Er schwang die furchtbare Waffe herum und senste mit einem Schlag gleich zwei Gegner nieder.

»Na endlich!«, rief Thorbrand. »Ich dachte schon, ihr lasst mich allein!«

Hromund antwortete nur mit einem Knurren. Seine Augen waren blutunterlaufen und geweitet. In diesem Zustand sprach man ihn besser nicht an. Selbst seine Kampfgefährten vermieden das, denn wenn er in Berserker-Rage war, konnte sein wilder Zorn versehentlich auch einen Bundesgenossen treffen.

Weitere Krieger kamen über die Palisaden. Der irre Orm, dessen Haare zu Dutzenden Zöpfen geflochten waren und der nie einen Helm trug, packte einen Gegner mit bloßen Händen und rammte ihn auf die angespitzten Rundhölzer, aus denen die Palisaden bestanden. Der Schrei des Franken vermischte sich mit dem Schlachtenlärm, als sein Rückgrad brach.

Der irre Orm war ein jüngerer Bruder von Grimr Schädelspalter. Zwanzig Jahre trennten die beiden. Er gehörte eher in Thorbrands und Olavs Generation als in die seines Bruders Grimr. Thorbrands Großvater, Grimr Schädelspalter der Ältere, hatte diesen Sohn mit seiner zweiten, sehr viel jüngeren Frau noch im hohen Alter gezeugt. Den Beinamen »der Irre« hatte Orm erhalten, seit ihm Hromund gezeigt hatte, wie man das Pilzextrakt zubereitete, das einen Krieger vergessen ließ, dass er zu den Sterblichen gehörte.

Orm stürzte sich mit einem wilden Schrei auf einen weiteren Franken, stieß ihm zwei Dolche in den Leib und versetzte ihm gleichzeitig noch einen Kopfstoß mit der Stirn. Der Frankenkrieger fiel vom Wehrgang hinter den Palisaden. Im Nahkampf benutzte der irre Orm häufig ein Dolchpaar, da man damit dem Gegner gegenüber beweglicher war als mit dem Schwert, für das man eine gewisse Bewegungsfreiheit brauchte, um es effektiv einzusetzen. Der irre Orm trug sein Schwert auf dem Rücken gegürtet und war stolz darauf, es kaum zu benutzen. Denn niemand kam dem Feind näher als Orm.

Thorbrand hingegen hätte es als unter seiner Würde

empfunden, auf diese Weise zu kämpfen. Die Waffe eines richtigen Kriegers war das Schwert oder die Axt. Allenfalls noch der Bogen, wenn man ihn mit der Kunstfertigkeit zu führen wusste wie viele der Männer aus Bragis Sippe.

Der irre Orm sprang vom Wehrgang und auf einen der Frankenkrieger, der gerade einen Speer in Thorbrands Richtung werfen wollte. Er erwischte den Franken von hinten, rammte ihm mit der vollen Wucht seines Sprungs einen seiner Dolche in die Nieren und schlitzte ihm mit dem anderen den Hals auf. Das Blut spritzte aus der offenen Kehle, während der Franke zu Boden taumelte.

Hromunds Axtklinge hackte sich in die Kniekehle eines Franken. Ein weiterer Hieb mit der Dänenaxt zertrümmerte ihm den Schädel.

Mehrere Dutzend Nordmänner waren unterdessen über die Palisaden gelangt. Gleichzeitig gingen Brandpfeile in der Stadt nieder. Einige Häuser standen bereits in Flammen. Es war aussichtslos, die Brände löschen zu wollen, während die Schlacht tobte und immer neue Brandpfeile abgeschossen wurden. Immer mehr Rauchsäulen stiegen zum Himmel auf.

»Zum Tor!«, rief Thorbrand. Denn das war jetzt das Wichtigste. Wenn es die Eindringlinge schafften, das Tor zu öffnen, würden gleich mehrere hundert Nordmänner in die Stadt gelangen. Damit wäre der Kampf entschieden. Doch selbst wenn das nicht gelang, war es nur eine Frage der Zeit, wann der Ort von den Nordmännern eingenommen werden konnte.

Thorbrand ließ immer wieder sein Schwert durch die Luft wirbeln. Er hatte diese Bewegungen so oft ausgeführt, dass sie ihm in Fleisch und Blut übergegangen waren. Er brauchte nicht darüber nachzudenken, was er tat. Eine Schwertspitze traf ihn am Oberkörper und durchdrang den Lederbezug seines Wamses, blieb aber in den Lagen dicht gewebter Stoffe darunter stecken. Der Stoß war nicht kraftvoll genug geführt worden. Thorbrand schlug die gegnerische Klinge beiseite, ehe sie ihn tatsächlich verletzen konnte, und stieß im nächsten Moment selber zu. Der Franke sank ächzend zu Boden, während das Blut, das aus seiner offenen Kehle sprudelte, seine Kleidung rot färbte. Es schoss ihm auch aus Mund und Nase. Er röchelte und zuckte noch wie ein geschlachtetes Huhn, als er schon am Boden lag.

Der irre Orm stürzte sich schreiend auf einen Franken, der mit schreckgeweiteten Augen vor diesem Berserker zurückwich. Hromund befand sich inzwischen ebenfalls in Thorbrands unmittelbarer Nähe. Und mit diesen beiden Berserkern an der Seite stürmte der junge Nordmann nun in Richtung des Haupttores auf der Flussseite der Stadt. Schon allein die Schreie von Hromund dem Rauen und die des irren Orm sorgten für Entsetzen unter den fränkischen Verteidigern.

Besonders stark besetzt war das Tor nicht. Die ganze Befestigungsanlage hatte auf Thorbrand schon auf den ersten Blick nicht den Eindruck gemacht, sehr zahlreich bemannt zu sein. Vielleicht hatte das mit dem Krieg der Könige zu tun, der zurzeit im Frankenreich tobte. Ein Umstand, der jedem in die Hand spielte, der den Mut hatte, sich zu nehmen, was nicht ausreichend beschützt wurde.

Das Tor war rasch freigekämpft. Augenblicke später humpelten drei Franken blutend davon, während ein halbes Dutzend anderer erschlagen am Boden lag.

Thorbrand steckte das Schwert ein, und zusammen mit Hromund schob er die großen Balken zur Seite, die als Riegel dienten. Dann war es geschafft, das Tor konnte geöffnet werden, und die wilde Horde der Nordmänner stürmte herein. Selbst der große Hromund wurde fast umgerissen, als ihn einer der Krieger mit seinem Schild anrempelte.

Grimr Schädelspalter Grimsson und Eirik Sturlason waren unter den Ersten. Etwas später folgten auch Olav und der alte Halmi. Die Bogenschützen schossen unterdessen eine weitere Salve Brandpfeile ab, vermutlich die letzte, denn auch für die Schützen gab es kein Halten mehr. Niemand wollte bei der Plünderung der Letzte sein. Auch wenn der Großteil der Beute später gerecht und nach den Regeln der Sippen verteilt wurde, gab es doch auch das eine oder andere, was man sich so unter den Nagel reißen konnte. Ein gutes Schwert, ein goldenes Christenkreuz oder einen Sack Silbermünzen, den ein Händler vielleicht unter seinem Bett versteckt hatte.

»Gut gemacht, Thorbrand!«, rief Grimr Schädelspalter, und der Stolz auf seinen Sohn war ihm deutlich anzuhören.

Zu deutlich, denn Olavs Blick verfinsterte sich sogleich. Der Helm mit dem tiefen Nasenschutz ließ es nicht für jeden erkennen, aber Thorbrand bemerkte es sehr wohl. Er kannte seinen Bruder schließlich von klein auf. Gleich alt waren sie. Ihre Mütter – Grimrs Frau Solvejg Bragistochter und die Sklavin, die man einfach nur »die Fränkin« genannt hatte – hatten am selben Tag entbunden. Niemand wusste mit Sicherheit zu sagen, wessen Schrei man zuerst gehört hatte. Die Einzige, die dies hätte wissen können, war die heilkundige Audhild. Aber die war damals schon sehr alt gewesen, älter als irgendjemand sonst, dem Thorbrand je begegnet war. Er erinnerte sich noch gut daran, wie er als Fünfjähriger zu ihr gegangen war, als sie allein und in sich zusammengesunken an ihrem Feuer saß. Ganz ruhig hatte sie gewirkt. Er hatte sich zu ihr gesetzt, ihr von seinen Erlebnissen des Tages erzählt, und erst als er sie wiederholt angesprochen und sie ihm keine Antwort gegeben hatte, hatte er begriffen, dass sie nicht mehr lebte. Ihr Geheimnis hatte sie mit in das Totenreich der Göttin Hel genommen, und dort würde es bewahrt bleiben, es sei denn, einer der beiden Halbbrüder machte sich irgendwann auf den Weg dorthin, um es der alten Audhild doch noch zu entreißen.

»Du wirst mal ein guter Anführer«, meinte Grimr, während er seinem Sohn auf die Schulter schlug. Dann ging er weiter und schrie: »Fangt alle Mönche und Nonnen! Die wissen, wo weitere Mönche und Nonnen sind und ihre Klöster mit den Goldschätzen! Habt ihr gehört?«

»Du wirst mal ein guter Anführer«, äffte Olav seinen Vater nach. Grimr war inzwischen weit genug entfernt, um die Worte nicht mehr zu hören, die allein für Thorbrand bestimmt waren.

»Na los, worauf wartest du?«, fragte Thorbrand. »Stürmen wir die Stadt!«

»Natürlich«, knurrte Olav, und er dachte: *Ja, ein toller Anführer wirst du! Immer nach vorne, ohne nachzudenken! Genau wie unser Vater!*

Die charakterliche Ähnlichkeit zwischen den beiden war wohl auch der Grund dafür, dass Grimr Schädelspalter Thorbrand bevorzugte. Ausgerechnet ihn, ging es Olav nicht zum ersten Mal durch den Kopf, den Sohn der schwächlichen Franken-Sklavin, die schon vom ersten Ausbruch eines Fiebers dahingerafft worden war und ihrem Sohn nur die Gebete des Christengottes hinterlassen hatte. Ein Gott, der sich von seinen Feinden ans Kreuz nageln ließ und behauptete, dadurch die Welt zu erlösen, war mindestens so einfältig wie der irre Orm oder Hromund der Raue, nur auf andere Weise. *Eines Tages,* dachte Olav, *wird alles mir zufallen. Alles, was mein Vater zusammengerafft hat und diesem Tölpel, der mein Halbbruder ist, vermachen will!*

Mit einem Gesicht, das zu einem grimmigen Lächeln verzogen war, folgte Olav seinem Bruder und den anderen.

KAPITEL 2

Überall waren in der Stadt Schreie zu hören. Und der dichte Rauch raubte Freund und Feind schier den Atem. Die Nordmänner gingen von Haus zu Haus, um zu plündern oder zu vergewaltigen, wenn sie ein weibliches Wesen vorfanden. Kampfeslärm war kaum noch zu hören. Die Verteidiger waren geflohen oder tot. Manche der Bewohner hatten die Stadt ebenfalls Hals über Kopf verlassen, wie zu erwarten gewesen war. So würde sich die Nachricht vom Fall Xantens schnell verbreiten.

Regen setzte ein. Eiskalt war er, denn er wurde von einem rauen Wind aus dem Norden gebracht.

In der Mitte des Ortes gab es eine Kirche. Sie war größer, als Olav und Thorbrand je irgendwo eine andere gesehen hatten. Selbst Grimr und der schon weit gereiste Eirik waren einen Moment lang beeindruckt.

»Bei Odin!«, meinte Eirik. »Die Kirchen der Sachsen sind dagegen nur Hütten!« Er spuckte aus, während er auf seine Axt gestützt dastand. Der graue Bart wuchs ihm fast bis unter die Augen. Der heftiger werdende Regen tropfte vom Nasenschutz seines Helms, in den eine Goldmünze als schmückendes Beiwerk eingearbeitet war. Sie trug eine Aufschrift in Griechisch und Latein und stammte angeblich aus der sagenhaften Stadt Konstantinopel, über die man sich erzählte, dass es dort Kirchen mit Dächern aus purem Gold gäbe. Geschichten, die Olav nie so ganz hatte glauben wollen, wenn sie die Männer am Feuer erzählten. Auf welch verschlungenen Pfaden diese Münze ihren Weg aus der legendären Stadt der goldenen Dächer bis zum Helm von Eirik Axtmann Sturlason gefunden hatte, war nicht bekannt.

»Auf jeden Fall ist die Kirche ein guter Ort, um darin die Gefangenen zusammenzutreiben«, meinte Grimr.

»Ich denke, wir sollten dort auch übernachten.« Eirik deutete in den grauen Himmel, aus dem es immer heftiger regnete. »Odins feuchte Grüße sind das!«

»Du denkst daran, länger hierzubleiben?«, fragte Grimr ein wenig verwundert.

»Wieso nicht?«

»Es ist besser, als wenn wir in der Nähe im Freien kampieren«, mischte sich Olav ein.

Eirik klopfte dem jungen Mann auf die Schulter. »Dein Sohn versteht mich, Grimr. Wenn fränkische Krieger in der Nähe sein sollten, können wir uns besser hier als irgendwo sonst gegen sie verteidigen.«

Grimr grummelte etwas Unverständliches. Der Gedanke, auch nur eine Stunde länger als unbedingt notwendig an diesem Ort zu bleiben, gefiel ihm nicht, und das war ihm überdeutlich anzusehen. Aber Eirik hatte mehr Schiffe unter seinem Befehl als er. Und hier, schon zu tief im Reich der Franken, um einfach schnell wieder verschwinden zu können, war er auf Eiriks Schutz angewiesen.

Der Regen wandelte sich in Hagel und schließlich in einen Schneesturm. Der eisige Wind blies feuchtkalt über das flache Land. Der sumpfige Boden begann sich an manchen Stellen mit Eis zu bedecken.

Es gab keinen unter den Nordmännern, dessen Kleidung nicht durchnässt gewesen wäre. Selbst die aus verschiedenen Schichten bestehenden Wamse oder Pelze boten gegen solches Wetter keinen ausreichenden Schutz.

»Das Wetter muss der Christengott geschickt haben«, sagte Grimr finster, denn der Sturm ermöglichte mehr Einwohnern von Xanten die Flucht, als ihm lieb war. Andererseits hatten die Flüchtlinge so gut wie nichts mitnehmen können, und das wenige, das sie aus der Stadt zu schleppen versuchten, mussten sie größtenteils unterwegs zurücklassen, denn Pferdewagen und Ochsenkarren blieben in dem völlig aufgeweichten Boden stecken. Einige Dutzend der Nordmänner folgten den Flüchtlingszügen und sammelten die Beute ein.

Eirik gab den Befehl, alles, was zusammengerafft werden konnte, zunächst in das Kloster in unmittelbarer Nachbarschaft der Kirche zu bringen. Dessen Hauptgebäude schien ihm am geeignetsten.

Die Gefangenen wurden in die Kirche getrieben. Unter ihnen waren besonders viele Mönche und Nonnen. Grimr hatte befohlen, besonders auf sie zu achten, damit keiner von ihnen entkam. Zusammengekauert saßen sie da in ihren schmutzbraunen Kutten.

»Wer von euch wegläuft, bevor ich es erlaube, wird erschlagen«, rief Grimr in der Sprache der Nordmänner, durchsetzt mit ein paar Worten, wie sie die Sachsen benutzten. »Habt ihr mich verstanden, ihr Christenbastarde?« Dann wandte er sich an Thorbrand. »Sprich du mit ihnen und erklär ihnen in ihrer Sprache, was ich gesagt habe«, forderte er. »Du kannst doch noch reden wie deine Mutter, oder?«

»Es gibt Dinge, die man nicht vergisst«, entgegnete Thorbrand.

Er ließ den Blick über die Gefangenen schweifen. Eine junge Frau fiel ihm auf. Es musste sich um eine Nonne handeln, auch wenn sie keine Haube trug. Die musste bei der Gefangennahme vom Kopf gerissen worden sein. Ihr Haar war kurz geschnitten, die Augen angstgeweitet. Sie zitterte vor Kälte, was nicht verwunderlich war. Thorbrand wusste, dass die meisten Ordensgemeinschaften ihren Mitgliedern eine ärmliche, unzureichende Kleidung vorschrieben. Thorbrand konnte den Blick nicht von ihr wenden. Die Nonne erwiderte ihn kurz, und ihr Entsetzen schien sich daraufhin noch zu steigern. Thorbrand begriff, dass sie seinen Blick missverstand. Sein Interesse hatte einzig damit zu tun, dass sie ihn an seine Mutter erinnerte, an »die Fränkin«.

»Ich habe keine Lust dazu, euch lange zu foltern, bis ihr mir verratet, was ich wissen will«, sagte Grimr. »Ich werde es aber tun, wenn mir eure Antworten nicht gefallen oder ich merke, dass ihr mich anlügt! Sag auch das diesen Hunden noch einmal in ihrer Sprache, Thorbrand!«

Thorbrand reagierte erst, nachdem ihn Grimr mit dem Ellenbogen anstieß, denn er war in Gedanken in der Vergangenheit gewesen. Die Frau, die man nur »die Fränkin« genannt hatte, war stets erniedrigt worden. Vor allem von den anderen Frauen. Als eine Magd, die schon lange auf Grimrs Hof war, sie schlug, weil die Fränkin angeblich ihre Arbeit nicht gut genug verrichtet hatte, war Thorbrand in einem Anfall von Jähzorn auf das herrische Weib losgegangen, um seine Mutter zu schützen. Er hatte die Magd in ein Schlammloch gestoßen, wonach diese aussah, als wäre sie ein leibhaftiger Bergtroll, der gerade aus der Erde gestiegen war. Thorbrand erinnerte sich daran, als wäre es erst gestern gewesen. An diesem Tag war Grimr zum ersten Mal auf Thorbrand aufmerksam geworden. Er hatte den Jungen in Schutz genommen und vor allen verkündet: »Sie hat verdient, was der Junge getan hat!«

Viele, die dabeistanden, hatten gelacht. Nur nicht die über und über mit Schlamm beschmierte Magd – und Olav. Den finsteren Blick seines Halbbruders hatte Thorbrand ebenfalls nie vergessen.

Thorbrand übersetzte die Drohungen seines Vaters.

»Wir verstehen euch auch so, wenn ihr langsam sprecht«, fiel ihm einer der Mönche ins Wort. Es war ein älterer Mann mit weißem wirrem Haar.

Grimr wollte schon aufbrausen, weil der Alte seinen Sohn unterbrochen hatte, da schwang die Kirchentür knarrend auf, und ein Schwall kalter Luft wehte herein.

Es waren Bragi Bragison und ein paar Männer aus seiner Sippe, die in die Kirche traten, und sie trieben weitere Gefangene vor sich her. Ein paar Mönche waren darunter, aber bei den anderen handelte es sich um auffallend bemalte Frauen. Ihre Lippen waren so übertrieben rot, dass man auf den ersten Blick glauben mochte, man hätte sie blutig geschlagen. Aber das war nicht der Fall.

»Es gibt hier ein Webhaus!«, dröhnte Bragi. »Und genau da habe ich diese Bande hier aufgegabelt«, berichtete er.

»Die Frauen oder die Mönche?«, fragte Eirik grinsend.

»Beide«, knurrte Bragi.

»Meinst du eines dieser Häuser, in denen Frauen für Geld den Männern beiliegen?«, fragte Olav.

»Und weben oder spinnen, wenn niemand ihrer anderen Dienste bedarf«, bestätigte Bragi.

»Die Mönche zu den anderen Mönchen!«, befahl Grimr. »Und die Frauen …« Er brach ab und musterte sie.

»Du siehst nicht gerade begeistert darüber aus, dass wir uns hier vermutlich noch gut amüsieren werden«, meinte Eirik Sturlason.

Grimr machte eine wegwerfende Handbewegung. »Du hättest besser ein paar Gefangene aufgetrieben, für die man ein Lösegeld erwarten kann.«

»Wir können nur wenige Gefangene mitnehmen, wenn wir noch weiter flussaufwärts fahren, um reiche Klöster zu plündern«, mischte sich Olav ein und dachte grimmig: *Keiner dieser Narren denkt über den nächsten Tag hinaus.*

»Dann kann man nur hoffen, dass das auch wirklich reiche Klöster sind«, maulte Bragi und stützte sich dabei auf seinen Bogen. »Das, was wir hier gefunden haben, ist jedenfalls eher eine Enttäuschung. Entweder waren die Brüder wirklich so bettelarm, wie sie sich kleiden, oder die wertvollsten Stücke wurden aus der Stadt geschleppt.«

Ein Tölpel wie du erkennt die wertvollsten Stücke nicht mal dann, wenn sie neben billigem Tand vor ihm lägen, dachte Olav, aber er behielt die bissige Bemerkung für sich. Er hatte sich vorgenommen, eines Tages die Nachfolge seines Vaters anzutreten, und er war überzeugt davon, ein besserer Anführer zu sein, als Grimr Schädelspalter Grimsson es je gewesen war. Allerdings wusste Olav, dass er dann auf die Unterstützung von Bragis Sippe angewiesen sein würde.

Gute Bogenschützen waren eben selten, und gewisse Unternehmungen ließen sich nur mit deren Unterstützung durchführen.

»Ihr habt gehört, was ich gesagt habe«, wandte sich Grimr erneut an die Gefangenen und holte ein Pergament unter seinem Wams hervor, eine Karte, die er einem friesischen Händler an der Küste der Angelsachsen weggenommen hatte. Sie zeigte den Verlauf des Rheins von der Mündung bis tief hinein in das Reich der Franken. Einige Städte und Handelsplätze waren darauf verzeichnet und die Namen in lateinischen Buchstaben vermerkt; dahinter hatte der Händler römische Zahlen notiert. Hier und dort waren zudem christliche Kreuze zu sehen, die sehr wahrscheinlich für Kirchen oder Klöster standen. Aber auf der Karte befanden sich auch viele Zeichen, von denen Grimr nicht wusste, was sie bedeuten sollten. Abgesehen davon war die Karte sicherlich nicht vollständig. »Ich will von euch alles über die Kirchen und Klöster wissen, die es flussaufwärts gibt. Über die Schätze, die dort zu finden sind … Übersetz ihnen das, Thorbrand, damit sie wirklich verstehen, was ich meine!«

Thorbrand gehorchte. Einer der Mönche begann zu beten. Er murmelte lateinische Wörter vor sich hin, von denen keiner der Nordmänner auch nur ein Wort verstand mit Ausnahme von Halmi dem Grauen. Der hatte sich einst von einem gefangenen Priester, der in die Sklaverei verkauft worden war, ein wenig von dieser Sprache beibringen lassen. Schließlich wusste man ja nicht, ob einen der Wind nicht irgendwann an die Küste eines Landes blies, wo man sich dieser Sprache bedienen musste.

»Er ruft den Beistand der Muttergottes und aller Heiligen an«, erklärte Halmi.

Der raue Hromund übertönte das Gebet mit einem durchdringenden Schrei. Sein Kopf war hochrot, die Augen so sehr geweitet, als wollten sie ihm im nächsten Moment aus dem Kopf fallen. Er riss einem der anderen Männer die Axt aus den Händen und stürzte sich auf den Mönch. Eigentlich hatte er diese besondere Stimmung für Feinde im Kampfgetümmel reserviert. Aber hin und wieder geriet er auch sonst in Rage, und dann ging man ihm besser aus dem Weg. So griff auch diesmal keiner der anderen Nordmänner ein, und im nächsten Augenblick war die Axtklinge dem betenden Mönch durch die Schädeldecke gefahren und spaltete ihm den Kopf bis zum Unterkiefer.

Hromund riss die Klinge aus dem Schädel und hieb noch einmal zu. Der dröhnende Laut, der dabei aus seinem Mund brach, hörte sich an wie der Schrei eines Tiers.

»Der sollte besser nicht mehr so viel von seinem Fliegenpilzextrakt nehmen«, murmelte Olav an Bragi Bragison gerichtet. Mit den Männern aus der Sippe seiner Mutter verstand er sich zumeist recht gut. Das galt auch für Hromund. Allerdings war der etwas aus der Art geschlagen, und als Bogenschützen mit ruhiger Hand wie Bragi und die meisten anderen Männer dieser Sippe hätte man sich Hromund den Rauen kaum vorstellen können.

Hromund atmete tief durch und schlug sich das Bärenfell zurück auf den Rücken. Die anderen sahen ihn schweigend an. In diesem Moment war nicht ein einziger Laut im Inneren der Kirche zu vernehmen, nur das Brausen und Heulen des Sturms draußen war zu hören.

»Niemand tötet meine Gefangenen«, sagte Grimr ruhig, aber bestimmt. »Hast du verstanden?«

Hromund deutete auf den toten Mönch. »Sei froh, dass ich ihn erschlug, bevor er seinen Christenzauber wirken konnte. Das wäre uns schlecht bekommen.«

»So wie dir deine Fliegenpilz-Kost«, meinte Thorbrand.

»Lass ihn«, sagte Grimr zu seinem Sohn. »Nicht jeder ist von Natur aus ein Berserker wie du.« Er sah Hromund an. »Schaff die Leiche hier raus!«

»Mönche gibt's hier genug«, knurrte Hromund. »Einer weniger ist kein Grund, sich zu beklagen, Grimr.« Er winkte den irren Orm zu sich. Der fasste den Mönch bei den Füßen, während Hromund ihn bei den Schultern nahm. Gemeinsam trugen sie den Toten aus der Kirche. Eisige Luft drängte herein, als sie die Kirchentür kurz öffneten.

»Wir sollten froh sein, dass Hromund in unseren Reihen kämpft und nicht gegen uns«, meinte Eirik Sturlason. »Ich denke, es gibt keinen unter uns, der von sich behaupten könnte, mehr Franken und Sachsen erschlagen zu haben als er.«

»Ich bestreite seine Verdienste nicht«, erwiderte Grimr. »Aber vielleicht wäre es besser, Hromund würde für eine Weile nichts von seinen Pilzen zu sich nehmen und nur seinen Urin trinken.«

Der Genuss des Pilzextrakts war gefährlich, das Risiko hoch, dabei zu sterben. Der geringste Fehler in der Zubereitung konnte tödlich sein. Wenn ein Mann etwas davon zu sich nahm, um im Kampf zum Berserker zu werden, war es durchaus üblich, dass bis zu einem Dutzend weiterer Männer den Urin dieses Kriegers tranken. Dessen Wirkung war nicht ganz so stark wie das Extrakt selbst, aber dafür lief man nicht Gefahr, sich zu vergiften.

Olav wandte sich an Thorbrand. »Wir werden auf Hromund aufpassen müssen. Durch seine unbeherrschte Art könnte er uns in Schwierigkeiten bringen.«

»Nicht mehr als sonst auch«, meinte Thorbrand schulterzuckend. »Was erwartest du? Er ist ein Berserker!«

Olav nickte. »Ja, und es gibt etwas, was einen Berserker noch wilder macht als der Kampf oder diese von den Göttern verfluchten Pilze oder der Geist eines Bären, der in seinem Fell wohnt.«

Thorbrand hob die Augenbrauen. »Und das wäre?«

Olav grinste breit. »Die Langeweile. Das Wetter ist so schlecht, dass wir abwarten müssen, bis wir flussaufwärts fahren können.«

»Ich bezweifle, dass Eirik weiterfahren will«, murmelte Thorbrand.

»Er wird alt«, sagte Olav. »Genau wie unser Vater.«

»Den Eindruck habe ich bei beiden nicht.«

Olav tippte sich mit dem Finger gegen die Schläfe. »Die Schwäche beginnt hier, Thorbrand«, sagte er leise, »nicht in den Armen. Es ist immer gleich. Aber was Hromund angeht … Man wird ihm etwas zu tun geben müssen, sonst schlägt er früher oder später nicht nur Mönchen den Schädel ein.«

Thorbrand sah seinen Halbbruder nachdenklich an. Er war etwas verwirrt über die fast verschwörerische Art und Weise, in der Olav auf einmal mit ihm sprach.

Solange sich Thorbrand zurückerinnern konnte, waren sie Rivalen gewesen. Gleichaltrig und gleich stark, aber sehr unterschiedlich im Charakter. Daran, dass sich Olavs Stimmung seinem Bruder gegenüber manchmal im Handumdrehen ändern konnte, hatte sich Thorbrand nie wirklich gewöhnen können. Er hatte auch nie verstanden, was diese plötzlichen Umschwünge bewirkte. Aber eins wusste er sehr genau: Sein Bruder tat selten etwas, ohne damit eine ganz bestimmte Absicht zu verfolgen.

»Thorbrand!«, rief ihn Grimr, der inzwischen damit begonnen hatte, die Mönche und Nonnen zu befragen. »Ich brauche die Hilfe eines Sprachkundigen!«

»Du solltest dich nicht mit den alten Männern aufhalten, Vater«, sagte Olav, nachdem Grimr nicht viel mehr als stammelnde Gebete von den Mönchen zu hören bekommen hatte, und das auch, als er einen von ihnen mit dem Schwert etwas traktierte. Wo genau die Klöster flussaufwärts lagen und welche davon eine Plünderung lohnten, erfuhr er jedenfalls nicht.

Grimr wandte sich stirnrunzelnd Olav zu. »Ach, und was schlägst du vor?«, fragte er unwirsch.

Olav deutete auf die Gefangenen. »Es sind fast nur Männer, kaum Frauen«, stellte er fest.

»Die Christen trennen ihre Klöster nach Männern und Frauen, weil sie das Zusammensein von beiden als Sünde empfinden«, wusste Grimr. »Das mag absurd erscheinen, ist aber allgemein bekannt.«

»Das ist richtig. Aber überleg doch mal. Das Kloster in diesem Ort wurde offenbar von Männern bewohnt. Männer, die vermutlich schon seit Jahren nicht mehr die grauen Mauern verlassen haben, in die sie sich selbst einsperrten. Aber die Frauen, die Nonnen, die gehören nicht hierher. Vermutlich sind sie nur auf der Durchreise gewesen oder wurden mit irgendeiner Aufgabe ihres Ordens hierhergeschickt. Wenn du etwas über andere Klöster erfahren willst, dann frag sie.« Während er Letzteres sagte, deutete Olav auf jene junge Frau, die Thorbrand so sehr an seine fränkische Mutter erinnerte.

Grimr kratzte sich im Bart und überlegte. Ohne die Antwort seines Vaters abzuwarten, wandte sich Olav an die junge Nonne. Die beiden anderen Frauen waren sehr viel älter und schienen bereits vor Angst den Verstand verloren zu haben. Sie murmelten beständig irgendwelche Gebete vor sich hin.

»Woher kommst du?«, fragte Olav die junge Frau. »Du hast mich schon verstanden, also antworte!«

Sie kauerte am Boden und blickte auf. Die Gebete der anderen verstummten nicht, sondern wurden noch eindringlicher. Die junge Nonne zitterte und murmelte etwas. Nur ein Wort hörte Olav deutlich hervor: Novaesium.

»Das steht auf der Karte, die ich dem friesischen Händler abgenommen habe«, stellte Grimr fest. »In den Runen der Lateiner zwar, aber ich bin sicher, es heißt ›Novaesium‹.«

Die Nonne sprach weiter, aber sehr undeutlich. Und obwohl den Nordmännern viele ihrer Worte bekannt vorkamen, ergab das, was sie sagte, für sie zunächst keinen Sinn.

»Was brabbelt sie da, Thorbrand?«, wandte sich Olav an seinen Bruder.

»Sie sagt, dass sie aus dem Konvent Novaesium der

armen Schwestern kommt und es dort nichts zu plündern gäbe, da sie sich der Armut verpflichtet hätten. Es sei ihnen nicht gestattet, Besitz anzuhäufen.«

»Bei den armen Schwestern gibt es vielleicht nichts zu holen, in Novaesium aber ganz sicher«, war Grimr überzeugt. Er hob die Karte, die er in der Hand hielt. »Ich kann die Runen der Lateiner nicht gut lesen, aber da steht das Wort ›Novaesium‹ und dahinter eine Anzahl von Strichen.« Grimr faltete das Pergament auseinander und blinzelte. Es war nicht besonders hell in der Kirche.

Olav warf ebenfalls einen Blick auf die Karte. »Der Friesenhändler scheint mir diese Orte immer wieder angesteuert zu haben«, vermutete er. »Und die Striche stehen vielleicht für seine Einnahmen.«

»Dann gibt es in Novaesium also einen Markt«, schloss Grimr und grinste breit. »Und wo es einen Markt gibt, gibt es auch mehr als nur ein Kloster mit alten Weibern.« Er beugte sich zu der jungen Nonne aus Novaesium hinab. »Lies vor!«, befahl er. »Welche Namen stehen da? Lies sie alle vor!«

Sie schluckte. Es war vollkommen still in der Kirche. Selbst die Mönche, die zuvor noch leise Gebete gemurmelt hatten, schwiegen.

Die Nonne zögerte zunächst, dann aber las sie stockend vor. »Novaesium, Colonia, Diusburh …« Sie konnte nicht gut lesen, obwohl sie es im Kloster zweifellos gelernt hatte. Vielleicht war sie noch nicht genug in dieser Kunst geübt.

Die Nordmänner bedienten sich in den Vorratskammern des benachbarten Klosters, das auch über einen großen Weinkeller verfügte. Viele der Männer hätten das gewohnte Met natürlich vorgezogen. Aber Wein war immerhin besser als nichts. In der Kirche wurden Feuerstellen errichtet. Manche der Nordmänner vergnügten sich mit den Frauen aus dem Webhaus. Gelächter mischte sich mit schrillem Geschrei und zänkischen Stimmen.

Draußen tobte der Sturm. Hin und wieder kamen Männer herein, die zur Bewachung der Schiffe abkommandiert waren. Außerdem mussten die Pferde versorgt werden, die auf den großen Knorren mitgeführt wurden. Stallungen gab es genug, und sie standen überwiegend leer, denn die geflohenen Bewohner Xantens hatten ihr Vieh fortgetrieben, damit es den Nordmännern nicht in die Hände fiel, wohl in der Hoffnung, es später wieder einfangen zu können.

Eirik Sturlason hatte angeordnet, dass die Palisaden besetzt wurden. Besonders begeistert davon, bei diesem Wetter auf einem Wehrgang Wache zu halten, war keiner der Männer. Doch auch wenn es ziemlich unwahrscheinlich war, dass die Vertriebenen eine Rückkehr wagten, war es besser, die Augen aufzuhalten.

»Unser nächstes Ziel heißt Novaesium!«, sagte Grimr. »Wir müssen dorthin, und ich bin sicher, dass wir reiche Beute finden werden.«

»Zunächst mal bin ich froh darüber, dass wir einen Ort gefunden haben, in dem es wenigstens zwei Häuser aus Stein gibt«, ließ sich Eirik Sturlason vernehmen. Damit meinte er die Kirche und das Hauptgebäude des Klosters. Alle anderen Gebäude des Ortes waren aus Holz und etliche davon nur noch rauchende Trümmer. Eirik hatte sich schon zum dritten Mal sein Trinkhorn mit Wein gefüllt; er nahm einen tiefen Schluck und rülpste ungeniert. »Das schlechte Wetter hat viele der Holzhäuser gerettet, aber womöglich wird der Sturm sie jetzt davonwehen!«

»Solange du nicht in einem von ihnen sitzt, kann dir das gleich sein, Eirik«, meinte Grimr, und die Männer brachen in dröhnendes Gelächter aus. Das von Eirik Sturlason übertönte dabei selbst den irren Orm und Hromund den Rauen. Eiriks Augen wirkten bereits glasig. Er hatte schon mehr von dem Wein in sich hineingeschüttet, als er vertragen konnte.

Ein Schwein wurde in der Kirche über dem Altar gebraten. Dunkler Rauch stieg auf und zog unter die hohe Decke, wo er durch einen Luftzug verweht wurde. Nicht alle Fenster der Kirche waren mit bemaltem Glas gefüllt. Das konnte man sich hier offenbar nicht leisten. Aber dieser Umstand sorgte dafür, dass es einen gut funktionierenden Rauchabzug gab.

Es wurde damit begonnen, die Beute zu verteilen. Auch wenn das hiesige Kloster nicht gerade ein Beispiel für den Reichtum der christlichen Kirche abgab, war den Männern von Eirik Sturlason und Grimr Schädelspalter doch einiges an Silber in die Hände gefallen, das zuvor den Bewohnern der Stadt gehört hatte. Der Wert einer Bibelhandschrift aus dem Kloster war ziemlich umstritten. Gegen wie viel Silber sollte man dieses noch nicht einmal vollendete Buch aufwiegen?

»Oh, es wurden schon mehrere Bauernhöfe gegen ein einziges Buch dieser Art getauscht«, wusste Halmi der Graue.

»Ganze Bauernhöfe?«, rief Bjarne der Steuermann dröhnend. »Für ein Bündel zusammengenähter und bekritzelter Pergamente? Das wäre ein schlechtes Geschäft, würde ich sagen.«

»Was weißt du schon von Geschäften!«, entgegnete Halmi verächtlich.

Bjarne zuckte mit den Schultern, nahm sein Trinkhorn und nahm einen tiefen Schluck. Auch er hatte inzwischen Geschmack an dem Wein gefunden.

»Ich verstehe mehr davon, als du denkst«, grollte er. »Zum Beispiel weiß ich, dass ein Bauernhof mehr wert sein muss als so ein Buch, weil man nämlich mit den Häuten aller Kühe diese Hofes mehr Pergament herstellen kann, als in so einem Buch zusammengenäht ist.«

»Es kommt auf das an, was drinsteht, du Hornochse!«, widersprach Halmi. »All die Buchstaben und Zeichnungen und die Verzierungen. Und davon abgesehen ist es das heilige Buch der Christen. Dafür zahlen die jeden Preis.«

Eirik Sturlason wandte sich mit einem breiten Grinsen an Grimr und schlug vor: »Wir können ja mal deinen Sohn danach fragen. Der kennt sich doch mit diesen Dingen bestens aus.«

Die anderen Männer lachten.

Thorbrand wurde rot im Gesicht und fühlte, wie in ihm blanker Zorn aufstieg. Durch seine ansonsten helle Haut und die blonden Haare fiel das besonders auf. Er mochte es nicht, wenn die anderen so taten, als würde er nicht ganz und gar einer der ihren sein. Früher hatte er jeden verprügelt, der eine Bemerkung über seine Abstammung machte, und auch jetzt ballte er instinktiv die Fäuste. Natürlich durfte er einem so wichtigen Mann wie Eirik Sturlason gegenüber seine Wut nicht zeigen, das war ihm wohl bewusst, aber es fiel ihm schwer.

Glück für dich, dass wir die Unterstützung deiner Männer und deine Schiffe in diesem fremden Land brauchen, ging es ihm grimmig durch den Kopf. *Glück für dich, dass ich den sanftmütigen Glauben meiner Mutter erfahren durfte, denn sonst würde ich dir den Kopf abschlagen!*

Eirik Sturlason bemerkte den finsteren Blick, mit dem Thorbrand ihn bedachte. »Du hast zwei sehr unterschiedliche Söhne, Grimr«, murmelte er. »Und so wild, wie die sind, wirst du damit rechnen müssen, dass dir eines Tages einer von ihnen die Kehle im Schlaf durchschneidet.«

KAPITEL 3

Auf dem Ostufer des Rheins preschten fränkische Ritter über die tief gelegenen, nebelverhangenen Uferauen. Der eiskalte Regen, der sich manchmal in Schnee oder Hagel verwandelte, klatschte ihnen ins Gesicht. Cunrad von Diusburh, ein hochgewachsener fränkischer Ritter, der seine Gefährten bei Weitem überragte, führte den Trupp. Nicht nur Cunrad selbst war ungewöhnlich groß, sondern auch das Streitross, das ihn zu tragen hatte. Und Cunrad war in mehrfacher Hinsicht ein gewichtiger Mann. Er war sehr kräftig gebaut, hatte einen massigen Körper. Das Kettenhemd, das er trug, hatte doppelt so viele ineinander verhakte Eisenringe als üblich und wog dadurch auch entsprechend mehr.

Aber Cunrad hatte auch im übertragenen Sinn Gewicht, denn er verwaltete die königliche Festung Diusburh und kommandierte außerdem ein beträchtliches Kontingent an Truppen, das Ludwig, dem König des östlichen Frankenreichs, unterstand. Jenem Ludwig, dessen gleichnamigen Vater man Ludwig den Frommen genannt hatte und dessen Großvater der Große Karl gewesen war, der erste Frankenherrscher, der die Krone eines römischen Kaisers getragen hatte.

Nun führten die Enkel Krieg gegeneinander. So unerbittlich, wie man eigentlich nur gegenüber Heiden zu Felde ziehen durfte. Aber es ging um sehr viel. Das fränkische Erbrecht, das die Aufteilung des Reiches unter die Söhne des Herrschers verlangte, erwies sich nicht zum ersten Mal als verhängnisvoll.

Vermutlich würde seinem Herrn am Ende nur ein Weg bleiben, dachte Cunrad von Diusburh. Er musste seine Brüder töten. So, wie es schon der Große Karl und der selige Ludwig der Fromme getan hatten. Eine andere Möglichkeit gab es Cunrads Meinung nach nicht. Zumindest nicht auf Dauer, denn wie immer man das Reich auch aufteilte, so würde doch keinem der Herrscher sein Teil auf lange Sicht genügen. Und trotz aller öffentlichen Bekundungen des Willens zum Frieden würde doch jeder der drei insgeheim vermuten, dass wiederum jeder der beiden anderen in Wahrheit die Alleinherrschaft anstrebte und nur auf eine günstige Gelegenheit wartete, um die Konkurrenten doch noch aus dem Feld zu schlagen. Und war das nicht letztlich auch das Ziel, das jeder von ihnen schon im Interesse des eigenen Überlebens verfolgen musste?

Seit Monaten trafen sich die Unterhändler der drei Könige in Verdun. Aber Cunrad glaubte nicht daran, dass die Konflikte tatsächlich durch Beratungen zu lösen waren. Das Einzige, was einen längeren Krieg noch verhindern konnte, war ein übermächtiger Feind, gegen dessen Streitmacht sich alle vereinigen mussten. Aber die Zeiten, da die Araber von Spanien aus tief in das Frankenreich eindrangen, waren längst vorbei. Und die Gebiete der Elbslawen im Osten des Reiches waren inzwischen alle Lehensuntertanen der fränkischen Herrscher.

Cunrad zügelte sein gewaltiges Ross, das aus einer besonderen burgundischen Zucht stammte. Die anderen allesamt schwer bewaffneten Reiter folgten seinem Beispiel.

Der Boden war sehr tief und feucht. Die nasse Kälte drang bis ins Mark. Und die Kettenhemden und andere Metallteile, die zum Rüstzeug der Männer gehörten, leiteten die Kälte weiter, da half auch ein mehrlagiges Wams auf Dauer nicht. Der Hagelschauer ging wieder in gewöhnlichen Regen über. Cunrad erkannte es daran, dass das Klopfen auf seinem Helm weniger heftig wurde.

Vor ihnen lag der angeschwollene Strom. Zu breit, um ihn ohne gute Fähre überqueren zu können. Brücken gab es auf Hunderte von Meilen nicht. Und die Anlegestellen der Fährleute wurden von seinen Männern regelmäßig kontrolliert. Schließlich sollte es keinem von ihnen einfallen, den Kriegern von Kaiser Lothar über den Rhein zu helfen. Es hatte solche Fälle schon mehrfach seit Ausbruch der Feindseligkeiten zwischen Lothar und Ludwig gegeben. Allerdings waren es bisher nur Spähtrupps und Spione gewesen, die auf diese Weise die natürliche Grenze zwischen dem östlichen Reich und dem Mittelreich überquert hatten.

Cunrad stieg von seinem Pferd. Fast knöcheltief sanken die Stiefel in den sumpfig gewordenen Untergrund ein. Er strich dem Tier über den Nacken, denn es war unruhig. Das musste am Wetter liegen. Niemand war unter den zurzeit herrschenden Bedingungen gern im Freien, nicht einmal die Geschöpfe, die dafür eigentlich geschaffen waren.

Cunrad blickte zur anderen Flussseite, wo er den Kirchturm von Xanten erblickte. Bei den Anfurten am Flussufer drängten sich die Langschiffe nebeneinander. Die wenigen Flussschiffe, Boote und ein paar große

Fährflöße, die schon vorher dort gelegen hatten, verloren sich in der zahlenmäßigen Übermacht jener Barbarenflotte, die wie aus dem Nichts aufgetaucht war. Sie waren mit ihren wendigen Drachenschiffen schneller flussaufwärts gekommen als die Nachricht von ihrer Ankunft an der Rheinmündung.

»Drei Tage sind die Heiden jetzt schon in Xanten«, sagte Cunrad. »Als hätten sie sich dort eingenistet.«

»Das glaube ich nicht«, meldete sich einer der anderen Männer zu Wort. Das Pferd, auf dem er ritt, war klein und stämmig, er selbst hager und schlank. Er trug als einer der wenigen im Trupp keinen Helm und schien auch nicht bewaffnet zu sein. Unter dem Mantel war ein graues Mönchsgewand zu sehen. Er hatte nicht einmal seine Kapuze über den Kopf gezogen, um sich vor Wind und Regen zu schützen. Das graue Haar klebte ihm am Schädel, die Tonsur war schlecht geschnitten und hätte dringend nachgearbeitet werden müssen.

Cunrad drehte sich kurz zu dem blassgesichtigen Mönch um, dessen Alter nur sehr schwer zu schätzen war. »Ihr kennt die Absichten der Nordmänner besser, Bruder Branagorn?«

»Ich habe sie erlebt«, sagte der Mönch. »Ich habe erlebt, wie sie die Dörfer der Ostsee-Slawen geplündert haben.«

»Ihr wart unter den Heiden, Branagorn?«

Der Mönch nickte. »Ich hatte dort wichtige Verhandlungen für unseren seligen König zu führen, den man nicht umsonst Ludwig den Frommen nannte.«

»Seine Frömmigkeit hat ihn nicht daran gehindert, sich mit den Heiden an der Ostsee zu verbünden«, spottete Cunrad.

»Es ging auch um die Erlaubnis zur Errichtung von Klöstern«, stellte der Mönch klar. »Und davon abgesehen haben auch viele der Slawen inzwischen den rechten Glauben angenommen und sich dem Schutz unseres christlichen Königs unterstellt.«

Cunrad seufzte. Branagorn von Corvey war ein durch und durch ernster Mann, dem jegliche Art von Humor abging. Immer wieder hatte der Weg des sprachbegabten Mönchs, dessen Dienste Ludwig der Fromme ebenso in Anspruch genommen hatte wie nun sein gleichnamiger Nachfolger, diesen auch nach Diusburh geführt. Und nicht selten war Cunrad zugegen gewesen, als der Mönch seinem König von seinen Reisen berichtet hatte. Die waren sicherlich von unschätzbarem diplomatischem Nutzen gewesen. Dass er die barbarischen Invasoren, die sich seit Kurzem auf der anderen Rheinseite festgesetzt hatten, besser einzuschätzen wusste, lag auf der Hand, wenn er ihnen schon früher begegnet war, zumal Cunrad als Verwalter der Königsburg in Diusburh kaum je über das Gebiet um die Flüsse Rhein und Ruhr hinausgekommen war.

»Die Nordmänner sind wie Heuschrecken«, sagte Branagorn von Corvey. »Sie fallen über einen Ort her, rauben alles, was sie auf die Schnelle zusammenraffen können, und ziehen dann weiter. Ist aber auch nur mit geringstem Widerstand zu rechnen, lassen sie von dem Ort ab und ziehen ein paar Meilen die Küste entlang, um einen anderen, möglichst wehrlosen Ort zu finden, der ihnen Beute zu einem geringen Risiko verspricht.«

»Also vor allem Klöster«, schloss Cunrad, »deren Bewohner bekanntlich nicht bewaffnet sind.«

»Ihr sagt es«, bestätigte Branagorn. »Nicht auszudenken, kämen sie auf den Gedanken, unsere Abtei in Corvey zu plündern. Die Schriften, die dort aufbewahrt werden, sind einzigartig in der ganzen Christenheit.«

Cunrad lachte dröhnend auf. Laut genug, dass es vielleicht sogar auf der anderen Rheinseite zu hören gewesen wäre, hätte der Wind nicht gerade aus der falschen Richtung geweht.

»Was gibt es da zu lachen?«, fragte Branagorn.

»Eure Worte sind einfach so typisch für Euch, Branagorn.«

»Ach ja?«

»Ein paar bekritzelte Pergamente sind Euch wichtiger als die Leben all der Unschuldigen, die bei so einem Überfall zu Tode kämen.«

»Ihr missversteht meine Worte absichtlich, um mich zu verspotten«, war Branagorn überzeugt, und seine Stimme hatte einen eisigen Klang.

»Das würde ich mir doch nie erlauben«, behauptete Cunrad. »Und zudem könnt Ihr ganz beruhigt sein. Bis nach Corvey in Westfalen erstreckt sich kein schiffbares Gewässer, soweit mir bekannt ist. Diese Höllenboote können also niemals bis dorthin vordringen.«

»Sie sollen sogar schon bis ins ferne Konstantinopel gelangt sein, wie man sich im Norden erzählt.«

»Das sind doch Legenden.«

»Man hat mir Münzen gezeigt, die zweifellos von dort stammten«, erklärte Branagorn. »Nein, es gibt keinen Ort, an dem man vor ihnen sicher ist.«

Einige Nordmänner tauchten bei den Schiffen am anderen Flussufer auf. Schemenhafte Gestalten. Hier und dort sah man einen Speer oder eine Streitaxt. Cunrad blickte zu ihnen hinüber. Es war offensichtlich, dass sie die fränkischen Reiter auf der anderen Seite des Flusses bemerkt hatten. »Ich habe das Gefühl«, sagte Cunrad, »dass sie uns länger beschäftigen werden, als uns lieb sein kann.«

»König Ludwig hat strikten Befehl gegeben, nicht gegen sie vorzugehen«, erinnerte Branagorn von Corvey den Herrn von Diusburh.

»Ja, ich weiß«, murmelte Cunrad. Ein törichter Befehl, der sich vielleicht noch rächen würde, ging es ihm durch den Kopf. Und das nur, um Lothar zu schaden. Cunrad fragte sich, ob sich König Ludwigs Einstellung ändern würde, fiele es den Nordmännern ein, als Nächstes eine Ortschaft auf der anderen Seite des Rheins anzugreifen.

Branagorn von Corvey schien die Gedanken des Herrn der Königsfestung in Diusburh zu erraten. »Ich weiß, dass Ihr diesen Befehl unseres Königs am liebsten missachten würdet, und ich kann Euch sehr gut verstehen.«

»Wo sind die ritterlichen Tugenden unseres Königs geblieben, Bruder Branagorn?«, murmelte Cunrad verdrossen. »Sind es die Christen auf der anderen Seite des Flusses etwa nicht wert, dass man sie vor diesen heidnischen Barbaren schützt? Ist es wirklich wichtiger, dass wir unsere Kräfte für einen Angriff von Lothars Heer bereithalten?«

Die Worte sprudelten aus Cunrad hervor, ohne dass er darüber nachgedacht hätte. Er war außer sich, und es war ihm in diesem Augenblick gleichgültig, ob sein Lehnsherr und König vielleicht von seiner Meinung erfuhr. Aber Cunrad hatte sich noch nie gut darauf verstanden, mit seinen Ansichten hinter dem Berg zu halten.

»Euer Zorn ist gerecht, Cunrad«, fand Branagorn. »Es gibt zwei Möglichkeiten. Entweder ich habe recht, und die Nordmänner ziehen mit ihrer Beute ab, so schnell sie gekommen sind; dann können wir alle dem Herrn dankbar sein. Oder sie nisten sich tatsächlich ein, so wie Ihr es meint, und dann wird es schwer, sie zu vertreiben. Aber das könnte auch sein Gutes haben.«

»Ihr sprecht in Rätseln, Bruder Branagorn«, gab Cunrad seiner Verwirrung Ausdruck.

»Sind wir nicht beide der Meinung, dass es nichts gibt, was eine Einigung unter den Königen mehr fördern könnte als ein gemeinsamer Feind?«, fragte Branagorn und sprach damit jenen Gedanken aus, der Cunrad vorhin schon gekommen war.

KAPITEL 4

Die ersten Tage vergingen, ohne dass die Schiffe der Nordmänner weiter flussaufwärts fuhren. Thorbrand ärgerte das. Sein Vater hatte alles versucht, um Eirik Sturlason davon zu überzeugen, nach Novaesium weiterzuziehen, damit man dort Beute machen konnte. Aber Eirik war anderer Ansicht. Er wollte zunächst abwarten, ob man nicht für die Geiseln, die man genommen hatte, ein angemessenes Lösegeld erzielen konnte. Alle Gefangenen waren eingehend verhört worden. Zumindest einer der Mönche war der Spross adeliger Eltern, dessen Leben und Unversehrtheit sich wohl versilbern ließen. Zudem hatte man ein paar Angehörige von Händlerfamilien gefangen, die nicht schnell genug das Weite gesucht hatten, weil sie geglaubt hatten, etwas von ihren angehäuften Reichtümern retten zu können. Was mit den anderen Gefangenen geschehen sollte, war noch unklar. Man konnte sie nur mitnehmen, um sie auf den Sklavenmärkten des Nordens zu verkaufen, wenn man baldigst wieder in die Heimat zurückkehrte. Wollte man aber tatsächlich tiefer ins Reich der Franken vordringen, um wirklich große Beute zu machen, waren Gefangene eine Belastung.

An diesem Tag war das Wetter so schlecht geworden, dass eine Weiterreise ohnehin nicht infrage kam. Thorbrand stand mit ein paar anderen Nordmännern am

Flussufer, während der Sturm an seiner Kleidung zerrte und ihm das Wasser vom Helm perlte. Mochte Thorbrand auch der Lieblingssohn und wahrscheinliche Nachfolger des großen Grimr Schädelspalter sein, so hieß das nicht, dass er irgendeine bevorzugte Behandlung genoss. Es war selbstverständlich, dass auch der Sohn eines Anführers und Jarls die Schiffe an den Anfurten bewachte. Mochte die vereinigte Flotte von Eirik und Grimr auch größer sein als die meisten anderen Schiffsverbände, die alljährlich von den Küsten der Nordländer aus nach Süden zogen, waren ihnen die Franken trotzdem zahlenmäßig weit überlegen. Nicht an Entschlossenheit, Schnelligkeit, Mut oder Skrupellosigkeit und vom Geschick im Umgang mit Waffen und Schiffen ganz abgesehen. Aber das alles änderte nichts an der Tatsache, dass die Nordmänner letztlich nur eine Handvoll Krieger in einem Land voller Feinde waren. Das galt auch für die Angehörigen von Bragi Bragisons Sippe, aus der ebenfalls niemand auf irgendwelche Privilegien pochen konnte.

Und was das Privileg edler Geburt anging, musste Thorbrand ohnehin darauf achten, dies niemals in irgendeiner Weise ungebührlich herauszustellen. Wenn er tatsächlich eines Tages das Erbe seines Vaters antreten wollte, musste er sich der Gefolgschaft all der Männer sicher sein können, die bisher Grimr Schädelspalter die Treue hielten. Bei den Angehörigen von Bragis Sippe war das keineswegs selbstverständlich. Thorbrand wusste, dass sie viel lieber seinen Halbbruder Olav als Grimrs Nachfolger gesehen hätten. Schließlich war er der Sohn von Solvejg Bragistochter und damit einer von ihnen.

Neben Thorbrand stand Bjarne der Steuermann. Er stützte sich auf einen Speer. Bjarne war gut fünf Jahre älter als Thorbrand und ebenfalls der Sohn einer Sklavin. Das verband die beiden, und wann immer Thorbrand in Schwierigkeiten war, konnte er sich auf den Beistand von Bjarne verlassen. Für Thorbrand war Bjarne wie ein älterer Bruder. Ja, er fühlte sich mit Bjarne dem Steuermann viel mehr verbunden als mit Olav. Es schien eben doch nicht so entscheidend zu sein, ob tatsächlich das gleiche Blut in den Adern zweier Männer floss. Wichtiger war, ob man das gleiche Schicksal teilte.

»Sieh dir diese fränkischen Schweinehunde dort drüben am anderen Ufer an«, stieß Bjarne voller Verachtung hervor und spuckte aus. »Feiglinge sind das. Die werden sich nicht herübertrauen.«

»Das werden König Ludwigs Männer sein«, meinte Thorbrand. »Die haben uns schon beobachtet, als wir diesen verfluchten Fluss hinaufgefahren sind, aber nichts gegen uns unternommen.«

»Ja, die haben seelenruhig zugesehen, wie wir die Stadt geplündert und Franken geschlachtet haben«, sagte Bjarne.

»Wahrscheinlich denken sie, dass wir ihre unfreiwilligen Verbündeten sind.«

»Diesen ehrlosen Hunden ist es gleich, wer ihre Feinde für sie erschlägt. Das kommt davon, wenn man zu einem Halbgott betet, der sich von normalen Sterblichen ans Kreuz schlagen lässt, ohne sich zu wehren.«

»Hast du schon mal ein so großes Pferd gesehen, wie es der Kerl dort drüben besitzt?«, fragte Thorbrand.

»Du hast recht, das ist wirklich ein ziemlich großer Gaul«, stimmte ihm Bjarne zu. »Wenn er acht Beine anstatt vier hätte, könnte man denken, es wäre Odins Pferd Sleipnir.«

Als Thorbrand und Bjarne auf ihrem Posten abgelöst wurden, hatte sich der Wind etwas gelegt, doch noch immer war es klirrend kalt. Thorbrand war nicht empfindlich, aber da seine Kleidung vom Schneeregen durchnässt war, fröstelte er.

Die Reiter um den Mann mit dem großen Pferd waren wieder abgezogen. »Glaub mir, von denen haben wir nichts zu befürchten«, kam Bjarne noch einmal auf das Thema zurück, als sie auf das dem Fluss zugewandte Tor von Xanten zugingen. Es war mit mehreren Wachposten besetzt. Schließlich musste verhindert werden, dass ihre geflohenen Bewohner womöglich unbemerkt zurückkehrten, um dann eine Rückeroberung vorzubereiten. Die Wachen grüßten Bjarne und Thorbrand kurz.

Als sie in die Kirche zurückkehrten, war dort ein handfester Streit ausgebrochen. Hromund der Raue hatte Gunjorn Gutauge zu Boden geworfen. »Du glotzt mich nie wieder so unverschämt an!«, schrie Hromund. »Oder ich reiße dir die Augen aus dem Schädel!«

Gunjorn war sofort wieder auf den Beinen. »Mein Bogen!«, rief er. Und einer seiner Freunde aus Bragis Sippe warf ihm daraufhin Köcher und Bogen zu. Gunjorn fing beides behände und sicher auf.

Hromund griff nach einem kleinen Wurfbeil, das er im Gürtel stecken hatte, und schleuderte es. Gunjorn konnte ihm nur knapp ausweichen, das Beil flog dicht an seinem Kopf vorbei und traf klirrend gegen die Kirchenwand. Hromund stieß einen wütenden Schrei aus.

Gunjorn legte blitzschnell einen Pfeil ein. »In deinem

Bärenfell siehst du aus wie ein Tier, Hromund! Und wie ein Tier werde ich dich jetzt erlegen!«

»Schluss damit!«, schritt Eirik ein. Er wandte sich an Grimr. »Das sind deine Leute! Bring sie zur Vernunft, oder ich schlage ihnen eigenhändig mit meiner Axt die Köpfe ein!«

Grimr lief rot an. Den ganzen Tag schon hatte er sich mit Eirik darum gestritten, wie es weitergehen sollte, doch eine Einigung war nicht in Sicht. Und nun wagte es Eirik auch noch, ihn vor seinen Männern zurechtzuweisen. Der Zorn war Grimr deutlich anzusehen. Er richtete sich eigentlich gegen Eirik, aber zu spüren bekommen sollte ihn ein anderer.

»Den Bogen runter, oder Thors Blitze sollen dich treffen und zu Asche verbrennen!«, dröhnte Grimr und hatte dabei die Hand am Schwertgriff.

Aber Gunjorn war nicht gewillt, die Sache auf sich beruhen zu lassen. Die Sehne des Bogens war gespannt, und auf die Distanz von wenigen Schritten, die zwischen Gunjorn und Hromund lag, war es fast unmöglich danebenzuschießen. »Ich werde dir den Pfeil durchs Auge jagen.«

»Ach, wirklich?«, fragte Hromund der Raue scheinbar unbeeindruckt. »Ich werde dich trotzdem noch mit bloßen Händen umbringen. Notfalls kämpfe ich sogar ohne Kopf weiter. Denn ich kenne keine Furcht und keinen Schmerz. Hast du das vergessen, Gunjorn?«

»Odin erlangte Weisheit, nachdem er sein Auge verlor. Mal sehen, ob das bei dir auch so ist, Hromund, der sich selbst Hromund der Raue nennt, der aber weithin als Hromund der Schwachsinnige bekannt ist.«

Da riss Grimr sein Schwert heraus, schlug mit der

flachen Seite gegen Gunjorns Bogen und schlug ihm diesen aus der Hand. In diesem Augenblick wollte sich Hromund brüllend vor Wut auf Gunjorn stürzen. Aber Grimr wirbelte bereits herum und schlug ihm seinen Schwertgriff gegen den Kopf. Hromund stand einen Moment lang benommen da, dann sackte der große Mann mit dem Bärenfell in sich zusammen.

»Er wird eine Weile schlafen«, sagte Grimr und steckte sein Schwert weg. »Bettet ihn auf sein Bärenfell und sorgt dafür, dass keine Waffe in der Nähe liegt, wenn er erwacht, für den Fall, dass sein verfluchter Berserkerzorn dann noch nicht verraucht ist.«

»Worum ging es bei diesem Streit?«, fragte Thorbrand.

Grimr deutete auf Gunjorn. »Das soll dir dieser Narr beantworten.« Grimr machte eine verächtliche Geste. Zornesröte stand ihm im Gesicht. »Reicht es nicht, dass die Franken versuchen werden, uns zu erschlagen? Müssen wir ihnen noch die Arbeit abnehmen?« Grimrs Stimme hallte in der Kirche wider, und danach war es einige Augenblicke lang vollkommen still.

»Er hat mich beleidigt!«, sagte Gunjorn dann. »Einen Urintrinker hat er mich genannt, der zu schwach ist, den Trunk des Berserkers zu sich zu nehmen.«

»Na und? Hatte er damit nicht recht?«, fragte Halmi der Graue, woraufhin allgemeines Gelächter losbrach. »Sieh es als Kompliment!«, setzte Halmi hinzu, nachdem sich das Gejohle etwas gelegt hatte. »Eines Tages wird Hromund durch seinen Fliegenpilztrank umkommen, und jeder, der klug genug war, nur das Wasser dieses Wahnsinnigen zu trinken, wird dann über ihn lachen und sich einen klugen Mann nennen dürfen.«

Die Stimmung schien sich etwas zu entspannen. Vier

Männer aus Bragis Sippe waren nötig, um Hromund den Rauen fortzutragen. Sie betteten ihn auf sein Bärenfell, so wie Grimr es verlangt hatte.

»Nicht jeder hätte es gewagt, einen Mann wie Hromund so zurechtzuweisen«, sagte Eirik zu Grimr.

»Ich kenne keine Furcht«, knurrte Grimr. »Allerdings brauche ich dafür nicht irgendwelche Pilze! Es ist eine Eigenschaft, die mir die Götter in die Wiege gelegt haben.« Er schlug Thorbrand auf die Schulter. »Hast du gesehen? So regelt man das!«

Thorbrand nickte. »Allerdings hätte ich ihn nicht so leicht davonkommen lassen ...«

»... und ihm den Schädel gespalten?«

Thorbrand lächelte. »Das wäre wahrscheinlich nicht sehr klug gewesen.«

»Es wäre vielleicht sogar klüger gewesen, Hromund zu töten, als ihn so zu demütigen«, mischte sich Olav ein. Er hatte die ganze Zeit in der Nähe gestanden und kein Wort gesagt. Seinen Zügen war nichts anzumerken gewesen. Fast nichts. Denn wer ihn gut kannte, der konnte sehen, was hinter seiner Stirn vorging. Auf Thorbrand traf das ebenso zu wie auf Grimr, aber Letzterer hatte zu viel getrunken, um es in diesem Augenblick erkennen zu können.

Grimr Schädelspalter machte eine wegwerfende Handbewegung. »Was wollt ihr denn? Hromund wird wieder aufwachen, und wir haben keinen Krieger verloren.«

»Einen Krieger zudem, der fünfzehn andere aufwiegt, wenn er sich in Rage kämpft«, fügte Eirik hinzu. »Ich hätte ihn gern bei meinen Leuten. Zumindest dann, wenn ich in den Kampf ziehe. Doch ich gebe zu, außerhalb des Schlachtfelds ist seine Gesellschaft manchmal etwas … anstrengend.«

Einige der Männer lachten, was jedoch bei ein paar Kriegern aus Bragis Sippe nicht gut ankam. Sie hatten nicht richtig mitbekommen, was gesprochen worden war, und so deuteten sie das Lachen als Verhöhnung des großen Kriegers im Bärenfell. Die Blicke waren grimmig.

»Du musst damit rechnen, dass er sich rächen will«, mahnte Eirik den anderen Anführer.

»Ach was. Er hat mir Gefolgschaft geschworen. So wie seine ganze Sippe. Und ich habe ein Weib aus ihren Reihen zur Frau genommen.«

»Eirik hat recht«, mischte sich Olav ein. »Und vielleicht hast du dir nicht nur Hromund zum Feind gemacht, sondern auch noch andere aus Bragis Sippe.«

»Was hätte ich tun sollen?«, fragte Grimr ungehalten, aber er sprach sehr viel leiser als sonst. Bragi Bragison stand mit einigen Männern aus seiner Sippe bei Hromunds Lager. »Zusehen, wie Gunjorn und Hromund sich gegenseitig erschlagen?«

»Sie kommen aus derselben Sippe«, sagte Eirik.

»Umso schlimmer! Ein Frevel gegen die Götter!«

»Es wäre Bragis Aufgabe gewesen einzugreifen, nicht deine.«

»Ja, aber dieser Feigling hält sich lieber zurück.«

Eirik zuckte mit den breiten Schultern. »Wenn wir wirklich in nächster Zeit flussaufwärts fahren, wird das eine lustige Angelegenheit. An deiner Stelle würde ich dafür sorgen, dass Gunjorn und Hromund ihre Füße nicht zur selben Zeit auf die Planken desselben Schiffs setzen.«

»Ich werde deinen Rat beherzigen, Eirik«, murrte

Grimr und wandte sich ab, um sich wieder zu seinem Platz zu begeben. Man hatte inzwischen Decken, Felle und Einrichtungsgegenstände aus den geplünderten Häusern in die Kirche geschafft, die nun mehr Ähnlichkeit mit einer besonders herrschaftlichen Halle eines Langhauses hatte, wie man sie in den Ländern des Nordens baute.

Die Aufmerksamkeit im Raum wandte sich anderen Dingen zu. Hinter dem Altar wurde ein rothaariger Krieger namens Rasmus angefeuert, während er eine der Frauen aus dem Webhaus bestieg. Es war die dritte Frau, die er nahm, und er hatte angekündigt, sie alle der Reihe nach an einem Tag zu schaffen, was schon aufgrund des reichlichen Weines, den er getrunken hatte, stark zu bezweifeln war. So standen die Wetten auch eher gegen ihn, was Rasmus den Roten aber nur noch anspornte. Einiges an dem erbeuteten Silber würde an diesem Tag sicher den Besitzer wechseln.

Grimr war den Göttern für diese Abwechslung dankbar. Es brachte die Männer auf andere Gedanken.

»Vater«, hörte er die Stimme seines Sohnes Olav, der ihm zu seinem Lager gefolgt war. Die Lagerplätze, wo Thorbrand und Bjarne der Steuermann ihre Sachen hatten, befanden sich ganz in der Nähe, und so waren auch sie Grimr gefolgt, und zwar in den Bereich zwischen Taufbecken und der ersten Bankreihe. Zwischen die Bänke hatte sich keiner der Nordmänner hineinpferchen wollen, aber um die Gefangenen unter Kontrolle zu halten, waren sie hervorragend geeignet, denn man konnte sie an den Bänken festbinden und sparte sich die Bewachung.

»Was ist?«, fragte Grimr seinen Sohn.

»Du musst etwas unternehmen.«

Grimr lachte. »Gut, dass ich dich habe. Ich wäre sonst nie auf den Gedanken gekommen.«

Olav unterdrückte den Zorn, der in ihm wegen dieser offenkundigen Geringschätzung aufzusteigen drohte. Eines Tages würde er beweisen, was für ein Anführer in ihm steckte. Allerdings war zu vermuten, dass Grimr das nie erleben würde. »Du musst etwas wegen Hromund unternehmen, Vater.«

»Der schläft gut. Und danach hat er seinen Pilzsud hoffentlich ausgeschwitzt.«

»Damit ist es nicht getan. Die Langeweile hier in diesem fränkischen Nest ist der Grund des Übels.«

Grimr lachte erneut auf. Dann deutete er zu der johlenden Menge um Rasmus den Roten und die Frau aus dem Webhaus. »Gibt es hier nicht genug Unterhaltung? Mag ja sein, dass Hromunds Verstand unter dem übermäßigen Genuss des Pilzextraktes gelitten hat, aber dass dieses Zeug auch seine Männlichkeit schrumpfen lässt, wäre mir neu.«

»Dann gib seiner Männlichkeit etwas zu tun«, schlug Olav vor. »Gib ihm ein Spielzeug, das ihn etwas beschäftigt.« Er streckte die Hand aus und deutete auf die junge Nonne aus Novaesium. »Soll er die da als Sklavin bekommen. Ich nehme an, dass du sie flussaufwärts mitnehmen willst, weil sie sich auskennt.«

Grimr wirkte zunächst überrascht, dann aber machte sich ein Grinsen auf seinem Gesicht breit. Er strich sich über den Bart und murmelte schließlich: »Ist vielleicht gar kein so schlechter Gedanke, was du da gerade gesagt hast.«

»Wir brauchen Hromund«, sagte Olav. »Aber bei den

Raben, die auf Odins Schultern sitzen – es sollen sich unsere Feinde vor diesem Ungeheuer von einem Mann fürchten und nicht wir.«

»Wahr gesprochen, Sohn. Wir machen es so, wie du gesagt hast.« Er winkte zwei seiner Männer herbei. »Hromund soll die Nonne bekommen. Nicht eine von den alten Weibern, ich meine die junge. Zusätzlich zu seinem Anteil. Es wird niemand bezweifeln wollen, dass er das verdient hat, denn es kämpft kein Zweiter so wie er.«

»Gunjorn wirst du auch etwas geben müssen«, gab Olav zu bedenken. »Sonst fühlt er sich beleidigt.«

Grimr nickte. »Gib ihm ein paar Silberstücke von meinem Anteil und sag ihm, dass er für jeden Franken in Novaesium, in dem ein Pfeil aus seinem Köcher steckt, einen Extra-Anteil von der Beute bekommt, die wir dort erwarten.«

»Das wird ihn freuen«, meinte Olav. Wie hatte Grimr nur so lange als Anführer überleben können, wenn er nicht selbst an solche Dinge dachte, ging es ihm dabei durch den Kopf. Der Blick seiner stahlblauen Augen war kühl. Was wäre er für ein Anführer – aber sein Vater war zu dumm, das zu erkennen, und wollte stattdessen einen jähzornigen Narren zu seinem Nachfolger machen ... Dieser Gedanke ließ jene eisige Wut in ihm aufsteigen, die ihn mitunter beherrschte. Eine Wut, die er jedoch zu verbergen gelernt hatte. Auch das unterschied ihn von Thorbrand. Er rannte niemandem ins offene Messer, so wie sein verfluchter Halbbruder es früher oder später tun würde.

Olav bemerkte, dass Thorbrands Blick auf ihn gerichtet war. »Was ist los? Gibt es irgendwas dagegen einzuwenden, die Nonne Hromund zu geben?«

»Nein«, sagte Thorbrand.

»Ich dachte schon ...«

»Was dachtest du?«, hakte Thorbrand nach.

»Ich dachte, dass du mich am liebsten erwürgen würdest.«

»Als wir klein waren, habe ich dich schon mal verprügelt«, zischte Thorbrand zwischen den Zähnen hindurch.

»Wenn damals Halmi der Graue nicht dazwischengegangen wäre, hättest du mich umgebracht.«

Thorbrands Mund blieb ein gerader Strich, während er sprach. »Das war dein Glück, Olav.«

»Nein, dein Glück, denn das hätte dir nicht einmal unser Vater verziehen, der ja sonst immer äußerst nachsichtig ist, was deine Schwächen angeht.«

Thorbrand hörte seinem Bruder gar nicht mehr zu. Sein Blick war auf die junge Nonne aus Novaesium gerichtet. Sie sah mit großen, angstgeweiteten Augen zu ihm hinüber. Ihre Hände waren gefesselt und an der Kirchenbank vor ihr festgebunden wie bei den anderen Gefangenen. Sie hatte keine Ahnung, was ihr bevorstand, dachte Thorbrand. Ihre Erscheinung erinnerte ihn immer mehr an seine Mutter. Aber das Schicksal meinte es mit ihr um ein Vielfaches schlimmer. Schließlich sollte sie die Sklavin eines Mannes werden, der stolz darauf war, dass alle ihn als wildes Tier ansahen, und der sich ein Bärenfell umhängte, damit auch wirklich jeder das Vieh in ihm erkannte.

Am Abend gab es einen lauten Streit zwischen Grimr Schädelspalter und Eirik Sturlason. Die beiden Männer schrien sich an und bedachten einander mit den schlimmsten Schimpfwörtern und Flüchen. Für andere wäre das Grund genug gewesen, sich gegenseitig mit der Dänenaxt den Schädel einzuschlagen. Aber Eirik und Grimr kannten sich schon lange und waren schon oft gemeinsam auf Fahrt gegangen, sodass ihre Verbindung auch einen handfesten Streit aushielt. Und davon abgesehen war jedem von ihnen bewusst, dass er auf den anderen angewiesen war.

Am Schluss einigten sich die beiden und tranken auf ihre gerade gefällte Abmachung. Dafür wurden die letzten Met-Vorräte angebrochen. Viel war davon nach der langen Fahrt, die sie hinter sich hatten, nicht mehr übrig. Aber beiden schmeckte das Gebräu aus der Heimat bei Weitem besser als der süßliche Wein, den ihre Männer in den Klostermauern entdeckt hatten.

»So werden wir es also machen«, sagte Grimr. »Meine Mannen und ich brechen mit unseren Schiffen auf, sobald es das Wetter zulässt, fahren flussaufwärts, und du bleibst mit deinen Schiffen hier.«

»Ich wünsche dir viel Glück, Grimr. Du weißt, dass ich deine Tollkühnheit immer bewundert habe.«

»Unsere Knorren lassen wir zunächst hier, und ich kann mich darauf verlassen, dass sie bei dir in guten Händen sind.«

»Ehrensache«, versprach Eirik.

»Bei den Göttern!«

»Bei Odin und Thor!«

»Und bei Hel, in deren finsteres Totenreich du eingehen sollst, wenn du dein Wort nicht hältst!«

»Hast du das in all den Jahren jemals erlebt, Grimr?«

»Nein.«

Sie stießen ihre Trinkhörner gegeneinander. »Lass

uns bei Njörd schwören! Er soll deine und meine Unternehmungen in diesem Flussland segnen!«

»So soll es sein!«, stimmte Eirik zu. »Obwohl es schon etwas merkwürdig ist, dass ausgerechnet der Gott des Meeres uns in der Tiefe des Binnenlandes beistehen soll.«

»Ich würde sogar die Hilfe des Gottes der Araber annehmen, wenn ich etwas mehr über ihn wüsste und mir sicher wäre, dass er auf unserer Seite stünde.«

»Da wäre ich vorsichtig.«

»Ach ja? Wieso?«

»Weil der Gott der Araber unsichtbar ist wie ein fieser Zwerg, und Unsichtbaren traue ich nun mal nicht. Da ist mir selbst so ein gekreuzigter Schlappschwanz lieber.«

»Wie auch immer«, sagte Grimr. »Ich habe vor, Novaesium zu plündern …«

»Und falls dir das gelingt und nicht etwa ein paar Furcht einflößende Nonnen dafür sorgen, dass deine Krieger Reißaus nehmen, schicke ich dir die Knorren hinterher, damit ihr eure Beute auch verschiffen könnt!«, fasste Eirik einen wichtigen Punkt ihrer Einigung noch mal zusammen. »Schließlich wirst du ja sicher Transportschiffe brauchen.«

»Ich werde dir einen Boten schicken«, versprach Grimr. »Und wer weiß, vielleicht bereust du's dann, dass du nicht mitgezogen bist!«

»Das glaube ich nicht«, meinte Eirik. Er machte eine weit ausholende Handbewegung, bei der er die Hälfte des Mets in seinem Trinkhorn verschüttete. »Du siehst, was für ein angenehmer Ort diese Stadt geworden ist, seit wir sie in unserer Hand haben. Die Frauen aus dem Webhaus sind ansehnlich, und für einige der Gefangenen dürfen wir ein hohes Lösegeld in Silber erwarten. Es ist das Klügste, die nächsten Monate hierzubleiben.« Er lachte laut auf. »Wie sollten wir sonst ernten, was schon gesät ist?«

Grimr lächelte grimmig. »Über diesen Punkt haben wir uns lange genug unterhalten. Und ich fürchte, du wirst mir dazu auch nichts Neues sagen, wenn wir eine ganze Woche darüber reden.«

»Wohl wahr«, gab Eirik zu. »Ich hoffe, die junge Nonne wird noch in der Lage sein, dir zu helfen.«

»Wie kommst du jetzt darauf, dass dies nicht der Fall sein könnte?«, fragte Grimr Schädelspalter verwundert.

»Nun, du weißt doch, wie Hromund ist. Weder seine Feinde noch seine Freunde oder Frauen haben bei ihm viel zu lachen. Und wie wir heute ja schon sehen konnten, hält er es nicht so genau damit, wem er den Schädel einschlägt.«

»Wichtig ist, dass unsere Feinde ihn fürchten«, sagte Grimr. »Ich aber tue es nicht, wie du heute auch beobachten konntest.«

»Ein Jarl sollte nicht gegen seine eigenen Männer kämpfen müssen«, fand Eirik.

»Manchmal ist das unumgänglich«, murmelte Grimr.

Rasmus der Rote war vor Erschöpfung zusammengebrochen, nachdem er gerade die fünfte der Webhaus-Frauen genommen hatte. »Bei Odin, das liegt nur an diesem verfluchten Wein ...«, stöhnte er noch, bevor er die Besinnung verlor. Nun schlief er seinen Rausch aus. Einige Männer hatten eine Menge Silber gewonnen, andere dieselbe Menge verloren.

Bragi Bragison gehörte zu den Gewinnern. Er zählte

auf einer Bank im vorderen Teil des Kirchenschiffs penibel seine Silberstücke. Hier war er für sich. Niemand hatte hier ein Lager aufgeschlagen, weil es unangenehm zog, wenn die Tür geöffnet wurde, was schon allein immer dann geschah, wenn die Wachen abgelöst wurden.

Olav Schädelspalter suchte ihn auf. Die Männer aus Bragis Sippe waren wichtig für ihn. Vor allem, wenn er seine Absicht in die Tat umsetzen und die Führerschaft beanspruchen wollte. Notfalls sogar noch zu Lebzeiten seines Vaters und gegen dessen Widerstand. Es durfte einfach nicht sein, dass ein von Jähzorn getriebener Mann wie Thorbrand auf den Schild gehoben wurde. Zumindest das musste Olav mit allen Mitteln verhindern.

»Schielst du nach meinem Silber?«, fragte Bragi, der die Stücke auf der Kirchenbank in Gruppen zu zehnt aufgereiht hatte. Als junger Mann war Bragi auf dem Schiff seines Onkels mitgefahren. Eine Reise hatte ihn über die Flüsse der östlichen Länder und ein Meer, das man als das Schwarze Meer bezeichnete, bis in die Länder der Araber gebracht, wo er gelernt hatte, nach ihrer Art zu rechnen. Denn in der Kunst des Rechnens, so hieß es, übertraf niemand die Anhänger des unsichtbaren Gottes Allah und seines Propheten.

»Keine Sorge, ich werde dir nichts wegnehmen«, versicherte Olav lachend.

»Da bin ich beruhigt«, meinte Bragi. »Ich würde dich nämlich ungern erschlagen.«

»Das würde dir kaum gelingen.«

»Da solltest du dir nicht zu sicher sein!«

»Wie gesagt, ich hab's nicht auf dein Silber abgesehen. Ich stehle gern, aber niemals bei jemandem aus der eigenen Sippe.«

Bragi sah ihn finster an. »Wir sind nicht aus einer Sippe.«

»Aber euer Blut fließt auch in meinen Adern, vergiss das nicht. Ich dürfte meiner Mutter nicht mehr unter die Augen treten, würde ich so eine Niedertracht begehen.«

»In dem Fall würde ich tatsächlich nicht in deiner Haut stecken mögen«, grinste Bragi. »Solvejg ist ein zänkisches Weib. Wir alle waren froh, als sie deinen Vater heiratete und sie nicht mehr bei uns wohnte.«

Daraufhin lachten beide Männer.

»Wenn sich das Wetter ändert, fahren wir flussaufwärts«, sagte Olav schließlich. »Es wird viele Kämpfe geben. Dieses Novaesium wird kaum so leicht zu nehmen sein wie das Nest, in dem wir hier lagern.«

»Diese Einschätzung teile ich.«

»Was hier in Xanten geschehen ist, wird sich herumgesprochen haben. Unsere Gegner werden sich besser vorbereiten.«

»Sofern sie dazu in der Lage sind«, schränkte Bragi ein. »Schließlich führen die Franken Krieg gegeneinander und konzentrieren ihre Kräfte vor allem darauf, sich gegenseitig umzubringen.«

»Eine Neigung, die wir anscheinend mit ihnen teilen«, meinte Olav. »Zumindest wenn man darüber nachdenkt, was heute geschehen ist.«

Bragi zuckte mit den breiten Schultern. »Ich habe nie etwas davon gehalten, sich mit einem Pilzextrakt den Verstand zu vernebeln. Wenn die natürliche Wut eines Mannes nicht ausreicht, sollte er sich nicht in den

Kampf begeben. Der Grund, das Schwert zu ziehen, ist dann nämlich einfach nicht ausreichend.«

»Wem sagst du das«, stimmte Olav zu. »Aber ich glaube kaum, dass deine Worte Gehör bei jemandem finden, der bereit ist, das Wasser eines anderen Kriegers zu trinken, nur um etwas mehr Wut in sich zu fühlen.«

»So etwas würde ich niemals über mich bringen«, versicherte Bragi. »Aber manche Männer tun eigenartige Dinge ... So wie dein Vater.«

»Er hatte keine andere Wahl, als Hromund entgegenzutreten«, sagte Olav.

»Das meine ich nicht.«

»Was dann?«

Bragi schaute von seinen Silberstücken auf und sah sich erst um, so als wollte er sichergehen, dass ihnen niemand zuhörte. »Wir haben viele erfolgreiche Fahrten hinter uns, bei denen Njörd uns viel Glück geschenkt und mit reicher Beute nach Hause geleitet hat. Manchmal haben wir das Glück und den Beistand der Götter geradezu herausgefordert.«

»Ja, ich weiß«, sagte Olav. »Leider war ich bei vielen dieser Fahrten noch nicht einmal geboren und habe nur die Erzählungen am Feuer gehört.«

»Ich sage es ungern, aber er wird alt, Olav. Und er ist nicht mehr derselbe wie früher.«

»Das ist der Lauf der Dinge.«

»Von einem guten Anführer sollte man erwarten, dass er über die Zeit hinaussieht, Olav. Doch das können nur wenige.«

»Das mag sein.«

»Dein Bruder hat diese Gabe nicht. Er vertraut auf das Glück, das die Götter schenken, und dabei bin ich mir noch nicht einmal sicher, ob er überhaupt an sie glaubt oder der Sklavenglaube seiner Mutter ihn nicht insgeheim für immer verdorben hat.«

Bragi druckste zwar noch herum, aber Olav ahnte, worauf er hinauswollte. Olav hatte immer darauf geachtet, sich die Freundschaft der Männer aus Bragis Sippe zu bewahren. Seine Mutter hatte ihn dabei nach Kräften unterstützt. Es war Bragi gewesen, der ihn im Schwertkampf unterrichtet und ihn gelehrt hatte, wie man ein Langboot segelt. Er hatte ihm gezeigt, wie man die ungestüme, tödliche Kraft des Windes nutzen und ihn sogar überlisten und entgegen seiner Blasrichtung kreuzen konnte. Und er hatte von Bragis jüngerem Bruder Steinar Bragison dem Schiffsbauer ein Jahr lang die Kunst erlernt, Schiffe zu bauen, die dem wildesten Ozean widerstanden und mit denen man in wenigen Wochen bis an die Küste des fernen Landes Al-Andalus segeln konnte, von dem man sagte, dass es eine abgefallene Provinz des fernen Kalifen von Bagdad war. Dass man seine Söhne im Haus eines Freundes oder Verwandten ausbilden ließ, war in den Ländern des Nordens nichts Ungewöhnliches. Was Olav allerdings nicht verwinden konnte, war, dass sein Vater all das, was er gelernt hatte, anscheinend als wertlos ansah und Thorbrand bevorzugte. Thorbrand, der den Hof seines Vaters nie verlassen hatte, es sei denn, er war mit ihm zusammen hinaus auf die See gefahren, was ihm schon als Jungen erlaubt worden war. Thorbrand, der nichts gelernt hatte, außer seinem Jähzorn im Kampf freien Lauf zu lassen und mit dem Schwert um sich zu schlagen und jede Vorsicht zu vergessen, was gewisse Männer als besonderen Mut ansahen. Thorbrand …

Allein der Gedanke an seinen Halbbruder ließ Groll in Olav aufkommen. Eines Tages musste es zur Entscheidung zwischen ihnen kommen. Vielleicht zu einem offenen Kampf, aber das wollte Olav eher vermeiden. Er war jedenfalls entschlossen, sich auf diesen Tag vorzubereiten und bis dahin genügend Verbündete zu sammeln, wenn es um die Frage ging, wer die Nachfolge von Grimr Schädelspalter antreten sollte.

»Wenn dein Vater mal nicht mehr unter den Lebenden weilt und in Walhall sein Met trinkt, wird hier bei uns alles auseinanderfallen, alles, was dein Vater und dein Großvater aufgebaut haben«, sagte Bragi jetzt sehr ernst. »Die Männer werden ihrer eigenen Wege gehen. Ich glaube nicht, dass dein Bruder es schaffen wird, die Flotte zusammenzuhalten. Sippen werden davonziehen und ihr Glück woanders suchen. Vielleicht werden sich einige von ihnen Eirik anschließen. Aber auch der hat seine besten Tage hinter sich. Die Größe seiner Flotte täuscht. Er ist ein Riese auf tönernen Füßen.«

»Das gilt für jeden Anführer«, sagte Olav. »Sobald sich Njörd von ihm abgewandt hat und es keine Beute und kein Glück im Kampf mehr gibt, ist die Gefolgschaft auf und davon. Daran ändern auch keine Treueschwüre etwas.«

»Wahr gesprochen«, sagte Bragi, »und weise für einen Mann deines Alters.«

Olav lächelte verhalten. Ein Lächeln, in dem auch ein leicht bitterer Zug lag. »Es freut mich zu hören, dass du so denkst, Bragi.«

»Olav, ich werde dies nur einmal sagen und zu den Göttern beten, dass es niemand sonst hört und niemand vor der Zeit erfährt. Aber sollte eines Tages die

Stunde kommen, da du die Führerschaft an dich reißen willst, kannst du dich auf meine Unterstützung verlassen.«

Olav war für einen Augenblick sprachlos – was selten bei ihm vorkam. Das, was Bragi ihm da gerade unterbreitet hatte, war mehr, als er bislang in seinen kühnsten Träumen erwartet hatte.

»Ich danke dir«, sagte Olav schließlich, noch immer sichtlich unter dem Eindruck dessen, was er soeben vernommen hatte.

»Du wirst mir dankbar sein müssen, wenn du erreicht hast, was dir vorschwebt«, gab Bragi grinsend zurück. »Zum Beispiel könnte man sich darüber unterhalten, ob den Bogenschützen aus meiner Sippe nicht ein etwas höherer Anteil an der Beute zusteht, als es bisher üblich war.«

»Wir werden zu gegebener Zeit über alles reden«, versprach Olav.

»Dein Vater war in dieser Angelegenheit leider nie besonders gesprächsbereit, obwohl auch er zugeben musste, dass eine Handvoll geübter Bogenschützen manchmal wichtiger sein kann als eine Hundertschaft von Axtkriegern.«

»Wie gesagt, zu gegebener Zeit, Bragi!«

»Eine Bedingung gibt es allerdings für meine Unterstützung.«

Olav hob die Augenbrauen. *Ich dachte schon, er kommt damit gar nicht mehr heraus,* dachte er. *Mal sehen, wie mutig du in Wahrheit bist, Bragi Bragison!*

»Was für eine Bedingung?«, fragte Olav.

»Wann immer du den Tag für günstig hältst, die Führerschaft zu übernehmen, stehe ich auf deiner Seite, und wie du weißt, habe ich großen Einfluss auf die Männer meiner Sippe und auf andere.«

»Das ist mir bewusst.«

»Aber es gibt eine Einschränkung. Solange dein Vater lebt, werde ich niemand anderem die Treue halten als ihm.«

Dachte ich's mir doch. Einen Aufstand gegen meinen Vater würdest du nicht wagen …

»Sei gewiss, dass ich den Zeitpunkt richtig wählen werde«, versprach Olav.

Bragi nickte nachdenklich. »Dessen bin ich mir sicher«, murmelte er, ehe er sich wieder voll und ganz auf seine Silberstücke konzentrierte.

KAPITEL 5

In der nächsten Nacht begann Thorbrands Wachdienst erst sehr spät. Die Tageswende war schon vorüber, und über dem eroberten und geplünderten Ort hing eine unheilvolle Stille. Eine durchdringende Kälte herrschte, aber dafür hatte sich das Wetter beruhigt. Der Himmel war sternenklar. Ein fahler Vollmond stand am Himmel und sorgte dafür, dass es relativ hell war.

Zusammen mit Bjarne dem Steuermann befand sich Thorbrand wieder bei den Anfurten, um die Schiffe zu bewachen. Von den Franken auf dem anderen Flussufer war diesmal nichts zu sehen. Es schien ihnen ziemlich gleichgültig zu sein, was in Xanten geschah. Thorbrand erfuhr von jenen, die vor ihnen hier Wache gehalten hatten, dass sich schon die ganze Nacht kein Franke hatte blicken lassen.

»Ich weiß nicht, ob das wirklich ein gutes Zeichen ist«, meinte Bjarne. »Es könnte auch sein, dass sie jetzt irgendwo ein großes Heer zusammenziehen, auf das wir dann irgendwann stoßen, wenn wir weiter flussaufwärts fahren.«

»Dazu müsste dieses Heer erst mal über den Fluss«, meinte Thorbrand. »Und das ist nicht ganz so einfach. Er scheint mir zurzeit eine ziemlich starke Strömung zu haben.«

Als sie nach ihrer Wache in die Kirche zurückkehrten,

war es dort fast totenstill. Man hörte nur das Schnarchen der Männer. Das Feuer war heruntergebrannt. Es war kaum noch jemand wach. Sogar die Wachen an der Kirchentür, zwei Männer aus Eiriks Flotte, waren ihrer Müdigkeit erlegen, und auch die gefangenen Mönche und Nonnen hatten ihre andauernden Gebete eingestellt.

Umso mehr fiel Thorbrand ein leises Wimmern auf.

»Was ist das?«, wisperte er.

»Irgendeine der Gefangenen«, vermutete Bjarne. »Wahrscheinlich hat sie keine Aussicht, dass ein Lösegeld für sie aufgebracht wird.«

»Nein, du irrst dich, Bjarne ...« Thorbrand hatte die Richtung, aus der die Laute drangen, ausgemacht. Mit schnellen Schritten ging er durch die Kirche.

»Thorbrand!«, hörte er Bjarne hinter sich. Aber der Sohn des Jarl beachtete ihn nicht weiter. Dort, wo Hromund der Raue seinen Lagerplatz hatte, fand er die junge Nonne aus Novaesium. Hände und Füße waren ihr zusammengebunden worden. Ihr Gewand war zerrissen, und sie hatte Schwellungen im Gesicht, die sie so entstellten, dass sie kaum wiederzuerkennen war.

Ihr Wimmern erstarb, als sie Thorbrand bemerkte. Sie sah zu ihm auf. Das linke Auge war geschwollen. Hromund war nirgends zu erblicken.

Thorbrand fühlte kalten Grimm in sich aufsteigen. In seinem Inneren hörte er eine Stimme. Es war die seiner Mutter. Sie sprach Fränkisch und erzählte ihm, wie es ihr ergangen war. Wie sie aus ihrem Dorf an der Mündung der Elbe geraubt worden war, zusammen mit den wenigen anderen Überlebenden des Überfalls der Nordmänner. Fränkische Bauern waren sie gewesen, angesiedelt an der Küste der Sachsen, nachdem Karl der

Große ihr Land erobert, seine Einwohner zu Christen und die nahe Festung Hammaburg sogar zum Bischofssitz gemacht hatte. Eine Generation hatte es gebraucht, das Dorf aufzubauen, und nur ein paar Stunden, um alles zu vernichten. Die fränkische Besatzung von Hammaburg hatte ihnen nicht helfen können. Und die Wut der Plünderer darüber, kaum etwas erbeutet zu haben, ließen sie an den Gefangenen aus. Sie hatte Thorbrand davon erzählt, wie sie auf einem Markt weiterverkauft worden war, wie man sie geschlagen und gedemütigt hatte und wie sie schließlich auf dem Hof von Grimr Schädelspalter gelandet war, der sie zusammen mit ein paar Kühen erworben hatte. »Du sollst das nie vergessen«, hatte sie ihm gesagt. »Niemand sollte vergessen, woher er kommt. Und du sollst nicht vergessen, dass die eine Hälfte deiner Vorfahren fränkische Bauern waren, die an Jesus Christus geglaubt haben.«

»Ich glaube nicht an Jesus Christus«, hatte Thorbrand darauf erwidert. »Er war zu schwach, um euch damals zu helfen. Wieso sollte er dann mir helfen, wenn ich zu ihm bete?«

All diese Worte und Bilder aus der Vergangenheit stiegen in ihm auf. Sie wirkten wie Zunder, der das Feuer des frisch entfachten Jähzorns auflodern ließ.

Thorbrand ging zum Lager des irren Orm, das sich ganz in der Nähe befand. Orm schnarchte besonders laut. Es erinnerte an den Klang der Sägen, mit denen man das Holz für die Schiffe bearbeitete. Mit dem Fuß stieß Thorbrand den Schlafenden an. Der irre Orm schreckte hoch und griff sofort zu dem kurzstieligen Einhandbeil, das neben ihm auf dem Boden lag. Sein Gesicht war im ersten Augenblick zu einer wütenden

Grimasse verzerrt, die sich allerdings entspannte, als er Thorbrand erkannte.

»Was willst du?«, fragte er.

»Wo ist Hromund?«

»Er hat Wache, so wie wir alle von Zeit zu Zeit.«

»Wo ist er genau?«

Der irre Orm blinzelte. Er sprach undeutlich und brauchte eine Weile, bis er richtig wach war. Dann aber ließ er das Beil sinken und runzelte die Stirn. »Er ist beim großen Turm auf der Westseite der Stadt, gleich am Haupttor, durch das ein Großteil der Einwohner entkommen konnte, sodass wir wohl nicht allzu viele Lösegelder kassieren werden.«

Die Lösegelder würden ohnehin zum Großteil Eirik und seine Männer einstreichen. Das war Bestandteil der Übereinkunft zwischen Grimr Schädelspalter und Eirik Sturlason über das weitere Vorgehen. Nur schien der irre Orm davon nicht allzu viel mitbekommen zu haben.

Wortlos drehte sich Thorbrand um.

»Warum willst du das wissen?«, rief Orm ihm hinterher. Dass er die Männer um sich herum weckte, schien ihm gleichgültig zu sein. »Hast du nicht gehört? Ich rede mit dir!«

Aber Thorbrand gab keine Antwort. Mit stierem Blick und weiten Schritten ging er zur Kirchentür zurück. Vergeblich versuchte Bjarne ihn aufzuhalten. Thorbrand stieß die Kirchentür auf und trat ins Freie. Er tat das so wüst und ungestüm, dass die Wachen aus ihrem Schlummer schreckten. Geräuschvoll schlug die Tür hinter ihm zu.

Bjarne war ihm ins Freie gefolgt und holte ihn nach wenigen Schritten ein. Der Steuermann kannte Thorbrand gut genug, um genau zu wissen, was mit dem jungen Mann los war. »Thorbrand, sie ist eine Sklavin! Und bei Odin und allen Göttern, sie gehört nun mal Hromund dem Rauen. Er kann mit ihr machen, was er will.«

»Das weiß ich sehr wohl.«

»Dann halt dich aus der Sache raus, Thorbrand!«

»Das kann ich nicht!«

»Diese Nonne sieht deiner Mutter zufällig ähnlich, aber das ist auch alles.«

»Lass mich!« Thorbrand riss sich ungestüm los, als Bjarne ihn am Arm festzuhalten versuchte.

»Thorbrand! Musst du erst ein Auge verlieren wie Odin, um weise zu werden?«

Thorbrand lief schnurstracks zum großen Turm am Westtor. Der Turm war wie die meisten anderen Gebäude des Ortes aus Holz, allerdings bei dem Überfall der Nordmänner kaum in Mitleidenschaft gezogen worden. Die Brandpfeile waren nicht bis hierhergelangt, und das Tor selbst war vollkommen intakt geblieben. Der Turm hatte nur eine Höhe von drei oder vier Mannlängen und war damit zwar bei Weitem nicht so hoch wie der Kirchturm, aber immerhin höher als die anderen Wachttürme entlang des Befestigungswalls.

Auf jeden Fall war dieser Turm ein wichtiger Aussichtsposten, um das umliegende flache Land zu überwachen. Und höher brauchte er dazu auch gar nicht zu sein, denn da es kaum Hügel, Sträucher oder gar Bäume gab, konnte man jeden potenziellen Angreifer bei Tag schon auf viele Meilen Entfernung ausmachen, und selbst in einer normalen, mondhellen Nacht wäre es nahezu unmöglich gewesen, sich dem Befestigungswall von der Landseite her zu nähern, ohne den Bogenschützen auf den Wergängen dabei ein leichtes Ziel zu bieten.

Thorbrand stürmte die Holztreppe hinauf. Bjarne folgte ihm. Aber der Steuermann ahnte, dass er Thorbrand kaum von dem würde abhalten können, was auch immer er sich vorgenommen hatte.

Hromund mit seiner hoch aufgerichteten Gestalt und dem Bärenfell wirkte im fahlen Mondlicht wie ein monströser Tiermensch. Mit einer schnellen Bewegung zog Thorbrand einen Dolch aus dem fellbesetzten Lederstiefel, und ehe der Berserker begriff, wie ihm geschah, hatte ihm Thorbrand die Klinge an die Kehle gesetzt. »Rühr dich nicht, du pilzbessenes Vieh!«, zischte er.

Hromund knurrte etwas Unverständliches. Jeder Muskel, jede Sehne seines gewaltigen Körpers war in diesem Moment gespannt. Er holte tief Luft, was einen rasselnden Laut ergab. Aber er blieb wie erstarrt stehen.

»Was willst du von mir, Sohn einer Frankensklavin?«, knurrte er schließlich. »Einen deiner eigenen Leute umbringen? Behandelt man so einen Kampfgefährten, dem du es zu verdanken hast, dass du reich werden wirst?«

»Greif mich an, wenn du willst, dann töte ich dich jetzt und hier«, sagte Thorbrand. »Doch dann wirst du nie wieder auf einem Schiff mitfahren. Weder bei meinem Vater noch bei Eirik oder irgendwo, wo sie bekannt sind.«

»Dasselbe blüht dir auch, wenn du jetzt zustichst«, stellte Hromund klar, der überraschend nüchtern argumentierte. »Nicht mal dein Vater oder dein Bruder könnten dich dann vor der Verbannung bewahren.«

»Das ist mir vollkommen gleich, Hromund, der so mutig war, es mit einer unbewaffneten, gefesselten Nonne aufzunehmen!«

»Ich habe keine Ahnung, was du willst. Sie gehört mir. Dein Vater hat sie mir gegeben.«

»Ich habe gesehen, was du ihr angetan hast.«

»Und ich tue es wieder, wenn es mir gefällt. Denn ich kann mit ihr machen, was ich will.«

»Thorbrand, lass gut sein!«, griff Bjarne ein. »Die Nonne lohnt den Ärger nicht. Und es ist besser, den Kopf ins kalte Flusswasser zu tauchen als in das pilzverseuchte Blut von diesem Mannbär, wenn du deinen Zorn abkühlen willst.«

»Ich will meinen Zorn gar nicht abkühlen«, sagte Thorbrand, und in seinen Augen brannte ein kaltes Feuer. »Hör gut zu, Hromund, der stolz darauf ist, ein Tier zu sein …«

»Was willst du? Mir vorschreiben, was ich mit meiner Sklavin tun darf?«

»Du kannst mit ihr tun, was du willst. Sie ist dein Eigentum …«

»Schön, dass dein Verstand langsam zurückkehrt, Sohn von Grimr Schädelspalter!«

»Aber eins sollst du wissen: Wenn du die Nonne tötest, töte ich dich.«

Thorbrand zog den Dolch zurück. Hromunds Gesicht verzerrte sich zu einer Grimasse. Inzwischen standen die anderen Männer, die auf dem Turm zur Wache eingeteilt waren, um die beiden herum. Und ein paar waren sogar von einem benachbarten Wehrgang hinter den Palisaden heraufgeeilt, um zu sehen, was sich hier abspielte. Der Wortwechsel zwischen Thorbrand und Hromund war laut genug gewesen, um weithin gehört zu werden.

Thorbrand trat einen Schritt zurück. Alle Augen waren auf Hromund gerichtet. Niemand hatte es je gewagt, ihn so zurechtzuweisen und auf diese Weise zu demütigen. Schon als Junge war er außergewöhnlich groß und stark gewesen, und spätestens seit seinem siebzehnten Jahr hätte es keiner der Männer aus Grimrs oder Eiriks Flotte mit ihm an Kraft und Wildheit aufnehmen können.

Hromunds Blick fixierte Thorbrand auf eine Weise, die einen anderen erschreckt hätte. Aber Thorbrand hielt diesem Blick stand. Niemand wagte es, auch nur ein einziges Wort zu sprechen.

Dann drehte sich Hromund um. Er blickte in die Weite der grasbewachsenen, von einer leichten Schicht aus Schnee überdeckten Auenlandschaft und murmelte etwas vor sich hin. Vielleicht war es ein Fluch, vielleicht ein Gebet zu den Göttern. Niemand hätte Hromund danach fragen wollen.

»Komm jetzt«, sagte Bjarne und legte Thorbrand die Hand auf die Schulter. Er tat dies so energisch, wie es sich nur ein sehr guter Freund erlauben konnte.

Thorbrand fühlte den aufgestauten Jähzorn in sich. Da war der unbändige Wunsch, Hromund sofort zu töten, ihm den Dolch doch noch bis zum Heft in den Leib zu rammen und in seinem Fleisch herumzudrehen. In seinem Inneren vermischte sich das alles mit den Erinnerungen an seine Mutter und dem erbarmungswürdigen Anblick der jungen Nonne aus Novaesium.

»Zähme deinen Zorn, Thorbrand«, hörte er Bjarne wie aus weiter Ferne sagen, und die Worte des Steuermanns hallten in seinem Kopf wider.

Thorbrand spürte den Druck, der von Bjarnes Hand auf seine Schulter ausging, und gab ihm schließlich nach. Er drehte sich um und verließ den Turm.

Die Blicke der anderen folgten ihm. Blicke von Männern, die ihn in diesem Moment für seinen Mut bewunderten, denn niemand von ihnen hatte bisher etwas Ähnliches gewagt.

Ohne Eile verließ Thorbrand den Turm, ging die Treppe hinab und zurück in Richtung der Kirche.

»Das war nicht klug«, sagte Bjarne.

»Es war richtig«, gab Thorbrand zurück und atmete tief durch. »Jetzt fühle ich mich jedenfalls besser.«

»Hromund wird sich irgendwann dafür rächen.«

»Soll er es versuchen. Soll er mir einen Vorwand geben, ihn zu töten. Ich nehme die Gelegenheit dazu gern wahr.«

»Vielleicht wird Hromund vorher an seinem Pilzgebräu verrecken – doch dich wird eines Tages dein eigener Zorn umbringen, Thorbrand.«

Thorbrand sah den Steuermann an, und sein Gesicht entspannte sich etwas. »Sagt man nicht, dass solche Männer nach Walhall kommen und ihnen das düstere Totenreich der Göttin Hel erspart bleibt?«

»Vielleicht solltest du darauf hoffen, dass die Christen recht haben …«

»Ach ja?«

»… und du nach deinem Tod Vergebung deiner Sünden erlangst.«

Thorbrand lachte. Aber das Lachen erstarb, denn ihm fiel ein, dass seine Mutter ihm einmal von den Dingen erzählt hatte, die bei den Christen als sogenannte Todsünden galten. Und Jähzorn zählte darunter zu den schlimmsten.

KAPITEL 6

Es war ein kalter, klarer Morgen, als die Flotte von Grimr Schädelspalter aufbrach. Der größte Teil der Männer begleitete ihn. Nur wenige blieben zurück, um die bauchigen Knorren zu bemannen, um Grimr mit ihnen zu folgen, sobald ein Bote mit einer entsprechenden Nachricht eintraf.

Zwei Dutzend Langschiffe mit insgesamt etwas über siebenhundert Nordmännern machte sich wieder auf die Reise.

Grimr und seine Söhne befanden sich auf der NJÖRDS SEGEN, einem Langschiff mit einem abnehmbaren Drachenkopf am Bug, an dem allerdings inzwischen etwas die Farbe abblätterte. Der viel zu lange Aufenthalt an der Küste der Angelsachsen mit ihrem schlechten Wetter hatte dazu beigetragen, dass sie früher ihren Glanz verlor als üblich. Manche sahen darin ein böses Omen und beteten vorsorglich zu Odin. Der graue Halmi hingegen hatte schon, als sie noch an der Küste der Angelsachsen gewesen waren, die Vermutung geäußert, dass sie Sven der Blaue aus Birka, von dem Grimr die Schiffsfarbe erworben hatte, betrogen und diesmal mit minderwertiger Ware versorgt hatte.

Hromund der Raue befand sich auf einem anderen Schiff. Grimr hatte von dem Vorfall auf dem Turm erfahren, zumal die Geschichte sehr schnell die Runde unter den Nordmännern gemacht hatte. Die Nonne aus Novaesium allerdings war für diese Fahrt auf die NJÖRDS SEGEN gekommen. Sie war die einzige Gefangene, die die Reise flussaufwärts mitmachte, und man erhoffte sich von ihr wertvolle Informationen, sobald man sich Novaesium näherte. Grimr wollte sie deswegen zumindest während der Fahrt in seiner Nähe haben. Er fand, dass ihm dieses Recht auch zustand, schließlich war er es gewesen, der Hromund die Sklavin geschenkt hatte.

Hromund wiederum hatte dies zähneknirschend zur Kenntnis genommen. Dass die Nonne sein Besitz blieb, das zog niemand in Zweifel. Und dass es ihm als Einzigem gestattet war, eine Gefangene mitzuführen, konnte er durchaus als Privileg ansehen.

Grimr hatte zunächst kein einziges Wort über den Vorfall in der Nacht verloren, weder gegenüber Hromund noch gegenüber Thorbrand. Nun aber, da sie schon seit ein paar Stunden unterwegs waren, nahm er Thorbrand zur Seite. »Zweimal innerhalb von zwei Tagen hat ein Schädelspalter Hromund dem Berserker seine Grenzen aufgezeigt«, sagte er leise und lächelte dabei. »Wer hätte das für möglich gehalten.«

»Er ist ein widerlicher Schweinehund«, knurrte Thorbrand.

»Ja, ist er«, bestätigte Grimr. »Aber vergiss nicht, mein Sohn, er ist *unser* Schweinehund, und wir sollten Odin dafür dankbar sein, dass er normalerweise auf unserer Seite kämpft.«

Thorbrand deutete auf Gunjorn Gutauge, der vorn am Drachenkopf der NJÖRDS SEGEN stand und das Ufer beobachtete. »Er wird mir zustimmen!«

»Natürlich. Und ich tue es auch.«

»Es wäre Bragis Aufgabe gewesen, ihn zurechtzuweisen.«

»Selbst Bragi hat bisher vor Hromund gezittert. Und wenn man ehrlich ist, muss man sagen, besonders mutig war Bragi auch früher schon nicht. Ich kann das beurteilen, so oft, wie ich mit ihm auf Fahrt gegangen bin.« Grimr Schädelspalter legte die Hand auf die Schulter seines Sohnes. »Ich werde das nicht wiederholen, wenn Bragi, Hromund oder irgendein anderer Mann aus der Sippe meiner Frau es hören kann, aber du sollst es wissen: Was du getan hast, war nicht besonders weise, aber mutig. Und es hat mich stolz gemacht!«

Er sprach so leise, dass Gunjorn Gutauge, der ja auch zu Bragis Sippe gehörte, davon nichts mitbekam.

»Ich habe das nicht getan, um Ruhm zu erwerben oder meinen Vater stolz zu machen.«

»Das weiß ich. Aber wer schon an den Ruhm denkt, noch bevor er überhaupt etwas getan hat, dem verweigern die Götter am Ende den Ruhm.«

»Darüber habe ich nie nachgedacht.«

»Ich jedenfalls bin stolz auf dich«, wiederholte Grimr. »Wer es schafft, jemanden wie Hromund den Rauen zurechtzuweisen, muss ein geborener Anführer sein.«

Thorbrand lächelte. Aber dieses Lächeln erstarb, als er den Blick sah, mit dem sein Bruder Olav ihn bedachte, der weiter abseits stand. Er hatte zwar keines der Worte Grimrs verstehen können, deutete aber dessen väterliche Geste seinem Halbbruder gegenüber.

In seinem Blick hielten sich Enttäuschung und Wut mit einer kalten Entschlusskraft und blankem Hass die Waage.

Von den Ufern hielten sich die Langschiffe der Nordmänner zunächst überwiegend fern. Schließlich wollten sie den Franken nicht ohne Not eine Zielscheibe bieten. Gunjorn Gutauge wies wiederholt darauf hin, dass es zumindest am östlichen Ufer des Rheins Kundschafter gab, die sie beobachteten. »Wenn du willst, töte ich ein paar von ihnen«, bot er Grimr an. »Allerdings müsste Bjarne dann etwas näher heranfahren.«

»Sollen sie uns ruhig beobachten«, sagte Grimr leichthin. »Ich gehe jede Wette ein, dass sie einfach nur zusehen werden, wenn wir Novaesium plündern. Genau, wie sie es schon in Xanten getan haben.«

Thorbrand ließ sich auch zum Rudern einteilen. Als Sohn des Jarls, dem die Schiffe gehörten und der diese Flotte unterhielt und ausgerüstet hatte, wäre das nicht nötig gewesen, und niemand hätte dies von ihm erwartet. Aber die Männer achteten es, wenn sich ein Anführer oder der Sohn eines Anführers zu ihnen gesellte und die gleichen Arbeiten verrichtete wie sie.

Thorbrand tat es gut, seine Muskeln zu betätigen und sich ganz auf die koordinierten Rudermanöver zu konzentrieren. Er kannte das seit frühster Jugend. Ein großes Langschiff zu rudern war nicht so leicht, wie es auf den Betrachter wirkte. Je nach ihrer Ruderposition im Schiff und den Befehlen des Steuermanns mussten sie reagieren, denn andernfalls wurde auch das größte Langschiff ein Opfer der Strömung und kenterte. Gerade das Manövrieren in Flüssen, an Mündungen und am Zusammenfluss von Gewässern konnte sehr tückisch sein.

Thorbrand brachte das Rudern zunächst auf andere Gedanken. Dann aber sah er die Nonne aus Novaesium wieder, und sie erinnerte ihn an den Augenblick, da er dem rauen Hromund den Dolch an den Hals gehalten hatte. Solange sie auf dem Fluss waren, war die Frau vor Hromund sicher.

Sie starrte Thorbrand an, wie er bemerkte. Sie war nicht dumm, und die Dialekte der Franken waren der Sprache der Nordmänner ähnlich genug, um das meiste verstehen zu können, was gesprochen wurde. Sie hatte sicherlich aus den Gesprächen der Männer mitbekommen, was auf dem Turm geschehen war, denn alle hatten darüber geredet, wenn Hromund nicht in der Nähe war. Und das war an Bord der NJÖRDS SEGEN seit ihrem Aufbruch von den Anfurten bei Xanten der Fall.

Nur Thorbrand hatte es vermieden, sich nach dem Gespräch mit seinem Vater noch einmal zu dem Vorfall zu äußern. Zunächst ging es in allererster Linie auch darum, die fette Beute zu erjagen, von der sie alle träumten, seit man ihnen von den reichen Klöstern und Handelsplätzen erzählt hatte, die es in diesem Land angeblich gab. Orte, die nur darauf warteten, dass jemand kam, um sich zu nehmen, was ihm gefiel.

Nur für einen kurzen Moment erwiderte Thorbrand den Blick der jungen Nonne, und ihm fiel auf, dass sie braune Augen hatte. In seiner Heimat gab es kaum jemanden, der solche Augen hatte. Aber Thorbrand erinnerte sich, dass dies auch die Augenfarbe seiner Mutter gewesen war. *Ich werde nichts für dich tun können,* ging es ihm durch den Kopf. *Du solltest dir keine Hoffnungen machen. Auf gar nichts – außer vielleicht auf die Glückseligkeit im Jenseits, die dir dein Glaube verspricht.*

In der Nacht lagerten sie in einem Seitenarm des großen Stroms. Er zweigte am Westufer ab und beschrieb eine schleifenförmige Spur, ehe er sich schließlich wieder mit dem Hauptstrom vereinigte. Das Gebiet zwischen ihm und dem Hauptstrom bildete eine Insel ohne direkten Zugang zum Festland. Ein idealer Lagerplatz. Wer immer auch auf sie aufmerksam werden mochte, konnte sie nicht ohne Weiteres angreifen, sondern brauchte dazu erst einmal genug Boote oder Flöße, um auf die Flussinsel zu gelangen. Es gab dort flache Ufer, die wie geschaffen waren, um mit den Langschiffen dort zu landen. Trotz der Kälte verzichtete man auf jedes Feuer.

»Wir wollen die Franken ja nicht herbeirufen!«, meinte Grimr Schädelspalter und lachte. »Dann könnten wir ihnen ja auch gleich eine förmliche Einladung per Boten zukommen lassen, damit sie uns den letzten Met wegtrinken!«

»Wir sollten trotzdem ein paar Kundschafter in die Umgebung schicken«, meinte Olav.

Aber Grimr war anderer Ansicht. »Das wird nicht nötig sein. Wir lagern hier nur ein paar Stunden. Noch vor Sonnenaufgang werden wir weiter flussaufwärts fahren.«

Die Nordmänner aßen Trockenfisch, den sie aus ihrer Heimat mitgebracht hatten, und schliefen dann bald ein. Die meisten von ihnen hatten schließlich den ganzen Tag gegen die Strömung des Flusses angerudert.

In der Nacht wachte Thorbrand kurz auf. Das Wimmern der Nonne hatte ihn geweckt. Ein Laut, der sich mit dem rasselnden Atem von Hromund dem Rauen mischte. Das Wimmern erstarb bald. Der rasselnde Atem war noch etwas länger zu hören. *Glaub ja nicht, ich würde meinen Schwur nicht wahr werden lassen, Hromund!,* dachte Thorbrand, und dabei fühlte er den unbändigen Zorn wieder in sich aufsteigen, der ihn in dem Augenblick beherrscht hatte, als er dem bärenfelltragenden Berserker den Dolch an die Kehle gehalten hatte.

Schon bald war die Nacht wieder still und kalt. Das Schnarchen der Männer mischte sich mit den Lauten einiger Wasserkreaturen und dem Plätschern der kleinen Wellen, die gegen das Ufer schlugen.

Noch vor Sonnenaufgang setzten sie ihre Fahrt fort. Es war so feucht und kalt, dass Thorbrand im ersten Augenblick dachte, er sei bereits in Hels finsteres Reich eingegangen, ohne es gemerkt zu haben. So stellte er sich das Totenreich seit jeher vor, und schon als er die Geschichten darüber als kleiner Junge am Lagerfeuer mit angehört hatte, war er zu der Erkenntnis gelangt, dass es um einiges erstrebenswerter war, in der Schlacht zu sterben und von den Walküren nach Walhall gebracht zu werden.

Schon bald waren sie wieder auf dem Wasser und ruderten gegen die Strömung an. Eiskalter Regen setzte ein. Die Schiffsbesatzung war bald vollkommen durchnässt, und das Wasser in den Langschiffen stand so hoch, dass geschöpft werden musste, um ein Kentern zu verhindern. Zeitweilig war der Regen so stark, dass man kaum das Ufer sehen konnte.

Als er nachließ, schwebten Dunstwolken über dem Wasser und quollen hinauf zu den Auen im Uferbereich.

»Sehen wir das Gute in allem«, sagte Grimr. »Es wird uns kaum jemand sehen können, sollten sich irgendwelche Kundschafter an den Ufern befinden.«

Im Verlauf des Tages kamen sie an ein paar erbarmungswürdig wirkenden kleinen Siedlungen vorbei, die sich allesamt am Westufer befanden. Auf der Karte des friesischen Händlers waren die Siedlungen nicht vermerkt, also gab es dort auch sicherlich keinen Marktplatz, wie Novaesium ihn haben musste, und es gab auch kein Zeichen, das auf ein Kloster, eine Kirche oder etwas anderes hindeutete, was einer Plünderung wert gewesen wäre.

Man hörte erschreckte Schreie und Rufe. Thorbrand konnte Bruchstücke davon verstehen. Die Menschen dort fürchten sich vor den Drachenköpfen am Bug der Schiffe, wurde ihm klar. Genau diesen Zweck sollten sie auch erfüllen. Sie sollten Furcht verbreiten. Als die Langschiffe aus dem Nebel hervorkamen, hielt so mancher Dörfler sie für leibhaftige Fabelwesen, Ausgeburten der Hölle, die vielleicht mit bösen, krankmachenden Dämpfen vom Grund des Flusses aufgestiegen waren, um Tod und Verderben zu bringen.

Keine der Siedlungen, an denen sie vorbeikamen, lohnte es, dort haltzumachen. Mehr als den Fischfang einer Nacht oder etwas Saatgut und ein paar Kühe und Schweine hätte man dort kaum erbeuten können. Selbst Xanten hatte dagegen wie die Verkörperung puren Reichtums gewirkt, obwohl sowohl Eirik als auch Grimr eher enttäuscht von der Ausbeute gewesen waren. Aber das lag vielleicht auch an den übertriebenen Erzählungen, die sie allzu leichtgläubig für bare Münze genommen hatten und wodurch ihre Gier gesteigert worden war.

Hromund der Raue fuhr auf einem Langschiff mit, das Grimr Schädelspalter unter den Befehl seines Gefolgsmannes Stormur Stormsson gestellt hatte. Sohn des

Sturms bedeutete dessen Name, und genau das war der breitschultrige Mann mit dem dichten, fast bis unter die Augen wuchernden Bart auch, denn Stormur war ein Findelkind gewesen, das während eines Sturms aufgefunden worden war. Niemand wusste, wessen Kind er war. Die Eltern blieben unbekannt. Der Junge war von Grimr Schädelspalters Brudersohn Arne und dessen Frau aufgezogen worden, und nach Arnes Tod in einer Schlacht gegen die Slawen war Stormur zu einem von Grimrs wichtigsten Gefolgsmännern geworden. Da er Hromund, der nicht schwimmen konnte, einmal nach dem Kentern einer Skaid das Leben gerettet hatte, war der Sohn des Sturmes derjenige, auf den der Berserker am ehesten hörte. Hromund mochte im Kampf keinen Feind und keine Gefahr fürchten, aber er scheute das Wasser wie ein ängstliches Kind. Und daran änderte auch der reichliche Genuss seines Pilzextrakts nichts.

Stormur genoss bei ihm auf jeden Fall mehr Autorität als sein Sippenoberhaupt Bragi Bragison. Dass Stormur während des Streits mit Gunjorn Gutauge nicht eingegriffen hatte, lag darin begründet, dass Gunjorn sein Schwiegervater war und er es sich auf gar keinen Fall hätte erlauben können, sich in diesem Streit gegen ihn zu stellen. Dafür hatte Grimr Verständnis, auch wenn ihn das gezwungen hatte, selbst einzugreifen, ohne dabei abschätzen zu können, wie sich das in Zukunft auswirken mochte.

Hromund war Grimr jedenfalls aus dem Weg gegangen. Und davon abgesehen gab es Schlimmeres und Ehrverletzenderes, als von seinem Jarl bewusstlos geschlagen zu werden. Zum Beispiel das, was Thorbrand getan hatte. Das war unverzeihlich.

Jetzt stand Hromund hoch aufgerichtet am Drachenkopf von Stormur Stormssons Langschiff auf der Reling. Er hatte die Hände zum Himmel erhoben und stieß laute, dröhnende Schreie aus. Den Bewohnern der Ufersiedlung, an der sie vorbeikamen, musste Hromund mit seinem flatternden Bärenfell wie ein leibhaftiges Höllenwesen erscheinen. Ein tierhafter Dämon, halb Mensch, halb haariger Bär, der als Geißel ihres Gottes geschickt worden war. Ein Wesen, vor dem man vor blankem Entsetzen erstarrte oder sich in heilloser Flucht in Sicherheit brachte. Ein Chor heller Schreie war vom Ufer zu hören, überwiegend von Frauen und Kindern.

»Du solltest ihm das nicht durchgehen lassen, Vater«, fand Thorbrand.

»Was soll ich tun, Sohn?«, gab Grimr Schädelspalter schulterzuckend zurück. »Dagegen anschreien? Glaub mir, das könnte ich, so laut, dass sich selbst der raue Hromund erschreckt!«

»Wir werden uns Novaesium kaum noch unbemerkt nähern können«, hielt Thorbrand dagegen. »Man wird uns erwarten, und wir werden nicht in der Überzahl sein wie in Xanten!«

»Hätte ich einen Fladen Kuhscheiße, würde ich ihn von hier aus geradewegs in Hromunds offenes Maul werfen, damit es gestopft ist«, meinte Grimr. Die anderen Männer lachten.

»Vielleicht nützt es uns sogar!«, glaubte Olav. »Dass wir dieses Novaesium in einem Überraschungsangriff nehmen, kann ohnehin niemand mehr glauben. Dazu hätten wir früher flussaufwärts aufbrechen müssen. Aber wenn die Kunde von einem schrecklichen Tiermenschen uns vorauseilt, sorgt das vielleicht dafür, dass wir auf weniger Widerstand treffen.«

»Also soll er ruhig schreien, der Berserker«, meinte Grimr. »Ich hoffe nur, dass er genug Luft übrig behält, um ein paar Franken zu erschlagen, wenn es so weit ist.«

»Vielleicht sollten wir diesem Schrecken sogar noch ein bisschen mehr Zeit geben, sich zu verbreiten«, schlug Olav vor. »Dann haben wir es später leichter.«

Grimr runzelte die Stirn. »Was meinst du genau damit, Sohn?«

»Wir sollten mit der Flotte an einer günstigen Stelle anlanden und dann zunächst ein Boot vorausschicken, um die Lage auszukundschaften. Wenn es zurückkehrt, bekommen wir vielleicht wertvolle Hinweise, die uns gestatten, den Angriff besser zu planen.«

»Warum nicht einfach über die Mauern klettern und den Ort erobern, so wie wir es auch in Xanten getan haben?«, fragte hingegen Thorbrand. »Schnelligkeit und Kühnheit werden uns den Beistand der Götter bescheren, du wirst sehen.«

Olavs Lächeln wirkte säuerlich. »Den Verstand zu gebrauchen, sollte niemand als überflüssig ansehen, nur weil er glaubt, den Beistand der Götter zu haben.«

Grimr wirkte nachdenklich. »Vielleicht ist dein Vorschlag gar nicht so schlecht, Olav«, meinte er und strich sich über den Bart. »Ein Schiff schicken wir voraus, um die Lage zu erkunden. Und zwar in der Nacht. Zwischen Mitternacht und den frühen Morgenstunden sollte es Novaesium erreichen.«

»Dann, wenn alles schläft«, schloss Olav, sichtlich zufrieden darüber, dass sein Vater seinen Vorschlag angenommen hatte. Allzu oft kam das nicht vor. Grimr hatte seinen eigenen Kopf, und vor allem war es ihm wichtig, jederzeit gegenüber jedermann deutlich zu machen, dass er seine eigenen Entscheidungen traf, unbeeinflusst von den Einflüsterungen anderer. Und das galt auch in Hinblick auf seine Söhne.

»Und wenn wir Glück haben, schickt Odin uns einen Nebel, der das Schiff verbirgt«, fügte Olav noch hinzu. »Wir sollten die ODINS ZIEGENWAGEN nehmen. Das ist die kleinste Skaid unserer Flotte und außerdem besonders schnell und wendig.«

»Ein guter Vorschlag«, lobte Grimr.

In dieser Nacht legten sie nirgends an, denn der Wind stand günstig. Endlich konnten die Segel wieder eingesetzt und dabei auch getrocknet werden. Es regnete nicht mehr, der Wind war zwar schneidend kalt, aber stark genug, um gegen die Strömung ankommen zu können. Nur manchmal, wenn der Fluss eine ungünstig verlaufende Biegung machte, mussten die Ruder zu Hilfe genommen werden. Sie kamen auf diese Weise schneller voran als am Tag zuvor. Halmi der Graue nahm ab und zu einen Schluck Flusswasser, spülte ihn gurgelnd durch den Mund und spuckte ihn anschließend wieder aus. Manchmal blies er ihn auch durch die Nase, was ihm schon den Beinamen »Alter Pottwal« eingebracht hatte.

Auf hoher See orientierte man sich an den Sternen und dem Stand der Sonne. Aber wenn beides nicht zu sehen war, musste man auf andere Orientierungsmöglichkeiten zurückgreifen, etwa auf Strömung und Fischschwärme, und selbst der Geschmack des Wassers konnte Aufschluss bieten, denn der konnte sowohl im offenen Ozean als auch im Verlauf eines Stroms sehr unterschiedlich sein. Zumindest für jemanden, dessen Sinne fein genug waren, und niemand war darin geübter als Halmi der Graue. »Ein Runenzauber möge mich in irgendein Meer oder irgendeinen Fluss versetzen, dessen Wasser ich schon geschmeckt habe, ich würde das Gewässer wiedererkennen«, hatte er einmal behauptet. Wenn sich Grimrs Flotte irgendwann auf dem Rückweg befand, konnten sich die Erkenntnisse, die Halmi nun sammelte, noch als sehr wertvoll erweisen.

Erst am Abend des nächsten Tages suchte man erneut eine Anlegestelle an einer geschützten Stelle, und man fand sie bei einem von Sträuchern und Bäumen umsäumten Seitenarm des Stroms. Diesmal ging man bereits mit Einbruch der frühen Dämmerung an Land. Die Männer waren erschöpft und durchnässt. Man würde kam umhinkommen, mehrere wärmende Feuer zu entzünden.

Die Uferböschung war flach. Thorbrand war einer der Ersten, die an Land gingen. »Wir werden uns etwas in der Umgebung umsehen müssen«, meinte er. »Sonst erleben wir vielleicht in der Nacht eine üble Überraschung.«

»Nimm dir so viel Männer, wie du brauchst«, gestand ihm Grimr zu.

»Zwei, drei Mann genügen«, war Thorbrand überzeugt. »Wir wollen ja schließlich nicht auffallen.«

Während die anderen das Lager errichteten, brach Thorbrand zusammen mit zwei weiteren Männern auf. Der eine war Rasmus der Rote, der andere Gunjorn Gutauge.

Die drei Nordmänner kämpften sich zunächst durch

das dichte Gestrüpp am Ufer und durchquerten dann einen schmalen Streifen Wald, ehe sie in ein mit Sträuchern und hohem Gras bewachsenes Gebiet kamen. Siedlungen waren in der unmittelbaren Umgebung nirgends auszumachen. Und es waren auch keine Spuren von Rindern oder Schafen zu entdecken.

»Es scheint in dieser Gegend nicht mal Bauern zu geben«, sagte Gunjorn, der den Köcher seines Bogens gut mit Pfeilen gefüllt hatte. Er fertigte die Pfeile selbst an, und er verstand genug von der Schmiedekunst, um die eisernen Spitzen genau so zu formen, wie er glaubte, dass es den Zweck am besten erfüllte. Aber am wichtigsten für ihn war, dass er sie höchstpersönlich mit einem Runenzauber belegte. Jeder einzelne Pfeil wurde diesem Zauber unterzogen. Schwarze Streifen waren am Holz zu sehen, und auf jeder Pfeilspitze hatte Gunjorn eine Rune aufgetragen. Wenn die Farbe verblasste, malte er sie nach. Und er sorgte nach jedem Kampf dafür, dass möglichst keiner dieser Pfeile auf dem Schlachtfeld zurückblieb.

Die Runen an den Pfeilspitzen waren nicht Odin gewidmet, obwohl der als Herr der Runen und der Magie galt, sondern Thor, denn die Pfeile sollten mit der Genauigkeit eines Blitzes ihr Ziel finden, was sie zumeist auch taten.

In der Ferne heulte ein Wolf, und dessen Gefährten antworteten ihm. »Habt ihr das gehört?«, fragte Rasmus.

»Ein gutes Zeichen«, meinte Thorbrand.

»Wieso ist das Heulen eines Wolfes ein gutes Zeichen?«, wunderte sich Rasmus. »Würden wir Schafe und Ziegen bei uns haben, würde ich mir Sorgen machen.«

»Und ein Jäger würde jetzt kaum noch Kleinwild findet, weil diese geifernden Bestien alles weggefressen haben«, ergänzte Gunjorn. Der Bogenschütze ließ den Blick schweifen. »Schade«, fügte er dann hinzu, »ich hatte gehofft, noch etwas Schmackhaftes erlegen zu können. Ich hatte mich schon gewundert, wieso hier weder Hasen noch irgendwelche Wildhühner zu sehen sind. Jetzt weiß ich es.«

»Also gibt es heute wieder Trockenfisch.« Rasmus seufzte und schlug Thorbrand auf die Schulter. »Und einer wie du nennt das eine gute Nachricht!«

»Es ist in der Tat eine gute Nachricht«, beharrte Thorbrand. »Ihr wisst, wer meine Mutter war.«

»Die Fränkin«, sagte Rasmus.

»Sie erzählte mir, dass es im Reich der Franken seit den Zeiten des großen Karl ein Gesetz gäbe, wonach jedes noch so kleine Dorf einen Wolfsjäger zu bestimmen hat, weil die Zahl der Tiere wohl überhandnahm. Manchmal seien die Wölfe in die Dörfer gekommen, hätten nach Essensresten oder kleinen Kindern gesucht. Versteht ihr jetzt? Wenn es hier ein Dorf gäbe, gäbe es auch einen Wolfsjäger und vermutlich keine Wölfe in der Nähe.«

»Du meinst also, es gibt hier keine Dörfer«, schloss Rasmus.

»Es gibt nicht mal einen Hof, denn wir haben nirgends Spuren von Rindern oder Ziegen gefunden, und auf einen Acker sind wir auch nicht gestoßen.«

»Wir sollten uns trotzdem noch etwas umsehen«, meinte Gunjorn. »Ich glaube nämlich, dass ich da etwas höre.«

»Und was?«, fragte Rasmus.

Auch Thorbrand hörte es jetzt. »Pferde«, murmelte er. »Reiter …«

KAPITEL 7

Etwa ein Dutzend Männer preschten mit ihren Pferden durch das hohe Gras. Es waren bewaffnete Reiter. Sie trugen Helme und Kettenhemden nach Art der Franken. Entsprechend war auch ihre Bewaffnung, die aus Langschwertern und Lanzen bestand, die sowohl als Wurf- als auch als Stichwaffe benutzt werden konnten. Von manchen dieser Lanzen wehten kleine Banner in bunten Farben. Welche Bedeutung sie genau hatten, wusste keiner der drei Nordmänner. Aber es lag auf der Hand, dass diese Fähnchen die Zugehörigkeit zu irgendeiner Herrschaft anzeigten.

»Wir sind hier in König Lothars Land«, meinte Thorbrand. »Diese Männer brauchen vielleicht keinen halben Tag, um bis Novaesium zu gelangen, dann werden sie die Stadt warnen.«

»Jedenfalls reiten sie in die entsprechende Richtung«, erkannte Rasmus.

»Wir sollten sie sicherheitshalber töten«, sagte Gunjorn. »Aber das ist deine Entscheidung, Thorbrand.«

»Wohl kaum«, murmelte dieser und zog sein Schwert. Die Reiter hatten nämlich ihre Richtung geändert und kamen geradewegs auf die drei zu. »Die haben uns bemerkt!«

Rasmus fasste seine Dänenaxt mit beiden Händen. »Oder sie haben geahnt, dass wir in der Gegend sind und vielleicht anlegen, weil sie gehört haben, was in Xanten geschehen ist.«

»Dann hältst du sie für Hellseher?«, fragte Gunjorn, der bereits einen Pfeil eingelegt hatte.

»Bei Odin, keineswegs!«, widersprach Rasmus der Rote. »Aber gute Anfurten sind nicht allzu häufig, und diese Franken dürften sich hier auskennen. Also ist es auch nicht schwer, sich zu denken, wo wir an Land gehen. Dazu braucht man keine besondere Gabe.«

»Ich lasse sie noch etwas herankommen, dann hole ich so viele wie möglich von ihnen aus dem Sattel«, kündigte Gunjorn an. »Mit dem Rest werdet ihr fertigwerden müssen.«

»Eine Kleinigkeit«, knurrte Thorbrand grimmig.

Gunjorn Gutauge wartete sehr lange, bis er den ersten Schuss abgab. Aber das geschah nicht ohne Grund, denn seine Pfeile mussten durch die Kettenhemden der Franken dringen, und je geringer die Schussdistanz war, desto größer war die Durchschlagskraft.

So schoss Gunjorn erst in dem Moment, als der erste der Reiter bereits eine Lanze schleuderte, der Thorbrand gerade noch ausweichen konnte. Dann ging es blitzschnell. Gunjorn schoss innerhalb weniger Augenblicke drei Pfeile ab, und sie trafen alle. Schreie gellten. Einer der Franken rutschte aus dem Sattel, blieb im Steigbügel hängen und wurde vom durchgehenden Pferd mitgeschleift. Einen anderen traf der Pfeil ins Auge, und das mit so großer Wucht, dass er förmlich vom Pferd gehoben wurde. Ein weiterer Franke lebte noch, nachdem ihn der Pfeil im Oberkörper getroffen hatte. Wie tief die Spitze durch das Kettenhemd und das darunter befindliche mehrlagige Wams gedrungen war, konnte man nicht abschätzen. Der Franke ächzte, schleuderte noch seine Lanze. Aber der Wurf ging ins Leere, und Rasmus der Rote hatte längst einen zweiten und dritten Pfeil auf ihn abgeschossen. Der eine war schlecht gezielt und traf den Franken nur in die Schulter, aber der zweite durchbohrte seinen Hals. Er stieß ein Röcheln aus, während sich sein Pferd wiehernd auf die Hinterhand stellte. Im hohen Bogen flog der Franke ins Gras und blieb dort in eigenartig verrenkter Stellung liegen.

Alle Reiter konnte auch ein so guter Bogenschütze wie Gunjorn Gutauge nicht töten. Der erste Angreifer, der durchkam, hielt auf Thorbrand zu. Dieser fasste das Schwert mit beiden Händen und begegnete dem Hieb mit der fränkischen Klinge. Die Klinge des Franken war eine Waffe, wie man sie für Reiter schmiedete, hervorragend dazu geeignet, sie herniedersensen zu lassen, während man im Sattel saß.

Stahl klirrte auf Stahl, dass die Funken flogen. Im Schlag des Franken lag eine ungeheure Wucht. Thorbrand konnte die Waffe seines Gegners gerade noch ablenken, sodass er nicht verletzt wurde. Der Franke war kaum an ihm vorbeigeprescht und zügelte sein Pferd, um es zu wenden, da kam schon der Nächste heran. Die Lanzenspitze, die auf Thorbrand zustach, konnte dieser gerade noch parieren. Er sprang zur Seite, holte zu einem Aufwärtshieb aus und traf den Franken im Rücken. Ein weiterer Hieb trennte dem Franken den Waffenarm vom Körper. Blut schoss in einer hohen Fontäne hervor, während sein Pferd voranpreschte.

Rasmus der Rote hatte inzwischen einem der Angreifer seine Dänenaxt in die Seite geschlagen. Die Wucht des Hiebs mit dieser langstieligen, beidhändig geführten

Waffe war immens, der Franke fiel ins hohe Gras, sein Körper wurde darin regelrecht verschluckt. Das Pferd stob wiehernd und herrenlos davon.

Thorbrand musste unterdessen einem weiteren Angriff des Frankenreiters ausweichen, der ihn zuerst angegriffen hatte. Der hatte inzwischen sein Pferd gewendet und preschte erneut auf Thorbrand zu. Thorbrand ließ den Hieb seines Gegners ins Leere gehen, der dadurch Mühe hatte, sich im Sattel zu halten. Ein schneller Schlag mit dem Schwert beförderte den Franken aus den Steigbügeln. Ehe er sich aufrappeln konnte, hatte Thorbrand seine Klinge in seinem Rumpf versenkt. Ein kräftiger Stoß, ausgeführt von oben nach unten und mit beiden Händen am Schwertgriff, dem hatten auch Kettenhemd und Gambeson nichts entgegenzusetzen.

Thorbrand setzte den Fuß auf den Körper des Franken, als er die Klinge wieder herauszog. Dessen Pferd beruhigte sich langsam.

Während Gunjorn noch einen weiteren Franken mit zwei Pfeilen aus dem Sattel holte, schlug Rasmus der Rote dem Schlachtross seines Gegners mit der Dänenaxt die Vorderläufe weg. Laut wiehernd gingen Pferd und Reiter zu Boden. Ein weiterer Axthieb trennte Letzterem den Kopf von den Schultern, der mitsamt Helm ins feuchte Gras rollte.

Thorbrand hatte inzwischen die Zügel des Pferdes zu fassen bekommen, auf dem sein letzter Gegner gesessen hatte. Er schwang sich in den Sattel. Auch wenn er insgesamt in seinem Leben sehr viel mehr Zeit auf den Planken von Langschiffen als im Sattel verbracht hatte, hatte er sehr wohl reiten gelernt und ein Pferd so zu lenken, dass es fast wie ein Teil des eigenen Körpers reagierte.

Im ersten Moment war das Reittier etwas störrisch, aber Thorbrand wusste es zu nehmen. Er presste ihm die Hacken in die Weichen und ließ es voranpreschen. Inzwischen lebte nur noch einer aus dem Trupp von Frankenkriegern, und der durfte auf gar keinen Fall entkommen, denn das würde unweigerlich bedeuten, dass sie es bald mit sehr viel mehr Gegnern zu tun bekamen.

»Du kriegst ihn, Thorbrand!«, rief Gunjorn Gutauge ihm hinterher.

Der Bogenschütze senkte Pfeil und Bogen. Dem flüchtenden Franken noch ein Geschoss hinterherzuschicken, wäre reine Verschwendung gewesen. Der Flüchtende war längst außer Schussweite.

Thorbrand trieb das Beutepferd unbarmherzig an. Der Franke bemerkte, dass Thorbrand ihm folgte und der Abstand zwischen ihnen beständig kleiner wurde. Schließlich hatte Thorbrand den Franken eingeholt. Dieser zügelte sein Pferd. Offenbar waren die Kräfte des Tieres nahezu erschöpft. Es dampfte. Thorbrand hielt sein Pferd ebenfalls an. Der Franke zog sein Schwert. Mit einem wilden Kampfschrei ließ er sein Pferd nun voranpreschen. Thorbrand ritt ihm entgegen. Die Schwerter schlugen gegeneinander. In rascher Folge wurden die Hiebe ausgetauscht. Jeder parierte die Schläge des anderen. Dann ließ Thorbrand einen der Schwertstreiche seines Gegners ins Leere gehen und stieß unmittelbar danach zu. Ein sauberer, sehr präziser Stoß durch die ungeschützte Achselhöhle geradewegs ins Herz.

Thorbrands Schwert war dunkelrot vor Blut, als er es wieder aus dem Körper seines Gegners zog. Der Franke saß wankend im Sattel und wollte mit letzter Kraft noch einmal zum Schlag ausholen. Aber dazu kam es nicht mehr. Er rutschte aus dem Sattel und blieb im hohen Gras liegen. Seine Augen waren weit aufgerissen, der Blick empor zum Himmel gerichtet.

Thorbrand kehrte zu seinen beiden Gefährten zurück. Er führte das Pferd des erschlagenen Franken am Zügel.

»Wir müssen die anderen auch noch einfangen«, meinte er.

»Wir haben alle erschlagen!«, stellte Rasmus der Rote fest, während er seine Dänenaxt im Gras abwischte.

»Er meint die Pferde«, erklärte Gunjorn, der damit begann, seine Pfeile einzusammeln.

Die Dunkelheit war bereits hereingebrochen, als Thorbrand, Rasmus und Gunjorn zur Landestelle der Nordmänner zurückkehrten.

Grimr wunderte sich darüber, dass die Kundschafter Pferde mitbrachten. Außerdem hatten sie die Waffen der erschlagenen Franken eingesammelt, dazu einige Helme und andere Rüstungsteile, die man vielleicht noch verwenden konnte. Ein Schwert allein war schließlich ein kleines Vermögen wert, und so gut die Männer auch mit der Dänenaxt zu kämpfen wussten, so war es doch der heimliche Traum jeden Kriegers, ein Schwert zu besitzen. Am besten eine bruchsichere Ulfberht-Klinge, die in den Ländern des Nordens hohes Ansehen genoss. Die Schmiede, die sie herstellten, bewahrten eifersüchtig das Geheimnis, wie man sie schmiedete. Angeblich wurde der schwarze Stahl, aus dem sie bestand, in Barren aus einem Land importiert, das Chorasan hieß und nordöstlich von Persien lag. Das war vielleicht nur eine

Legende, doch angeblich waren manche dieser schwarzen Barren sogar bis ins Reich der Franken gelangt. Jedenfalls galten deren Schwerter im Norden inzwischen immerhin als brauchbar.

»Sehr schön, mein Sohn«, sagte Grimr, als er eine der Frankenklingen aus der Scheide gezogen und sie sich betrachtet hatte. »Die sind etwas länger als unsere Waffen.«

»Geschmiedet für Krieger zu Pferd«, stellte Thorbrand fest.

»Waffen lassen sich leicht transportieren – aber was sollen wir mit den beiden Pferden? Unsere Knorren sind noch bei Eirik in Xanten. Und selbst wenn wir sie dabeihätten, würden uns die Tiere auf unserem weiteren Weg mehr Probleme bereiten, als dass wir von ihnen profitieren könnten.«

»Wir konnten sie nicht einfach laufen lassen«, erklärte Thorbrand. »Manche Pferde finden allein den Weg nach Hause. Und was wird man wohl denken, wenn so ein Gaul ohne Reiter zurückkehrt? Ganz zu schweigen davon, welche Schlüsse andere Franken ziehen, die mit Sicherheit in der Gegend sind!«

»Das ist natürlich wahr«, gestand Grimr zu.

»Und dass sie uns nicht von Nutzen sein können, stimmt nicht. Wir können sie essen. Bevor wir gegen die Mauern von Novaesium ziehen, sollten wir noch richtiges Fleisch zwischen die Zähne bekommen!«

»Ich will zwar nicht behaupten, dass Pferdefleisch zu meinen Leibgerichten gehört, aber wenn man es richtig würzt, schmeckt es gar nicht so schlecht«, warf Gunjorn Gutauge ein.

»Du musst zugeben, dass etwas Abwechslung auf dem Speiseplan gut wäre«, fügte Thorbrand hinzu.

»Du denkst weit voraus«, sagte Grimr. »Genau, wie man es von einem zukünftigen Anführer erwartet.« Mit einer anerkennenden Geste schlug er Thorbrand auf die Schulter. »Ich möchte mit dir etwas besprechen«, kündigte er an.

»Du weißt, dass du immer mein Ohr hast, Vater«, sagte Thorbrand.

»Es geht um die Karte des Friesen. Ich habe zusammen mit Halmi lange am Feuer gesessen, und wir haben uns jede Einzelheit noch einmal genau angesehen.«

»Bei Odin, sollte es tatsächlich noch Geheimnisse geben, die der Friese zu verbergen wusste?«, wunderte sich Thorbrand.

»Ich war bisher davon überzeugt, dass die Striche und Kreuze bei den Ortschaften römische Zahlen sind, die angeben, wie viel der Friese bei den verschiedenen Marktplätzen eingenommen hat. Aber Halmi brachte mich darauf, dass es sich womöglich um die Markierung von Halbtagesreisen handelt. Komm, sieh es dir an!«

Gemeinsam gingen sie zu einem der Feuer, die inzwischen entzündet worden waren. An einem der anderen Feuer bemerkte Thorbrand seinen Halbbruder Olav. Der Schein der Flammen erhellte sein Gesicht, dessen Ausdruck allerdings finsterer nicht hätte sein können. Thorbrand blieb kurz stehen.

»Ich habe gehört, ihr habt einige Franken erschlagen«, sagte Olav mit einem säuerlichen Lächeln. »Dann sollten wir mehr Wachen einteilen, damit man uns nicht im Schlaf überrascht.«

Thorbrand nickte. »Wohl gesprochen.«

Olav erhob sich, weil ihn sein Vater dazu aufforderte, und folgte Grimr Schädelspalter Grimsson und seinem Halbbruder. Sie setzten sich an eines der anderen Feuer, wo sie allein waren, und Grimr holte die Karte des Friesen hervor, faltete sie auseinander und winkte auch Halmi herbei. »Sag du, was die Zeichen zu bedeuten haben«, verlangte er. »Du kannst das besser als ich.«

»Wenn es Angaben über die Tage sind, die man für den Weg von einem zum anderen Markt braucht, dann sind wir bereits näher an Novaesium, als wir gedacht haben«, erklärte Halmi. »Wir sollten noch heute Nacht das Boot flussaufwärts schicken, wie wir es entschieden haben. Der Wind steht günstig, und schon am Morgen könnten die Kundschafter zurück sein.«

»Da ist noch etwas«, sagte Grimr. Er hielt Thorbrand das Pergament des Friesen hin und deutete an jene Stelle, wo das Wort »Novaesium« stand. »Da ist etwas im Fluss, was ich erst für einen Fleck gehalten habe. Aber es könnte auch eine Insel sein, deren Umrisse stark verblasst sind. Halmi glaubt das auch, und die Nonne hat es bestätigt. Jedenfalls haben wir sie so verstanden. Es scheint da irgendeinen Schrecken zu geben.«

»Etwas, von dem wir Genaueres wissen sollten, bevor sich ein Boot dorthin aufmacht, um die Lage zu erkunden«, ergänzte Halmi. »Deswegen ist Olav auch noch nicht aufgebrochen.«

»Wir wollen, dass du die Nonne noch mal fragst, damit wir ihre Worte nicht missverstehen«, erklärte Grimr.

»Ich werde mit ihr sprechen«, erklärte Thorbrand.

»Tu es gleich, Thorbrand. Sonst bleibt dir für die Fahrt nach Novaesium zu wenig Zeit.«

Einen Moment lang herrschte Schweigen rund um

das Feuer. Alle waren davon ausgegangen, dass Olav den Befehl über das Kundschafterboot haben würde.

»Soll Thorbrand mich auf der Kundschafterfahrt nach Novaesium begleiten?«, fragte Olav. »Er wird müde sein und den Rest der Nacht schlafen wollen.«

»Er wird an deiner Stelle Novaesium erkunden«, sagte Grimr.

Olavs Miene wirkte wie versteinert. »Gibt es dafür einen Grund?«

»Der Grund ist, dass ich es so will«, sagte Grimr. »Thorbrand hat mit nur zwei Begleitern ein ganzes Dutzend Frankenritter erschlagen. Die Götter sind zurzeit mit ihm, er kann dem Feind auf der Nase herumtanzen, ohne von ihm bemerkt zu werden.« Grimr sah Olav geradewegs in die Augen. »Die Götter wollen es so, Olav. Die Zeichen sind eindeutig. Und ich werde nicht meine beiden Söhne auf diese Fahrt schicken.«

Es gelang Olav nicht, seine Enttäuschung zu verbergen, obwohl er sich normalerweise immer gut beherrschte. »Gegen den Willen der Götter ist nichts zu sagen«, knirschte er. »Es fragt sich immer nur, ob man ihren Willen auch richtig erkennt.«

»Es gibt genug Beute und Ruhm in Novaesium zu holen«, sagte Halmi. »Deine große Stunde wird noch kommen, Olav.«

Olav richtete sich an Thorbrand und sagte bissig: »Mögen die Götter mit dir sein … und dich nicht einschlafen lassen, wenn du heute Nacht noch flussaufwärts fährst.«

Grimr gab Thorbrand die Karte des Friesen. »Nimm sie mit. Ihr nehmt wie besprochen die ODINS ZIEGENWAGEN. Bjarne soll euer Steuermann sein.«

Olav erhob sich, verließ das Feuer und verschwand in der Dunkelheit. Bragi Bragison, der alles mit angehört hatte, folgte ihm. »Nimm's nicht so schwer, Olav«, sagte er. »Dein Vater kann launenhaft sein wie das Wetter, das Thor uns schickt.«

»Ja, das hab ich gemerkt«, knurrte Olav.

»Auf jeden Fall wirst du mehr vom Pferdebraten mitbekommen als dein Bruder.«

»Der Appetit ist mir gründlich vergangen!«

Sie gingen weiter und waren nun außer Hörweite. Im Hintergrund wieherte eines der Pferde.

»Bei den Göttern! Ein Todesschrei wie ein Kind!«, stieß Bragi hervor. »Kein Wunder, dass man diese Arbeit dem irren Orm und Hromund dem Rauen überlässt. Einer wie Hromund tötet ein Pferd mit bloßen Händen, indem er ihm den Hals umdreht.«

Thorbrand ging zu der Nonne aus Novaesium. Sie kauerte etwas abseits in der Dunkelheit und zitterte. Ihr grobes Nonnengewand bot kaum Schutz gegen die Kälte dieser rauen Tage.

»Komm ans Feuer«, sagte Thorbrand.

Sie machte keinerlei Anstalten, seiner Aufforderung zu folgen. Stattdessen sah sie angstvoll in die Richtung, aus der das schrille Pferdewiehern aus der Dunkelheit kam.

»Du fürchtest dich vor Hromund?«, fragte Thorbrand. »Ich stehe über ihm, auch wenn du sein Besitz bist. Und ich werde ihn mit Vergnügen töten, wenn er mir dazu einen Anlass gibt.« Sie schwieg und wich seinem Blick aus. »Ich will dir etwas zeigen«, erklärte er. »Komm zum Feuer, sonst siehst du nichts.«

Diesmal befolgte sie seine Anweisung, wenn auch zögerlich. Sie ließ sich in der Nähe des Feuers nieder und rieb sich die Hände. Es war ihr anzusehen, dass sie ziemlich durchgefroren war. Thorbrand setzte sich neben sie und faltete das Pergament des Friesen auseinander.

»Novaesium.« Er deutete auf die entsprechende Stelle.

»Das weißt du doch«, gab sie zurück. Sie berührte das Kreuz, das an einer Kordel um ihren Hals hing. Ein Holzkreuz. Wenn es aus Silber gewesen wäre, hätte es ihr Hromund oder ein anderer längst abgenommen.

»Es soll eine Insel im Fluss geben«, sagte Thorbrand. »Genau bei Novaesium.«

Er sprach langsam und deutlich. Auch seit dem frühen Tod seiner Mutter hatte er ihre Sprache hin und wieder gesprochen, nicht nur dann, wenn es einen fränkischen Händler an die Küsten des Nordens verschlagen hatte und man mit ihm handelseinig werden wollte; es gab auf dem Hof von Grimr Schädelspalter auch Sklaven, die sich in dieser Zunge unterhielten.

»Wo hast du meine Sprache gelernt?«, fragte die Nonne.

»Meine Mutter war von deinem Volk«, gab Thorbrand ihr Auskunft.

»Sie war eine Sklavin?«

»Ja. So wie du.«

»Nein«, sagte sie. »Ich glaube an Jesus Christus. Und jemand, der an Jesus Christus glaubt, ist niemals unfrei, ganz gleich, was auch geschieht.«

»Meine Mutter hat auch an deinen Gott geglaubt«, sagte Thorbrand. »Aber auf sie traf nicht zu, was du sagst. Ketten sind Ketten, Fesseln sind Fesseln, egal, zu welchen Göttern man betet.« Thorbrand sah auf ihre Hände. »Doch Hromund scheint es nicht für nötig zu halten, dich zu fesseln.«

»Würde ich zu fliehen versuchen, würde er mich umbringen.«

»Wenn er dich umbringt, bringe ich *ihn* um. Das weiß er.«

»Unser Herr sagt, wer das Schwert zieht, wird durch das Schwert umkommen.«

Thorbrand deutete wieder auf das Pergament. »Was ist das für eine Insel?«, fragte er. »Ist das der Ort, an dem euer Kloster steht?«

»Wie kommst du darauf?«

»Weil es der ideale Ort dafür wäre. Eine Insel mitten im Fluss, aber doch nahe genug am Ufer, dass man leicht an Land gelangen kann. Jeder Angreifer muss zunächst einmal das Wasser überwinden. Wenn ich Schätze aufbewahren wollte, würde ich mir so einen Ort suchen.«

Thorbrand bemerkte das Erschrecken in ihren Zügen. *Ich habe also recht,* dachte er.

»Es gab ein Kloster dort«, gestand die junge Nonne schließlich ein. »Aber das ist lange her.«

»Wie lange?«

»Ein Menschenalter. Es wurde gegründet, als die Sachsen noch Heiden und die Herren im Land waren. Und es lebten Mönche dort, keine Nonnen. Die haben versucht, die Sachsen zu Christen zu machen. Aber heute ist dort nichts mehr.«

»Du willst uns von den Schätzen fortlocken, die es dort gibt!«, schloss Thorbrand sofort.

»Es gibt keine Schätze. Die Flussinsel ist ein verfluchter Ort. Und das Kloster eine verlassene Ruine. Die Kirche steht noch. Aber niemand würde es wagen, sie zu betreten.«

»Wie kommt das?«

»Man sagt, die Mönche hätten sich der Wollust und der Völlerei hingegeben und ein Leben in Sünde geführt. Eines Tages wurden sie gestraft.«

»Und wie das?«

»Ein Blitz fuhr vom Himmel in den Turm ihrer Kapelle. Und anschließend kam eine Flut, die die ganze Insel für Tage überschwemmte.«

»Was wurde aus den Mönchen?«

»Sie sollen alle ertrunken sein.«

»Und ihre Schätze?«

Sie sah Thorbrand an und schüttelte den Kopf. »Wenn es dort Schätze gegeben hätte, hätte sie sich längst jemand geholt, glaubst du nicht auch?«

»Nicht, wenn sich niemand traut, die Insel zu betreten.«

»Ich glaube nicht, dass diese Mönche jemals große Schätze besessen haben. Genau wie unser Nonnenkloster. Wir leben in Armut, um dem Herrn nachzueifern, der ebenfalls in Armut gelebt hat.«

Thorbrand nickte. »Ja, das behaupten sie immer, diese Mönche. Und dann findet man in ihren Klöstern und Kirchen goldene Kreuze und Bücher, die so viel wert sind wie ein halbes Dutzend Bauernhöfe.«

Er faltete das Pergament des Friesen wieder zusammen. Einen Augenblick lang überlegte er, die fränkische Nonne auf die Erkundungsfahrt mitzunehmen. Nicht, weil er wirklich glaubte, dass sie ihm noch irgendetwas Wichtiges über die Verhältnisse bei Novaesium hätte sagen können, was er nicht selbst sehen konnte. Aber er hätte sie unterwegs entkommen lassen können.

Seinem Vater gegenüber zu begründen, weshalb er die Nonne unbedingt dabeihaben wollte, wäre nicht schwer gewesen. Und vor dem zu erwartenden Konflikt mit Hromund fürchtete er sich nicht. Im Gegenteil, es hätte eine Entscheidung herbeigeführt, und am Ende wäre es Hromunds Blut gewesen, das floss. Zumindest war Thorbrand davon überzeugt. Wenn es sein musste, war sein Zorn stark genug, um es mit dem wildesten Berserker aufzunehmen. Ja, er war sich sicher, stärker und wilder zu sein, denn schließlich war ihm sein Zorn angeboren. Es war ein Zorn, der aus dem tiefsten Inneren seiner Seele kam und keinen Fliegenpilztrunk oder das Wasser von Wahnsinnigen oder irgendein anderes Hilfsmittel brauchte, um entfacht zu werden.

Dieser Zorn war immer da. Er war immer in ihm gewesen, solange er zurückdenken konnte. Er war wie ein beißwütiger Hund, der nur von der Kette seines Herrn gelassen werden brauchte, um zu wüten. Und manchmal vermochten ihn selbst die stärksten Ketten nicht zu halten.

Nein, vor Hromund fürchtete er sich nicht. Der Grund dafür, dass er den Gedanken daran, die Nonne mitzunehmen und entkommen zu lassen, sofort wieder aus seinem Kopf verbannte, war ein anderer. Sein Vater hätte ihm das nie verziehen. Und die anderen Männer auch nicht. Nicht einmal Bjarne.

KAPITEL 8

Es war eine mondhelle, sternenklare Nacht. Thorbrand hatte sich für diese Fahrt die besten Männer ausgesucht. Rasmus und Gunjorn waren auch dabei. Bjarne der Steuermann sorgte dafür, dass die Skaid bei gutem Wind vorankam. Der blies so stark und stetig, dass es überhaupt keine Schwierigkeit war, die Strömung zu überwinden.

Zwei Männer, die beide Einar hießen, waren noch an Bord. Der eine wurde Einar der Breite genannt, weil er ungewöhnlich breite Schultern hatte. Man erzählte, dass er stark genug sei, um eine Skaid ganz allein an Land zu ziehen. Thorbrand hatte das allerdings nie miterlebt, und so ging er davon aus, dass einiges von den Erzählungen von Einar dem Breiten leicht übertrieben war.

Der andere Einar wurde zur Unterscheidung von seinem Namensvetter Einar der Weise genannt. Der Name bezog sich auf die Tatsache, dass dieser Einar ein Auge verloren hatte, genau wie der Göttervater Odin.

Die meisten, die ihn sahen und nicht näher kannten, dachten natürlich, er hätte sein Auge im Kampf verloren. In Wahrheit hatte Einar der Weise bereits als kleiner Junge eine eiternde Entzündung gehabt, die ihn schließlich hatte erblinden lassen. Und auf die Weisheit, die ein ähnlicher Verlust beim Gott Odin hervorgerufen hatte, wartete man bei Einar vergeblich. Einar musste sich dazu immer wieder die Witze der anderen Männer anhören, die darauf anspielten.

Die Stunden gingen dahin, und ihnen begegnete niemand auf dem Fluss. Während Thorbrand zum Ostufer blickte, erinnerte er sich an den Franken mit dem großen Pferd und seine Begleiter, die er an den Anfurten bei Xanten gesehen hatte. Seit sie von dort aufgebrochen waren, hatten sich kaum noch Franken am Ostufer gezeigt. Und doch war Thorbrand überzeugt davon, dass man sie die ganze Zeit über beobachtet hatte. Er konnte es sich jedenfalls nicht anders vorstellen.

»Die Franken vom Ostufer werden uns erst angreifen, wenn wir genug von jenen erschlagen haben, die am Westufer herumstreunen«, meinte Rasmus der Rote und spuckte aus. »Eine feige Bande ist das. Fast so schlimm wie die Sachsen.«

»Wir sollten zusehen, dass wir unsere Beute machen, bevor sich die Könige dieses Landes wieder einigen«, sagte Bjarne der Steuermann. »Und irgendwann wird das geschehen, darauf kannst du einen großen Schluck von Hromunds Wasser trinken, wenn du willst.«

Die anderen lachten. Vielleicht lachten sie sogar etwas zu laut, wenn man bedachte, dass sie sich mitten im Land ihrer Feinde befanden.

Thorbrand berichtete von dem, was die Nonne aus Novaesium über die Insel im Fluss gesagt hatte.

»Wer weiß, wer die Mönche damals gestraft hat«, meinte Gunjorn dazu. »Kann sein, dass es der Christengott war. Aber ein Blitz deutet eigentlich mehr auf jemand anderen hin.« Er deutete zum Himmel. »Die Sachsen haben früher auch an Thor geglaubt, bevor man sie zwang, ihm abzuschwören und sich taufen zu lassen. Doch manche glauben im Verborgenen immer noch an ihn. Auch wenn sie ihn Donar nennen statt Thor, es ist derselbe Gott.«

»Und der hat sich für die Missionierung durch die Mönche gerächt«, schloss Rasmus der Rote. »Das leuchtet mir ein.« Er wandte sich an Thorbrand. »Ein Jarl wie dein Vater würde auch nicht dulden, wenn jemand ihm alle seine Gefolgsleute abwirbt, oder?«

»Nein, natürlich nicht«, stimmte Thorbrand zu.

»Na also. Götter und Sterbliche sind sich in manchen Dingen ähnlicher, als man es für möglich hält.«

»Wenn dort Thors Kräfte wirken, dann haben wir dort einen Verbündeten«, meinte Thorbrand. »Ich finde, das sollte uns ermutigen.«

Sie erreichten schließlich das Gebiet, in dem der Karte nach Novaesium zu finden sein musste. Nur einige wenige Lichter schimmerten in der Dunkelheit. Masten von bauchigen Flussschiffen, die am Ufer vertäut waren, ragten empor.

Thorbrand gab den Befehl, das Segel der Skaid einzuholen. Hier, in unmittelbarer Nähe ihres Ziels, war es besser zu rudern. Fast lautlos glitt das Langschiff dahin. Ein dunkler Schatten, der vom Ufer aus kaum auszumachen war, zumal sich inzwischen aufkommende Wolken vor den Mond geschoben hatten und ihn zeitweilig verdeckten. Manchmal war sein Licht nur noch als fahler Fleck zu sehen.

Aber die vorgelagerte Insel im Rhein war deutlich auszumachen. Sträucher wucherten und Bäume ragten empor. Das höchste Gebilde war zweifellos von Menschen errichtet. Ein leicht schief stehender Kirchturm, wie ihn die Christen errichteten, um ihren Gott zu ehren. Das musste jene Klosterkapelle sein, von der die junge Nonne aus Novaesium gesprochen hatte. Die Folgen des Blitzeinschlags, der dort vor langer Zeit einmal stattgefunden haben sollte, waren im Schattenriss nicht zu erkennen.

»Wir sollten auf der dem Ufer abgewandten Seite der Flussinsel landen«, meinte Bjarne. »Dann wird uns niemand bemerken. Aber vom Ufer aus dürften wir trotzdem das meiste erkennen können.«

»Oder vom Turm aus«, meinte Thorbrand.

»An deiner Stelle würde ich mich mehr vor dem rasenden Hromund als vor Thors Blitzen fürchten«, lachte Bjarne.

»Ich fürchte mich vor niemandem«, behauptete Thorbrand.

Die Skaid landete an einer flachen Stelle auf der Ostseite der Flussinsel. Die beiden Einars blieben beim Schiff zurück, die anderen folgten Thorbrand durch das dichte Gestrüpp, das zwischen knorrigen, eigenartig verwachsenen Bäumen wucherte. Ein paar dunkle Rabenvögel stoben von den zu dieser Jahreszeit blattlosen Ästen. Hier war tatsächlich lange kein Mensch mehr gewesen. Und manche der Bäume sahen aus, als hätte Thor nicht nur an dem Kirchturm seinen Zorn ausgelassen. Viele der Stämme waren gespalten und trugen eindeutige Zeichen von Einschlägen.

»Thor sei gepriesen – und er möge uns die Franken vom Leibe halten!«, betete Rasmus der Rote halblaut vor sich hin.

Zum Teil mussten sich die Nordmänner den Weg

mit dem Schwert und der Axt durch das wuchernde Gestrüpp bahnen, so zugewachsen war das Innere der Insel. Dann erreichten sie eine Lichtung. Dort stand eine graue Umgrenzungsmauer, dahinter zwei Gebäude und die Kapelle, deren Turm schon vom Fluss aus deutlich hervorgetreten war. Die Umgrenzungsmauer war nicht mehr vollständig erhalten. Anscheinend hatten doch ein paar furchtlose Seelen die Insel betreten und die Mauer als Steinbruch benutzt.

Der Schrei einer Eule war zu hören. Der Mond trat für einige Augenblicke wie das alles sehende Auge eines aufmerksamen Gottes hinter den Wolken hervor und ließ mit seinem fahlen Licht den Raureif auf den kahlen Ästen der Bäume auf eigentümliche Weise glitzern.

»Kein Ort für ein gemütliches Lager«, knurrte Gunjorn Gutauge.

»Was ist in dich gefahren? Die Ehrfurcht vor dem Christengott oder vor Thor?«, fragte Thorbrand spöttisch. »Es gibt keinen besseren Ort für ein Lager! Es gibt Mauern, es gibt ein Dach über dem Kopf, und man kann hier Schätze verbergen und verteidigen, bis unsere Knorren aus Xanten nachgekommen sind.«

Thorbrand betrat die Kapelle. Die Tür stand offen. Das Gebäude war noch nahezu unversehrt, auch wenn der Boden mit Staub und getrocknetem Laub bedeckt war. Mondlicht fiel durch die hohen offenen Fenster, aus denen offenbar jemand irgendwann das kostbare bemalte Glas entfernt hatte.

Ratten liefen über den Fußboden und verbargen sich im am Altar aufhäufenden Laub.

»Dagegen war es in Xanten ja richtig herrschaftlich!«, meinte Rasmus der Rote.

»Schätze gibt es hier jedenfalls nicht«, stellte Gunjorn fest.

»Hier nicht«, sagte Thorbrand, »aber damit hat auch niemand gerechnet.«

»Dafür hoffentlich in Novaesium!«, meinte Bjarne der Steuermann. »Aber wer seine Stadt so schlecht beleuchtet, wie es bei Novaesium der Fall ist, kann nicht gerade reich sein!«

»Oder er will seinen Reichtum verbergen und keine Diebe und Feinde anlocken«, gab Rasmus zu bedenken.

»Vom Turm aus werden wir vielleicht mehr erkennen«, sagte Thorbrand.

Kurz darauf stieg er die schmale gewundene und sehr rutschige Steintreppe zum Glockenstuhl empor. Bjarne war hinter ihm.

Die Glocke selbst hatte man entfernt. Selbst wenn sie nur aus Kupfer gewesen war, wäre sie wohl zu wertvoll gewesen, um sie einfach hierzulassen. Die Furcht vor den Kräften des Bösen, die hier am Werk gewesen waren, hatte die Christen ebenso wenig daran gehindert, sich die Glocke zu holen, wie es sie davor abgeschreckt hatte, die Steine aus der Umgrenzungsmauer zu brechen.

Das Dach des Turms war teilweise zerstört. Man hatte einen freien Blick in den klaren Himmel, und Mondlicht fiel herein. Es beleuchtete das zum Teil stark verkohlte Gebälk des Glockenstuhls. Das sah tatsächlich nach einem Zornesausbruch Thors aus. Auf einem Absatz saß ein Skelett in einer Kutte, die ebenfalls deutliche Brandspuren aufwies. Nur die Knochen und die Reste des Gewandes hatten von ihm überdauert – und das halb vermoderte Seil, das seine Hände noch umklammert hielten und mit dem er vermutlich gerade an der Glocke gezogen hatte, als der Blitz hereingefahren war.

»Bei Odin, an was für einen Ort führst du uns, Thorbrand?«, stieß Bjarne hervor.

»An einen, von dem aus man eine hervorragende Sicht auf Novaesium hat«, gab Thorbrand zurück, der an einem offenen runden Fenster stand.

Bjarne kam zu ihm und sah ebenfalls hinaus. »Ja, die Stadt ist schlecht beleuchtet. Manche Bauernhöfe in Jütland haben anscheinend mehr Lampenöl, als man hier zur Verfügung hat.«

»Das Mondlicht reicht vollkommen aus«, sagte Thorbrand. »Siehst du die Mauern?«

»Mauern?« Bjarne lachte. »Da sind keine Mauern. Der Schutzwall von Xanten ist dagegen ja schon ein wahres Bollwerk!«

»Hölzerne Palisaden, Wehrgänge, ein paar Türme, die nicht besonders hoch sind …«

»… weil dies ein flaches Land ist, Thorbrand.«

»Aber sieh dir an, wie es im Westen aussieht.«

Es waren deutliche Schäden an den Befestigungsanlagen auszumachen. »Einer der Türme sieht aus, als wäre er halb verbrannt.«

»Allerdings glaube ich nicht, dass dafür einer von Thors Blitzschlägen verantwortlich ist!«

»Und was glaubst du, was da passiert ist, Thorbrand?«

»Die Stadt wurde angegriffen, und das kann noch nicht lange her sein. Der Angriff wurde von der Landseite aus geführt, nicht vom Fluss aus, und man ist offenbar noch nicht mit den Reparaturen an den Befestigungsanlagen fertig.«

»Es könnte etwas mit dem Krieg der Könige zu tun haben, der in diesem Land tobt.«

»Ja, das denke ich auch.«

»Wir könnten das ausnutzen«, meinte Bjarne. »Der Großteil unserer Männer könnte ein paar Meilen flussaufwärts an Land gehen, einen Bogen schlagen und die Stadt dort angreifen, wo sie im Moment am verwundbarsten ist.«

»Das ist ein guter Plan. Du solltest ihn meinem Vater vorschlagen, wenn wir zurück sind.«

»Du solltest das tun, Thorbrand.«

»Der Ruhm gebührt dir, Bjarne.«

»Aber hören wird er auf dich und niemanden sonst. Wenn er überhaupt auf jemanden hört.«

Die Nordmänner sahen sich noch ein wenig auf der Insel um, bevor sie schließlich zu den beiden Einars zurückkehrten und sich mit ihrer Skaid wieder auf den Rückweg machten. Der Wind stand zwar gegen sie, aber das war nicht weiter schlimm, denn die Strömung sorgte nun dafür, dass sie sogar schneller vorankamen als auf dem Weg flussaufwärts. Sie brauchten die ODINS ZIEGENWAGEN einfach nur flussabwärts treiben zu lassen.

Die Sonne schimmerte bereits durch die Morgennebel, als sie zum Lagerplatz von Grimr Schädelspalters Männern zurückfanden. Die Flotte hatte an einer so geschützten Stelle angelandet, dass es vom Fluss aus nicht möglich war, sie zu bemerken.

Das letzte Stück der Fahrt war Thorbrand etwas eingenickt und Rasmus ebenso. Gunjorn hingegen schien so etwas wie Müdigkeit nicht zu kennen, obwohl auch er bereits den Erkundungsgang und die Begegnung mit dem fränkischen Rittertrupp hinter sich hatte. Der weise Einar weckte Thorbrand und Rasmus den Roten jedoch rechtzeitig, bevor sie beim Lager eintrafen.

Dort waren die Feuer inzwischen ziemlich heruntergebrannt. Der Geruch von gebratenem Pferdefleisch stieg Thorbrand in die Nase. Die meisten Nordmänner waren im Augenblick noch nicht auf den Beinen. Außer den Wachen waren nur kaum zwei Dutzend von ihnen bereits wach und diese entweder damit beschäftigt, sich am Fluss zu waschen oder die eigene Waffengarnitur in Ordnung zu bringen. Schließlich stand der Kampf um Novaesium unmittelbar bevor. Und da war es wichtig, dass alles an seinem Ort und jede Waffe gut geschliffen war.

»Schön, dass du wohlbehalten zurückgekehrt bist«, begrüßte Grimr seinen Sohn. Zusammen mit Olav und dem grauen Halmi kam der Jarl ihm entgegen. »Was hast du zu berichten?«

»Es gibt gute Nachrichten«, sagte Thorbrand. Und dann schilderte er in knappen Worten, was sie bei ihrer Erkundungsfahrt über die Befestigungsanlagen von Novaesium und über die Besonderheiten der vorgelagerten Flussinsel herausgefunden hatten. »Wir sollten von Land aus angreifen«, eröffnete er dann den Plan, den Bjarne der Steuermann vorgeschlagen hatte. »Die Befestigungen sind zum Teil niedergerissen oder abgebrannt, weil die Stadt offenbar vor Kurzem Ziel eines Angriffs gewesen ist.«

»König Ludwigs Leute müssen das gewesen sein«, war für Olav sofort klar. »Offenbar haben sie vor Kurzem doch schon den Fluss mit einem nennenswerten Heer überquert. Ich nehme an, dass das sehr viel weiter südlich geschehen ist, weil hier der Fluss viel zu breit ist, wenn man eine große Anzahl von Kriegern auf die andere Seite bringen will.«

»Die Tatsache, dass sie die Frankenritter offenbar zurückschlugen, spricht dafür, dass es in Novaesium kampfstarke Verteidiger gibt«, ergänzte Halmi der Graue. »Wir sollten also vorsichtig sein.«

»Warum so ängstlich, Halmi?«, spottete Grimr. »Das muss eine Erscheinung des Alters sein, von der ich hoffe, dass sie sich niemals bei mir bemerkbar machen wird.«

Halmi verzog das Gesicht. Dem grauhaarigen, hageren Mann war deutlich anzusehen, was er von dem großspurigen Gehabe seines Jarl hielt. Allerdings verkniff sich Halmi jeglichen Kommentar dazu, zumal sich Grimr Schädelspalter ohnehin kaum je an seine Pläne gehalten hatte. Es wäre nicht das erste Mal gewesen, dass er im letzten Moment einen schon gefassten Plan umgeworfen und völlig verändert hätte. Manchmal geschah das nur aus einer Laune heraus – oder um deutlich zu machen, wer letztlich die Entscheidungen traf.

»Sag bloß, die Idee zu diesem Plan stammt von dir«, meldete sich Olav mit beißendem Spott zu Wort, nachdem man Thorbrand bereits ein Stück des Pferdebratens gereicht hatte.

»Glaubst du nicht, dass ich in der Lage wäre, einen guten Plan zu fassen?«, gab Thorbrand in der Hoffnung zurück, damit der Frage seines Halbbruders ausweichen zu können.

»Oh, gewiss wärst du dazu in der Lage. Nur bin ich noch nie Zeuge eines so einzigartigen Geistesblitzes bei dir geworden, und da stellt man sich eben die eine oder andere Frage. Wenn du verstehst, was ich meine.«

»Nein, wenn ich ehrlich sein soll, weiß ich nicht, was du damit sagen willst«, gab Thorbrand zurück. »Falls du mich deswegen für einfältig hältst, will ich dir dieses Vergnügen nicht nehmen.«

»Spielt es irgendeine Rolle, von wem der Plan kommt?«, rief Grimr dröhnend dazwischen. »Er ist gut, und das ist alles, worauf es ankommt.«

Damit herrschte Schweigen unter den beiden Halbbrüdern.

Halmi ergriff als Erster wieder das Wort. »Wir sollten bis zum Einbruch der nächsten Nacht warten, ehe wir aufbrechen. Ich denke nämlich, dass wir den Schutz der Dunkelheit brauchen werden.«

»Dem kann ich nur zustimmen«, sagte Grimr.

Den kalten Tag mehr oder minder untätig zu verbringen, war für manchen unter den Nordmännern eine größere Herausforderung, als sie die Überwindung der schadhaften Schutzwälle von Novaesium darstellten.

Mit Einbruch der Dunkelheit brachen sie auf. Der Wind stand noch immer günstig, und so kamen die Schiffe schnell voran.

An einer günstig erscheinenden Stelle am westlichen Flussufer landeten sie dann wieder an. Bjarne der Steuermann hatte diese Stelle ausgesucht. Schon auf der Rückfahrt von der Flussinsel hatte er sie sich gemerkt, um sie für die Landung jener Krieger vorzuschlagen, die in einem Bogen zur Westseite von Novaesium vordringen und von dort aus angreifen sollten.

Fünfhundert Mann sollten hier abgesetzt werden. Die restlichen zweihundert Nordmänner wurden gebraucht, um die Schiffe manövrieren zu können. Das bedeutete, dass auf jedem Langschiff acht bis neun Mann blieben. Solange der Wind weiterhin jeden Einsatz der Segel möglich machte, war das für die Manövrierfähigkeit der Flotte kein Hindernis. Schwierig konnte es werden, falls sich der Wind drehte und gerudert werden musste.

Grimr selbst übernahm den Befehl über die fünfhundert Krieger. Und Thorbrand befand sich natürlich unter ihnen, und zwar in der vordersten Reihe. »Ich will, dass einer an meiner Seite kämpft, den die Götter im Moment lieben«, sagte er zu ihm. »Und, bei Njörd, von wem könnte man das sonst noch so sicher behaupten wie von dir, Thorbrand?«

KAPITEL 9

Olav hatte den Befehl über die Flotte und die verbleibenden zweihundert Mann erhalten.

Aber er schien darüber nicht sonderlich glücklich zu sein. Natürlich war ihm klar, dass dies kein besonderer Vertrauensbeweis war, sondern nichts weiter als eine Maßnahme, damit bei einem absoluten Scheitern des Vorhabens wenigstens ein Spross des Grimr Schädelspalter am Leben blieb. Mit versteinertem Gesicht stand er am Bug der NJÖRDS SEGEN, während sich das Schiff bereits wieder vom Ufer entfernte. Bjarne der Steuermann hatte Segel setzen lassen, und nun durchschnitt das Langschiff das von der Strömung gekräuselte Wasser des Rheins. Auch die anderen Schiffe legten eins nach dem anderen ab. Die fünf Hundertschaften von Nordmännern, die im Schutz der Nacht einen Bogen westwärts schlagen würden, um Novaesium dann vom Land aus anzugreifen, blieben zurück. Es war ein guter Plan, das musste der Neid seinem Urheber lassen, dachte Olav, während er sich drehte und gegen den kalten Wind anblinzelte. Aber dieser Plan musste auch sehr gut durchgeführt werden, sonst endete er für viele der Krieger bei Odin in Walhall.

Es gab eine Menge von Unbekannten in diesem Spiel. Zum Beispiel wusste man nichts Genaues über die exakte Stärke der fränkischen Besatzung von Novaesium. Hatte man es nur mit einer örtlichen Wache zu tun und ein paar bewaffneten Einwohnern, die ansonsten als Schmied oder Schlachter ihrem Handwerk nachgingen und nicht viel von der Verteidigung einer Stadt verstanden, oder gab es inzwischen möglicherweise Entsatztruppen von König Lothar?

Olav begab sich nun in den hinteren Teil des Schiffes. Dabei fiel sein Blick auf die fränkische Nonne. Die konnte sich glücklich schätzen, dass Hromund der Raue im Moment nicht in ihrer Nähe war, bei dem vielen Fliegenpilztrunk, den der zu sich genommen hatte.

Olav ging weiter und erreichte schließlich Bjarne den Steuermann. »Ich hoffe, du findest die Flussinsel auch wieder.«

»Keine Sorge, Olav. Die ist unübersehbar. Und besonders zu verbergen brauchen wir uns auch nicht. Wenn die Bewohner von Novaesium ihre Aufmerksamkeit voll und ganz auf das richten, was auf der Insel geschieht, so haben es unsere Männer leichter.«

»Der Plan stammt nicht von Thorbrand, oder?«

»Er ist gut und wird nun in die Tat umgesetzt«, wich Bjarne aus. »Und er wird uns alle reich machen. Die einen etwas mehr, die anderen etwas weniger, je nachdem, wie der Anteil des Einzelnen jeweils ist.«

»Ja, gut möglich«, knurrte Olav zwischen den Zähnen hindurch. »Du stehst fest auf Thorbrands Seite, was immer auch geschieht«, fuhr er fort, und er sagte das im Tonfall einer Feststellung, nicht einer Frage.

Bjarne sah Olav etwas überrascht an. »Ja, das stimmt. Wenn ich jemandem die Treue geschworen habe, kann er meiner sicher sein. Und Thorbrand stand immer unter meinem Schutz. Und auch wenn er ihn inzwischen wohl nicht mehr braucht, werde ich immer an seiner Seite stehen.«

»Eines Tages wird er meinem Vater nachfolgen. Das dürfte dann für dich sehr günstig sein.«

»Ich denke nicht an meinen Vorteil.«

»Ach, komm schon. Die Christen verbreiten die Lehre von der Nächstenliebe mit dem Schwert unter den Sachsen, und niemand ist raffgieriger als die Muslime, zu deren heiligen Pflichten doch angeblich die Almosen für die Armen gehören. Die Straßen ihrer Städte sind aber trotzdem voll armseligen Gesindels, wie mir Halmi sagte. Wenn mir also jemand über den Weg läuft, der behauptet, dass er nicht seinen Vorteil sucht, dann ist der für mich so glaubwürdig wie ein Geschichtenerzähler, dem man ein Silberstück gibt, damit er sich noch ein bisschen mehr einfallen lässt.«

Bjarne lachte. »Du siehst überall hinterlistige Absichten und von langer Hand geschmiedete Pläne. Aber ich bin da etwas einfacher gestrickt. So wie dein Vater.«

»Oder Thorbrand.«

»Richtig.«

»Was wäre, wenn irgendein Franke es schafft, Thorbrand und meinen Vater zu erschlagen?«

»Dieser Franke muss noch geboren werden, glaube ich.«

»Was, wenn es geschähe?«

Bjarnes Gesichtsausdruck wurde nachdenklich. Mit einem Ruck bewegte er die am Steuerbord angebrachte Ruderstange, um die NJÖRDS SEGEN auf einen etwas schnelleren Kurs zu bringen. Das Segel, das zuvor schon bedenklich Falten geworfen hatte, blähte sich wieder. »Dann wirst du uns führen, Olav Schädelspalter«, sagte er schließlich. »Und ich werde dir folgen, wohin auch immer.«

»Das wollte ich wissen.«

Die Blicke beider Männer begegneten sich. Und in Bjarnes Antlitz trat ein Ausdruck von tiefer Entschlossenheit. »Weißt du, seit Thorbrand ein großer, starker und manchmal etwas jähzorniger Mann ist, hatte ich immer das Gefühl, dass ich ihn vor allem vor sich selbst schützen müsste.«

»Dann tu das weiterhin«, sagte Olav. »Denn er hat diesen Schutz bitter nötig.«

»Mag sein. Aber vielleicht sollte ich in Zukunft auch daran denken, ihn vor seinem Bruder zu schützen – obwohl ich eigentlich gedacht hätte, dass dies ein Lied ist, dass in der Vergangenheit gesungen wurde und keine Gültigkeit mehr hat.«

»Das hat es auch nicht mehr. Da kannst du ganz beruhigt sein. Wir sind keine kleinen Jungen mehr, die miteinander raufen!«

Sie erreichten schließlich die Flussinsel. Aber diesmal war es nicht ein einzelnes Schiff, das sich lautlos an die der Stadt abgewandte Küste der Insel heranpirschte, sondern eine ganze Flotte von zwei Dutzend Langschiffen, die mit geblähten Segeln fuhren. Und die hoben sich deutlich sichtbar als dunkle Schatten gegen das Mondlicht ab, das sich im Fluss spiegelte.

Die Nordmänner taten im Übrigen auch nichts, um ihr Auftauchen in irgendeiner Weise zu verbergen. Ganz im Gegenteil. Sie schlugen mit den flachen Seiten ihrer Schwerter und den Stielen ihrer Dänenäxte gegen die Schilde, die der Reihe nach an der Reling ihrer Schiffe befestigt waren. Wer immer an Land sie bemerkte, musste denken, dass eine hochgerüstete, mit zahllosen Kriegern bemannte Flotte von Drachenschiffen flussaufwärts gesegelt kam. Dass diese Flotte zahlenmäßig außerordentlich schwach bemannt war, konnte man auf die Entfernung und bei den nächtlichen Sichtverhältnissen nicht erkennen. Davon abgesehen hatten manche der Männer – etwa Stormur Stormsson oder die beiden Einars – die Fähigkeit, so laute Kampfschreie auszustoßen, dass man glaubte, dass viel mehr Männer dort brüllten.

Ein Höllenlärm drang nun vom Fluss her nach Novaesium. Hier und dort wurden Lichter entzündet. Der flackernde Schein von Fackeln breitete sich auf den Wehrgängen, die zur Flussseite hin ausgerichtet waren, aus.

Bjarne der Steuermann lächelte zufrieden. »So sollte es sein.«

Und auch Olav Schädelspalter wirkte etwas entspannter. Es bestand eine gute Aussicht, dass der Plan des Steuermanns aufging.

Das Schiff von Stormur Stormsson erreichte als erstes das Ufer der Insel. Die Männer sprangen an Land und vertäuten das Schiff an den knorrigen, reifbedeckten Bäumen in Ufernähe.

Die NJÖRDS SEGEN legte als Zweite an.

»Bei Thors Hammer, ich wünschte, ich wäre bei den Fünfhundert und nicht auf dieser Insel«, knurrte Stormur Stormsson.

Und Einar der Weise konnte ihm da nur beipflichten. »Die anderen werden alles geplündert haben, eh wir zum Zuge kommen.«

Bjarne wandte sich unterdessen an Olav. »Wie du hörst, bist du nicht der Einzige, der mit seinem Schicksal hadert. Aber so leicht, wie Einar glaubt, werden es die Fünfhundert nicht haben!«

Das Heer der Fünfhundert fand nahezu unbemerkt seinen Weg durch die Nacht. Ob man auf hoher See nach den Sternen navigierte oder sich in dunkler Nacht in einem flachen, grasbewachsenen Land auf diese Weise zu orientieren versuchte, war kein großer Unterschied. Einzelnen Gehöften und Siedlungen wich man so großräumig wie möglich aus.

Dann lag der Befestigungswall von Novaesium vor ihnen, und im Mondlicht war deutlich zu sehen, dass er sogar noch weit schlimmer in Mitleidenschaft gezogen worden war, als es vom Kirchturm der Flussinsel aus zu erkennen gewesen war.

Grimr Schädelspalter hob die Axt, Thorbrand zog sein Schwert. Hromund der Raue wirkte schon eine geraume Weile sehr unruhig und schien sich kaum zurückhalten zu können. Am liebsten wäre er wohl mit seinem Bärenfell um die Schulter und der Dänenaxt in der Hand einfach losgestürmt. Und dem irren Orm schien es ähnlich zu gehen.

Viele unter den Fünfhundert waren von einer ähnlichen Unruhe erfüllt, aber noch mussten sie warten. Warten auf den richtigen Augenblick zum Angriff. Aber das Zeichen dazu musste nicht nur von Grimr Schädelspalter kommen, sondern von jenen Zweihundert, die inzwischen auf die Flussinsel gelangt sein mussten. Etliche Bogenschützen aus Bragis Sippe waren unter ihnen, und der Plan sah vor, sie an der dem Festlandufer zugewandten Seite der Flussinsel zu postieren.

Der Schutzwall von Novaesium war nahe genug, um

ihn mit Brandpfeilen treffen zu können. Und ganz sicher konnte man von der Insel weit genug schießen, um die Schiffe in Brand zu stecken, die bei den Anfurten festgemacht worden waren.

Wie ein Schwarm von Sternschnuppen sah es aus, als die Brandpfeile von der Flussinsel aus abgeschossen wurden und sich auf die östlich gelegenen Befestigungen von Novaesium niedersenkten. In rascher Schussfolge zischten gleich mehrere Salven hintereinander durch die Luft. Die Pfeile waren in Pech getränkt, und selbst die kühle Feuchtigkeit, die alles durchdrang, löschte sie nicht gleich.

Stimmengewirr war zu hören. Es dauerte nicht lange, bis die ersten Flussschiffe der Franken wie Scheiterhaufen auf loderten. Die Masten hatten Kreuzform. Jetzt wirkten sie wie brennende Fanale. Wie Zeichen, die dafür standen, dass die alten Götter des Nordens doch mächtiger waren als der schwache Christengott.

»Lass uns Franken erschlagen, Thorbrand!«, sagte Grimr an seinen Sohn gewandt, hob die Axt und brüllte einen Kriegsschrei. Das war das Zeichen, auf das alle gewartet hatten. Fünfhundert Nordmänner brachen mit ohrenbetäubendem Geschrei aus der Dunkelheit hervor.

Thorbrand und Grimr gehörten zu den Ersten, die die schadhaften Befestigungen erreichten. Man konnte sehen, dass die Arbeiten zur Wiederherstellung einer ununterbrochenen Palisadenkette bereits im Gang, aber eben noch nicht abgeschlossen waren. Zum Teil waren noch nicht einmal die Trümmer beseitigt worden, die der vorausgegangene Angriff auf die Stadt hinterlassen hatte.

An der Westseite standen offenbar kaum Wächter.

Die meisten Verteidiger waren inzwischen auf der dem Fluss zugewandten Seite, da es zunächst den Anschein gehabt hatte, als würde die Gefahr vom Wasser her drohen. Aber das erwies sich nun als ein verhängnisvoller Irrtum seitens der Verteidiger.

Nur vereinzelt wurden Pfeile auf die anstürmenden Nordmänner abgeschossen. Es waren kaum Bogenschützen unter den Verteidigern der westlichen Befestigung. Und die wenigen Geschosse, die den Angreifern entgegenflogen, wurden durch die Schilde abgefangen.

Noch bevor die ersten Nordmänner überhaupt den Festungswall erreichten, waren die ersten Verteidiger bereits auf der Flucht. Die Übermacht war zu eindeutig.

Zwei Krieger, die sich Thorbrand in den Weg stellten, trieb dieser mit einer Folge schnell ausgeführter Schwerthiebe zurück, dann traf er den ersten von ihnen tödlich am Hals. Das Blut spritzte aus der aufgeschlitzten Ader, während der Franke zurücktaumelte und mit der Hand versuchte, den Blutfluss zu stoppen. Er sank zu Boden, während ein anderer Franke zu fliehen versuchte. Allerdings kam er nicht weit. Ein Speer durchbohrte ihn von hinten. Hromund der Raue hatte ihn zuvor einem sterbenden Gegner entrissen und ihn dann mit einer Wucht geschleudert, die ihresgleichen suchte.

Jetzt stieß Hromund einen dröhnenden Schrei aus und schwang seine Axt über dem Kopf. Seine Augen wirkten glasig, die Züge verzerrt. Der irre Orm war in seiner Nähe und trieb gerade eine ganze Gruppe von Franken zurück.

Der Widerstand, soweit er überhaupt vorhanden und organisiert war, brach schnell zusammen. Die ersten Häuser, fast ausschließlich Fachwerkbauten, standen schon bald in Brand. Es loderte überall, und dunkle Rauchschwaden zogen durch die Stadt. Die ersten Bewohner waren bereits auf der Flucht, während die Nordmänner ihre Häuser plünderten und den Flüchtenden ihr Silber nahmen.

Grimr hatte angeordnet, nur wenige Gefangene zu machen, und zwar nur solche, bei denen durch Kleidung, Bewaffnung, Gehabe oder mitgeführtes Silber gleich erkennbar war, dass sie womöglich hohen Standes waren und man ein entsprechendes Lösegeld erzielen konnte. Durch seinen Aufbruch aus Xanten hatte Grimr ja auf nahezu alle Einnahmen, die sich dort auf diese Weise ergeben hätten, verzichtet. Das musste ausgeglichen werden.

Aber andererseits war es auch nicht klug, sich mit zu vielen Gefangenen zu belasten. Schließlich hätte man die zu versorgen und zu bewachen. Auch wenn Grimrs Schar hier und jetzt in der Übermacht war, so würde sich das Verhältnis früher oder später umdrehen, wenn erst die Heere der widerstreitenden Könige auf sie aufmerksam geworden waren. Und das war nur eine Frage der Zeit.

Ungehindert erreichten Thorbrand, Grimr und die anderen das Kloster und die Kirche im Zentrum des Ortes. Wie schon in Xanten waren dies nahezu die einzigen Gebäude aus Stein. Es gab allerdings keine Umgrenzungsmauer. Trotzdem benutzten viele der Verteidiger die Kirche und das Kloster als letzte Rückzugsorte. Nahezu die ganze Stadt befand sich bereits in den Händen der Nordmänner. Säcke mit Silber, Schmuck, Werkzeuge und Waffen aus Metall, all das wurde aus den Häusern geschafft. Inzwischen landete Olav mit einem

Teil der Flotte am Ufer, sodass mindestens noch einmal hundert Mann in die Kämpfe eingriffen, doch ihnen stellte sich kaum Widerstand entgegen. Überall gab es nur Chaos und heillose Flucht.

Nur beim Kloster gab es noch geordnete Gegenwehr. Fränkische Kämpfer bildeten einen Schutzwall. Bogenschützen streckten einige der Nordmänner nieder, bis ihnen die Pfeile ausgingen. Ein harter Nahkampf mit Schwert, Axt und Speer entbrannte. Lanzen bohrten sich in Leiber, Schilde spalteten sich unter den Schlägen von Dänenäxten.

Thorbrand kämpfte in vorderster Reihe. Immer wieder kreiste seine Klinge durch die Luft. Funken sprühten, wenn Eisen auf Eisen traf.

Olav, Bjarne und ein Teil derer, die am Ufer gelandet waren, trafen ein und unterstützten die Kämpfenden. Der Reihe nach wurden die Franken niedergekämpft. Ihre Leichen bedeckten bald den Boden. Die noch verbliebenen Verteidiger zogen sich zum Portal der Kirche zurück.

»Zünden wir ihnen das Dach über dem Kopf an und räuchern sie aus«, rief Grimr.

»Dann vernichten wir auch alles, was es darin vielleicht noch an Wertvollem gibt«, gab Olav zu bedenken, dessen Klinge dunkelrot vom Blut der Franken war. Er beugte sich nieder und nahm einem Toten den Schild ab. Dann wandte er sich an Thorbrand. »Wer hätte gedacht, dass dieser Tag noch einmal kommt, an dem wir Seite an Seite kämpfen.«

»Eigenartigerweise hat sich das bisher nie ergeben«, meinte Thorbrand.

»Eigenartigerweise hat sich früher immer das Gegenteil ergeben!« Olav lachte. »Na, willst du nicht wie ein

Berserker hineinstürmen und in der Kirche ein Blutbad unter den letzten Franken anrichten? Oder überlässt du so etwas lieber Hromund?«

Hromund brüllte unterdessen einen Schwall von wüsten Beleidigungen in Richtung der Männer, die das Kirchenportal verteidigten. Der Genuss des Pilzgiftes und reichlich Met und Wein hatten seine Aussprache verwaschen werden lassen. Und da sich die Sprache der Nordmänner doch von der der Franken unterschied, verstanden die wahrscheinlich kaum mehr als einzelne Wörter. Aber es war auch keineswegs nötig, jedes Wort zu verstehen. Die Botschaft war mehr als eindeutig.

Die Franken nahmen sie mit stoischer Gelassenheit zur Kenntnis und reagierten darauf nicht weiter. Anscheinend waren sie entschlossen, ihre Kräfte für andere Dinge aufzusparen.

»Die können die Kirche tagelang selbst mit wenigen Männern halten«, stellte Olav fest. »Es reichen drei oder vier Mann, um das Portal zu halten, und wenn die niedergekämpft sind, warten hinter ihnen wieder drei oder vier Krieger, die für sie einspringen.«

»Irgendwann werden ihre Arme erlahmen«, meinte Grimr. »Oder sie bekommen Hunger und Durst.«

»Eher glaube ich, dass das Gebrüll dieses Berserkers sie in den Wahnsinn treibt«, äußerte hingegen Bjarne der Steuermann.

»Vater, wir sollten den Franken ein Angebot machen«, schlug Olav vor. »Lassen wir sie abziehen. Die meisten von ihnen jedenfalls. Wir nehmen ihre Waffen und was sonst noch gefällt und behalten diejenigen von ihnen in Gewahrsam, die wie Edelleute aussehen, damit wir sie gegen Lösegeld eintauschen können.«

»Damit dieselben Männer dann in ein paar Tagen wieder gegen uns kämpfen?«, fuhr Grimr auf, dem dieser Vorschlag überhaupt nicht gefiel, wohl auch deshalb, weil der Kampf eigentlich entschieden war.

»Vater, wir sollten so schnell wie möglich zusehen, dass wir alles, was in diesem Ort auch nur einigermaßen wertvoll ist, rüber auf die Insel schaffen.«

»Was du nicht sagst, Sohn.«

»Novaesium können wir nicht halten, wenn fränkische Verstärkung kommt!«

Grimr knurrte etwas Unverständliches. Die Worte seines Sohnes schienen immerhin bewirkt zu haben, dass er nachdenklich geworden war. In Xanten war es möglich gewesen, sich festzusetzen, aber was Novaesium betraf, gab es da einen wesentlichen Unterschied: die schadhaften Befestigungsanlagen auf der Westseite.

»Dein Sohn hat recht«, stimmte Halmi der Graue Olav zu. »Das, was wir heute getan haben, könnten die Franken wiederholen, wenn sie genug Männer zusammengezogen haben.«

»Niemand hatte geplant hierzubleiben«, entgegnete Grimr. Schnell alles zusammenraffen und auf die Insel bringen – so war der Plan gewesen. Aber mit jedem Augenblick, den sich der Kampf um die Kirchenpforte in die Länge zog, geriet dessen Ausführung in Gefahr. Schließlich wusste niemand, wie nahe vielleicht schon fränkische Heere waren. Und es spielte kaum eine Rolle, ob diese Heerhaufen nun König Lothar oder König Ludwig unterstanden.

»Mach ihnen ein Angebot«, wiederholte Olav. »Und sei großzügig. Wir haben mehr Gefangene, als wir bewachen können, und sollten die Zeit nicht damit verschwenden, das Blut von Narren zu vergießen, die glauben, dass sie Helden sind. Stattdessen brauchen wir jeden starken Arm, der etwas aufs Schiff tragen kann!«

Inzwischen waren auch der irre Orm und die beiden Einars in das Geschrei von Hromund eingefallen und unterstützten ihn. Die besten Bogenschützen stellten sich auf. Gunjorn und Bragi hatten bereits einen Pfeil eingelegt.

»Durchlöchert sie, wenn ich das Zeichen dafür gebe«, befahl Grimr.

»Die werden einfach ihre Schilde heben oder die Pforte schließen – und was machen wir dann?«, hielt Olav dagegen. »Lass sie ziehen, Vater! Wenn uns die Götter weiterhin gewogen sind, dann haben wir sogar unsere Knorren geholt, sie vollgeladen und sind schon wieder auf dem Weg zur Flussmündung, ehe die verfluchten Franken sich neu gesammelt haben.«

»Also … gut«, gab Grimr nach. »Sprich du mit ihnen. Sag ihnen, was immer du für richtig hältst, und wenn du Erfolg hast, dann soll man aus dem Kirchenaltar einen Runenstein zu deinen Ehren machen!«

Olav trat einen Schritt vor die eigenen Reihen, dann aber drehte er sich noch einmal um und sagte zu seinem Bruder: »Es wäre nicht schlecht, wenn du meine Worte übersetzen würdest.«

Thorbrand trat neben ihn. »Dass du mir so weit traust …«

»Die Sprachen sind nicht so verschieden, dass ich nicht merken würde, wenn du etwas Falsches sagst«, erklärte Olav.

Die Franken an der Kirchenpforte waren noch immer durch das Geschrei von Hromund abgelenkt. Sie reagierten inzwischen mit Gelächter auf die Drohgebärden des Berserkers und all jener, die sich ihm inzwischen angeschlossen hatten.

Da bemerkte Thorbrand eine Bewegung an dem offenen Turmfenster des Glockenstuhls. Es war nur ein Schatten. Und wenn nicht der Flammenschein eines brennenden Hauses in der Nähe gewesen wäre, hätte man vielleicht gar nichts gesehen.

»Vorsicht!«, brüllte Thorbrand.

Er rammte den Schild seines Bruders und stieß ihn dadurch um. Dort, wo er gerade noch gestanden hatte, zischte der Pfeil durch die Luft.

Gleich darauf folgte ein zweiter, doch der war nicht mehr auf Olav oder Thorbrand gezielt, denen ihre erhobenen Schilde nun Deckung gaben. Er bohrte sich in die Stirn von Bjarne dem Steuermann. Bjarne trug nie einen Helm, weil er es hasste, wenn irgendetwas seinen Blick einschränkte. Jetzt stand er mit offenen, starr gewordenen Augen da. Das Schwert fiel ihm aus der Hand. Blut lief in einem schmalen, sich verzweigenden Rinnsal aus der Wunde. Dann sackte er in sich zusammen.

Thorbrand starrte ihn fassungslos an. Er hatte schon viele sterben sehen. Männer, Frauen, Kinder, Junge und Alte. Und er hatte inzwischen in genug Schlachten gefochten, um sich an diesen Anblick gewöhnt zu haben. Schließlich hatte er selbst schon wie ein Berserker gewütet und schon dutzende feindliche Krieger erschlagen. Genauso hatte Thorbrand natürlich mehr als einmal erlebt, dass jemand, mit dem er Seite an Seite gestanden hatte, ums Leben kam.

Aber der Tod von Bjarne, der in so vielen Jahren sein Freund und Beschützer gewesen war, traf ihn bis ins

Mark. Kalte Wut erfasste ihn. All der Zorn, der in ihm schlummerte, brach sich Bahn.

Er stürmte mit einem Schrei, der selbst Hromund den Rauen verstummen ließ, auf die Franken an der Kirchenpforte zu. Ein Speer blieb in seinem Schild stecken, ein weiterer kam hinzu, aber Thorbrand ließ sich nicht aufhalten, durchschlug die beiden Schäfte mit dem Schwert, um den Schild wieder heben zu können, und ohne Rücksicht auf das eigene Leben stürzte er sich in den Kampf. Wie aus weiter Ferne drang der Ruf seines Vaters an sein Ohr. Aber bis in seine Seele vermochte dieser Ruf nicht zu gelangen.

Schon fielen die ersten Franken unter seinen Schwertstreichen. Blut spritzte, einen Schwertarm trennte Thorbrand mit einem einzigen Hieb vom Rumpf, um mit einem weiteren Schlag den Schädel des Gegners zu spalten.

Thorbrands Sturmlauf war für viele andere das Zeichen, ihm zu folgen. Hromund der Raue und der irre Orm waren die Ersten, aber auch die beiden Einars setzten sich sofort in Bewegung.

Thorbrand hatte die Franken an der Pforte schon einige Schritte weit in das Innere der Kirche gedrängt. Die anderen Nordmänner folgten ihm, und die erschrockenen Franken wichen weiter zurück. Sie bildeten wieder einen Schildwall, und ein Mann, bei dem es sich offenbar um den Befehlshaber handelte, rief ihnen mit rauer Stimme zu, was sie zu tun hatten.

Ungestüm stürzte sich Thorbrand auf den Anführer der Franken. Mit mehreren wuchtigen Hieben drängte er ihn zurück. Den Schild hatte Thorbrand von sich geschleudert, um mehr Bewegungsfreiheit zu haben und das Schwert mit beiden Händen führen zu können. Ein heftiger Schlag ließ den Schild seines Gegners zerbrechen. Die Klinge fuhr dem Franken sogar noch in den Unterarm. Dann vollführte Thorbrand eine schnelle Bewegung nach vorn und spießte seinen Gegner regelrecht auf.

Hromund und Orm waren dicht hinter ihm. Die beiden Einars ebenfalls.

Der Kampf dauerte nur kurz. Dann lebte keiner der Franken mehr im Vorraum der Kirche, nachdem der irre Orm auch den letzten Verwundeten noch abgestochen hatte. Verrenkte, zerhackte Körper und Blutlachen bedeckten den Boden. Thorbrand ging weiter und stieß die Tür, die den Vorraum vom eigentlichen Kirchenschiff trennte, auf.

Der Raum, der sich vor ihm öffnete, wirkte auf ihn riesig. Thorbrand hatte ein so großes Gebäude noch nie zuvor von innen gesehen. Die Kirchen, die er bei den Angelsachsen gesehen hatte, wirkten dagegen wie Hütten, und auch jener Bau, in dem sie zusammen mit Eiriks Männern in Xanten gelagert hatten, erschien ihm um einiges kleiner. Mondlicht fiel durch hohe, bemalte Glasfenster. Rund um den Altar standen brennende Kerzen, deren Schein alles in ein weiches, zuckendes Licht tauchte.

Das Kirchenschiff war von Menschen überfüllt. Zahlreiche Bewohner von Novaesium hatten sich hierher gerettet und beteten dafür, dass die wilden, mordenden Barbaren aus dem Norden sie verschonen mochten. Etliche Mönche und Nonnen waren unter den Betenden, und vor dem Altar kniete ein Priester und sprach der Gemeinde das Gebet vor. Doch jetzt verstummte der Chor.

Thorbrand war noch immer erfüllt von Wut und Schmerz. Den Tod von Bjarne dem Steuermann konnte er nicht einfach so verwinden. Der Wunsch nach Rache brannte in ihm. Ein unheilvoller, unstillbarer Durst nach Blut und Gewalt.

Seitlich von ihm war ein Aufgang, der vermutlich zum Glockenturm führte. Dort bemerkte Thorbrand eine Gestalt.

Es war ein Franke. In der Hand hielt er einen Bogen, an seiner Seite hingen ein langes, etwa eine Elle langes Messer nach Art der Sachsen und ein Köcher mit Pfeilen.

Nur ein einziger davon war dem Bogenschützen geblieben. Alle anderen steckten jetzt in den Schilden oder den Körpern von Nordmännern. Und einer dieser Pfeile hatte auch Bjarne getötet.

Der Franke zog den letzten Pfeil, versuchte ihn in den Bogen zu spannen, aber da war Thorbrand bereits bei ihm. Mit einer raschen Folge wuchtiger Hiebe schlug er auf den Bogenschützen ein – auch dann noch, als dieser schon längst nicht mehr lebte und nur noch ein zerstückeltes, blutiges Etwas war.

Die Gebete waren vollkommen verstummt. Es herrschte eine nahezu unheilvolle Stille.

Thorbrand wirbelte herum. Hinter ihm stand nicht einer jener Männer, die er dort erwartet hatte. Weder Hromund noch Orm oder einer der beiden Einars. Stattdessen begegnete ihm der Blick seines Bruders.

Thorbrand atmete tief durch. Endlich war er wieder in der Lage, einen klaren Gedanken zu fassen. Das blonde Haar hing ihm wirr im Gesicht. Auf die Menschen, die sich in die Kirche geflüchtet hatten, musste er wie ein wildes Tier wirken.

»Na, was ist?«, fragte Olav spöttisch. »Willst du jetzt nicht auch noch alle anderen töten, die hier in der Kirche sind, sodass wir am Ende gar keine Gefangenen mehr haben, für die man uns Lösegeld zahlt?«

Thorbrand wollte etwas erwidern. Aber er konnte nicht. Ein Kloß saß ihm im Hals. Er war unfähig, auch nur ein einziges Wort herauszubringen.

Olav trat nahe an ihn heran, sodass seine nächsten Worte trotz der Stille niemand anderes hören konnte. »Du hättest den Franken vorhin seine Arbeit machen lassen sollen, dann wäre ich jetzt tot und nicht Bjarne. Möglich, dass du das eines Tages bereuen wirst.«

»Das tue ich jetzt schon, Olav«, murmelte Thorbrand. »Bei Odin, das tue ich jetzt schon!«

»Eines Tages wird dir dein Jähzorn alles nehmen, Thorbrand. Erst den Verstand, dann dein Erbe und deinen Besitz und am Ende vielleicht sogar das Leben. Man könnte fast meinen, du hättest heimlich von Hromunds Wasser getrunken!«

Thorbrand lag eine wütende Erwiderung auf der Zunge. Aber da dröhnte ein Ruf durch das Kirchengewölbe. »Schätze! Silber! Ein Kreuz aus Gold!« Es war Einar der Breite, der es ausrief.

Und von da an war es so laut, dass man sein eigenes Wort nicht mehr verstehen konnte.

Bis zum Morgengrauen wurde alles aus der Stadt fortgeschafft, was sich auf ein Schiff verladen ließ und wertvoll erschien. Außerdem trieb man Vieh zusammen und plünderte Nahrungsvorräte, wo immer man sie fand, geräucherte Flussfische ebenso wie Brot und Mehl. Schließlich wussten die Nordmänner nicht, wie lange sie auf der Flussinsel bleiben würden.

Manche der schlanken Skaids und Draken waren vollkommen überladen. Vor allem, wenn man Tiere an Bord hatte, die sich unkontrolliert bewegten, bestand bei verhältnismäßig schmalen Schiffen immer die Gefahr, dass sie kenterten. Aber manchmal genügten dafür auch schon unzureichend befestigte Güter, die unbeabsichtigt ein Stück über die Planken rutschten und die Gewichtsverhältnisse vollkommen veränderten.

Zum Schluss zündete man alle noch intakten Gebäude an. Außerdem legte man Feuer an den Palisaden und den Wehrtürmen. Schließlich wollte man nicht, dass ein fränkisches Heer, das früher oder später auftauchte, voll funktionsfähige Befestigungsanlagen vorfand.

KAPITEL 10

Bei der Ruine des alten Klosters wurde ein Lager errichtet. In der Kapelle konnte man kampieren. Es wurde Holz geschlagen und Feuer entzündet. Die Gefangenen wurden in der Sakristei eingesperrt. Ihre Auswahl war recht willkürlich. Grimr hoffte, dass zumindest ein paar von ihnen edler und vermögender Herkunft waren, doch er drängte darauf, ihre Anzahl klein zu halten. »Sonst fressen die uns nur unsere Vorräte weg, und am Ende ist niemand bereit, für sie etwas zu bezahlen.«

Säcke voll Silber wurden in der Kirche zusammengetragen. Rinder, Schafe und Hühner ließ man zunächst frei herumlaufen. In den nächsten Tagen würde man einige von ihnen schlachten. Außerdem hatte man einen Haufen Pelze erbeutet, mehr oder minder edle Gewänder und Stoffe, Kleider- und Gürtelspangen aus Eisen, Bronze, Silber und sogar auch aus Gold. Dazu kamen unzählige Schwerter und andere Waffen der besiegten Franken. Allein die Schwerter waren ein Vermögen wert, und davon abgesehen brauchte sich Grimr um die Ausrüstung seiner Männer in der nächsten Zeit wohl keine Gedanken zu machen.

Helme gab es ebenfalls in rauen Mengen. Manche waren so verbeult, dass sie nicht mehr zu gebrauchen waren. Aber sie behielten natürlich ihren Metallwert, und der war nicht zu verachten. Fässer mit Wein und

Bier gehörten ebenfalls zur Beute. Einige der Nordmänner machten sich auch gleich daran zu überprüfen, ob das Bier, das im Reich der Franken gebraut wurde, einen Vergleich mit dem Met standhielt, wie es in den Ländern des Nordens getrunken wurde. Aber da die mitgeführten Met-Vorräte ohnehin so gut wie aufgebraucht waren, waren die Männer nicht besonders kritisch gegenüber dem Inhalt der Fässer aus Novaesium.

Nicht einmal Stormur Stormsson konnte die gute Stimmung verderben. Nachdem sich Stormur die Gefangenen in der Sakristei angesehen hatte, kritisierte er nämlich lautstark und durch reichlichen Genuss des novaesischen Biers ermutigt die Auswahl. »Ihr Hornochsen!«, rief er. »Thor muss euch seinen Hammer auf den Kopf geschlagen haben. Ein Drittel der Gefangenen sind Frauen aus dem örtlichen Webhaus! Wer soll denn für die Lösegeld zahlen? Nur an euer Vergnügen habt ihr gedacht! Aber die fette Äbtissin des Nonnenklosters habt ihr laufen lassen, obwohl die ganz bestimmt aus vermögender Familie stammt!«

»Beruhig dich, Stormur! Es ist für alle genug Beute da!«, meinte Grimr.

»Ich soll mich beruhigen? Einer der Gefangenen ist vermutlich nur ein Dieb, den ihr Narren mit einem gestohlenen Pelz erwischt habt; den hat sich der Kerl während der Schlacht genommen! Ich dachte, wir sind hier, um reiche Beute zu machen, und nicht, um unsere Zeit und das Leben unserer Männer zu vergeuden! Njörd schützt den Skrupellosen, aber nicht die Narren!«

»Der Betreiber des Webhauses wird mit Sicherheit für seine Frauen Lösegeld zahlen, sofern er noch lebt«, widersprach Grimr. »Zumindest für die hübschen.«

Allgemeines Gelächter brach nach diesen Worten aus. Stormur machte eine wegwerfende Handbewegung. Er sah sich um und knurrte: »Ihr werdet alle noch sehen, was ihr davon habt, dass ihr euch wie Narren aufgeführt habt«, knurrte er. »Bei Njörd!«

Aber Stormur sah wohl ein, dass die allgemeine Stimmung im Moment viel zu ausgelassen war, als dass seine Worte wirklich hätten verfangen können. Das novaesische Met, wie man das erbeutete Bier bald nannte, hatte offenbar einen etwas höheren Anteil berauschender Inhaltsstoffe, als die Nordmänner dies von dem Met ihrer Heimat gewohnt waren, ganz zu schweigen von dem Wein, der inzwischen auch schon in Strömen floss.

So wandte sich Stormur ab und drängte sich durch die Reihen der Nordmänner, von denen die meisten ihr Glück und ihren frisch erworbenen Reichtum noch immer nicht richtig fassen konnten. Was machte es da schon, dass nicht alles perfekt gelaufen war und man vielleicht die eine oder andere Möglichkeit, noch mehr herauszuschlagen, verpasst hatte? Die meisten machten sich darüber im Augenblick keine Gedanken.

Bis auf eine Ausnahme.

Olav Schädelspalter stellte sich Stormur in den Weg und legte ihm eine Hand auf die Schulter. »Deine Worte waren wahr«, sagte Olav. »Und dabei hast du das Schlimmste noch gar nicht erwähnt.«

Stormur sah den Sohn des Jarls erstaunt an und zog dabei die Stirn in Falten. »Du stellst dich gegen deinen Vater?«

Niemand achtete auf das Gespräch der beiden im allgemeinen, mitunter tumultartigen Stimmengewirr.

»Ich stelle mich gegen niemanden«, widersprach

Olav. »Ich erkenne nur die Wahrheit an und spreche sie aus. So wie du.«

»So wie ich?«

»Das Schlimmste, was uns da drüben in Novaesium widerfahren ist, war der Verlust von einem Dutzend Männern, die uns noch in der Zukunft fehlen werden«, sagte Olav. »Ein Dutzend Männer, von denen fast alle beim Kampf um die Kirche gestorben sind. Das wäre nicht nötig gewesen, hätte man den Franken eine Gelegenheit zum Abzug gegeben. Dass sie unsere Übermacht im Kampf nicht besiegen konnten, war ihnen klar, und ich gehe jede Wette ein, dass sie vernünftig genug gewesen wären, auf ein Angebot einzugehen.«

Stormurs Miene wirkte nachdenklich, und schließlich nickte er. »Kann sein, dass du recht hast, Olav.«

»Wir werden alle daran denken, wenn die Franken mit einem Heer zurückkehren, um sich zurückzuholen, was wir ihnen genommen haben.«

»Bis dann sind wir hoffentlich nicht mehr hier.«

»Manche unserer Schiffe sind dreimal zwischen dem Festland und der Insel hin- und hergefahren, damit wir alles herüberbringen konnten, was wir uns in ehrlicher Schlacht erworben haben. Wir müssten die Hälfte zurücklassen, wenn wir dazu gezwungen wären, schnell aufzubrechen.«

»Oder jemand holt die Knorren aus Xanten.«

»Was nicht so leicht sein wird, da man nun auf uns aufmerksam geworden sein dürfte.«

Stormur trat nahe an Olav heran und sprach leise, dafür aber geradewegs in sein Ohr: »Glaubst du, dass der Segen Njörds nicht mehr mit deinem Vater ist?«

»Wer durchschaut schon die Götter, Stormur? Sie sind

launisch. Und sie entziehen selbst den Ruhmreichsten von einem Tag zum anderen die Gunst, um sie elendig zugrunde gehen oder in ihrer eigenen Verblendung geradewegs in ihr Unglück rennen zu lassen.«

Stormur atmete tief durch. »Warten wir's ab. Noch feiern wir ein Fest. Noch sind wir alle zu betrunken, um die Wirklichkeit tatsächlich in aller Schärfe sehen zu können. Aber wenn wir aus unserem Rausch erwachen und uns der Kopf dröhnt, dann will ich hoffen, dass wir nicht schon die Klinge eines Frankenschwertes zwischen den Rippen spüren.«

Der Morgen dämmerte bereits herauf, aber niemand auf der Flussinsel dachte daran zu ruhen. Es gab in Stunden wie diesen einfach keine Müdigkeit.

Außer ihrer Beute hatten die Nordmänner auch ihre Toten auf die Flussinsel gebracht. Sie lagen aufgereiht im Freien. Am Nachmittag, nachdem sich die erste Freude über die reiche Beute ein wenig gelegt hatte, wurden die Gefallenen verbrannt. Normalerweise hätte man sie in ein Schiff gelegt und dies brennend flussabwärts treiben lassen, dem Meer entgegen. Aber unter den gegebenen Umständen konnten sie kein Schiff opfern. Der Stauraum war ihnen schon jetzt knapp geworden.

So verbrannte man die Toten an Land, nur ein paar Dutzend Schritt von der Klosterkapelle entfernt. Es war dabei die Aufgabe von Grimr Schädelspalter in seiner Eigenschaft als Jarl, die kurze Zeremonie zu leiten und ein Gebet zu den Göttern zu sprechen. »Möget ihr in Walhall auf die letzte Schlacht warten – und auch auf uns, die euch folgen werden«, sagte er, ehe die Scheiterhaufen entzündet wurden.

Zur Beute gehörten auch mehrere Behälter mit teurem Pech. Und etwas davon hatte man für die Zeremonie geopfert. Die schwarzen Rauchsäulen stiegen zum strahlend blauen Himmel empor. Hohe Winde verwirbelten sie, wobei sie eigenartige Formen bildeten. Wer wollte, mochte in diesen Rauchbildern das Antlitz des einen oder anderen Toten wiedererkennen.

Thorbrand wirkte während der Zeremonie wie versteinert. Als die Toten bereits brannten, konnte er sich nicht zurückhalten und ergriff gegen jede Sitte das Wort. »Wie ein großer Bruder war Bjarne für mich!«, rief er. »Der einzige Bruder, den ich je hatte!«

Alle hörten es. Ihre Blicke zuckten zwischen Thorbrand und Olav hin und her. Und schließlich schaute jeder auf Grimr.

»Für Bjarne den Steuermann, Sohn und Enkel von Bjarne dem Steuermann, wird es in Walhall sicher einen besonderen Platz geben, wo er sich die Zeit bis zur Götterdämmerung auf angenehme Weise vertreiben kann«, sagte der Jarl schließlich.

Kein Wort über den Jähzorn seines Bruders, dachte Olav. Einen Anfall, der einigen der besten Männer das Leben gekostet hatte. Aber das war typisch für Grimr.

Olav versuchte, sich nichts anmerken zu lassen. Selbst wenn Thorbrand sämtliches Silber, das sie erbeutet hatten, in den Fluss geworfen hätte, hätte ihm sein Vater noch verziehen und weiterhin geglaubt, in ihm den besten Nachfolger gefunden zu haben. Olav dachte an die Worte von Stormur. Vielleicht war es tatsächlich so, dass der große Grimr Schädelspalter die Gunst der Götter verloren hatte.

Später begab sich Olav zur dem Festland zugewandten Westseite der Flussinsel. Niemand hatte ihm den Befehl dazu erteilt, niemand ihn darum gebeten; er wollte ganz von sich aus kontrollieren, ob sich die Wachen, die dort eingeteilt waren, auf ihren Posten befanden. Die Schlacht, das viele Met, die entführten Frauen aus dem Webhaus, die Totenfeier … das alles hatte bei so manchem Mann an den Kräften gezehrt. Zudem glaubte niemand daran, dass die Franken so bald wieder auftauchen würden.

Aber letztlich konnte das keiner vorhersehen, denn es hing von vielen Dingen ab, zum Beispiel vom Stand der Auseinandersetzung zwischen den Königen. Auf jeden Fall war Wachsamkeit angeraten, das wusste Olav, oder sie würden letztlich alles wieder verlieren, was sie erworben hatten. Erworben oder geraubt. Für die Krieger des Nordens war das ein und dasselbe.

Er erreichte das Ufer, wo er Bragi Bragison und dessen Bruder Steinar den Schiffsbauer mit einem halben Dutzend weiterer Krieger vorfand. Sie wirkten ziemlich müde. Wahrscheinlich hielt sie nur der eiskalte Wind wach, der aus Nordwesten zu blasen begonnen hatte.

»Da drüben tut sich nichts«, sagte Bragi, als er Olav bemerkte, und deutete zum anderen Flussufer. »Eine Ruinenstadt. In den niedergebrannten Häusern schwelt es wahrscheinlich noch mehrere Tage, sodass die Rauchwolken noch lange zu sehen sein werden.« Dann fragte er Olav: »Hast du schon das Neueste gehört?«

»Im Allgemeinen habe ich gute Ohren. Was sollte mir denn entgangen sein?«

»Angeblich soll sich in der Kirche noch etwas befinden, das mehr wert ist als das ganze Gold und Silber, das wir eingesackt haben.«

»Und was sollte das sein?«

»Ein Knochen. Soll angeblich ein Finger von einem dieser Apostel sein. Und wir Narren haben ihn nicht mitgenommen. Der irre Orm hat einen Priester ein wenig mit dem Dolch bearbeitet, und da hat er es ihm gesagt. Eine Reliquie nennen die Christen das, und angeblich kommen Pilger von weit her wegen diesem Knochen.«

»Damit müsste sich ein gutes Lösegeld erzielen lassen«, meinte Olav.

»Worauf du dich verlassen kannst. Vermutlich mehr als für alle Gefangenen zusammen. Selbst die fette Äbtissin, die wir unglücklicherweise haben laufen lassen, obwohl sie adeligen Standes gewesen sein soll … selbst die hätte uns mit Sicherheit nicht so viel eingebracht.«

»Gut möglich.«

»Ich nehme an, dein Vater wird bald jemanden losschicken, um noch diesen Reliquienknochen aus der Kirche holen zu lassen«, mischte sich Bragis Bruder Steinar der Schiffsbauer ein.

»Ich hoffe nur, das tut er bald«, meinte Olav. »Bevor die Franken zurückkehren und uns Schwierigkeiten machen.«

»Machen die Franken nicht zurzeit vor allem sich gegenseitig Schwierigkeiten?«, meinte Steinar. »Ich habe das Gefühl, dass wir uns hier umsonst die Beine in den Bauch stehen.«

»Bei den Göttern, beten wir dafür, dass es so ist, wie du sagst, Steinar«, entgegnete Olav. »Aber das kann ich mir ehrlich gesagt kaum vorstellen.«

Am frühen Abend setzte eine Skaid über zum Festland. Olav hatte darauf gedrängt, die Reliquie aus der Kirche zu holen, und war daraufhin mit dieser Aufgabe betraut worden. Der irre Orm begleitete ihn, außerdem die beiden Einars und Bragi und eine Handvoll Krieger mehr.

Es war nicht so leicht gewesen, Freiwillige für diese Fahrt zu bekommen. Das lag nicht etwa daran, dass sich irgendjemand vor den eventuell zurückkehrenden Franken gefürchtet hätte, sondern dass in der Kapelle novaesisches Met und mehrere geschlachtete Rinder auf die Männer warteten. Die Stimmung war wieder ausgelassen, nachdem die Totenfeier vorbei war und sich auch der Kater nach dem übermäßigen Genuss von Bier und Wein am Abend zuvor gelegt hatte.

Der Priester, den der irre Orm gequält hatte, wurde ebenfalls mitgenommen. Seine Kutte war voller Blut. Er kauerte während der kurzen Überfahrt im Bug der Skaid und zitterte, bis Orm ihn mit einem Fußtritt aufforderte, an Land zu gehen.

Fünf Mann ließ Olav bei der Skaid zurück, während er zusammen mit dem irren Orm, den beiden Einars und Gunjorn Gutauge sowie dem geschundenen Priester zur Kirche ging. Die war eines der wenigen Gebäude, die noch einigermaßen unbeschädigt waren. Zumindest äußerlich. Einige der Bänke waren klein gehackt worden. Die Nordmänner hatten gemeint, dass sie hervorragendes Brennholz abgaben, und da es kalt war, brauchte man davon sicherlich einiges, solange man auf der Flussinsel lagerte. Darüber hinaus eigneten sich die Bretter auch hervorragend, um kleinere Reparaturarbeiten an den Schiffen durchzuführen. Auch sonst war im Innern der Kirche alles verwüstet.

»Wo ist der Knochen?«, fragte Olav den misshandelten Priester. Orm gab diesem einen groben Stoß, der den Gequälten beinahe zu Boden gehen ließ. Nur mit Mühe konnte der sich auf den Beinen halten. Er murmelte ein Gebet und bekreuzigte sich, dann sagte er ein paar Worte in der Sprache der Franken, allerdings sehr undeutlich, sodass die Nordmänner den Sinn nicht verstanden. Allerdings deutete er zum Altar.

Die Nordmänner hatten jeden Kerzenleuchter mitgenommen und sogar das Taufbecken herausgebrochen, da sie es für wertvoll hielten. Die Bibel, die einzige in ganz Novaesium und wahrscheinlich noch eine halbe Tagesreise darüber hinaus, war ebenfalls entwendet worden. Der graue Halmi hatte peinlich genau darauf geachtet, dass nicht ein einziges Pergament geknickt wurde, damit der Wert des Buches nicht gemindert wurde, auch wenn er meinte, dass der Gegenwert von einem Bauernhof das Höchste war, was man als Lösegeld herausholen konnte, da dieses Exemplar keine Goldfäden im Einband und die enthaltenen Bilder weder besonders zahlreich noch besonders eindrucksvoll waren.

Selbst das Weihwasser hatten die Nordmänner mitgenommen. Auch wenn wohl kaum einer von ihnen wirklich an dessen Wirkung glaubte, so konnte es nicht schaden, wenn man sich damit gegen unbekannte Dämonen wappnete, die vielleicht noch in diesem Land auf sie lauerten.

Der Priester führte sie hinter den Altar, doch außer einigen getrockneten Blutflecken war dort nichts zu sehen. Schon gar nichts, was noch irgendeinen Wert gehabt hätte. Aber in diesem Punkt hatten sich die Nordmänner geirrt.

Im Bereich hinter dem Altar gab es ein Relief, das irgendeine Szene aus den Geschichten darstellte, die über den Göttersohn Jesus erzählt wurden. Der irre Orm knurrte die in den Stein gehauenen Gesichter an und schlug dann mit der stumpfen Seite seiner Axt auf eines davon ein.

Olav lachte. »Hast du Angst vor wundertätigen Heiligen?«

»Ich werd eben nicht gern angeglotzt«, gab der irre Orm zurück. »Von niemandem. Auch nicht von Trollen im Stein.«

»Spar deine Kräfte für die Franken auf«, riet ihm Olav.

»Bei Thors Hammer, da soll sich mal niemand Sorgen machen«, knurrte Orm und verpasste dem Priester einen weiteren ärgerlichen Stoß. »Na los, zeig uns den heiligen Knochen! Wo finden wir ihn? Oder hast du das alles nur erfunden, um dich wichtig zu machen? Oder …« Er zögerte, ehe er weitersprach. »Vielleicht hast du uns nur hierhergelockt, um irgendeine Christenmagie zu wirken, die uns schaden soll!«

Der Priester schüttelte ängstlich den Kopf. Er schien zumindest den letzten Satz des irren Orm verstanden zu haben. »Nein, keine Magie«, sagte er. »Nur der Herr wirkt Wunder. Alle Magie, die nicht von ihm kommt, ist Aberglaube oder ein Werk Satans …«

Der irre Orm holte aus, um den Priester zu schlagen. Aber da griff Olav ein. »Lass ihn, Orm.«

»Ich dachte, dein Bruder ist der Frankenfreund von euch beiden«, maulte Orm.

»Mein Bruder würde wahrscheinlich denselben Fehler machen wie du und den Kerl erschlagen, *bevor* er uns den heiligen Knochen gezeigt hat«, gab Olav kühl zurück. »Wir sind hier, um Beute zu machen.«

Orm funkelte ihn an. »Du bist ein Weichling, Olav. Wie kann ein Mann wie Grimr Schädelspalter nur so ein Mädchen mit Barthaaren gezeugt haben!«

Olav ließ sich davon nicht provozieren. Ein Mann wie Orm konnte nicht verstehen, dass jemand mit kühler Berechnung an die Dinge heranging statt mit der Wut eines Berserkers. »Eines Tages wirst du zu viel von Hromunds Wasser getrunken haben und einem Feind geradewegs in die Speerspitze laufen, ohne überhaupt zu merken, dass du durchbohrt wirst.« Er wandte sich an den Priester. »Na los, worauf wartest du?«

Der Priester zitterte, wandte sich der Wand neben dem Relief zu und löste einen bestimmten Stein aus dem Gemäuer, was ohne Schwierigkeiten möglich war. Ein dunkles, tiefes Fach eröffnete sich dahinter. Der Priester griff mit dem rechten Arm hinein und holte ein Kästchen aus Holz hervor. »Nehmt die heiligen Überreste unseres Herrn«, sagte er und bekreuzigte sich anschließend.

Staub und Spinnweben bedeckten das Kästchen. Anscheinend wurde es nur selten hervorgeholt. Wahrscheinlich zu hohen Feiertagen.

Olav nahm es dem Priester aus der Hand und öffnete es. Darin lag ein Knochen auf Samt. Der Knochen war von einem grünlichen Belag überzogen, der sich auch in den Stoff gefressen hatte.

Der Priester bekreuzigte sich und begann ein Gebet zu sprechen. Doch er unterbrach sich plötzlich, und sein Blick erstarrte. Ein gurgelnder Laut kam noch über seine dünnen Lippen, ehe er in sich zusammensackte und in seltsamer Verrenkung am Boden liegen blieb.

Der irre Orm hielt einen blutigen Dolch in der Rechten, dessen Klinge er dem Priester in den Rücken gestoßen hatte. »Sei mir dankbar, Olav Schädelspalter«, sagte er, ehe Olav etwas zu sagen vermochte.

»Dankbar? Wofür?«

»Dafür, dass ich dich gerettet habe. Der Kerl wollte dich mit einem Christenzauber belegen.«

»Er konnte Latein«, sagte Olav.

»Na und?«

»Es könnte sein, dass wir ihn noch gebraucht hätten.«

Bragi Bragison deutete auf das geöffnete Kästchen, von dem ein Geruch ausging, der den Nordmann das Gesicht verziehen ließ. »Ich verstehe die Christen nicht. Sie predigen so widersprüchliche Dinge. Ihre Priester und Mönche geben vor, arm zu sein, und horten in ihren Klöstern und Kirchen Schätze und nehmen Pilgern viel Silber ab, damit sie irgendeinen alten Knochen bestaunen dürfen.«

»Ich kann nur hoffen, dass dieses *Ding* hier wirklich so viel wert ist, wie der Priester gesagt hat«, meinte Olav.

Olav und seine Begleiter kehrten zurück auf die Flussinsel, und Grimr besah sich die Reliquie mit gerunzelter Stirn und gab sie dann an Thorbrand weiter, der das Kästchen mit seinem merkwürdigen Inhalt ebenfalls eingehend untersuchte, ohne allerdings den Knochen zu berühren.

»Du kennst dich doch sicher besser als wir mit den Gebräuchen der Franken und Christen aus«, sagte Olav zu ihm, und der feindselige Unterton entging Thorbrand keinesfalls.

»Kannst du den Wert einschätzen?«, fügte Grimr hinzu.

»Dazu müsste man wissen, wie viele Pilger wegen der Reliquie in die Stadt kommen und von welchem Apostel dieser Knochen ist«, antwortete Thorbrand. »Ich hoffe nur, dass es auch jemanden gibt, der bezeugen kann, dass es sich hierbei nicht um einen abgenagten Hühnerknochen handelt.«

»Unglücklicherweise hat der irre Orm den Priester zu seinem Gott geschickt«, erklärte Olav.

»Wir werden sehen, was die Verhandlungen mit den Franken ergeben«, meinte Grimr. Der reichliche Genuss von novaesischem Bier schien ihn milder als sonst zu stimmen. »Ich bin sicher, dass wir uns mit ihnen einigen werden – sowohl was diesen Knochen angeht als auch hinsichtlich der Gefangenen, die hoffentlich nicht alle wertlos sind!«

KAPITEL 11

Am Abend herrschte in der Kirche eine so ausgelassene Stimmung wie schon lange nicht mehr. Die Toten waren bestimmt längst in Walhall angekommen oder fristeten ihr immerwährendes Schattendasein im tiefen, dunklen Reich der Göttin Hel, einem Reich des allmählichen Vergessens, je nachdem, welches Schicksal sie sich durch ihre Taten verdient hatten.

Da sich noch immer kein einziger Franke in den Ruinen von Novaesium hatte blicken lassen, war es nicht mehr so leicht, die Männer zum Wachdienst zu bewegen. Der Turm der Kapelle musste besetzt werden, und man brauchte auch Wachen am Westufer der Flussinsel sowie an der Anfurt am Ostufer, wo die Schiffe lagen. Auch von dort war ein Angriff nicht völlig ausgeschlossen, wenn auch recht unwahrscheinlich.

Thorbrand ging mit gutem Beispiel voran und ließ sich sogar für zwei Wachdienste einteilen. Nach Feiern war ihm auch nicht zumute. Den Tod von Bjarne konnte er nicht so einfach verwinden, und seine Stimmung war aus diesem Grund nach wie vor gereizt. Am liebsten hätte er lauthals die Götter verflucht, die es zugelassen hatten, dass Bjarne umgekommen war.

Der novaesische Met floss währenddessen in Strömen, und der Geruch von gebratenem Fleisch verbreitete sich in der Kapelle. Trinkhörner wurden aneinandergestoßen, und einige der Männer vergnügten sich mit den Frauen des novaesischen Webhauses. Da ihre Anzahl zu gering war, um alle Männer aus Grimr Schädelspalters Gefolge möglichst zeitnah zu bedienen, wurden Halme gezogen, und diejenigen, die zunächst warten mussten, vertrieben sich die Zeit mit einem Spiel, dass Kubb genannt wurde. Dazu wurde eine der Kirchenbänke zu *Kubbar* zerlegt, zu Holzklötzen. Werkzeug zur Holzbearbeitung hatten die Nordmänner mitgenommen, denn sie brauchten Äxte und Sägen, um ihre Schiffe zu reparieren, was auf einer längeren Seereise regelmäßig notwendig wurde. Die *Kubbar* wurden nach Art einer Schlachtordnung aufgestellt wie ein Jarl und sein Gefolge. Das Ziel des Spiels war es, den Jarl der anderen Seite mit einem geworfenen Klotz zu treffen. Bis zu sechs Spieler traten gegeneinander an, und so manches Silberstück wechselte bereits, im Vorgriff auf die eigentliche Verteilung der Beute, durch die Wetten der Zuschauer den Besitzer. Immer wieder wurde gejohlt und gegrölt, doch dieser Chor hatte keinen gereizten oder gar zänkischen Ton. Die Beute war zu groß, als dass sich ein Streit wegen eines verlorenen Silberstücks gelohnt hätte.

Stattdessen gab man sich lieber metseligen Fantasien hin, welche fantastischen Lösegelder man erzielen und welche Klösterschätze man noch rauben könnte. Grimr verkündete, die Zeichen auf der Karte des Friesen würden eindeutig darauf hinweisen, dass es im Umland von Novaesium noch weitere reiche Orte gäbe. »Wir können von hier aus Vorstöße ins Innere des Landes vornehmen und noch mehr Schätze hierhertragen.«

»Und wie sollen wir sie dann später fortschaffen?«, fragte der graue Halmi.

»Du bist ein ewiger Zweifler, Halmi«, behauptete Grimr und lachte dröhnend. »Unsere Knorren sind in zwei oder drei Tagen hier, wenn wir einen Boten flussabwärts schicken.«

»Dann sollten wir den Boten baldmöglichst aussenden«, sagte Halmi. »Allerdings bin ich mir nicht sicher, dass die Schiffe so schnell hier auftauchen.«

»Wieso nicht?«, fragte Grimr erstaunt.

»Ich traue Eirik Sturlason nicht, Grimr. Das weißt du!«

»Du denkst, dass er die Knorren nicht ziehen lässt?«

»Wir haben fast alle Männer flussaufwärts mitgenommen, Grimr. Die Knorren sind nur von wenigen deiner Gefolgsleute bemannt. Eirik könnte ihnen die Schiffe einfach wegnehmen, wenn er es darauf anlegt.«

»Das würde er nicht wagen!«

»Auch er hat reiche Beute gemacht«, erinnerte Halmi seinen Jarl. »Falls er die Schiffe für sich selbst braucht, wird er sie sich nehmen, da bin ich sicher.«

Grimrs Miene verfinsterte sich, dennoch behauptete er: »Das wird er nicht wagen!«

»Du solltest morgen jemanden flussabwärts schicken. Je länger du damit wartest, desto eher wird Eirik glauben, dass er auf deine Schiffe nicht verzichten kann. Denn wie ich ihn kenne, werden seine Männer auch Vorstöße in die Umgebung unternehmen, und seine Beute wird so sehr anwachsen, dass er sich irgendwann entscheiden muss.«

In diesem Augenblick durchdrang ein dröhnender Schrei die Kapelle. Der Widerhall verfremdete sie derart, dass man zuerst nicht zweifelsfrei unterscheiden konnte, ob er von einem Menschen oder einem Tier stammte. Augenblicklich verstummten selbst die lärmenden Kubb-Spieler.

Es war niemand anderes als Hromund der Raue, der den Schrei ausgestoßen hatte. Er stand hoch aufgerichtet da. Sein mächtiger, von Narben übersäter Oberkörper war nackt, aber über und über mit Blut besudelt, als hätte ihm jemand sämtliche Adern geöffnet.

Aber es war nicht sein Blut, sondern das der jungen Nonne aus Novaesium. Deren Kopf hielt er an dem kurzen Haarschopf, so als wäre es der einer Ziege, die geschlachtet wurde. In der Rechten hielt er ein blitzendes Messer, während aus dem Hals der Nonne das Blut herausschoss.

Odin allein mochte wissen, womit sie seinen Zorn erregt hatte. Vielleicht war sie ihm nicht gefügig genug gewesen, vielleicht hatte auch eines ihrer Stoßgebete zu Jesus Christus und der Muttergottes Hromunds Unwillen oder sogar seine Furcht erregt. Schließlich konnte niemand wirklich ausschließen, dass mit so einem Gebet nicht irgendeine Zauberei einherging. Hexenwerk, das nur dazu diente, den Willen zu brechen, und gegen das man sich mit allen zu Gebote stehenden Mitteln schützen musste, wollte man nicht zum Sklaven eines fremden Gottes werden.

Es war allerdings auch möglich, dass es überhaupt keinen fassbaren Grund für Hromunds Handlungsweise gab und diese Bluttat nur aus einer Laune heraus geschehen war.

Thorbrand starrte den Berserker zuerst nur fassungslos an, dann richtete sich sein Blick auf den blutüberströmten Körper der Nonne. Sie zuckte noch ein paar Mal, ehe der letzte Rest an Lebenskraft mit ihrem Blut aus ihr geflossen war. Schlaff und leblos hing sie danach in Hromunds Griff.

Mit einem Mal schnellte Thorbrand von seinem Lagerplatz empor. Finstere Entschlossenheit hatte ihn erfasst. Er spürte, wie der Jähzorn in einer roten Welle in ihm aufstieg, einer Welle, die mächtiger war als alles andere. Er riss das Schwert hervor.

»Bei Odin, ich habe dir ein Versprechen gegeben!«, dröhnte sein Ruf durch das Gemäuer.

Die Antwort bestand nur aus einem Rülpsen. Hromund ließ den Kopf der jungen Frau einfach los. In eigenartiger Verrenkung lag ihr Körper nun am Boden, ein Leichnam wie viele andere auch, die Thorbrand trotz seiner jungen Jahre schon gesehen hatte. Und doch unterschied er sich in seinen Augen von all den anderen Toten.

Ehe irgendeiner der anderen hätte eingreifen können, stürmte Thorbrand auf Hromund den Rauen los. Das Schwert umfasste er mit beiden Händen. Hromund wich zurück. Gegen die Folge aus schnell ausgeführten Hieben und Stichen konnte sich selbst der Berserker nicht mit dem Messer zur Wehr setzen. Sein eigenes Schwert lag kaum zwei Schritte entfernt auf dem Boden, und doch war es in diesem Augenblick für ihn unerreichbar.

Mehrmals trafen ihn Thorbrands Schwerthiebe und fügten ihm tiefe Wunden zu. Hromund fiel um. Er ächzte, versuchte vergebens, noch einmal hochzukommen, und stieß einen röchelnden Laut aus, als er wieder zu Boden schlug.

»Ich habe mein Versprechen gehalten«, sagte Thorbrand, in dem noch immer der blanke Zorn tobte. »Wenn du die Fränkin tötest, töte ich dich. So hast du es jetzt gewollt. Und die Götter offensichtlich auch.«

»Du verfluchter Hund!«, kam es zwischen Hromunds Lippen hervor, aber mit diesen Worten quoll auch Blut aus seinem Mund. Ein letztes Mal fuhr Thorbrands Klinge herab und machte dem Leben des rauen Hromund ein Ende.

»Du hättest dein Bärenfell tragen sollen«, murmelte er in die Stille hinein, die auf einmal in der Kapelle entstanden war.

»Mörder!«, rief Bragi Bragison. »Auch wenn man dich Schädelspalter nennt wie deinen Vater – du bist ein Mörder!«

Weitere Männer, vor allem aus der Sippe von Grimrs Frau Solvejg, fielen in die Rufe von Bragi Bragison ein.

Schon wurden die ersten Waffen gezogen. Insbesondere der irre Orm schien fest entschlossen, Thorbrand für seine Tat mit dem Tod zu bestrafen. In einer Hand hielt er die Dänenaxt, in der anderen ein Langschwert, bei dem es sich um ein Beutestück aus der Schlacht um Novaesium handelte.

»Die Schwerter weg!«, rief Grimr Schädelspalter. Seine Stimme war noch lauter als die aller anderen.

»Dein Sohn ist ein Mörder, Grimr!«, schrie der irre Orm.

»Hromund gehörte zu meiner Sippe!«, rief Bragi dazwischen. »Es wäre daher mein Recht, ihn zu rächen! Also steck dein Schwert weg!«

Einige Augenblicke lang sagte niemand ein Wort. Der irre Orm, der sich Hromund immer auf besondere Weise verbunden gefühlt hatte, blickte so finster drein, dass man hätte meinen können, allein dieser Blick wäre schon in der Lage, einen Mann zu töten. Wie viel von dem mit dem Pilzextrakt angereicherten Wasser seines Freundes er in letzter Zeit getrunken hatte, wusste niemand. Aber angesichts dessen, was Thorbrand getan hatte, wäre dieser Berserkertrunk vielleicht gar nicht nötig gewesen, um seine Kampfeswut zu wecken.

Dann aber warf Orm die Waffen zu Boden. Wütend wandte er sich dem Toten zu und beugte sich über ihn. Hromunds Züge waren im Todeskampf zu einer hasserfüllten Grimasse verzerrt. Mit dem Fuß stieß der irre Orm den leblosen blutigen Körper der Nonne ein Stück zur Seite. »Er hat nichts Unrechtes getan«, sagte er. Als er dann aufblickte, rief er: »Das Bärenfell! Gebt es mir!«

Es war Einar der Weise, der das Bärenfell von Hromunds Lagerplatz aufnahm und es Orm gab. Dieser deckte damit den toten Berserker zu und sagte: »Möge der Met in Walhall besser schmecken als das Gesöff der Franken. Und mögen die Walküren ihm angenehmere Gesellschaft sein als eine spröde christliche Nonne.«

Thorbrand stand währenddessen wie versteinert da. Der unbändige Zorn, der ihn dazu getrieben hatte, Hromund zu töten, war verraucht.

»Ist dir überhaupt klar, was du getan hast?«, hörte er die Stimme von Gunjorn Gutauge neben sich. »Du hast unseren besten Kämpfer umgebracht!«

Grimr und Halmi sprachen miteinander. Vielmehr redete Halmi auf den Jarl ein. Und auch Bragi gesellte sich hinzu und gestikulierte aufgeregt. Thorbrand nahm das alles wie aus weiter Ferne wahr. Es schien ihm wie ein schlechter Traum. Zwei Männer hielten unterdessen den irren Orm fest, der sich offenbar vorgenommen hatte, Thorbrand mit bloßen Händen umzubringen. Es war kaum möglich, ihn zu bändigen.

Gunjorn legte Thorbrand die Hand auf die Schulter. »Hromund gehörte zwar zu meiner Sippe, aber ich konnte ihn nicht leiden. Und ich war nicht der Einzige. Trotzdem wird dir jetzt niemand mehr helfen können. Auch dein Vater nicht, es sei denn, er will riskieren, dass sich die Krieger auch von ihm abwenden.«

»Ich habe Hromund gesagt, was ich mit ihm tun werde«, murmelte Thorbrand. »Bei Odin, ich habe es ihm angekündigt, und er wusste, wie ernst es mir war.«

»Ach, er ist schuld daran, dass du ihn erschlagen hast?«, fragte Gunjorn. »Deine Tat hat niemandem etwas Gutes gebracht. Nicht mal der Nonne. Nur einer wird sich darüber freuen.«

Thorbrand wusste, wen Gunjorn meinte, und unwillkürlich richtete sich sein Blick auf Olav. Er war nahezu der Einzige in der Kapelle, der vollkommen ruhig und gefasst wirkte. Der Einzige, den der ganze Tumult nicht weiter zu interessieren schien. Olav erwiderte Thorbrands Blick – und lächelte überlegen. Er hatte es gewusst, ging es Thorbrand durch den Sinn. Er hatte es gewusst und gewollt – und es darauf angelegt. War Olav es nicht gewesen, der dafür gesorgt hat, dass Hromund die Nonne bekommen hatte? Erneut fühlte Thorbrand unbändige Wut in sich aufsteigen. Es war ein Zorn, der kein Maß und keine Grenzen kannte.

»Du kennst die Strafe für das, was du getan hat, Thorbrand«, hörte er die Stimme von Gunjorn Gutauge.

»Ja«, murmelte Thorbrand tonlos, während sein Blick noch immer auf Olav gerichtet war.

»Dein Vater wird dich verbannen müssen«, sagte Gunjorn. »Es bleibt ihm gar nichts anderes übrig.«

»Hört mich an!«, rief Grimr Schädelspalter in diesem Moment, und seine Stimme dröhnte so laut, dass das tumultartige Stimmengewirr augenblicklich verstummte. Alle Blicke richteten sich auf den Jarl. »Wir werden tun, was wir immer getan haben: Wir folgen unseren Gesetzen und dem, was immer schon galt!«, sagte er, wohl wissend, dass sich so mancher unter den Männern fragte, ob die Gesetze wohl auch in diesem Fall galten, da es um Grimrs Sohn ging. »Zwölf Geschworene werden wir benennen. Und wie es üblich ist, müssen acht davon sich einig sein, um einen Schuldspruch zu fällen.« Er wandte sich an Thorbrand, und es war ihm anzusehen, dass es ihm schwerfiel weiterzusprechen. »Vor den Göttern und allen, die hier anwesend sind, wirst du eines schweren Verbrechens angeklagt, Thorbrand. Du hast einen Mann umgebracht. Unseren besten Kämpfer, der schon an deiner Seite gefochten hat. Das Gericht der Zwölf soll beschließen, was mit dir zu geschehen hat.«

»Und wann wird dieses Gericht einberufen?«, fragte Orm. »Wirst du das so lange verschieben, bis du glaubst, dass der Zorn über die Tat deines Sohnes verraucht ist, Grimr Schädelspalter?«

»Es wird hier und jetzt geschehen. Zwölf von euch werden durch das Los zu Geschworenen. Das ist der Wille der Götter, jeder weiß das. Und die Götter werden es schließlich auch sein, die über das Schicksal von Thorbrand entscheiden.«

Es dauerte nicht lange, und die zwölf Geschworenen standen fest. Jeder von diesen Zwölf musste einen Schwur auf die Götter leisten und einen tiefen Schluck Met aus seinem Trinkhorn nehmen. Neben Odin und Thor wurde vor allem auf Balder geschworen, den Gott der Wahrheit und des Lichts. Balder war ein Sohn Odins und der Göttin Frigg, und seit er von seinem blinden Bruder irrtümlich umgebracht worden war, wartete er im Reich der Hel auf seine Rückkehr am Tag Ragnarök. Das war der Grund dafür, dass Schönheit und Wahrheit immer mehr aus der Welt verschwanden und durch die Lüge verdrängt wurden. Aber so weit entfernt das Reich der Hel und so schwach der Einfluss Balders auch sein mochten, man konnte sich seiner Hilfe dennoch sicher sein, wenn zwölf Geschworene zusammenkamen, um ein gerechtes Urteil zu fällen, das auf der Wahrheit der Ereignisse und der Wahrhaftigkeit des überlieferten Rechts beruhte.

Eigentlich hätte man dazu den mit Honig gesüßten Met der nördlichen Heimat verwenden müssen, denn er hatte den Vorteil, nicht so stark gegoren zu sein und weniger berauschende Stoffe zu enthalten als das Bier der Franken. Der sogenannte novaesische Met machte in diesem Punkt keine Ausnahme. Aber es war einfach nicht mehr genug von dem mitgebrachten Honigmet vorhanden, und so einigte man sich darauf, dass alle, die in dieser Nacht noch über Thorbrand zu Gericht sitzen sollten, vom novaesischen Bier trinken sollten.

Die ausgelosten Männer wurden durch Grimr eingeschworen. Dann hatten sie ihre Entscheidung zu treffen. Das Ganze dauerte nicht lange. Die Schuld von Thorbrand Schädelspalter war erwiesen. Sie alle hatten gesehen, was geschehen war. Thorbrand hatte einen der ihren vor aller Augen umgebracht, und das aus nichtigem Grund, wie niemand unter ihnen ernsthaft bestreiten konnte.

So wandte sich Grimr schließlich an seinen Sohn,

um ihm das Urteil zu verkünden. »Du bist ab sofort verbannt, Thorbrand. Du kannst mitnehmen, was du tragen kannst. Der Rest deines Anteils an unserer Beute kommt der Familie von Hromund dem Rauen als Wergeld zu.«

»Vater, ich …«

»Es ist eine Schande und ein Fluch, was dein Jähzorn über uns gebracht hat, Thorbrand. Ich habe dich mir als meinen Nachfolger gewünscht, damit du mit meinen Schiffen und meinen Gefolgsleuten über die Meere ziehst und reiche Beute nach Hause bringst. Die Kühnheit dazu hast du bewiesen. Und bei Odin, in meinen Augen sollte man jemanden, dessen Pisse noch giftig genug ist, um andere wahnsinnig zu machen, nicht so hoch bewerten, wie manche das tun. Aber ich kann unsere Gesetze nicht ignorieren, Thorbrand.«

»Ich weiß, Vater.«

»Und du hättest das auch nicht tun sollen.«

»Ich hatte es ihm angekündigt«, sagte Thorbrand unbeirrt und in dem sicheren Glauben, im Recht zu sein. »Ich habe ihm gesagt, dass er mit der Nonne alles tun kann, was er will, aber dass ich ihn töten würde, wenn er sie tötet.«

Grimr legte seinem Sohn die Hand auf die Schulter. Gerade noch war sein Blick voller Zorn gewesen. Jetzt veränderten sich seine Züge und wurden merklich milder. Die Kräfte, die seinen Sohn zu seiner Tat getrieben hatten, waren auch Grimr keineswegs fremd. »Ich weiß, Thorbrand. Und ich verstehe dich besser, als du glaubst. Aber manchmal ist es besser, sein Wort zu brechen.«

»Dann wäre ich ohne Ehre gewesen.«

»Dann hättest du gehandelt, wie ein Jarl es ab und zu tun muss, Thorbrand. Und davon abgesehen …«

Grimr trat näher an ihn heran, und die Worte, die er nun sprach, konnte außer Thorbrand niemand hören. »Erzähl mir nicht, du hättest es der Ehre wegen getan. Wir wissen beide, dass das mit Ehre nichts zu tun hat.«

KAPITEL 12

Noch in derselben Nacht brachte eine Skaid ihn ans Ufer. Aber nicht an das novaesische, sondern jenes im Osten. Thorbrand hatte darum gebeten, und Grimr ließ seinem Sohn diese Bitte gern erfüllen. Es war schließlich der letzte Gefallen, den er ihm zugestehen konnte. Das Ostufer war vermutlich ungefährlicher für einen wandernden Nordmann als das Westufer, an dem Grimrs Krieger gerade eine Stadt geplündert hatten und sich die Kunde darüber sicherlich meilenweit herumgesprochen hatte. Dort hätte Thorbrand damit rechnen müssen, jederzeit auf novaesische Flüchtlinge zu treffen, die nichts lieber getan hätten, als einem dieser Plünderer, wenn er ihnen in die Hände fiel, ein grausames Ende zu bereiten. Von den fränkischen Kriegern, die sich in dieser Gegend zweifellos zusammenzogen, um gegen die Eindringlinge aus dem Königreich des Ostens vorzugehen, ganz abgesehen.

Vierzig Mann befanden sich an Bord der Skaid, und die waren auch nötig, um das Langschiff in der Strömung auf Kurs zu halten und ans andere Ufer zu rudern. Einar der Breite hielt das Steuer mit eisernem Griff. Olav Schädelspalter stand am Bug und hatte einen Fuß auf den großen Hauptsteven gestellt. Die Überfahrt stand unter seinem Befehl. So hatte es Grimr angeordnet, was von allen als ein Zugeständnis an den hohen Stand des

Verbannten angesehen wurde. Grimr hatte auch dafür gesorgt, dass unter den Männern, die das Langschiff ruderten, niemand aus der Sippe war, der Hromund der Raue angehört hatte. Und auch von den Männern, die Hromund bekanntermaßen freundschaftlich verbunden waren, war niemand an Bord.

Dichter Nebel hing über dem Fluss, und das Licht des Mondes wirkte wie eine ferne Geistererscheinung. Es herrschte so gut wie kein Wind, aber dafür war die Strömung umso stärker und trieb das Langschiff ein Stück weiter flussabwärts als eigentlich beabsichtigt. Dann dauerte es noch einmal einige Zeit, bis eine geeignete Stelle gefunden war, an der sich anlegen ließ.

Thorbrand hatte die ganze Zeit über geschwiegen. Sein Schwert hatte er auf dem Rücken gegürtet. Außerdem trug er ein Messer, ein kurzstieliges Handbeil und einen Beutel mit Silberstücken und eine Trinkflasche aus Holz am Gürtel. Sein Helm war nicht nach Art der Franken, darum hatte er überlegt, ihn zurückzulassen, damit er weniger auffiel. Andererseits ließ sich so ein Helm immer noch gut gegen irgendetwas eintauschen, was er vielleicht dringend brauchte, und da sich die Nachricht vom Angriff der Nordmänner auf Xanten und Novaesium gewiss weit verbreitet hatte, konnte er ja behaupten, diesen Helm einem Toten abgenommen zu haben. Einem toten Heiden einen Helm abzunehmen, dagegen hatte gewiss kein Christ irgendetwas einzuwenden. Die Frage war nur, ob man Thorbrand das glauben würde. Immerhin hatte er durch seine Mutter genug Sprachkenntnisse, um sich mit den Franken verständlich zu machen. So hatte er sich entschlossen, den Helm zunächst zu behalten.

»Hier trennen sich also unsere Wege«, sagte Olav schließlich, als das Schiff angelegt hatte und Einar der Breite an Land gesprungen war, um es an einer knorrigen, von der Uferströmung unterspülten Baumwurzel zu vertäuen.

»Die Götter scheinen mit dir zu sein«, sagte Thorbrand, »und gegen mich.«

»Nein, du selbst bist dein schlimmster Feind. Es ist nur das geschehen, was ich dir prophezeit habe: Dein eigener Jähzorn hat dir alles genommen. Sieh zu, dass er dich nicht auch noch dein Leben kostet.«

»Darauf werde ich achten«, gab Thorbrand zurück. »Schon deshalb, damit du nicht vollkommen gesiegt hast. Denn dann wärst du doch am Ziel deiner Wünsche, nicht wahr?«

»Leb wohl, Thorbrand. Wir werden uns nicht wiedersehen.«

»Da sei dir nicht zu sicher!« Thorbrand wandte sich um und schickte sich an, über die Reling zu steigen, doch dann hielt er noch einmal inne. »Du hast es genau so gewollt, nicht wahr? Du hast dafür gesorgt, dass Hromund die Nonne bekam. Danach konntest du in aller Ruhe abwarten, bis das geschah, was geschehen ist.«

»Ich werde ein besserer Anführer sein, als du es je hättest sein können«, antwortete Olav nur.

Thorbrand verzog grimmig das Gesicht. »Auch ein besserer als unser Vater?«

»Auch das«, war Olav überzeugt. »Einer, der seinen Männern Glück und Beute und Njörds Beistand bringt, und nicht einer, der von Natur aus so viel blinden Zorn in sich hat, dass er sich benimmt, als hätte er die Pisse eines Berserkers eimerweise getrunken. Dies ist ein schlechter Tag für dich, aber ein guter für alle anderen!«

»Warten wir es ab!« Thorbrand stieg an Land und kletterte dann die recht steile, rutschige Böschung empor. Als er sich umdrehte, hatte die Skaid bereits abgelegt. Das Schiff war gerade im Begriff, sich zu drehen. Olav Schädelspalter stand wieder unmittelbar hinter dem Drachenkopf, sodass man fast meinen konnte, der Drachenkopf und er würden zu einem einzigen Wesen gehören.

Thorbrand fühlte erneut den Zorn in sich aufsteigen. Jenen kalten, mörderischen Zorn, der ihn Hromund hatte erschlagen lassen. »Wir sehen uns wieder, falscher Bruder!«, rief er heiser. »Wir sehen uns wieder – und dann mache ich mit dir dasselbe wie mit diesem Berserker! Ich schlitze dir den Bauch auf und werde mein Schwert in deinen Gedärmen herumdrehen!«

Thorbrand ballte die Hände zu Fäusten. Doch die einzige Antwort, die er bekam, war das Krächzen eines Raben, der in einem der laublosen Bäume in Ufernähe saß und sich als dunkler Schatten gegen den grauweißen Nebel abhob.

Thorbrand lief die ganze Nacht hindurch. Der Nebel machte es fast unmöglich, sich zu orientieren. Der einzige Anhaltspunkt, der ihm blieb, war das Flussufer. Eine eisige Kälte ließ ihn frösteln, so sehr, dass er die Zähne fest zusammenbeißen musste, damit sie nicht klapperten. Daran änderte auch nichts, dass er alles an Kleidung trug, was er besaß. Gegen die nebelverhangene Kälte, die jetzt in den Flussauen herrschte, schien kein Gewand zu helfen.

Allerdings kühlte nicht nur Thorbrands Körper ab, sondern auch sein Gemüt. Der Zorn begleitete ihn zwar noch eine Weile, aber er wurde zunehmend schwächer und machte schließlich wieder einigermaßen klaren Gedanken Platz. Er musste entscheiden, wohin er sich wenden sollte. Es gab einen Landweg in die Länder des Nordens, das wusste er. Er konnte mit dem Schwert umgehen und wusste ein Schiff zu segeln. Und darüber hinaus beherrschte er die Sprache der Franken. Es musste doch unter den Jarlen des Nordens einen geben, der ihn gern in sein Gefolge aufgenommen hätte.

Doch ob Loki oder der Christenteufel, irgendeine üble Macht schien im Moment Thorbrands Schicksal zu bestimmen und dafür zu sorgen, dass ihm nichts gelang und alles, was er tat, im Verhängnis endete. Oder war er selbst der Grund dafür – und nicht irgendeine finstere Macht, die ihm Übles wollte, ging es ihm durch den Kopf. Er hätte diesen Gedanken gerne fortgescheucht, aber das gelang ihm nicht. Hatte Olav mit seinen Worten recht? Hatte wirklich der eigene Jähzorn Thorbrand alles genommen? Und konnte das für jemanden wie Olav so offensichtlich sein, dass es für ihn keine Schwierigkeit bedeutete vorherzusagen, was mit seinem Bruder geschehen würde?

Er würde diesen Zorn in sich bändigen müssen, nahm sich Thorbrand vor, während er einem Nebenfluss des Rheins folgte, der sich irgendwo in der Landschaft verlor und schließlich so schmal wurde, dass er kaum breiter als ein Graben war, den man leicht überspringen konnte. Auf der anderen Seite setzte Thorbrand seinen Weg fort. Einem Gehöft wich er aus. Von Bauern erschlagen zu werden, die ihn vielleicht einfach aus purer Angst angriffen, wollte er nicht riskieren. Gegen Morgen ruhte er sich etwas unter einem knorrigen, laublosen Baum aus.

Kurz nach Sonnenaufgang lief er weiter. Er fand ein Vogelnest und verzehrte die Eier. Inzwischen war er sich nicht mehr sicher, ob sein Plan, in den Norden zurückzukehren, wirklich so gut war. Warum nicht den entgegengesetzten Weg einschlagen? Schließlich vermochte er sich in der Sprache der Franken zu unterhalten, was ihm sicher weiterhelfen würde, bis er die südliche Grenze dieses Landes erreicht hatte. Und danach? Er dachte an die Geschichten, die er früher am Feuer im Langhaus gehört und denen er mit glühenden Ohren gelauscht hatte. Geschichten von wundersamen Städten und Herrschern, deren Namen einen Klang hatten, der fantastischen Reichtum und ein gutes Leben versprachen. Ihm fiel Konstantinopel ein, auch Miklagard genannt, die große Stadt, deren Kirchen angeblich goldene Dächer hatten. Aber im Süden sollte es noch viel mehr sagenhafte Städte und Länder geben: Rom, Córdoba, Bagdad, Persien und das Land Chorasan. Warum sollte er nicht versuchen, dorthin zu gelangen, um sich die Wunder dieser fernen Länder mit eigenen Augen anzusehen? Einer, der ein Schwert zu führen wusste wie er, musste doch überall sein Auskommen finden, dachte Thorbrand.

Er dachte allerdings auch an den Racheschwur, den er seinem Halbbruder hinterhergerufen hatte. Der Wunsch, das zurückzugewinnen, was er verloren hatte, war mindestens so stark wie der Traum, sagenhafte Orte aufzusuchen, bei denen allerdings nicht bei allen wirklich sicher war, ob sie tatsächlich existierten oder nur der Fantasie von Männern entstammten, die sich, angestachelt von der Bewunderung ihrer Zuhörer, den Großteil ihrer angeblichen Heldentaten nur am Lagerfeuer ausgedacht hatten. So blieb Thorbrand nach wie vor unentschlossen, welchen Weg er letztlich einschlagen sollte.

Die Kälte und ein knurrender Magen lenkten ihn bald von diesen Gedanken ab.

Im Verlauf des Tages beobachtete er in der Ferne eine Reitergruppe. Thorbrand kauerte zwischen einigen Sträuchern und verhielt sich ruhig. Dass der Großteil der Vegetation um diese Jahreszeit kein Grün mehr trug, erhöhte das Risiko, entdeckt zu werden.

Es handelte sich um bewaffnete Ritter, denen gut die doppelte Anzahl Fußvolk folgte. Es waren Franken, allerdings waren es nicht genug, um den Nordmännern auf der Flussinsel gefährlich werden zu können, zumal sie dazu auch noch den Strom überqueren und die Pferde am Ufer zurücklassen müssten. Außerdem hatten die Franken aus dem Osten auch nicht eingegriffen, als Xanten und Novaesium geplündert worden waren.

An der Spitze des Zuges fiel Thorbrand ein ungewöhnlich großer Mann auf einem ebenfalls auffallend großen Pferd auf. Die Erkenntnis traf ihn wie ein Blitz. Es musste sich um den Franken handeln, den er von der Anfurt bei Xanten aus am gegenüberliegenden Ufer gesehen hatte. Was für ein Riese! Und was für ein Pferd!

In der Nähe des Mannes, der offensichtlich der Anführer dieses Zuges war, ritt ein dürrer Mönch auf einem kleinen Pferd dahin. Auch das deutete darauf hin, dass es sich um denselben Franken handelte, den Thorbrand schon in Xanten gesehen hatte. Sie zogen nach Süden, stellte Thorbrand fest. Sie kümmerten sich also gar nicht um die Nordmänner.

Ganz sicher konnte sich Thorbrand allerdings nicht sein, denn es war auch möglich, dass der Zug nur eine weiter südlich gelegene Stelle suchte, an der sich der große Strom leichter überqueren ließ.

Thorbrand blieb in kauernder Haltung, bis der Zug verschwunden war. Dann setzte er seinen Weg fort.

Zwei Tage zog Thorbrand in der Gegend umher, folgte zumeist den sich verzweigenden Wasserläufen und ernährte sich von Wurzeln und geräuchertem Fisch, den er in einer Räucherhütte gestohlen hatte, die zu einem nahen Gehöft gehörte. Ein wenig wunderte er sich darüber, wie wenig das Land am Ostufer des Rheins besiedelt war. Waren die Berichte über blühende Städte und reiche Klöster vielleicht übertrieben gewesen? Es war naheliegend gewesen, von der Küste Britanniens aus zur Rheinmündung zu segeln und den großen Fluss als Einfahrtsstraße ins Innere des Frankenreiches zu nutzen, aber vielleicht wäre es besser gewesen, von Anfang an weiterzusegeln, bis zum sagenhaften Land Al-Andalus oder wenigstens bis nach Irland, der grünen Insel im Westen, auf der die Klöster angeblich besonders zahlreich und wohlhabend waren.

Aber es war sinnlos, frühere Entscheidungen zu bedauern. Was geschehen war, war geschehen und ließ sich nicht rückgängig machen. Ganz besonders galt das für seine eigenen Taten. Dass seine ehemaligen Gefährten jederzeit mit ihren Schiffen wieder flussabwärts Richtung Meer fuhren, doch er, Thorbrand, gehörte nicht mehr zu ihnen. Das Band, das sie verbunden hatte, war durchtrennt worden, und zwar von ihm selbst, wie Thorbrand sich selbst gegenüber inzwischen unumwunden zugab.

An einem der folgenden Tage gelang es Thorbrand, ein Rebhuhn durch einen Wurf mit dem Handbeil zu erlegen. Er machte an einer Stelle, die er für geschützt und aus der Ferne nicht gleich einsehbar hielt, ein Feuer und briet das Rebhuhn über den Flammen. Nach dem Essen schlief er zum ersten Mal seit mehreren Tagen tief und fest. Das lag unter anderem daran, dass es etwas wärmer geworden war. Außerdem war er erschöpft.

Thorbrand schlief wie ein Stein. Als er aufwachte, sah er gerade noch ein bärtiges Gesicht und eine Mähne aus zotteligem, verfilztem aschefarbenem Haar.

Und eine Faust.

Danach umgab ihn wieder Dunkelheit …

KAPITEL 13

Das nächste Erwachen war schmerzhaft, denn Thorbrand dröhnte der Kopf. Außerdem spürte er einen unangenehmen Druck im Magen. Es dauerte ein paar Augenblicke, bis er begriff, dass er gefesselt und bäuchlings über einen Pferderücken gelegt worden war. Seinen Helm hatte er nicht mehr auf dem Kopf, und seine Waffen hatte man ihm wohl auch abgenommen.

Er hob etwas den Kopf. Der Mann, der vor dem Pferd herging, auf das man Thorbrand gefesselt hatte, und es am Zügel führte, trug nun den Helm.

Er war Teil eines langen Zuges von Fußsoldaten und Reitern. Sie waren nach Art der Franken bewaffnet, trugen fränkische Speere und Schwerter. Der Heerzug des Anführers mit dem großen Pferd, dachte Thorbrand. Offenbar war er von Kundschaftern dieses Heerzuges überfallen worden. Sie hatten ihn einfach bewusstlos geschlagen und mitgenommen. Nun, immerhin hatten sie ihn nicht gleich umgebracht.

Natürlich fragte sich Thorbrand, was sie stattdessen mit ihm vorhatten. Bei Odins Auge, was hatte er den Göttern getan, dass sie ihn geradewegs in die Arme der Feinde haben laufen lassen. Er versuchte, sich ein wenig zu bewegen. Allerdings stellte er fest, dass das nicht möglich war. Die Fesseln waren sachkundig angelegt worden. Sich zu befreien, war schlicht und ergreifend nicht möglich.

Der Franke, der Thorbrands Helm trug, bemerkte, dass sich der Gefangene rührte. »Der Nordmann ist aufgewacht!«, rief er. »Ich hätte nicht gedacht, dass er nach dem Schlag so schnell wieder die Augen öffnet.«

Ein anderer Franke trat an das Pferd heran. Er verkrallte seine Pranke in Thorbrands Haar und hob seinen Kopf, um ihm ins Gesicht sehen zu können. »Schön friedlich bleiben, Nordmann, hast du gehört?«

»Ich bin ja nicht taub«, sagte Thorbrand und benutzte dabei die Sprache seiner Mutter.

»He, du kannst ja sogar reden!«

»Wie wär's, wenn ihr mich losmacht und auf das Pferd setzt?«

»Besser nicht«, sagte der Franke, ein breitschultriger Mann, dessen wirres, leicht gelocktes Haar unter einer Lederkappe hervorquoll. Einen Helm besaß er nicht. Dafür allerdings ein sehr gutes Ulfberht-Schwert aus dem bruchsicheren Stahl aus Chorasan.

Es war Thorbrands Schwert, und sofort spürte dieser wieder den Zorn in sich aufsteigen. Wie ein gefangenes wildes Tier fühlte er sich in diesem Augenblick. Ein Fremder, der sein Schwert trug – jene Klinge, die ihm sein Vater einst gegeben hatte und deren Wert höher war als der einer seetüchtigen Skaid. Eine schlimmere Demütigung war kaum vorstellbar. Offenbar hatte Loki einen Fluch des Missgeschicks auf ihn gelegt, denn nichts schien ihm zurzeit zu gelingen. Alles, was er begann, machte seine Lage nur ärger.

»Wir lassen dich besser, wie du bist«, sagte der Franke. »Gut verschnürt wie ein Bündel.« Er lachte. »Davon abgesehen kannst du froh sein, dass du nicht zu laufen brauchst – denn das müsstest du, wenn wir deine

Beine befreien würden. Oder glaubst du wirklich, wir verschwenden ein Pferd für einen Gefangenen?«

Thorbrand fühlte sich speiübel. Das lag an seiner unbequemen Lage auf dem Pferderücken und dass sein Kopf wohl schon länger nach unten baumelte. Er musste sich übergeben. Allerdings gab er sich keinerlei Mühe, die Mischung aus bitterer Galle und halb verdautem Räucherfisch zurückzuhalten.

Der Franke sprang zur Seite und schrie wütend auf, als er dennoch etwas von dem Erbrochenen auf Hose und Stiefel bekam. »So ein Schwein!«, brüllte er, sodass auch andere in dem Zug auf sie aufmerksam wurden. »Das wirst du bereuen!«

»Nein, du wirst es bereuen!«, knurrte Thorbrand.

Der Franke ballte die Faust und wollte zuschlagen, aber der Kerl, der das Pferd führte und Thorbrands Helm trug, griff ein. »Hör auf damit, Adam!«

»Was mischst du dich ein?«

»Dieser Kerl soll noch reden können, damit wir von ihm mehr über die Nordmänner auf der Flussinsel erfahren. Also lass ihm die Zähne im Maul, sonst verstehen wir ihn noch schlechter als ohnehin schon.«

Der Angesprochene knurrte etwas vor sich hin, was Thorbrand nicht verstand. Freundlich war es gewiss nicht gemeint.

Die Stunden krochen dahin, und Thorbrand glaubte schon, dass diese unbequeme Reise überhaupt nie enden würde. Aber dann legte der Heerzug eine Rast ein. Ein Hornbläser gab das Signal dazu. Sofern die fränkischen Krieger beritten waren, stiegen sie aus den Sätteln und führten ihre Pferde zum Wasser.

Thorbrands Fesseln wurden zum Teil gelöst, und der Mann, der Adam genannt worden war, ließ ihn vom Pferderücken herabfallen wie einen Sack Mehl. Thorbrands Hände und Füße waren jeweils noch immer an den Gelenken zusammengebunden. »Du wolltest doch unbedingt laufen«, sagte Adam. »Das wirst du von nun an auch müssen.« Er schnitt ihm die Fußfesseln durch. Thorbrand spürte seine Beine kaum, und ihm war immer noch speiübel.

Adam kam auf ihn zu und wollte durch die Handfesseln ein Seil schlingen, um ihn irgendwo festzubinden und vermutlich später hinter sich herführen zu können wie einen Esel.

Aber Thorbrand dachte gar nicht daran, sich das gefallen zu lassen. Er schnellte genau im richtigen Moment mit den zusammengebundenen Händen vor. Der Schlag ließ Adam ächzen und sich krümmen, während Thorbrand ihm das Ulfberht-Schwert entriss. Er rollte sich am Boden um die eigene Achse und war im nächsten Moment auf den Beinen. Das Schwert hielt er mit beiden, noch immer nach vorn zusammengebundenen Händen.

Gleich stand ein halbes Dutzend Franken um ihn herum. Mit einem heftigen Hieb schlug er eine Lanze entzwei und trieb dann mit einer schnellen Folge von Schlägen gleich mehrere Krieger ein ganzes Stück zurück. Der Zorn, der wieder in ihm emporloderte, gab ihm die nötige Kraft. Dass sich die Feinde um ihn scharten, machte ihm keine Angst. Je mehr, desto lieber war es ihm sogar. Dann konnte er noch mehr von ihnen erschlagen.

»Wer von euch zuerst spüren will, wie der eigene

Schädel wie ein Holzscheid für das Herdfeuer gespalten wird, der soll vortreten!«, rief er. »Aber wer seinen Kopf behalten möchte, hält sich besser von mir fern!«

Niemand wagte es, Thorbrand anzugreifen. Die fränkischen Krieger sahen die Entschlossenheit in den Augen dieses Mannes. Entschlossenheit gepaart mit einer so unbändigen Wut, dass niemand Thorbrands Warnung ignorieren mochte. Er hatte dabei das beste Fränkisch über die Lippen gebracht, zu dem er fähig war.

»Sieh dir seine Augen an, Adam!«, rief einer der anderen Männer. »Der ist besessen!«

»Ja, wenn sich dieses zottige wilde Tier in einen Mannwolf verwandelt, würde mich das nicht wundern«, meinte Adam, der sein eigenes Schwert zog, das er bis dahin auf dem Rücken getragen hatte. Es war eine angerostete Klinge von geringer Qualität, wie Thorbrand mit einem Blick feststellte. Womöglich reichte schon ein heftiger Schlag, um sie brechen zu lassen. Niemals hätte Thorbrand einer solchen Waffe sein Leben anvertraut.

»Was ist hier los?«, ertönte im nächsten Moment eine dröhnende, befehlsgewohnte Stimme. Zwischen den Franken bildete sich eine Gasse. Doch selbst wenn das nicht der Fall gewesen wäre, hätte man schon von Weitem sehen können, wer sich da näherte, denn der Mann überragte alle anderen.

Thorbrand erkannte ihn gleich als den Anführer wieder, der auf einem so ungewöhnlich großen Pferd ritt. Ein Fürst vielleicht. Oder zumindest einer, der hier viel zu sagen hatte. Der Riese schlug den Umhang nach hinten, der bis dahin seine Schultern bedeckt hatte. An der Seite trug er ein Schwert, das lang und gerade war. Es war die Waffe eines Reiters, und die Klinge war länger als die meisten, die der junge Nordmann bisher zu sehen bekommen hatte. Die Waffe eines hochgewachsenen Reiters mit hohem Pferd, erkannte Thorbrand. Der Griff wies zahlreiche Verzierungen auf.

Das Wams des Riesen war mit Stickereien versehen und von einer Qualität, die dem zweifellos hohen Stand entsprach, dem dieser Mann entstammen musste.

Der Kerl neben ihm war hager, sein Haar hellgrau, und er trug die Kutte eines christlichen Mönchs. Allerdings wunderte sich Thorbrand darüber, keine Tonsur zu sehen. Der wissende, durchdringende Blick des Mönchs beunruhigte ihn. Es war ein Blick, der alles zu sehen schien, alles durchdrang, alles erkannte und vor dem man nichts verbergen konnte …

»Ich bin Cunrad von Diusburh«, sagte der große Mann. »Und ich respektiere Mut und Verwegenheit, Nordmann. Aber ich verachte Dummheit. Und gegen so viele Männer anzutreten, das ist fürwahr Dummheit. Du wirst den Tod finden.«

»Ich bin kein Nordmann«, sagte Thorbrand.

»Und dein Helm?«, rief Adam. »Von deinem Schwert mal ganz abgesehen.«

»So ein Schwert kann jeder kaufen!«

»Nicht ein Landstreicher wie du. Und was den Helm betrifft …«

»Den habe ich gefunden. In Novaesium waren die Nordmänner, und es blieben Tote auf beiden Seiten zurück. Ich habe ihn einem der Toten abgenommen, denn er brauchte ihn nicht mehr, weil er den Kopf nicht mehr auf den Schultern hatte.«

»Und deine Sprache«, rief Adam. »Du redest komisch …«

»Du redest auch komisch – für meine Ohren!«, gab Thorbrand zurück, und einige der Männer lachten.

Thorbrand senkte die Schwertspitze, aber nur leicht. Seine Körperhaltung war nach wie vor angespannt. »Mutige Männer hast du, Cunrad von Diusburh!«, stieß er verächtlich hervor. »Überfallen einen Mann im Schlaf, der vor den Nordmännern auf der Flucht ist und von einem Ort zum anderen wandert. Und jetzt trauen diese Feiglinge sich nicht einmal an ihn heran, obwohl er mit gefesselten Händen vor ihnen steht.« Thorbrand schüttelte mitleidig den Kopf. »Mit diesen Schwächlingen wirst du keine Schlacht gewinnen, Cunrad. Gegen niemanden!«

Das war zu viel. Mit einem durchdringenden Kampfschrei stürzte sich einer der Franken auf Thorbrand. Es war ein großer, bulliger Kerl, der eine Streitaxt schwang. Verglichen mit den langstieligen, schlanken Dänenäxten war diese plump und schwer und besser dafür geeignet, tote Rinder zu zerteilen, als zum Kämpfen. Aber der Franke verfügte offenbar über genug Muskeln, um mit einer derart schweren Waffe gewandt umgehen zu können.

Dem ersten wuchtigen Schlag wich Thorbrand aus. Zu einem zweiten kam der Franke nicht mehr, denn sein Gegner hieb ihm im nächsten Augenblick den Kopf von den Schultern. Für wenige Herzschläge stand sein Körper noch aufrecht, während das Blut aus dem Halsstumpf schoss. Dann kippte er der Länge nach zu Boden.

Thorbrand wirbelte herum. Seine Klinge schnellte durch die Luft, und ein Raunen ging durch die Reihen der Männer. Mochte dieser gefesselte Fremde sie auch noch so sehr beleidigt haben, im Moment traute sich niemand mehr an Thorbrand heran.

Cunrad von Diusburh hatte zwar das Schwert aus der Scheide gezogen, aber auch er blieb vorsichtig.

Stattdessen trat der unbewaffnete Mönch vor. Furchtlos, scheinbar vollkommen unerschrocken und mit diesem durchdringenden Blick, der Thorbrand schon ganz zu Anfang aufgefallen war.

Der Hagere warf einen kurzen Blick auf den enthaupteten Franken und sagte dann: »Seinem Jähzorn nachzugeben ist gefährlich. Das musste dieser Krieger erfahren, der sich von dir provozieren ließ. Du aber kannst dich glücklich schätzen, nicht davon betroffen zu sein – oder irre ich mich da?« Er hatte kein Fränkisch gesprochen, sondern die Sprache der Nordmänner benutzt.

Thorbrand war so überrascht darüber, dass er einfach nur dastand, während sich der Mönch noch weiter näherte, bis er auf zwei Schritt heran war. »Du hast mich gut verstanden, nicht wahr?«

»Ich …«

»Gib dir keine Mühe, indem du eine weitere Geschichte erfindest wie die, die du uns vorhin erzählt hast. Unsere Männer haben dich ergriffen, weil sie dich für einen der Nordmänner von der Flussinsel hielten, und damit hatten sie recht.« Er senkte den Blick auf die Spitze des Ulfberht-Schwertes. »Was ist? Hast du schon genug Mönche erschlagen? Ich dachte, dass ihr Nordmänner das am liebsten tut! Wehrlose erschlagen und berauben. Ich muss dir allerdings sagen, dass ich ohne jeden Besitz bin, und im Kloster Corvey, wo es eine Zelle für mich gibt, wirst du nur Dinge finden, die für jemanden wie dich ohne Wert sind. Bücher zum Beispiel, von denen die meisten allerdings nicht mit golddurchwirkten Einbänden versehen sind und nur dem einen Zweck dienen: Wissen zu bewahren und es über die Zeiten und das Vergessen hinweg zu retten.«

Die Blicke beider Männer begegneten sich, und für eine Weile sagte keiner von ihnen ein Wort. Thorbrand hatte das Gefühl, dass der Blick seines Gegenübers ihn bis in die Tiefe seiner Seele prüfte.

»Ich bin der Weg, die Wahrheit und das Leben, so spricht der Herr«, sagte der Mönch nun. »Dein Weg endet hier, dein Leben auch – es sei denn, du stellst dich der Wahrheit. Verstehst du, was ich meine?«

»Nein«, bekannte Thorbrand.

»Was hast du getan, dass man dich von der Flussinsel verbannt hat?«, fragte er, und Thorbrand fühlte sich, als hätte er einen Stich zwischen die Rippen bekommen. Wie konnte der Mönch das wissen? »Wenn du es mir sagst, kann ich dir vielleicht vertrauen«, fuhr der Hagere in der Kutte fort. »Und dann haben wir womöglich auch Verwendung für dich, und du bleibst am Leben. Die Alternative ist, dass dich diese Männer hier überwältigen und umbringen. Vielleicht prügeln sie vorher noch ein paar wissenswerte Dinge über die Nordmänner und ihre Absichten aus dir heraus, aber da du einen von ihnen umgebracht hast, sind sie ziemlich wütend auf dich, sodass es dazu wahrscheinlich nicht mehr kommt.«

»Ich kann Dutzende erschlagen«, sagte Thorbrand.

»Auch Hunderte? Oder noch mehr?«, hielt der Mönch dagegen. »Ich habe dich vielleicht falsch eingeschätzt, und du bist doch einfach nur ein Narr. Und jetzt – die Wahrheit!«

»Ich habe einen Mann im Zorn erschlagen.«

»Nur einen?«, fragte der Mönch spöttisch.

»Nur einen.«

»Was war der Grund für deinen Zorn?«

»Er hat eine Nonne getötet, die ihm zur Sklavin gegeben wurde.«

»War das nach den Gesetzen der Barbaren nicht sein gutes Recht?«

»Ja, war es.«

»Hast du sie selbst begehrt?«

»Nein.«

»Was war dann der Grund für deinen Zorn?«

»Der geht dich nichts an.«

Der Mönch kam jetzt noch näher. So nahe, dass Thorbrand seinen Atem riechen konnte. »Doch, das geht mich etwas an. Denn ich will, dass du in Zukunft an meiner Seite stehst und jeden erschlägst, der mich zu töten versucht. Dass du mit dem Schwert umgehen kannst, habe ich gesehen. Aber ich muss wissen, was deinen Zorn erweckt, bevor ich dir trauen kann.«

»Die Nonne hat mich an meine Mutter erinnert. Sie war auch eine Sklavin.«

Der Mönch nickte. Dann wandte er sich an Cunrad von Diusburh und sprach wieder Fränkisch. »Ich wusste gleich, dass dieser hier ein Nordmann ist. Dazu war ich selbst zu lange in den Ländern des Nordens und bin gut genug mit ihrer Sprache und ihrer Art vertraut.«

»Das haben auch die Männer schon erkannt, die den Kerl aufgegriffen haben«, sagte Cunrad leicht irritiert.

»Er ist kein Kundschafter und auch kein Spion. Die Nordmänner genießen einen einzigartigen Ruf als Kämpfer und Krieger, doch dieser Ruf rührt nur daher, dass sie gar nicht erst angreifen, wenn sie sich des Sieges vorab nicht sicher sind. Sie attackieren aus dem Hinterhalt und greifen in der Übermacht an, und ihre Opfer sind zumeist völlig wehrlos, unbewaffnete Mönche etwa. Niemals würden die einen einzelnen Mann zur Erkundung ausschicken. Darum kann dieser Mann nur ein Verbannter sein. Einer, der ausgestoßen wurde und nicht zurückkehren kann.«

»Also Gesindel, das schon die Barbaren nicht bei sich dulden«, knurrte Cunrad.

»Man soll ihm seine Sachen zurückgeben«, verlangte der Mönch. »Ich will ihn als meinen Leibwächter haben.«

»Ihr müsst wahnsinnig geworden sein, Branagorn von Corvey!«, stieß Cunrad hervor. »Ihr könnt jeden meiner Leute zu Eurem Schutz haben, das habe ich Euch mehrfach angeboten. Aber Ihr habt es immer abgelehnt.«

»Weil ich niemandem von ihnen trauen kann«, erwiderte Branagorn, »und es daher vorziehe, allein und auf Schleichwegen zwischen den Heerlagern der widerstreitenden Könige hin- und herzureisen, auf dass meine diplomatischen Botschaften gehört werden und das Morden unter den Christen endlich aufhört.«

Cunrad deutete auf den toten Axtkrieger. »Der Heide hat einen meiner Männer umgebracht.«

»Der Sack Silber, den er bei sich hatte, wird als Wergeld für dessen Familie sicher ausreichen«, meinte Branagorn.

»Mir gefällt das nicht«, knurrte Cunrad. »Aber Ihr seid ja für Eure außergewöhnlichen Wünsche berüchtigt, Branagorn von Corvey!«

»Er ist ein Fremder, mit niemandem verwandt, den wir kennen«, hielt der Mönch dagegen. »Ihm kann es gleich sein, ob sich die Könige einigen oder diesen unseligen Krieg gegeneinander weiterführen.«

»Vielleicht tötet er Euch einfach so, Branagorn, aus einer Laune heraus.« Cunrad zuckte mit den Schultern. »Wilde Tiere tun das manchmal. Daran solltet Ihr denken, bevor Ihr Euch ein Exemplar dieser Art zu Eurem Begleiter erwählt.«

»Ich habe die Heimat dieser wilden Tiere besucht. Und ich fürchte mich nicht vor ihnen.«

Cunrad musterte Thorbrand eingehend und mit unverhohlener Geringschätzung. »Gib das Schwert ab, falscher Franke«, verlangte er dann. »Du kannst es zurückerhalten, wenn dein neuer Herr mit dir auf seine nächste Reise geht. Aber bis dahin will ich ruhig schlafen können.«

Thorbrand überlegte kurz. Der Zorn, der ihn noch erfüllt hatte, als er den fränkischen Axtklingenkrieger erschlug, war verraucht. Er war innerlich ruhig. Vielleicht war es wirklich das Beste, diesen Weg zu gehen, den die Götter ihm gezeigt hatten. Nach Konstantinopel oder Bagdad oder ins ferne Chorasan, wo es den unbrechbaren Zauberstahl gab, konnte er später immer noch.

Thorbrand stieß das Schwert in den Boden. Zitternd blieb es darin stecken. »Hier ist es«, sagte er, und seine Stimme klang tatsächlich so ruhig und gefasst, wie es schon lange nicht mehr der Fall gewesen war. Fast hätte man denken können, dass der Jähzorn gar nicht eine vordringliche Eigenschaft seines Charakters war.

Cunrad bückte sich im Sattel und zog das Schwert aus dem Boden. »Dies ist eine Maßnahme, die Euer beider Sicherheit dient«, sagte er zu Branagorn. Wieder an

Thorbrand gewandt, fuhr er fort: »Du wirst natürlich laufen und nicht auf einem Pferd sitzen, als wärst du eine Persönlichkeit von Stand und Ehre.«

KAPITEL 14

Grimr Schädelspalter schickte eine Skaid flussabwärts, die er unter den Befehl seines Sohnes Olav stellte. Bevor die Männer losfuhren, legte Grimr seinem Sohn die Hand auf die Schulter und sagte: »Wenn mein Sohn kommt, um den Nachzug der Knorren zu befehlen, wird es Eirik Sturlason nicht wagen, sich meiner Forderung zu widersetzen.«

»Bete zu Odin dafür, dass Njörd ihm nicht allzu gnädig war«, mischte sich der alte Halmi ein. »Denn wenn er noch ein reiches Kloster oder gar einen Herrschaftssitz mit irgendwelchen Schätzen gefunden hat, dann könnte es sein, dass er selbst in der Verlegenheit ist, mehr Schiffe zu brauchen, als er hat.«

»Dann soll er welche bauen!«, knurrte Grimr, der immer noch nicht wirklich an einen möglichen Verrat des Gefolgsmannes glauben wollte.

»Genau das sage ihm, Olav«, wandte sich Halmi an den Sohn des Jarls.

»Er wird es nicht wagen, sich gegen einen Sohn von Grimr Schädelspalter und Enkel eines gleichnamigen Großvaters zu stellen«, grollte Grimr. »Denn wenn ihm nicht gerade die blanke Gier die Gedanken vernebelt, dann weiß er sehr wohl, dass er für seine nächste Fahrt vielleicht wieder einen Bundesgenossen wie mich braucht.«

»Ich werde tun, was du gesagt hast, Vater«, versicherte Olav.

»Und noch etwas.«

»Vater?«

Grimrs Augen wurden schmal, und er atmete tief durch, ehe er weitersprach, und sowohl seine Züge als auch der Tonfall seiner Stimme verrieten viel von der Schwermut, die ihn bedrückte. Meistens konnte er sie gut verbergen. Diesmal gelang es ihm nicht. »Ich möchte, dass kein Wort über das gesprochen wird, was sich hier auf der Insel ereignet hat.«

»Natürlich nicht, Vater.«

»Nichts über Thorbrand, nichts über seine Verbannung, nichts darüber, dass unser wildester Berserker nicht mehr unter den Lebenden weilt und alles, was damit zusammenhängt.«

»Ich werde schweigen.«

»Sag das auch den Männern. Wer sich daran nicht hält, dem werde ich eigenhändig den Schädel spalten, sobald mir das zu Ohren kommt. Und es würde mir zu Ohren kommen, da soll sich nur niemand täuschen.«

Der Schmerz über Thorbrands Verbannung saß sehr tief bei seinem Vater, erkannte Olav, und es versetzte auch ihm einen Stich, wenn auch aus einem ganz anderen Grund. *In mir sieht er keinen gleichwertigen Ersatz für Thorbrand,* dachte er bitter. *Und daran wird sich auch nie etwas ändern. Ganz gleich, wie sehr ich mich bewähre und um wie vieles klüger und umsichtiger ich mich verhalte, Thorbrand wird immer der Sohn seines Herzens bleiben. Und wenn es eine Möglichkeit gäbe, die Verbannung rückgängig zu machen, würde er sofort davon Gebrauch machen und mich wieder an die zweite Stelle verweisen …*

Dies alles hatte er schon zuvor gewusst, aber nie hatte es ihm so klar vor Augen gestanden wie in diesem Moment. Was immer er auch versuchte, er würde seinem Vater niemals genügen können. Ganz gleich, was er auch erreichen mochte.

»Sieh zu, dass du die Knorren sicher hierherbringst, Olav!«, forderte Grimr zum Abschied. »Wir werden uns in der Zwischenzeit noch etwas in der Gegend umsehen. Unsere Gefangenen haben uns verraten, dass es da noch das eine oder andere lohnende Kloster in der Nähe gibt. Und ein wenig Lösegeld für die Gefangenen wollen wir ja auch noch irgendwie eintreiben. Ich hoffe nur, dass das nicht alles arme Schlucker sind oder Leute, die von ihrer reichen Verwandtschaft vergessen wurden.«

»Ja«, sagte Olav finster, »Blut ist nicht immer dicker als Wasser.«

Und dabei dachte er nicht nur an seinen Bruder, sondern in gleicher Weise auch an seinen Vater.

Die Skaid trieb flussabwärts. Steuermann war Finnbogi Großhand, der als überaus geschickter Schiffslenker galt.

Die beiden Einars waren auch an Bord. Zusammen mit Asgeir Ohnezahn, einem älteren Bruder von Hromund dem Rauen, zogen sie das Segel hoch. Der Wind stand günstig, und so konnte man sowohl ihn als auch die Strömung nutzen. Das Langschiff schien nur so über das leicht gekräuselte Wasser des großen Stroms zu fliegen.

»Wenn es so weitergeht, werden wir morgen schon

in Xanten sein«, glaubte Finnbogi Großhand. Er hatte Mühe, das Steuer allein zu halten, so groß waren die Kräfte, die im Moment darauf einwirkten. Finnbogi hielt den faustdicken Holm, der als Ruderpinne diente, zwischen Achsel und Oberkörper eingeklemmt. Er musste sein ganzes Gewicht einsetzen, und das war bei dem kräftigen Mann durchaus beträchtlich. Ein schmächtiger Mann konnte auf einem Langschiff nicht das Steuer halten. Nicht, wenn man auf hoher See war und der Wind mit einer Gewalt durch die Wellentäler peitschte, die für jemanden, der das nie erlebt hatte, schier unvorstellbar war.

»Was ist? Brauchst du Hilfe?«, rief Einar der Weise. Aber der Einäugige bekam nichts als ein verächtliches Knurren zur Antwort. Finnbogi hasste es, wenn jemand anzweifelte, dass er auch in schwierigen Situationen das Steuer allein halten konnte. Nicht einmal bei den Überfahrten in weit nördlich gelegenen Gewässern hatte er zugelassen, dass ihm einer beim Lenken des Schiffes half, während auf anderen manchmal zwei oder gar drei Männer den Holm halten mussten, wenn es die Umstände erforderten.

Zwanzig Mann befanden sich an Bord der Skaid. Mit sechzig Kriegern wurde sie in der Regel bemannt, wenn man auf längere Fahrt ging und berücksichtigte, dass auch mitgeführte Vorräte und die spätere Beute noch Platz brauchten. Aber Grimr Schädelspalter fand es im Moment wichtiger, ausreichend Männer für die Verteidigung der Flussinsel zur Verfügung zu haben, zumal er auch noch Vorstöße ins Umland plante, die er mit Sicherheit selbst anführen würde, so nahm Olav an. Er kannte seinen Vater einfach zu gut, um in dieser Hinsicht irgendetwas anderes anzunehmen. Auf die Dauer hielt es jemanden wie Grimr Schädelspalter nicht auf einer Insel. Daran änderte auch die Tatsache nichts, dass es sich um eine Insel voll angehäufter Beuteschätze aus einem sehr erfolgreichen Raubzug handelte.

Wenn sie mit den Knorren zurückkehren, würde sein Vater nicht die Schiffe beladen und sich auf den Weg zurück in unsere Heimat machen, ging es Olav durch den Kopf. Ganz gleich, was er vorher auch gesagt hatte. Ein einziges Gerücht über ein reiches Kloster genügte, ihn dazu anzutreiben, weitere Vorstöße zu unternehmen und vielleicht sogar noch weiter flussaufwärts zu rudern.

Es war diese Mischung aus Tollkühnheit und unstillbarer Gier, die Grimr Schädelspalter und die Seinen in dieses Land gebracht hatte. Olav hatte allerdings große Zweifel daran, dass sein Vater auch den richtigen Moment zur Umkehr erkennen würde. *Njörd stehe uns bei,* dachte er. *Oder er schicke meinem Vater den Schlag, sodass uns allen geholfen wäre.*

Es war nicht das erste Mal, dass er derart über seinen Vater dachte. Und das nicht nur, weil es ihn dazu drängte, dessen Stelle einzunehmen. *Njörd hilft nur dem, der weise entscheidet,* wusste Olav.

Und davon konnte seiner Meinung nach bei Grimr Schädelspalter schon lange keine Rede mehr sein, zumal …

Ein Ruck ging plötzlich durch die Skaid. Das Heck richtete sich auf, Holz knarrte und barst, es gab einen Knall, und Männer gingen im hohen Bogen über Bord.

Auch Olav wurde aus dem Schiff geschleudert und fand sich wenig später im Wasser wieder. Als er aus den

Fluten auftauchte, sah er, wie der Mast brach und sich die Skaid auf die Seite legte und voll Wasser lief.

Seile!, durchfuhr es Olav. *Sie haben auf uns gewartet und Seile über den Fluss gespannt!*

Eine einfache, aber sehr wirksame Methode, um schnell fahrende, von Wind und Strömung beschleunigte Schiffe zum Kentern zu bringen. Das Tückische daran war, dass man die Gefahr kaum im Voraus erkennen konnte. Das Schiff wurde in voller Fahrt gestoppt, Ladung und Besatzung verrutschten, und vieles davon ging über Bord. Ein Kentern war bei so schmalen Schiffen praktisch unausweichlich.

Olav wurde von der Strömung mitgerissen. Immerhin konnte er schwimmen, was nicht für jeden Nordmann galt. Manche von ihnen lehnten es bewusst ab, schwimmen zu lernen, weil sie glaubten, dass dies bei einer Havarie das Leid nur verlängerte. Auf hoher See mochte das vielleicht zutreffen, aber auf einem Fluss konnte es einem das Leben retten.

Auch andere Besatzungsmitglieder wurden fortgerissen. Einige klammerten sich an die Seile oder an das gekenterte Schiff. Olav verlor sie schon nach kurzer Zeit aus den Augen. Er strampelte und versuchte, sich einigermaßen über Wasser zu halten. Seine Kleidung sog sich voll. Die einzelnen Lagen seines Wamses, seine Waffen – all das zog ihn immer stärker hinab. Einen Helm hatte er bereits verloren. In diesem Augenblick konnte er froh sein, kein fränkisches Kettenhemd zu tragen, denn das hätte ihn rettungslos in die Tiefe gezogen.

Es dauerte eine Weile, bis Olav endlich bis in die Nähe des Ufers gelang. Er fühlte Boden unter den Füßen. Offenbar gab es hier eine Untiefe. Die Strömung zerrte trotzdem an ihm, und er konnte sich kaum halten. Zugleich versuchte er zu erkennen, was sich am Ufer tat. Es war stark bewachsen und unübersichtlich. Er musste damit rechnen, dass dort ein paar Franken auf der Lauer lagen und nur darauf warteten, ihn zu erschlagen. Andererseits war ihm in diesem Augenblick ein Feind aus Fleisch und Blut lieber als das tückische Wasser dieses Flusses mit seinen gefährlichen Strudeln.

Er näherte sich dem Ufer. Das Wasser reichte ihm bald nur noch bis zu den Knien. Olav glaubte, eine Zentnerlast tragen zu müssen, so schwer war seine nasse Kleidung. Er rang nach Atem und tastete nach seinen Waffen. Schwert und Messer waren noch da. Nachdem er die Böschung emporgestiegen war, fiel er auf die Knie. Der Kampf gegen das Wasser hatte ihm das Letzte abverlangt. Seine Lunge schmerzte. Er blickte zurück zum Fluss, in der Hoffnung, vielleicht noch irgendeinen seiner Gefährten auf dem Wasser zu entdecken. Aber da war niemand. Die Gewalt des Stroms hatte sie voneinander getrennt.

Es dauerte etwas, bis Olav wieder in der Lage war, sich aufzurichten. Das Wasser tropfte an ihm herab. Der kühle Wind ließ ihn frösteln. Er war an das Westufer gespült worden, was immerhin den Vorteil hatte, dass er auf dem Landweg nach Novaesium zurückkehren konnte, ohne den Strom überqueren zu müssen. Aber auf welcher der beiden Rheinseiten die Gefahr größer war, auf fränkische Krieger zu treffen, ließ sich für ihn nicht abschätzen. Er wusste auch nicht, von welcher Seite aus die Seile über den Fluss gespannt worden waren. Waren dafür die fränkischen Truppen verantwortlich, die sich schon in Xanten hin und wieder am Ufer hatten blicken lassen? Olav überlegte, ob diese Seile vielleicht sogar gar nicht in der Erwartung gespannt worden waren, eine flussabwärts rasende Skaid aufzuhalten, sondern weil man mit an Seilen geführten Fährflößen den Fluss hatte überqueren wollen. Ob nun von West nach Ost oder umgekehrt, auch das hätte er nicht zu sagen vermocht.

Olav beschloss, zunächst einmal am Flussufer entlang südwärts zu wandern. Vielleicht traf er auf den einen oder anderen Gefährten, der die Havarie der Skaid ebenfalls überlebt hatte und an Land gespült worden war. Sein Vater würde ihm den Untergang der Skaid anlasten, das war für Olav sicher. Selbst wenn Thor sie mit einem Blitz aus heiterem Himmel zerstört hätte, wäre es in seinen Augen Olavs Schuld gewesen.

Er dachte darüber nach, wie er Grimr die schlimme Botschaft am besten beibringen sollte. Aber wie er die Sache auch drehte und wendete, es sah nicht gut für ihn aus. Gerade noch hatte er sich an seinem vorläufigen Ziel gewähnt. Schließlich hatte sein Vater ihn zu seinem Nachfolger gemacht, wenn auch nur notgedrungen. Er konnte nur froh sein, dass es niemanden sonst gab, den Grimr nehmen könnte.

Drei weitere Söhne hatte Grimr Schädelspalter noch gehabt. Aber die waren allesamt längst tot. Der Älteste, Isleif, war von der ersten Fahrt, an der er teilgenommen hatte, nicht zurückgekehrt. Er war von Angelsachsen an der Küste Britanniens erschlagen worden. Weder Olav noch Thorbrand hatten Isleif je gekannt. Er war gestorben, bevor sie geboren worden waren. Ein weiterer Sohn, genannt Grimr der Enkel, war an einem üblen Fieber gestorben, bevor er zehn geworden war, und ein weiterer war im Kindsbett gestorben, noch bevor er einen Namen bekam. Ansonsten gab es nur noch ein paar Töchter. Aber für die hatte sich Grimr nie sonderlich interessiert.

Nach Thorbrands Verbannung war Olav nun der letzte Nachkomme von Grimr Schädelspalter, der für die Nachfolge infrage kam. Der Einzige, von dem man hoffen konnte, dass die Männer ihm folgten und er den Heerhaufen zusammenhalten würde.

Olav ging eine Weile auf ufernahen Pfaden. Dann entdeckte er einen Toten. Die Krähen machten ihn bereits aus weiter Entfernung auf den Leichnam aufmerksam. Als Olav ihn fand, war er so entstellt, dass er ihn kaum noch wiederzuerkennen vermochte.

Die Krähen stoben davon. Sie hatten das Gesicht des Toten vollkommen zerhackt. Doch Olav erkannte ihn an der Augenklappe als Einar den Weisen. Er trug keine seiner Waffen bei sich. Entweder hatte er sie schon verloren, als er aus dem Langschiff geschleudert und von der Strömung mitgerissen worden war, oder seine Mörder hatten sie an sich genommen. Denn Einar war nicht ertrunken, dafür lag seine Leiche zu weit vom Fluss entfernt.

Ein Rascheln in den Büschen ließ Olav aufhorchen, er wirbelte herum und ...

Ein Dutzend Bewaffneter stürzten sich von mehreren Seiten auf ihn. Männer, die mit Speeren, Äxten und langen Messern bewaffnet waren. Einer von ihnen schwang ein Schwert, wie Einar der Weise es getragen hatte.

Olav zog seine eigene Klinge. Mit ein paar wuchtigen Hieben tötete er gleich zwei Angreifer. Die anderen wichen zunächst zurück. Doch sie hatten ihn umzingelt. Einem Speer konnte Olav gerade noch ausweichen, dann griff er seinerseits an. Einem der Männer schlug er den Waffenarm ab, einem anderen rammte er die Klinge in die Brust, nachdem Olav dem ungeschickten Axthieb ausgewichen war.

Es waren nur Bauern aus der Gegend, keine schlachterprobten Krieger aus dem Gefolge eines Königs. Selbst die Wachen auf dem Wall von Novaesium hatten besser gekämpft. Dass sie Einar den Weisen hatten erschlagen können, hatten sie ihrer Übermacht zu verdanken und dass der Nordmann wahrscheinlich zu Tode erschöpft gewesen war, nachdem er sich aus den reißenden Fluten des Flusses hatte retten können. Zudem hatte ihn dieses feige Bauernpack sicherlich aus dem Hinterhalt überfallen.

»He, wenn ihr kämpfen wollt, wieso dann nur mit ihm dort!«, rief auf einmal jemand, und dann erschien Finnbogi Großhand urplötzlich im Rücken der Angreifer. Er wirkte etwas außer Atem, so als wäre er gelaufen. Vielleicht hatte er den Kampflärm gehört. In der Linken hielt er zwei Speere, wie sie die Franken benutzten, in der Rechten einen dritten. Das Schwert trug er auf dem Rücken gegürtet. Seinen Helm hingegen hatte er offenbar ebenso verloren wie Olav. Schlamm bedeckte den Großteil seiner Kleidung. Die Stelle, an der er an Land gekommen war, war offenbar dafür weniger gut geeignet gewesen als jenes Uferstück, an das es Olav verschlagen hatte.

Finnbogi hatte sich der Sprache der Nordmänner bedient. Es war auch nicht nötig, ihn zu verstehen. Drei der Franken drehten sich nach ihm um, und einer von ihnen stieß einen wütenden Kampfschrei aus. Aber noch ehe er angreifen konnte, hatte Finnbogi den Speer in seiner Rechten geschleudert. Im Gegensatz zu den fränkischen Bauern war er bestens geübt darin. Der Speer traf mit tödlicher Wucht. Einen zweiten schleuderte Finnbogi sofort hinterher, und auch der tötete einen der Franken. Der dritte Speer traf ebenfalls. Dann zog Finnbogi sein Schwert und stürmte drauflos.

Olav griff ebenfalls wieder an. Es dauerte nur Augenblicke, da lagen weitere Franken mit tödlichen Verletzungen am Boden. Die letzten drei ergriffen daraufhin die Flucht. Olav nahm einem der toten Franken den Speer aus der Hand und schleuderte ihn den Flüchtenden hinterher, doch der Wurf war zu kurz.

»Lass sie laufen, Olav«, meinte Finnbogi.

»Wenn sie entkommen, müssen wir später erneut gegen sie kämpfen«, meinte Olav.

»Und wenn schon.«

»Sie werden nicht allein kommen.«

»Nicht mehr lange, und es wird dunkel, Olav. Und die Dunkelheit wird uns auf unserem Weg schützen.«

Olav atmete tief durch. »Ich hoffe, dieser Schutz reicht aus.«

Finnbogi blickte sich um. Dann nahm er einem der Toten das Schwert ab. Es war ursprünglich das Schwert von Einar dem Weisen gewesen. »Wir sollten es nicht zurücklassen.«

»Das stimmt«, meinte Olav.

»Und wir sollten auch unseren Toten hier nicht so einfach liegen lassen.«

»Wir können ihn aber auch nicht meilenweit bis Novaesium tragen«, gab Olav zu bedenken.

»Ich schlage vor, wir werfen ihn in den Fluss. Mögen dann die Götter entscheiden, was mit seinem Körper geschieht.«

Olav überlegte kurz, dann nickte er. Finnbogis Vorschlag war vernünftig. Niemand sollte Einar den Weisen so sehen, wie man ihn unwürdig als Aas für die Krähen zurückgelassen hatte.

Also fassten sie Einar bei den Schultern und den Füßen und brachten ihn zum Ufer. Dort warfen sie ihn in die reißende Strömung. Die nahm ihn mit, und schon nach kurzer Zeit war nichts mehr von ihm zu sehen.

»Mögest du in Walhall willkommen geheißen werden und der Met dir dort nie ausgehen«, sagte Olav. »Und mögest du in der anderen Welt ein ruhmreicheres Leben haben, als es dir in dieser vergönnt gewesen ist.«

Olav und Finnbogi machten sich auf den Weg. Um sich in der einsetzenden Dämmerung zu orientieren, mussten sie nur den Verlauf des Flusses im Auge behalten.

Manchmal sahen sie in der Ferne den zuckenden Schein von Fackeln und hörten Stimmen. Offensichtlich waren größere Trupps von bewaffneten Bauern unterwegs, um nach ihnen zu suchen. Sie kauerten dann zwischen Sträuchern oder nahmen an schwer einsehbaren Stellen Deckung und warteten ab. Der Wind trug die Stimmen der Franken zu ihnen herüber, und sie konnten ein paar Worte verstehen. Danach waren einige gestrandete Besatzungsmitglieder der Skaid von den Bauern erschlagen worden.

»Die meisten werden schon im Fluss ertrunken sein«, glaubte Finnbogi.

Diese Einschätzung teilte Olav. »Die Götter waren mit uns.«

»Ich hoffe, dass ihr Beistand anhält, bis wir Novaesium erreicht haben.«

»Könnte sein, dass diejenigen mehr Glück hatten, die ans Ostufer geschwemmt wurden.«

Aber Finnbogi widersprach in diesem Punkt. »Ich habe die ganze Zeit über das Ruder gehalten. Die Strömung konnte ich gut spüren. Sie zieht einen in diesem Gebiet eher ans Westufer. Also glaube ich nicht, dass viele von uns auf der anderen Seite gelandet sind. Und ich glaube auch nicht, dass es denjenigen besser ergehen würde als uns.«

»Warum?«

»Ganz einfach. Wer immer die Seile gespannt hat, muss Männer auf beiden Seiten des Flusses gehabt haben und vermutlich noch haben.«

»Das leuchtet ein.«

»Ich will nicht hoffen, dass der Krieg der Könige zu Ende ist.«

»Nein, das glaube ich kaum.«

»Können wir das ausschließen? Christen schlagen sich, Christen vertragen sich wieder – und wir kennen noch nicht einmal die Gründe für das eine wie das andere.«

»Es könnte auch sein, dass eine Seite einen Vorstoß in das Gebiet der anderen unternimmt«, glaubte Olav.

»Sicher.«

»Glaub mir, der Krieg der Könige wird nicht durch Verhandlungen enden. Nicht auf Dauer jedenfalls. Vielleicht wird er durch Verhandlungen unterbrochen, aber niemals beendet.«

»Du meinst, weil es nur einen König geben kann?«

»Ja. Und sobald ein Frankenkönig mehrere Söhne bekommt, geht es von vorn los, da sie die unselige Sitte haben, das Erbe zu teilen.«

Finnbogi lächelte. »Da hast du es ja besser getroffen, nicht wahr? Zumindest jetzt, da dein Bruder nicht mehr zurückkehren wird.«

Darauf antwortete Olav nicht. Ein Gedanke kam in ihm auf. So wie es nur einen König unter den Franken geben konnte, konnte es auch nur einen Jarl geben, den man Schädelspalter nannte. Es fragte sich nur, wie lange sein Vater noch dieser Jarl sein sollte …

Sie gingen weiter, als die Luft wieder rein war. In der ganzen Gegend schienen die Bauern mobilisiert worden zu sein. Auch war das ein Zeichen dafür, dass sich die Nordmänner in Zukunft auf organisierten Widerstand gefasst machen mussten. Natürlich ließ sich eine Seilsperre überwinden. Aber man verlor viel Zeit dadurch. Einfach flussabwärts fahren und die Kräfte des Windes und der Strömung ausnutzen, war nicht mehr ohne Weiteres möglich. Man konnte ein Kundschafterboot vorausschicken und die Seile durchschneiden, sofern man sie bemerkte. Aber wenn so ein Teil stärker durchhing, wurde es von einem kleinen Boot aus vielleicht gar nicht bemerkt. Wenn dann die großen Langschiffe kamen, wurde es eventuell von den Ufern aus fester gespannt, sodass die Schiffe kenterten oder die Masten fortgerissen wurden. Auf diese Gefahr musste man sich einstellen.

Den Zeitpunkt für eine schnelle Rückkehr zum Meer hatten die Nordmänner vielleicht schon verpasst, wie Olav mehr und mehr klar wurde.

Finnbogi und er ruhten die Nacht über nicht. Die Kleider waren klamm und kalt, und wenn man sich damit irgendwo niederließ, statt in Bewegung zu bleiben, würde es nur schlimmer werden. An ein Feuer war nicht zu denken. Das hätte die Franken angelockt und die beiden Nordmänner in weitere Kämpfe verwickelt. Noch am folgenden Tag sahen sie hin und wieder in der Ferne Gruppen von Bewaffneten umherziehen, die offenbar nach gestrandeten Nordmännern suchten.

»Es beruhigt mich, dass es keine Ritter sind«, sagte Olav. »Ich sehe nicht ein einziges Schwert, keinen Helm, kein Kettenhemd und kein Pferd.«

»Die edlen Frankenkrieger sind anscheinend doch noch vorwiegend damit beschäftigt, sich im Dienst ihrer Könige gegenseitig umzubringen«, lachte Finnbogi. »Sie sollen gern damit fortfahren!«

Fünf Tage brauchten Olav und Finnbogi, ehe sie Novaesium erreichten. Die geflohenen Bewohner hatten es bislang nicht gewagt zurückzukehren. Aber dafür fanden sich an den Anfurten neben den zumeist ausgebrannten Flussschiffen der Franken Langschiffe der Nordmänner, und einige der Türme waren von ihnen besetzt. Feuer brannten in Ufernähe, und ein kleines provisorisches Lager war entstanden.

Halmi der Graue und Stormur Stormsson befanden sich dort mit einigen anderen Männern, und sie alle waren ziemlich erstaunt, als sie Olav und Finnbogi am Ufer entlanggehen sahen.

»Ich nehme an, ihr bringt keine guten Nachrichten«, sagte Halmi statt einer Begrüßung.

In knappen Worten fasste Olav zusammen, was geschehen war. »Wir haben ein Schiff verloren – und fast alle Mann, die an Bord gewesen sind«, schloss er finster. »Außer Finnbogi und mir dürfte niemand überlebt haben.«

»Dein Vater hatte eigentlich gehofft, dass du in spätestens ein oder zwei Tagen mit den Knorren zurückkehrst«, sagte Halmi. »Wie du weißt, befürchte ich, dass Eirik Sturlason die Knorren bereits mit seiner eigenen Beute gefüllt hat und die Schiffe für sich selbst beansprucht.«

»Wir konnten nicht einmal feststellen, ob diese Gefahr wirklich besteht«, murmelte Olav. »Die Franken sammeln sich. Es wird nicht mehr so leicht werden, wie wir es hatten, als wir Xanten und Novaesium erobert haben.«

Finnbogi erzählte von den bewaffneten Bauern, die Jagd auf sie gemacht hatten.

»Setzt euch ans Feuer«, sagte Halmi. »Ihr werdet euch sonst den Tod holen.«

»Ich will zur Insel übersetzen«, widersprach Olav.

»Dein Vater ist nicht dort«, eröffnete ihm Halmi.

Olav horchte auf. »Er hat einen Vorstoß ins Inland unternommen?«

Halmi nickte. »Ich konnte ihm das nicht ausreden. Er meinte, wenn die Knorren kommen, dann sollten sie auch bis zum Rand beladen werden können. Und du weißt ja, was eine Knorr laden kann.«

»So schnell wird es keine Knorr bis hierher schaffen«, befürchtete Olav. »Weißt du Genaueres darüber, wo er hingezogen ist?«

»Mit zweihundert Mann und fünf Schiffen ist er einen kleinen Nebenfluss hinaufgefahren. Angeblich soll es an dessen Oberlauf noch ein lohnendes Kloster geben, in dem viele wertvolle Dinge aufbewahrt werden.«

»Hat ihm das einer der Gefangenen erzählt?«

»Ja, und seine Angaben stimmten mit denen auf der Karte überein.«

Zweihundert Mann, ging es Olav durch den Kopf. Welch ein Risiko, so viele Männer von der Flussinsel abzuziehen. Es war nur eine Frage der Zeit, bis die Franken versuchen würden, sich zurückzuholen, was ihnen gestohlen worden war.

»Was ist mit den Lösegeldern?«, fragte Olav.

»Bisher ist niemand aufgekreuzt, mit dem wir hätten verhandeln können. Das ist auch ein Grund, weshalb dein Vater ins Inland vorstoßen wollte. Er hofft, dort jemanden zu finden.«

»Wir hätten hier schon längst verschwinden sollen«, meinte Olav. »Schnell zuschlagen, schnell wieder fort – und zuvor alles zusammenraffen, was sich tragen und mit einem Schiff transportieren lässt.«

»So ist es früher auf den Fahrten nach Britannien gelaufen«, nickte Halmi.

»So sollte es immer laufen, Halmi.«

Aber die Lage hatte sich bereits derart geändert, dass mit einem günstigen Verlauf dieser Fahrt schon gar nicht mehr zu rechnen war. Zumindest war das Olavs Ansicht. *Ich wäre der bessere Jarl gewesen, Vater!,* ging es ihm durch den Kopf.

»Grimr ist unser Anführer«, sagte Halmi – fast so, als hätte der graue Mann Olavs geheime Gedanken erraten. »Er hat uns in der Vergangenheit allen viel Glück und viel Beute gebracht.«

»Ja, ich weiß«, murmelte Olav.

»Bleibt hier am Feuer, damit eure Kleider trocken werden. Und wenn ihr wollt, dann setzt euch auch jemand zur Insel über.«

Olav rieb sich die Hände. *Eine Gelegenheit wie diese ergibt sich so schnell nicht wieder,* überlegte er. In

Gedanken ging er die verschiedenen Möglichkeiten durch. Wenn er seinem Vater die Führerschaft entreißen wollte, hatte er dafür nur einen Versuch, und es war die Frage, ob dies der richtige Zeitpunkt dafür war. *Die Männer würden ihm nur folgen, wenn es dafür einen triftigen Grund gab,* wurde ihm klar. Wenn sein Vater mit reicher Beute von diesem anderen Kloster zurückkehrte, dann gab es diesen Grund auf absehbare Zeit nicht. Dann würden sie wieder daran glauben, dass auch Njörd mit Grimr Schädelspalter zufrieden war, während Olav nur der unfähige Trottel sein würde, der es nicht geschafft hatte, die Knorren zur Insel zu bringen und außerdem noch ein Langschiff bei dem Versuch, flussabwärts zu gelangen, eingebüßt hat. Von den Männern, die dabei ihr Leben gelassen hatten, ganz zu schweigen …

Olav war hin- und hergerissen zwischen dem Gedanken, dass dies vielleicht seine letzte Möglichkeit war, seinem Vater die Führerschaft zu entreißen, und der Furcht davor, dass dieser Schritt einfach noch zu gewagt war, zumal ihm selbst Bragi Bragison klar zu verstehen gegeben hatte, dass er keinerlei Treuebruch gegenüber Grimr Schädelspalter unterstützen würde und Olav nur für den Fall mit seiner Gefolgschaft rechnen durfte, dass Grimr seiner Position als Jarl nicht mehr gerecht wurde.

»Ich hoffe, dein Vater kommt bald zurück«, hörte er Stormur Stormsson sagen.

Olav hielt die Hände näher ans Feuer. »Wie kommst du jetzt darauf?«

Stormur zuckte mit den Schultern. »In der Kirche auf der Insel kampiert man sehr viel komfortabler. Aber jetzt müssen wir hier diese Ruinen besetzen, weil dein Vater meint, dass die Anfurt bewacht sein muss, solange er mit seinem Trupp im Inland ist. Hast du noch dein Trinkhorn?«

»Muss ich verloren haben«, murrte Olav.

»Dann werde ich dir ein anderes geben und mit novaesischem Met füllen. Und dir auch, Finnbogi.«

Aber Finnbogi machte eine wegwerfende Handbewegung. »Gib mir lieber etwas Wasser. Dieses Gesöff aus Novaesium schmeckt mir einfach nicht. Es fehlt mir der Honiggeschmack unseres heimatlichen Mets.«

»Nicht mehr lange, dann sind wir auf der Rückfahrt in den Norden«, versicherte Olav. Aber im Moment war das eher ein Wunsch als ein Versprechen.

KAPITEL 15

»Da ist das Kloster, von dem der Gefangene geredet hat«, sagte Gunjorn Gutauge und deutete auf die kleine Gruppe von Gebäuden. Dabei handelte es sich um eine Kapelle, ein Haupthaus und zwei Nebengebäude. Alle standen innerhalb einer Umgrenzungsmauer, die kaum hoch genug war, um wirklich Schutz zu bieten. Aber dazu war sie wohl auch gar nicht errichtet worden.

Grimr stellte seinen Schild auf den Boden und strich sich über den verfilzten Bart. Er sah wie alle anderen auf den ersten Blick, was mit dem Kloster nicht stimmte.

»Es ist niemand mehr dort«, stellte er finster fest.

»Vielleicht haben sich die Mönche nur im Weinkeller verkrochen«, meinte der irre Orm und kicherte. »Möglicherweise liegen sie dort betrunken herum und schlafen ihren Rausch aus.«

Nur wenige der Männer lachten. Den anderen schien klar zu sein, dass das Kloster verlassen war. Und dies wiederum hieß, dass sie zu spät gekommen waren. Die Mönche hatten sich davongemacht, nachdem sie von den Geschehnissen in Novaesium gehört hatten. Und es stand außerdem zu vermuten, dass sie alles mitgenommen hatten, was sich auf Ochsenkarren und Pferdefuhrwerken transportieren ließ.

Zehn Krieger hatte Grimr nur bei jenen Schiffen zurückgelassen, mit denen er den schmalen, flachen Nebenfluss so weit hinaufgefahren war, bis die Hauptsteven der Langschiffe über den Flussgrund gekratzt waren. Die anderen hundertachtzig Krieger befanden sich bei ihm, bildeten eine lockere Formation und hätten im Fall eines Zusammentreffens mit feindlichen Franken sogleich einen perfekten Schildwall bilden können. Aber jetzt standen die meisten einfach nur ziemlich konsterniert da. Dies war kein Tag, an dem sie die Gunst der Götter hatten. Njörd schien sich von ihnen abgewandt zu haben.

»Sehen wir uns an, was noch da ist«, meldete sich Rasmus der Rote zu Wort.

»Einverstanden«, knurrte Grimr. Aber sein Tonfall verriet, dass er nicht wirklich daran glaubte, noch irgendetwas von Wert in dem Kloster finden zu können.

Sie fielen zwar über das Kloster her, aber es fehlte das Kampf- und Triumphgeschrei, das einen derartigen Überfall sonst untermalte. Grimr rief ein paar Anweisungen. Er schickte Rasmus den Roten mit einer Abteilung von Kriegern ins Hauptgebäude. Gunjorn und einige weitere Männer nahmen sich die Nebengebäude und Stallungen vor. Grimr selbst drang zusammen mit dem irren Orm und Bragi Bragison sowie Dutzenden anderen Kriegern in die Kapelle ein. Zuvor hatte er allerdings ein paar Wachen eingeteilt, die das Umland im Auge behalten sollten. In all den Jahren, die Grimr Schädelspalter schon auf Raubfahrt ging, hatte er einen untrüglichen Instinkt entwickelt, und der sagte ihm, dass hier irgendetwas nicht so war, wie es sein sollte. Und dieses ungute Gefühl bezog sich nicht nur darauf, dass hier wahrscheinlich nichts mehr zu holen war, was wertvoll und transportabel gewesen wäre; damit hatte sich der Jarl insgeheim schon abgefunden und Njörd dafür verflucht, dass er ihm an diesem Tag einfach nicht behilflich sein wollte.

Die Tür der Kapelle war nicht verriegelt, und tatsächlich gab es dazu auch keinen Grund, denn im Inneren befand sich nichts, was irgendeinen Wert gehabt hätte. Kein Kerzenleuchter, keine Bibelabschrift, selbst die bemalten Glasfenster, die es sicherlich auch hier gegeben hatte, waren entfernt und gegen einfache Vorhänge aus Alabaster ausgetauscht worden.

Der irre Orm lief die Turmtreppe empor und schrie wenige Augenblicke später: »Sogar die Glocke ist weg!«

Fast alle fränkischen Kirchen hatten Glocken, mit denen die Gläubigen zu den Andachten und Messen gerufen wurden. Das ging auf ein Gesetz des Großen Karl zurück. Das Metall hätte man wenigstens einschmelzen und anderweitig verwenden können. Aber in diesem verlassenen Kloster hatte man selbst die Glocke mitgenommen, was bedeutete, dass diese Flucht gut geplant und vorbereitet worden war und man außerdem genug Zugtiere zur Verfügung gehabt hatte.

»Kehren wir um«, sagte Grimr finster.

In diesem Augenblick ertönten von draußen laute Schreie.

»Was ist da los?«, fragte Bragi Bragison.

Der irre Orm rief vom Turm hinab: »Die Franken kommen! Eine riesige Zahl von Reitern!«

Grimr, Bragi und die anderen stürzten ins Freie. Der irre Orm polterte die Turmtreppe nach unten und war wenig später ebenfalls im Hof des Klosters. Überall kamen die Nordmänner aus den Gebäuden, die sie vergeblich durchsucht hatten. Hufschlag drang wie ferner Donnerhall an ihre Ohren.

»Bei Odin! Wir werden ihnen nicht ausweichen können«, stieß Bragi Bragison hervor. »Wir müssen uns ihnen hier stellen!«

»Nein«, sagte Grimr. »Nicht hier. Die Umgrenzungsmauer des Klosters ist so niedrig, dass ein Ackergaul hinüberspringen könnte. Und willst du dich wirklich in einer Kirche einsperren, wie die feigen Franken in Novaesium es getan haben? Du weißt, wie es ihnen ergangen ist.« Grimr verzog das Gesicht zu einer wölfischen Grimasse.

Der irre Orm schwang bereits in Erwartung des Kampfes seine Axt. Er war einer der wenigen Nordmänner, die keinen Schild trugen. Jemand wie er stürmte geradewegs auf den Gegner zu und legte alle Kraft in den Schlag seiner Streitaxt. Für ihn war es wichtiger, den Stiel seiner Dänenaxt mit zwei Händen fassen zu können, als sich selbst zu schützen.

Allerdings hatte er seit Hromunds Tod kein Berserker-Wasser mehr trinken können. Und manche der Männer spotteten schon über Orm, indem sie ihm vorhielten, dass seine Berserkerwildheit schon ziemlich nachgelassen hätte. Nun schien er seinen Gefährten beweisen zu wollen, dass davon keine Rede sein konnte.

»Was sollen wir tun?«, fragte Rasmus der Rote.

»Wir kehren zurück zu den Schiffen«, entschied Grimr. »Wir müssen verhindern, dass sie uns den Weg zu den Schiffen abschneiden und die Männer abschlachten, die wir dort zurückgelassen haben. Dann sitzen wir nämlich wirklich in der Falle!« Grimr hob seine Axt und schlug mit der stumpfen Seite gegen seinen Schild. »Zurück zu den Schiffen! So schnell ihr könnt!«

Die Nordmänner hetzten zurück in Richtung jener Uferstelle, wo die Langschiffe lagen. Die Reiter preschten weiter heran. Ihre Kampfschreie waren schon zu hören, und man konnte sogar schon die Banner sehen, die an den Lanzen flatterten.

Hinter ihnen tauchte auch Fußvolk auf. In lockerer Formationen marschierten die fränkischen Krieger voran. Allerdings war das Fußvolk um vieles langsamer als die Reiter, sodass von ihm aus Sicht der Nordmänner keine Gefahr ausging. Die Ritter hingegen waren schnell, ihre Streitrösser gut dressiert und für den Kampf gezüchtet und ausgebildet.

Schließlich waren die Franken so nahe heran, dass es für die Nordmänner keine andere Möglichkeit mehr gab, als stehen zu bleiben und sich zu formieren, wenn sie sich nicht einzeln abschlachten lassen wollten.

Grimr brüllte mit seiner mächtigen Stimme Befehle. Sie bildeten einen Schildwall und erwarteten den Feind. Gunjorn, Bragi Bragison und einige andere Bogenschützen positionierten sich. Längst waren die fränkischen Reiter in Schussweite. Aber die Schützen der Nordmänner warteten trotzdem noch. Das erhöhte die Trefferzahl. Schließlich waren sie ihren Gegnern zahlenmäßig weit unterlegen und konnten sich daher nicht viele Fehlschüsse leisten.

Endlich wurde eine Salve von zwei Dutzend Pfeilen abgeschossen und senkte sich auf die herannahenden Reiter. Pferde und Männer wurden getroffen. Mancher Pfeil blieb in einem Schild stecken. Andere trafen Pferde, die wiehernd und blutend zu Boden gingen.

Aber es wurden auch etliche Franken aus den Sätteln geholt. In schneller Schussfolge jagten weitere Pfeile durch die Luft. Aber die Anzahl der Bogenschützen unter den Nordmännern war viel zu gering, um die Angreifer wirklich aufhalten zu können.

Die ersten Franken ritten gegen den Schildwall. Mit ihren langen Lanzen und Schwertern stachen und schlugen sie von oben auf die Krieger aus dem Norden ein. Die wiederum parierten mit Axt und Schwert. Schreie von Mensch und Pferd gellten über das Schlachtfeld und mischten sich mit dem Klirren der Waffen. Die Nordmänner versuchten so lange wie möglich, den Schildwall zu halten. Sobald er brach, das wusste jeder von ihnen, waren sie angesichts der berittenen Übermacht verloren.

Eine Lanzenspitze traf Grimr Schädelspalter schwer am Oberkörper. Der Jarl taumelte zurück. Bragi Bragison und der irre Orm traten vor, um Grimr zu schützen, und Rasmus der Rote stützte den Jarl.

»Es geht schon«, behauptete dieser, während das Blut durch die verschiedenen Lagen seines Wamses drang und schließlich auch das Obergewand tränkte. Gunjorn Gutauge legte einen Pfeil ein – seinen letzten – und schoss damit den Franken, der Grimr angegriffen hatte, aus dem Sattel. Genau ins Auge traf er ihn.

Die fränkischen Reiter zogen sich schließlich wieder zurück. Ihre Verluste waren groß. Der Schildwall der Nordmänner hatte gehalten, auch wenn es in ihren Reihen zahlreiche Tote gab. Immerhin war es den Franken nicht gelungen, ihnen den Weg zur Anlegestelle der Langschiffe abzuschneiden.

»Zu den Schiffen!«, rief Grimr erneut. Ihm stand der

Schweiß auf der Stirn, und die Wunde bereitete ihm sichtlich Schmerzen. Bragi und der irre Orm gaben seine Anweisung mit ihren lauten, dröhnenden Stimmen weiter.

Die Formation, die die Nordmänner bisher gehalten hatten, wurde aufgelöst, und man lief wieder in Richtung der Anlegestelle. Die Franken wussten nicht, dass sie mit Schiffen gekommen waren. Anders war es nicht erklärlich, dass sie den Nordmännern den Weg noch nicht abgeschnitten oder dies zumindest versucht hatten. Vermutlich nahmen sie an, dass die Eindringlinge auf dem Landweg bis zu dieser Stelle vorgestoßen waren. Sollten sie ihren Irrtum nur zu spät bemerken, diese fränkischen Narren!

Grimr ließ seinen Schild fallen, da er ihm zu schwer geworden war. Rasmus der Rote wollte ihn zunächst erneut stützen, aber Grimr stieß ihn zurück. Dabei war unübersehbar, dass er schwankte. Ihm war schwindelig, und das kam keineswegs vom übermäßigen Met- oder Weingenuss der letzten Tage. Als Grimr Schädelspalter deutlich hinter seinen Männern zurückfiel, ließ er sich schließlich doch helfen. Rasmus und Bragi nahmen ihn in die Mitte. Erst stützten sie ihn, dann schleiften sie ihn zeitweilig mehr oder weniger mit sich.

Gunjorn hatte ein paar seiner Pfeile aus den Körpern der toten Franken gerissen und sie in seinen Köcher zurückgesteckt, sodass er zumindest wieder ein paar zur Verfügung hatte. Auch deswegen gehörte der Bogenschütze zur Nachhut.

»Die Franken formieren sich neu«, stellte Gunjorn fest. »Und diesmal werden sie auch ihre Fußtruppen einsetzen!«

»Ja, weil wir zu viele ihrer Reiter getötet haben!«, rief der irre Orm und stieß einen Kriegsschrei aus, der denen von Hromund dem Rauen in nichts nachstand. Und da er selbst keinen Schild trug, schlug er mit der stumpfen Seite seiner Axt gegen den Schild eines anderen Kriegers.

Die Franken rückten langsamer vor. Sie schienen begriffen zu haben, dass sie trotz ihrer Übermacht mit diesem Haufen keineswegs leichtes Spiel haben würden. Die Lage der Schiffe war für die Franken nicht einsehbar. Der Flusslauf bildete einen tiefen Graben mit steiler Böschung. Selbst die höchsten Masten ragten kaum darüber hinaus und waren erst zu sehen, wenn man sich bereits in unmittelbarer Nähe befand.

Die Nordmänner stolperten mehr die Böschung nach unten, als dass sie gingen. So schnell es möglich war, kletterten sie an Bord der Langschiffe, dann legten sie ab.

Bragi und Rasmus mussten Grimr Schädelspalter inzwischen tragen, da der Jarl das Bewusstsein verloren hatte. Sie hatten die Böschung gerade zu zwei Dritteln geschafft, da tauchten oben bereits die ersten Franken auf. Allerdings konnten sie mit ihren Streitrössern die steile Böschung nicht hinabreiten, und so waren sie zunächst gezwungen, auf das Fußvolk zu warten.

Bragi und Rasmus legten Grimr in die erstbeste Skaid. Gunjorn Gutauge war noch am Ufer. Er verschoss die blutigen Pfeile, die er aus den Leichen der gefallenen Franken gezogen hatte. Eines der Streitrösser richtete sich getroffen auf und rutschte dann strampelnd und blutend die Böschung nach unten. Dabei überwalzte es seinen Reiter, dem dabei alle Knochen gebrochen wurden.

»An Bord, Gunjorn!«, rief Bragi.

Der Bogenschütze hatte soeben den allerletzten seiner Pfeile verschossen. Er sprang rasch über die Reling, und das Langschiff wurde mit einem Ruderriemen vom Ufer abgestoßen und trieb flussabwärts. Der Wind stand günstig. Das Segel blähte sich.

»Was ist mit dem Jarl?«, fragte der irre Orm.

»Er lebt noch«, erwiderte Bragi. »Mehr lässt sich im Moment nicht sagen.«

KAPITEL 16

»Das ist Diusburh«, sagte Branagorn von Corvey. »Die Königsburg, die unser Herr Cunrad verwaltet.«

Thorbrands Augen verengten sich, während er sich auf das konzentrierte, was er sah. »Ich sehe einen günstig gelegenen Ort. Zwei Flüsse treffen sich hier. Und die Landzunge lässt sich sicher gut verteidigen.«

»Du hast anscheinend einen guten Blick für solche Dinge, Thorbrand.«

»Aber eine Königsburg? Wo soll die sein? Ich sehe ein Dorf mit Erdwall und Palisadenzaun. Selbst der Kirchturm ist nicht besonders hoch, und ich bin mir auf die Entfernung auch nicht sicher, ob das überhaupt ein Steinhaus oder nur Fachwerk ist.«

»Bis auf den Königshof ist alles nur Fachwerk. Aber soweit ich die Herrschaftssitze in den Ländern des Nordens in Erinnerung habe, ist keiner davon auch nur annähernd so groß und so gut geschützt wie dieser.«

Thorbrand lächelte. »Das mag sein«, gestand er ein. »Aber was glaubst du wohl, weshalb es uns anderswo hinzieht? Jedes irische Kloster ist herrschaftlicher und aus echtem Stein. Von den goldenen Kirchen in Konstantinopel will ich gar nicht erst reden.«

»Ich sehe, ich habe es mit einem weit gereisten Mann zu tun«, sagte Branagorn, aber sein Tonfall war spöttisch. Thorbrand lief schon seit Stunden neben dem

Pferd des Mönchs aus Corvey her. Dass er seine Waffen nicht trug, kam ihm befremdlich vor. Es entbehrte nicht einer gewissen Ironie, dass er dadurch einen leichteren Gang hatte als jeder der Franken, die mit dem Zug von Cunrad auf Diusburh zumarschierten.

»Nun, um ehrlich zu sein …«, sagte Thorbrand.

»… hast du die Klöster Irlands vielleicht gesehen, aber von Konstantinopel nur gehört«, vollendete Branagorn seine Rede. »Sonst wüsstest du nämlich, dass es dort zwar Kirchendächer aus Gold gibt, aber dass trotzdem nur ein kleiner Teil der Häuser aus Stein erbaut ist. Der Großteil besteht aus Fachwerk und würde bei einem Brand nur Asche hinterlassen.«

»Warst du schon einmal dort? In Miklagard, der großen Stadt?«, fragte der Nordmann erstaunt, dann aber überkamen ihn Zweifel. »Oder ist das auch nur Hörensagen?«

»Ich war dort«, behauptete Branagorn. »Als Gesandter des verstorbenen Kaisers, dessen Söhne nun um das alleinige Erbe kämpfen.«

»Wirst du eines Tages dorthin zurückkehren?«

»Das ist gut möglich. Jedenfalls dann, wenn es mir gelingt, eine Einigung unter den Königen herbeizuführen.«

»Dann werde ich dich gern begleiten, denn es war immer mein Traum, die Große Stadt zu sehen.«

»Sie ist nicht ganz so traumhaft, wie du glaubst, Nordmann. Aber wenn du dich als mein Beschützer bewährst, dann steht dem nichts im Wege. Früher oder später wird mein Herr, der König des östlichen Frankenreichs, ganz sicher wieder jemanden wie mich nach Konstantinopel schicken – schon weil das Reich der Franken und der Kaiser von Konstantinopel ein paar gemeinsame Feinde haben.«

Man hatte einen weiten Bogen ins Inland gemacht, um an einer günstigen Stelle einen kleinen Nebenfluss zu überqueren. Anschließend hatte Cunrads Zug einen befestigten Weg benutzt, und der führte direkt auf das Oppidum Diusburh zu, eine befestigte Siedlung mit einem Handelsplatz. Doch dafür, dass sich ein Königshof innerhalb des Palisadenwalls befinden sollte, erschien Thorbrand die Siedlung doch etwas klein.

Der Rhein und die Ruhr flossen hier zusammen. Thorbrand erkannte die Stelle wieder. Auf ihrem Weg von Xanten nach Novaesium war die Flotte von Grimr Schädelspalter den Hauptstrom hoch hier vorbeigefahren. Allerdings war durch die teilweise verschlungene und sich verästelnde Führung des Flussbetts die befestigte Stadt von den Langschiffen aus nicht zu sehen gewesen. Und auch die Einfahrt zur Ruhr nicht, die sich wie ein Delta spreizte und somit vom Hauptstrom aus eher wie eine Reihe kleinerer Zuflüsse gewirkt hatte, deren Schiffbarkeit aus der Ferne recht zweifelhaft erschien.

Thorbrand war erstaunt darüber, wie breit der Nebenfluss offenbar war, an dem das Oppidum lag. Ein geschützter natürlicher Hafen. Allerdings gab es verhältnismäßig wenig Boote und Schiffe. Vielleicht hatte der aufflammende Krieg dafür gesorgt, dass Händler die Gegend mieden. Aber Thorbrand hatte noch eine andere Vermutung. Möglicherweise wurden die Boote, die sonst hier anlegten, anderswo gebraucht, nämlich um Truppen über den Rhein zu bringen.

Der Zug erreichte das Haupttor von Diusburh, das bereits geöffnet worden war, als die Wachen erkannt hatten, dass ihr Herr mit einem Heerzug im Anmarsch war. Thorbrand fiel auf, dass auch vor dem Schutzwall, der Diusburh umgab, Zelte aufgestellt waren. Pferde und bewaffnete Männer waren überall zu sehen. Sie unterschieden sich in ihrer Kleidung und Bewaffnung etwas von den Männern, die in Cunrads Gefolge ritten. Viele von ihnen trugen jene langen Messer am Gürtel, die Thorbrand schon in Britannien häufig bei den Sachsen gesehen hatte.

»Was sind das für Leute dort bei den Zelten?«, fragte er Branagorn, der von seinem Pferd herabgestiegen war, nachdem sie in den vom Schutzwall umfassten Innenbereich von Diusburh gelangt waren.

»Große Heere sammeln sich an verschiedenen Orten, Thorbrand. Meine Aufgabe wird es sein zu verhindern, dass sie gegeneinander kämpfen.«

»Sondern gegen meinesgleichen auf der Flussinsel?«

Branagorn seufzte. »Nun, ich fürchte, selbst mein eigener Herr wird zunächst einmal die Entscheidung auf dem Schlachtfeld darüber suchen, wer nun die oberste Herrschaft ausübt.«

Während sich die Formation des Zuges im Inneren des Ortes aufzulösen begann, preschte Cunrad mit einem Pferd auf Thorbrand und Branagorn zu. Er streckte die Hand aus und deutete mit dem Finger auf Thorbrand. »Hör zu, Nordmann! Solange du dich hier in Diusburh aufhältst, bist du ein Gefangener, und Bruder Branagorn wird für dich bürgen. Solltest du auf den Gedanken kommen, dich zu entfernen, ohne dass dir dies gestattet wurde, wird man dich im Fluss ertränken. Hast du mich verstanden?«

»Vollkommen«, sagte Thorbrand.

»Du wirst außerdem innerhalb der Mauern des Königshofes bleiben. Der Bereich bis zum Palisadenwall ist dir ebenso verboten wie alles, was jenseits davon liegt, es sei denn, du bist in Bruder Branagorns Begleitung.«

»Auch das habe ich verstanden.«

»Glaub mir, wir würden dich schneller kriegen, als du es für möglich hältst, solltest du so dumm sein, dich nicht daran zu halten.«

»Das ist mir bewusst.«

»Ich möchte später noch mit dir sprechen.«

»Gerne, Herr.«

»Ich werde dich rufen lassen, wenn es so weit ist.«

Bruder Branagorn hatte im Hauptgebäude des inneren und mit einer brusthohen Steinmauer umgrenzten Königshofs seine Unterkunft. Diese bestand nur aus einem kleinen Raum, der nicht größer als eine Mönchszelle und ebenso spartanisch eingerichtet war. Aber immerhin war der Raum sauber, und Thorbrand fiel als Erstes das Kruzifix an der Wand auf.

»Für dich wird man einen Sack Stroh bringen, auf dem du im Flur schlafen kannst«, sagte Branagorn. »So kannst du dich schon mal darin üben, mich zu bewachen.«

»Mit bloßen Händen?«, fragte Thorbrand spöttisch. »Du scheinst mir viel zuzutrauen, Priester.«

»Ich bin kein Priester, sondern nur ein gelehrter Mönch«, erwiderte Branagorn.

»Was ist der Unterschied?«, fragte Thorbrand.

»Ich habe keine Weihe erfahren. Aber woher sollte jemand wie du das auch wissen.«

»Meine Mutter war eine christliche Fränkin, und sie hat mir einiges über euren Glauben beigebracht. Diese feinen Unterschiede zwischen den heiligen Männern eurer Kirche hat sie mich allerdings nicht gelehrt.«

»Das ist auch nicht wirklich wichtig für unseren Glauben. Und was deine Kampfkünste betrifft, so wirst du die sicher noch früh genug unter Beweis stellen müssen, ob mit oder ohne Waffe. Allerdings werde ich hier in Diusburh kaum etwas zu befürchten haben.«

»Warum nicht?«

Branagorn lächelte hintergründig. »Cunrad kenne ich seit Langem. Der Ort ist klein, nahezu jedes Gesicht ist mir hier vertraut.«

»Gilt das auch für die Sachsen, die ich draußen gesehen habe?«

»Nein, für die gilt das natürlich nicht. Aber sie kampieren ja auch draußen, jenseits des Walls, wie du richtig bemerkt hast.« Er bedachte Thorbrand mit einem nachdenklichen Blick. »Gut beobachtet, dass es sich um Sachsen handelt.«

»Dein König scheint Truppen zu sammeln.«

»Das braucht dich nicht weiter zu interessieren. Wichtig ist etwas anderes, nämlich die Gefahr, der ich ausgesetzt bin, sobald wir den Rhein überqueren. In Verdun verhandeln seit Monaten die Unterhändler der drei Könige, ohne dass es irgendein greifbares Ergebnis gäbe. Und es gibt starke Kräfte, die wollen, dass meine Mission scheitert und dass Ludwig und Lothar sich nicht einig werden.«

»Ich habe gehört, dass es drei Könige im Frankenreich gibt.«

»Ja, der dritte ist Karl der Kahle, der den Westen regiert und hinter den Mauern von St. Denis dafür betet, dass der Streit zwischen seinen Brüdern ewig anhalten möge.«

»Und warum glaubst du, dass die Gefahr erst am anderen Rheinufer auf dich wartet?«

»Karl hat schon oft genug jemanden geschickt, der mich töten sollte. Und für einen gedungenen Mörder ist auch ein großer Strom kein Hindernis. Aber Karl hofft letztlich, sich mit Ludwig verbünden zu können, um sich das Mittelreich Lothars mit ihm aufzuteilen. Wenn herauskäme, dass er einen Mörder über die Grenze zu Ludwigs Reich schickt, würde das schwierig werden. Das Risiko wird ihm zu groß sein, so wie ich diesen Feigling kenne.«

Thorbrand verzog verächtlich das Gesicht. »Intrigen unter Christen. Meine Mutter hat immer behauptet, dass Nächstenliebe und Brüderlichkeit in diesem Glauben das Wichtigste wären.« Er zuckte mit den Schultern. »Sie war eine einfache Frau, vielleicht wusste sie es nicht so genau.«

»Dich als Heiden braucht das ja nicht weiter zu kümmern«, gab Branagorn von Corvey kühl zurück. »Und sind bei euch im Norden nicht sogar die Götter fehlbar?«

»Das ist wahr.«

»Bist du getauft?«

Thorbrand zögerte mit der Antwort. Er wirkte überrascht. »Warum ist das wichtig?«

»Es ist eine einfache Frage, die eine einfache Antwort verlangt. Aber falls du dir nicht sicher bist, was eine Taufe ist und welche Bedeutung sie hat …«

»Ich wurde getauft«, erklärte Thorbrand. »Mein Vater brachte einen irischen Priester von einer seiner Fahrten mit. Er meinte, dass es nicht schaden könne, wenn so ein heiliger Mann alles segnet, was sich segnen lässt. Und etliche Frauen ließen ihre Kinder taufen und segnen, damit sie von Krankheiten verschont würden.«

»Bevor wir aufbrechen, werden wir das trotzdem wiederholen«, erklärte Branagorn. »Und zwar so, dass es gesehen wird. Es soll niemand später behaupten, ich wäre mit einem Heiden durch die Lande gezogen.«

In der Nacht schlief Thorbrand auf dem Strohsack vor der Tür von Branagorns Zelle, die ihm offenbar jederzeit zur Verfügung stand, wenn der weißhaarige Mönch auf seinen Reisen das Oppidum Diusburh besuchte, was auch mehr oder weniger regelmäßig der Fall zu sein schien.

Thorbrand war inzwischen klar geworden, dass Branagorn kein gewöhnlicher Mönch war. Kein Mann, dem es um ein abgesondertes Leben nach den Grundsätzen eines besonders streng ausgelegten Glaubens ging oder um die Pflege von Schrift und Gelehrsamkeit. Er verkehrte zwischen Königen und schien großen Einfluss zu haben. Thorbrand fragte sich, ob dies nur seinem diplomatischen Geschick und seinem immensen Wissen zu verdanken war oder dabei eine adelige Herkunft eine Rolle spielte. Allerdings wusste er, dass in Klöstern und Kirchen die höheren Ränge Bewerbern von hoher Geburt vorbehalten waren. So war die Welt des christlichen Glaubens nur ein Spiegelbild der weltlichen Ordnung.

Thorbrand begleitete Branagorn auf seinen Wegen innerhalb der Königsburg. Der Mönch schien darauf Wert zu legen, dass ihm der verbannte Nordmann nicht von der Seite wich. Die Mahlzeiten nahmen sie zusammen mit den Burgwachen und Rittern ein, die in großer Zahl in Diusburh weilten. Aus den Gesprächen entnahm Thorbrand, dass irgendein großer Zug bevorstand. Ein Feldzug, der sich gegen die Truppen von König Lothar richtete und dessen Ziel es war, die Grenze zwischen den Teilreichen zu verschieben.

Aber bis es so weit war, konnte es wohl noch etwas dauern. König Ludwig weilte zurzeit noch im Osten seines Reichsteils und musste sich offenbar zunächst einmal des Beistandes seiner Vasallen versichern. Viele von ihnen schienen sich abwartend zu verhalten, um sich am Schluss auf die Seite des vermutlichen Siegers zu schlagen. Oder sie ließen sich ihren Beistand teuer bezahlen. Einige der Ritter, die hier im Speisesaal an den einfachen Holzbänken saßen, waren wohl selbst auf diese Weise um Beistand bewegt worden. Es war immer dasselbe, dachte Thorbrand, während er den Männern schweigend zuhörte. Den Großteil dessen, was sie redeten, verstand er. Genug jedenfalls, um zu begreifen, dass ein König im Frankenreich offenbar genauso vorging, um ein großes Heer aufzustellen, wie etwa Eirik Sturlason oder Grimr Schädelspalter, wenn es darum ging, eine große Flotte zusammenzurufen und die Sippen hinter sich zu vereinigen.

Am dritten Tag seines Aufenthalts in Diusburh nahm Branagorn Thorbrand in die Kirche der Königsburg mit. Ein Mann in der Gewandung eines Priesters erwartete sie dort und ebenso ein paar Nonnen und Mönche eines Stifts, das seinen Sitz zwar nicht innerhalb der eigentlichen Königsburg, aber innerhalb des um das Oppidum gezogenen Schutzwalls hatte. Thorbrand hatte die Gesänge allmorgendlich von dort herüberschallen hören.

Der Augenblick war also gekommen, da er ein zweites Mal getauft werden sollte, erkannte Thorbrand sogleich. Er erinnerte sich an seine erste Taufe, die der irische Priester durchgeführt und ihn dazu in das brackige Wasser eines jütländischen Wasserlaufs getaucht hatte.

Die Zeremonie war damals äußerst kurz gewesen, und das war sie auch diesmal. Der Priester sagte ein paar Worte auf Latein und tauchte Thorbrands Kopf in das Taufbecken.

»Es war unter Zeugen«, sagte Branagorn von Corvey anschließend. »Ganz gleich, ob es diesen irischen Priester je gegeben hat, von dem du sprachst, niemand wird jetzt noch behaupten können, dass ich mich von einem Heiden begleiten lasse.«

»Das scheint dir wichtig zu sein, denn du benutzt fast die gleichen Worte wie vor ein paar Tagen.«

Branagorn antwortete nicht darauf, sondern mahnte stattdessen: »Du solltest auf deine Aussprache achten.«

»Weshalb?«

»Es kann ruhig jeder bemerken, dass du von weit her kommst. Aber es sollte nicht gleich jeder bemerken, dass du zu den Plünderern aus dem Norden gehört hast. Sonst komme ich in die Verlegenheit, dich schützen zu müssen, da man nicht gut auf dein räuberisches Volk zu sprechen ist.«

»Ich werde versuchen, das nachzuahmen, was ich höre.«

»Versuch einfach zu schweigen. Das wird dir am meisten helfen.«

Thorbrand hatte bemerkt, dass ein fränkischer Ritter in Kettenhemd die Kirche betreten hatte, und er erkannte ihn an der Musterung seines Überwurfs wieder, auf dem eine Art Wappen aufgestickt war. Er hatte diesen Mann im Gefolge von Cunrad gesehen.

»Das ist Ritter Nordberth«, erklärte Branagorn, der Thorbrands Blick gefolgt war. »Er ist hier, um deine Taufe zu bezeugen und dich abzuholen.«

»Abzuholen? Wohin?«

»Cunrad möchte mit dir sprechen.«

»Ich erinnere mich. Das hatte er mir angekündigt.«

»Beantworte ihm bereitwillig all seine Fragen. Ihm gegenüber habe ich vollstes Vertrauen, und was deine Angelegenheiten angeht, habe ich alles mit ihm besprochen.«

Nordberth führte Thorbrand schweigend in den Hauptsaal der Königsburg. Eigentlich war der dem König vorbehalten. Aber in seiner Abwesenheit führte auch sein Verwalter Cunrad von Diusburh hier Audienzen im Namen des Herrschers durch. Er sprach Recht und hielt regelmäßig Festmahle für die Armen ab, wie es gute Sitte war.

Nordberth wich Thorbrand nicht von der Seite, nachdem sie den Saal betreten hatten. Cunrad saß allein auf dem erhöhten und mit feinen Schnitzarbeiten versehenen Stuhl, in dessen Armlehnen verschlungene Muster eingebrannt waren.

»Lass mich allein mit ihm«, bat Cunrad den Ritter.

»Herr?«, fragte Nordberth erstaunt.

»Er ist nun ein getaufter Nordmann und kein wildes Tier mehr, werter Nordberth.«

»Da gibt es wohl kaum einen Unterschied«, sagte Nordberth, aber er verließ den Saal, wenn auch mit sichtlichem Widerstreben.

Cunrad von Diusburh wartete, bis er den Saal verlassen und die Tür hinter sich geschlossen hatte. »Weit im Norden gibt es eine befestigte Stadt namens Hammaburg am Fluss Elbe«, begann er dann.

»Ich habe von diesem Ort gehört«, sagte Thorbrand.

»Es gibt seit den Tagen des großen Karl einen Bischof dort.«

»Anscheinend habe ich dich unterschätzt …«

»Es sollte mich niemand für dumm halten. Und wer es doch tut, bekommt meinen Zorn zu spüren.«

»Jedenfalls wurde Hammaburg mehrfach von Leuten wie dir überfallen. Ritter Nordberth war lange dort, und ich glaube, er mag deinesgleichen nicht besonders, weil bei diesen Überfällen Menschen umgebracht wurden, die ihm teuer waren.«

»Ich selbst war nie dort«, sagte Thorbrand. »Unsere Fahrten haben uns niemals in jene Gegend geführt. Aber meine Mutter stammt von dort. Sie war eine fränkische Bauerntochter, die verschleppt wurde.«

»So erklärt es sich also, dass du unsere Sprache sprichst.«

»Für meine Mutter war es gewiss schrecklich, verschleppt zu werden. Aber ich wäre nie gezeugt worden, wäre das nicht geschehen. Insofern fällt es mir schwer zu bedauern, was einst gewesen ist.«

Cunrad stutzte zuerst über diese Worte und lächelte dann amüsiert. »Ich fürchte, Nordberth wird dafür trotzdem kein Verständnis haben.«

»Mag sein.«

»Bruder Branagorn hält anscheinend große Stücke auf dich. Er vertraut dir mehr als sonst jemandem, obwohl es dafür meiner Ansicht nach keinen Grund gibt.«

»Mir ist es gleichgültig, welcher der Könige den Kampf in eurem Reich gewinnt.«

»Das sollte es nicht. Denn wenn du dich bewährst, wird man weitere Verwendung für dich haben. Für einen Mann, der ein Schwert zu führen weiß, gibt es immer einen Platz, und viele davon werden bald auf den Schlachtfeldern zurückbleiben. Jemand wie du könnte es zu etwas bringen. Als Leibwächter eines hohen Herrn, meine ich …«

»Ich werde mein Bestes geben.«

»… und nicht unbedingt als Begleiter eines Mönchs«, setzte Cunrad hinzu, erhob sich und trat auf Thorbrand zu. »Manche Wächter hoher Herren werden selbst Herren. Das wäre gar nicht so selten.«

»Ich verstehe die Sprache meiner Mutter vielleicht doch nicht so gut, wie ich dachte.«

»Doch, du hast sehr gut verstanden, was ich gesagt habe. Denn wie du mir ja eindrucksvoll klargemacht hast, bist du kein Dummkopf. Ich war einst der Wächter meines Königs, der mich zum Herrn über Diusburh machte. Und es gab andere, die sogar noch höher stiegen. Ich will damit sagen, es ist alles möglich.«

»Das werde ich bedenken.«

»Wenn du das nächste Mal nach Diusburh gelangst, wirst du über alles berichten, was du erlebt hast. Alles, was Bruder Branagorn sagt oder tut, möchte ich erfahren. Und mit wem er sich trifft und mit wem er sich noch treffen wird. Und welchen Weg ihr gezogen seid, um von einem Hof zum anderen zu kommen. Dann kann ich viel für dich tun.«

Vielleicht war die Menschenkenntnis des Mönchs doch nicht so groß, wie er zunächst gedacht hatte, ging es Thorbrand durch den Kopf. Er fühlte sich in diesem Augenblick nicht so recht wohl in seiner Haut. Dieser Mann wollte ihn für seine eigenen Ränke missbrauchen. Oder aber er traute Branagorn nicht über den Weg.

»Und jetzt möchte ich erfahren, was die Nordleute

auf der Flussinsel bei Novaesium für Absichten haben«, verlangte Cunrad.

»Schnelle Beute, schnelle Rückkehr in die Heimat und dabei so wenig Verluste wie möglich«, fasste Thorbrand es zusammen.

»Wer ist der Anführer?«

»Grimr Schädelspalter, mein Vater.«

Cunrad hob überrascht beide Brauen. »Dein Vater? Soso. Dann könntest du als Unterhändler fungieren?«

»Jeder andere, nur ich nicht. Ich habe einen Mann aus einer verbündeten Sippe umgebracht, und sobald ich dort auftauchen würde, wäre der alte Streit da.« Thorbrand schüttelte den Kopf. »Ich kann nicht zurück, es sei denn, ich wollte mich dem Rachedurst der Sippe des Erschlagenen aussetzen.«

Cunrad nickte nachdenklich. Er strich sich über das Kinn und ging dann eine Weile lang auf und ab. Ihm schien etwas durch den Kopf zu gehen. »Wie viel Mann sind auf der Insel?«

»Etwa siebenhundert.«

»Und alle gut bewaffnet, wie ich annehme …«

»Von den gefallenen Franken sind mehr Schwerter zurückgeblieben, als es Hände gibt, um sie zu führen. Und dann gibt es da noch die Männer um Eirik Sturlason, die in Xanten lagern. Seine Horde ist noch größer.«

»Du willst mir gerade klarmachen, dass man sie nicht angreifen sollte, ja?«

»Nicht, wenn du für jeden unserer Leute nicht fünf Franken oder Sachsen hast.«

»Ein bisschen Angeberei ist aber jetzt schon dabei, oder?«

»Es ist die Wahrheit. Biete ihnen ein Lösegeld. Dann

sind sie wieder auf dem Meer, sobald der Wind günstig ist.«

»Ich werde deinen Rat beherzigen, sobald das Gebiet auf der anderen Rheinseite unter meiner Kontrolle steht«, sagte Cunrad. »Du kannst jetzt gehen. Und denk an das, was ich dir gesagt habe …«

Als Thorbrand den Saal verließ, stand Nordberth vor der Tür. Der Ritter fixierte ihn mit dem stechenden Blick seiner dunklen Augen. Die Hand umfasste den Griff des Schwertes. Hatte er gehört, was Thorbrand mit Cunrad gesprochen hatte? Der Nordmann war sich sicher. Sein Instinkt sagte ihm, dass es so war. Und der Blick seines Gegenübers war von so unbändigem Hass, dass selbst Thorbrand davor zurückschreckte, obwohl ihm selbst solche Gefühle alles andere als fremd waren.

Für eine Weile standen sich die beiden Männer grimmig schweigend gegenüber. Thorbrand bedauerte, kein Schwert bei sich zu tragen. Dann hätte er sich wesentlich sicherer gefühlt. Denn der Mann in dem Kettenhemd hätte ihn zweifellos am liebsten sofort erschlagen. Dass er es nicht tat, war wohl nur durch die Treue zu seinem Herrn bedingt.

Es muss etwas mit dem zu tun haben, was Cunrad mir über Hammaburg erzählt hat, erkannte Thorbrand. *Dieser Franke hasst Nordmänner wie mich wie sonst nichts auf der Welt. Und es ist für ihn unerträglich, dass ich nicht nur ohne Fesseln herumlaufe, sondern auch noch von seinem Herrn empfangen wurde.*

»Geh«, zischte Nordberth zwischen seinen dünnen Lippen hindurch. »Geh mir aus den Augen, du Dänenteufel!«

Thorbrand ballte die Hände zu Fäusten und spürte,

wie sich der Jähzorn in ihm regte. Aber es wäre selbstmörderisch gewesen, sich in diesem Augenblick – ohne Waffe – mit Nordberth anzulegen. Thorbrand würde ihm vermutlich den größten Gefallen tun, gäbe er ihm einen Grund, ihn hier und jetzt zu töten.

Thorbrand dachte an seinen Bruder Olav, in dessen Gegenwart sich sein Jähzorn immer besonders leicht geregt hatte. Wollte er ein zweites Mal alles verlieren, nur weil er unbedingt in eine Klinge hineinlaufen musste, die ein anderer längst gezogen hatte? Nein, Fehler sollte man nicht wiederholen, wenn es sich irgendwie vermeiden ließ.

Thorbrand ging wortlos hinaus. Er konnte selbst kaum glauben, was er tat. Die Wut brannte immer noch in ihm, der Jähzorn schien ihn von innen schier zu zerfressen. Aber er gab ihm nicht nach. So wichtig war dieser Nordberth nicht, sagte er sich. Jedenfalls nicht so wichtig, dass Thorbrand sich seinetwegen die Gelegenheit entgehen ließ, irgendwann mit diesem weißhaarigen Mönch bis nach Miklagard, der Stadt mit den goldenen Kirchendächern, zu gelangen!

Nachdem er ins Freie getreten war, atmete er tief durch. Die Wachsoldaten vor dem Eingang wirkten etwas irritiert. Aber sie sprachen ihn nicht an. Eine kühle Brise blies aus Nordwesten, sorgte dafür, dass sich das Wasser des Flusses kräuselte und Thorbrand wieder einen klaren Gedanken fassen konnte.

In der folgenden Nacht schlief Thorbrand wieder auf dem Strohsack im Flur vor der Zelle des Mönchs, dem er nun folgte. Ihn wie einen Herrn zu betrachten gefiel Thorbrand zwar nicht sonderlich, aber wenn er näher darüber nachdachte, lief es eigentlich darauf hinaus.

Er diente diesem Diplomaten in Mönchskutte, dessen Rolle in diesem Spiel der Könige Thorbrand noch nicht einmal ansatzweise begriffen hatte. Aber das würde sich vielleicht mit der Zeit ändern. Auf jeden Fall war der Dienst für Branagorn von Corvey für Thorbrand eine Möglichkeit, ein neues Leben anzufangen. Und das sehr viel schneller, als es eigentlich zu erwarten gewesen war.

Die Vergangenheit spielte keine Rolle mehr, versuchte er sich einzureden. Er war ein Verbannter, für den es keinen Weg zurück gab. Seine Herkunft, eine Verwandtschaft, seine Sippe, seine Heimat an der Küste Jütlands – all das lag nun unwiederbringlich hinter ihm. Und je eher er sich mit diesem Gedanken abfand, desto besser. Die Götter schienen es so gewollt zu haben.

Die Götter … oder *der* Gott.

Ein leises Lächeln spielte bei diesem Gedanken um seine Mundwinkel. Er hatte nicht einmal mehr Gewissheit darüber, welche übernatürlichen Mächte seine Geschicke letztlich lenkten.

Thorbrand schlief in dieser Nacht schlecht. Einige neu angekommene fränkische Ritter waren in einem umfunktionierten Speisesaal untergebracht worden und feierten laut. Mehrfach erwachte Thorbrand, weil ihn eine unerklärliche Unruhe plagte. Der Lärm der Ritter konnte es nicht sein, denn Lärm war Thorbrand gewöhnt. Schließlich war er in einem Langhaus aufgewachsen, in dem mehr als eine halbe Hundertschaft gelebt hatte. Wirkliche Ruhe hatte dort nie geherrscht. Wenn die metseligen Männer irgendwann ihren Rausch ausgeschlafen hatten und für kurze Zeit nur noch ihr sägendes Schnarchen zu hören gewesen war, hatte nach kurzer Zeit irgendein Säugling hungrig seine Stimme erhoben. »Unruhiger Schlaf und schlechte Träume sind Botschaften der Götter«, hatte der graue Halmi ihm einst gesagt. »Man sollte auf sie achten.«

Es war in den frühen Morgenstunden, kurz vor Sonnenaufgang, als Thorbrand erneut erwachte. Der Lärm der zechenden Franken war längst verstummt. Stattdessen waren Schritte auf dem Flur zu hören.

Thorbrand öffnete die Augen. Eine schattenhafte Gestalt war über ihm. Mit dem Instinkt des Kriegers schnellte Thorbrand zur Seite und wich damit dem Schwerthieb aus, der ihn ansonsten enthauptet hätte. Wie eine Sense fuhr die Klinge nach unten und in den Strohsack, gerade dorthin, wo Thorbrand noch vor einem Wimpernzucken gelegen hatte.

Thorbrand ließ den Fuß hochschnellen. Ächzend krümmte sich die Gestalt, taumelte zurück und geriet nun in den Schein des Mondlichts, das durch ein offenes Fenster drang.

Es war niemand anderes als Nordberth.

Thorbrand sprang auf und musste sofort dem nächsten Hieb ausweichen. Haarscharf senste das Schwert an ihm vorbei. Thorbrand stürzte sich auf ihn und riss Nordberth dabei den Dolch aus dem Gürtel. Sie fielen zu Boden. Den Schwertarm des Gegners hatte Thorbrand zur Seite gebogen und legte sein Gewicht darauf. Den Dolch setzte er dem Franken an den Hals, indem er die Klinge durch die Lücke zwischen Kettenhemd und Kettenhaube schob.

»Verfluchter Dänenhund!«, knurrte Nordberth. »Tod und ewige Verdammnis euch allen!«

Zugleich bemerkte Thorbrand im Augenwinkel eine Bewegung. Branagorns Stimme ertönte und wirkte so durchdringend wie sonst sein Blick. »Stich zu, und man wird dich im Fluss ertränken, Thorbrand – und ich stehe ohne Wächter da. Oder lass ihn am Leben, dann wird Nordberth bei Cunrad in Ungnade fallen, weil er die Gastfreundschaft seines Herrn mit Füßen trat. Dann wirst du im Recht sein.«

Thorbrand fühlte, wie seine Hand zitterte. Es war kein Ausdruck der Schwäche, sondern rührte von den widerstreitenden Kräften, die in ihm tobten. »Dieses fränkische Schwein wollte mich im Schlaf erschlagen.«

»Ja, es gibt immer einen guten Grund, seinem Jähzorn nachzugeben«, sagte Branagorn mit einem leicht spöttischen Unterton, der Thorbrand überraschte. »Ich bin gespannt, wer von euch stärker ist, du oder der Dämon in dir.«

Thorbrands Hand krampfte sich so heftig um den Griff des Dolchs, dass es schmerzte.

Er hat recht, durchfuhr es ihn. Ein Gedanke, der wie Feuer in ihm brannte und ihm Übelkeit verursachte.

Thorbrand zog den Dolch zurück und erhob sich. Aber er blieb nach wie vor wachsam, denn er traute dem Franken nicht.

Dieser erhob sich schließlich ebenfalls.

»Den Dolch wird mein Wächter behalten«, erklärte Branagorn von Corvey, ehe Nordberth in der Lage war, auch nur einen einzigen Ton hervorzubringen. »Und wenn Ihr gegen irgendwen die Unwahrheit sprechen solltet, was die Geschehnisse dieser Nacht betrifft, dann seid darauf gefasst, dass das Wort eines Bruders aus Corvey und Diplomaten von Königen und Kaisern gegen das Eure steht. Habt Ihr mich verstanden?«

»Ich habe Euch verstanden, Branagorn«, sagte Nordberth. Der Blick, den er auf Thorbrand richtete, war noch immer von blankem Hass geprägt. Hass, der durch die Schmach der Niederlage, die er soeben erlitten hatte, noch gesteigert worden war.

»Dann geht jetzt, Nordberth. Redet mit Eurem Herrn oder tut es nicht. Ganz wie es Euch beliebt. Aber wenn Ihr Euch dazu entschließen solltet, wird die Wahrheit auf Euch zurückschlagen. Dessen müsst Ihr Euch bewusst sein.«

Nordberths Blick war noch immer auf Thorbrand gerichtet. »Wir haben uns sicher nicht zum letzten Mal gesehen«, murmelte er. »Nichts ist vergessen. Nichts.«

Damit drehte er sich um und ging davon.

Thorbrand schob den Dolch hinter seinen Gürtel.

»Alle Achtung!«, sagte Branagorn. »Waffenlos einen Mann wie Nordberth zu überwinden, das schaffen gewiss nicht viele.«

»Er hasst jeden aus meinem Volk.«

»Ich weiß. Er verlor seine Familie bei den Überfällen auf Hammaburg.«

»Dann hat er einen guten Grund, Männer wie mich zu hassen.«

»Jedenfalls bin ich froh, einen Mann an meiner Seite zu wissen, der mit bloßen Händen besser kämpft als andere in voller Rüstung«, sagte Branagorn, und er klang durchaus beeindruckt.

KAPITEL 17

Schließlich bestimmte Branagorn, dass es Zeit zum Aufbruch sei. Eines der Flussschiffe, die bei Diusburh festgemacht waren, setzte sie auf der anderen Rheinseite ab. Thorbrand bekam zuvor wieder seine Waffen ausgehändigt. Außerdem wurden zusammen mit den beiden Reisenden auch drei Pferde mit hinübergenommen. Zwei davon waren gesattelt und eines mit Gepäck beladen.

Die Überfahrt war nicht ungefährlich. Die Pferde waren nur mit Mühe ruhig zu halten und brachten das Flussschiff immer wieder zum Schwanken. Schließlich fand sich eine flache Stelle am Westufer, an der angelegt werden konnte. Anschließend dafür zu sorgen, dass die Pferde die rutschige Uferböschung hinaufkamen, war eine weitere Schwierigkeit. Aber Thorbrand wusste, wie man mit Pferden umgehen musste. Er fasste die Tiere bei den Nüstern, redete leise mit ihnen, und als sie ruhiger geworden waren, führte er sie einzeln die Böschung hoch.

»Damit hat es sich bereits gelohnt, dich mitzunehmen«, meinte Branagorn von Corvey, als alle drei Tiere oben waren.

»Es sind gute Pferde, die du ausgesucht hast«, sagte Thorbrand anerkennend.

»Vielleicht hätte ich besser dich die Auswahl treffen lassen sollen. Schließlich scheinst du einiges davon zu verstehen.«

»Auch im Norden kommt man nicht überall mit einem Schiff hin«, erklärte Thorbrand.

»Ich weiß«, erwiderte Branagorn.

Das Flussschiff legte wieder ab und machte sich auf den Rückweg über den Fluss. Thorbrand übergab Branagorn die Zügel seines Reittiers, woraufhin sich der Mönch überraschend behände in den Sattel schwang. »Halt die Augen offen, Nordmann!«

»Ist dieses Corvey, woher du kommst, ein reiches Kloster?«, wollte Thorbrand wissen.

»Warum fragst du das?«

»Weil ich wissen möchte, ob sich mein Einsatz lohnt. Und ich nehme an, dass dein Kloster für dich bezahlen wird.«

Branagorn lächelte nachsichtig. »Du hast durch und durch die Seele eines Plünderers. Aber das wundert mich nicht.«

»Es ist nur eine Frage«, sagte Thorbrand und kämpfte gegen den aufkommenden Zorn an. »Viele Klöster sind unermesslich reich, auch wenn ihre Bewohner in Lumpen herumlaufen und sich bettelarm geben.«

»Sei unbesorgt. Du wirst schon bekommen, was dir zusteht, Thorbrand.«

»Gut.« Thorbrand überlegte, ob er dem Mönch eröffnen sollte, was für ein zwielichtiges Angebot ihm Cunrad von Diusburh gemacht hatte. Er dachte eine ganze Weile darüber nach, aber letztlich schwieg er. Sie ritten während dieser Zeit ins Landesinnere. Das Packpferd wurde von Branagorn selbst am Zügel geführt. Er war es gewohnt, allein zu reisen, erkannte Thorbrand.

In der Nacht kampierten sie an einem Bach. Es war kalt, aber ein Feuer machte es erträglich. Sie aßen Stockfisch, den sie mitgenommen hatten und der sich lange hielt. »In der Fastenzeit bringen die Händler ihn bis nach Italien«, sagte der Mönch.

»In dieser Zeit ist der Verzehr von Fleisch verboten, nicht wahr?«, fragte Thorbrand kauend.

»So ist es«, bestätigte der Mönch. »Überall in den christlichen Ländern wird dann plötzlich eine mehrfache Menge an Fisch verzehrt. Es ist schon vorgekommen, dass Fisch so knapp wurde, dass der Heilige Vater in Rom einige Tiere zu Wassertieren erklärt hat, damit man sie in dieser Zeit verzehren darf. Biber zum Beispiel.«

»Meine Mutter nahm es mit ihrem Glauben sehr genau. Aber das scheint nicht auf alle Christen zuzutreffen.«

»Und wie steht es um die Anhänger von Odin und Thor?«, fragte Branagorn.

»Odin und Thor verlangen von uns nicht, dass wir ausschließlich nur an sie glauben. Das steht nirgendwo geschrieben, und es ist nicht bekannt, dass jemals einer unserer Götter einen Sterblichen bestraft hätte, weil dieser zusätzlich einen anderen Gott um Hilfe anrief.«

»Du aber bist jetzt getauft und solltest dich dementsprechend verhalten.«

»Ich bin sogar zum zweiten Mal getauft worden, doch das hat mich bisher auch nicht davon abgehalten, jeden göttlichen Beistand anzunehmen, den ich bekommen kann.«

»Du wirst die Wahrheit noch erkennen«, sagte Branagorn. »Ich werde dafür beten.«

»Du solltest noch etwas wissen«, sagte Thorbrand.

»Und was?«

»Zuerst beantworte mir eine Frage. Wie lange kennst du Cunrad von Diusburh?«

»Ich sagte dir bereits, dass ich ihm vertraue wie kaum einem anderen. Ich kannte ihn schon, bevor er der Verwalter des Königshofes von Diusburh wurde. Er gehörte zum Gefolge König Ludwigs, und es ist noch nicht so lange her, dass er von König Ludwig in sein jetziges Amt eingesetzt wurde. Ob das Gebiet am östlichen Rheinufer schon zu Lothars oder noch zu Ludwigs Reich gehört, ist nämlich umstritten. Ludwig übt erst seit Kurzem die Herrschaft dort aus, und Cunrad hat dafür zu sorgen, dass es so bleibt.«

»Jetzt verstehe ich«, murmelte Thorbrand.

»Was verstehst du?« Branagorn zeigte ein nachsichtiges Lächeln, so als könnte er sich kaum vorstellen, dass der Nordmann die Lage des Frankenreichs in seiner ganzen Kompliziertheit tatsächlich begriff. Das erschien Branagorn tatsächlich undenkbar, und Thorbrand, der das Lächeln des Mönchs richtig deutete, fühlte sich gekränkt. Obwohl Branagorn in Thorbrands Heimatland gewesen war, glaubte er immer noch, die Nordmänner wären ein Volk von gewalttätigen Tölpeln.

»Was würde geschehen, wenn die Könige sich einigen?«, fragte Thorbrand. »Könnte es sein, dass das Gebiet, in dem Cunrad jetzt als Herr eingesetzt ist, zurück an König Lothar fällt? In diesem Fall könnte Cunrad seine Herrschaft verlieren, oder?«

»Herrscher tauschen Gebiete, wenn sie ihre Interessen ausgleichen wollen, das wäre nichts Ungewöhnliches«, antwortete Branagorn. »Und Gefolgsleute werden dort eingesetzt, wo ihr Herr es will.«

»Das ist bei uns nicht anders.«

»Siehst du«, sagte Branagorn. »Doch ich verstehe den Sinn deiner Frage immer noch nicht.«

»Ich bin eben neugierig.«

»Mir reicht es, wenn du mir jeden Attentäter vom Leibe hältst.«

»Vielleicht tue ich das gerade.«

»Was tust du?«, fragte Branagorn überrascht.

»Dir einen Feind vom Leib halten.«

»Du sprichst jetzt nicht über Cunrad?«

Thorbrand schwieg daraufhin, und das reichte Branagorn von Corvey als Antwort. »Was hat Cunrad mit dir besprochen?«

Thorbrand zeigte ein wölfisches Grinsen. »Ich habe schon geglaubt, du würdest nie fragen.«

»Sprich. Na los. Ah ... ich verstehe, du verlangst dafür einen Preis. Sei dir sicher, dass du für deinen Schutz gut entlohnt wirst und ...«

»Von Mönchen, die sich der Armut verschworen haben.«

Branagorn nickte. »Du hast es während unseres Ritts schon richtig erkannt, Thorbrand. Unser Kloster ist sehr wohlhabend, ich gebe es zu. Mehr als das sogar, reicher als mancher Fürst im Reich. Und immer wieder fließen uns durch mildtätige Schenkungen neue Güter zu. Wir haben schon Könige bezahlt, damit sie das eine tun und das andere lassen. Da werden wir auch einen Halunken wie dich entsprechend entgelten können.«

»Schön, dass du so ehrlich bist, nachdem du meiner Frage heute Mittag ausgewichen bist«, sagte Thorbrand.

»Noch kann ich nicht ausschließen, dass du zu deinen Leuten zurückkehrst und ihnen dann von Reichtümern der Abtei Corvey vorschwärmst«, erklärte Branagorn. »Anschließend hätten sie nichts anderes im Sinn, als sich diese Schätze unter den Nagel zu reißen.«

»Ich sagte dir, ich kann nicht zu meinen Leuten zurück. Ich wurde verbannt.«

Branagorn wollte darauf nicht weiter eingehen. »Welches Angebot hat dir Cunrad gemacht?«

Thorbrand lächelte. »Du hast recht, es war ein Angebot. Ich soll Cunrad alles berichten, was während unserer Reise geschieht. Er will wissen, mit wem du sprichst und welche Orte wir bereist haben.«

»Und er versprach dir, dich dafür reich zu entlohnen, richtig?«

»Richtig.«

»Und was hast du ihm geantwortet?«

»Ich denke, er glaubt, dass ich ihm in Zukunft dienlich bin.«

»Du musst einen anderen Eindruck auf ihn gemacht haben«, war Branagorn überzeugt. »Sonst hätte er dir später nicht Nordberth auf den Hals gehetzt.«

»Nordberth handelte aus persönlichen Beweggründen«, meinte Thorbrand.

»Ja«, murmelte Branagorn sehr nachdenklich. »Das war bisher auch meine Annahme gewesen …«

»Aber jetzt zweifelst du daran?«, hakte Thorbrand nach.

Doch Branagorn schwieg. Er saß in sich zusammengesunken da und schien auf einmal nicht mehr den geringsten Appetit zu haben. Irgendetwas ging in ihm vor. Thorbrand rätselte, was es sein mochte, das den Mönch auf einmal so verändert hatte und die Gedanken dieses eigentümlichen Mannes offenbar vollkommen in Beschlag nahm.

In Thorbrands Kopf rasten ebenfalls die Gedanken. Und dann fiel es ihm plötzlich wie Schuppen von den Augen. »Könnte es sein, dass Nordberth gar nicht mich umbringen wollte?«, fragte er in die Stille hinein.

Branagorn starrte in das flackernde Feuer und antwortete nicht.

»Vielleicht hat es Ritter Nordberth als glückliche Fügung empfunden, mich bei dieser Gelegenheit ebenfalls ins Reich der Hel schicken zu können«, sprach Thorbrand weiter, »aber eigentlich sollte er in jener Nacht dich töten, Branagorn.«

Ein Ruck ging durch den Körper des Mönchs, dann blickte er auf, sah Thorbrand an und murmelte: »Jetzt, da du es sagst ...«

»Es erscheint dir also nun nicht mehr abwegig«, sagte Thorbrand. »Du selbst hast schon gesagt, dass Cunrad einiges zu verlieren hätte, käme es zu einer Einigung unter den Königen. Es wäre nur vernünftig, wenn er schon im Vorfeld alles unternimmt, um diese Gefahr abzuwenden.«

»Aber ich ... er ...«, stammelte Branagorn, dann sagte er entschieden: »Das glaube ich nicht.«

»Und warum nicht?«

»Ich bilde mir ein, ein guter Menschenkenner zu sein.«

Thorbrand zuckte mit den Schultern. »Ich bilde mir das nicht ein. Aber ich weiß, was die meisten Menschen am meisten antreibt. Gier. Die Gier nach immer mehr. Und die Angst, alles wieder zu verlieren.«

»Vielleicht hast du recht«, murmelte Branagorn. »Vielleicht hat Cunrad von Diusburh tatsächlich einiges zu verlieren, wenn sich die Könige einigen sollten.«

Am frühen Morgen zogen sie weiter. Sie mieden Ortschaften. Offenbar wollte Branagorn vermeiden, dass sich herumsprach, dass er in der Gegend war. Ein Mönch war sicherlich kein auffälliger Reisender. Wandermönche vor allem aus Irland und Schottland waren überall im nördlichen Europa unterwegs. Selbst in die Fjorde des Nordens schafften es manche von ihnen und versuchten dort mit mehr oder weniger großem Erfolg, ihren Glauben zu verbreiten. Aber Branagorn war schon von seiner äußeren Erscheinung her eine auffällige Gestalt. Und offenbar hatte der Mönch Grund genug, seine Reisepläne geheim zu halten. Wo immer sein Ziel auch liegen mochte.

Thorbrand zumindest hielt er darüber im Unklaren, obwohl dieser schon mehrfach nachgefragt hatte. Aber Branagorns Auskünfte dazu blieben stets vage. »Lass mich auf den Weg achten, und du achtest auf mögliche Gefahren«, sagte er einmal.

»Du vertraust mir dein Leben an, aber nicht dein Reiseziel?«, fragte Thorbrand daraufhin leicht amüsiert.

»Je weniger du weißt, desto besser«, sagte Branagorn. »Dann kannst du auch nichts verraten, solltest du in die Hände von Leuten geraten, für die dieses Wissen wichtig wäre.«

An einem der nächsten Tage übernachteten sie in einer winzigen Abtei, die ziemlich abgelegen an einem kleinen Wasserlauf lag. Nur eine Handvoll Mönche lebten dort. Aber die schien Branagorn von Corvey bestens zu kennen. Insbesondere der Abt begrüßte ihn sehr herzlich wie einen guten Bekannten. Dabei benutzten sie untereinander eine Sprache, die Thorbrand nicht verstand. Fränkisch war es jedenfalls nicht und auch kein Dialekt, der in irgendeiner Weise damit verwandt war. Thorbrand glaubte, einige Brocken Latein herauszuhören, aber er war nicht sicher, denn er kannte diese Sprache der Kirchenleute viel zu wenig.

Der Abt war ein beleibter Mann, gegen den Branagorn eher schmächtig wirkte. Sein kahler Kopf wurde nur von einem schmalen Haarkranz umsäumt, sodass er es nicht mehr nötig hatte, sich seine Tonsur ausrasieren zu müssen. Als er den Kopf senkte und Thorbrand von oben bis unten betrachtete, trat sein Doppelkinn eindrucksvoll hervor.

»Das ist Abt Balduin. Er wird unser Gastgeber heute Nacht sein«, erklärte Branagorn. »Ich freue mich darüber, zur Abwechslung mal wieder unter einem richtigen Dach schlafen zu können.«

Thorbrand nickte Balduin zu. Der dicke Mönch erwiderte dies nicht.

Branagorn und Balduin sprachen noch ein paar Worte miteinander. Thorbrand nahm an, dass Branagorn seinem Mönchsbruder zu erklären versuchte, wer sein Begleiter war.

»Ein verbannter Nordmann bist du also«, sagte Balduin dann tatsächlich auf Fränkisch zu ihm. »Du bist hier willkommen wie jeder, der sich in Begleitung meines Mitbruders befindet.« Seine Aussprache unterschied sich deutlich von der aller anderen Franken, die Thorbrand je sprechen gehört hatte.

»Abt Balduin stammt aus Franzien«, erklärte Branagorn, ohne dass Thorbrand hätte nachfragen müssen. »Da spricht man etwas anders als hier. Die Leute dort glauben immer noch, dass es Latein ist, aber mit dem Latein der Bücher hat es nichts gemein.«

»Ihr beide scheint euch gut zu kennen«, stellte Thorbrand fest.

»Wir haben einst im Kloster Prüm einige Zeit gemeinsame Studien betrieben«, sagte Branagorn. »Er hat mir die Lingua Romana beigebracht, die man im Westen des Reiches spricht, was mir bei meinen diplomatischen Missionen sehr zupassgekommen ist. Und ich habe Balduins Fränkisch verbessert.«

»Und nun kommt herein und lasst euch bewirten«, sagte der beleibte Mönch in dem für Thorbrands Ohren eigenartigen Akzent. »Wir sind zwar arm, aber wir essen gut. Um eure Pferde wird man sich kümmern. Für die Nacht wartet ein Lager in unserem Schlafsaal auf euch.«

Später saßen sie mit den Mönchen am Tisch. Die Mahlzeit bestand aus Brot und stark gewürztem Fleisch. Thorbrand langte kräftig zu. Schließlich wusste er nicht, wie lange es dauerte, bis er wieder etwas anderes als Stockfisch zu essen bekam.

Die Mönche tranken ein sehr schmackhaftes Bier, wie Thorbrand fand. Den Honiggeschmack des heimatlichen Mets vermisste er bei diesem speziellen Trunk nicht. Thorbrand hatte nichts dagegen, dass man ihm immer wieder nachschenkte.

Branagorn blieb das nicht verborgen. »Es war genug, Thorbrand, sonst schlägt man dir noch den schweren Kopf von den Schultern, wenn wir morgen wieder unterwegs sind.«

»Keine Sorge, ich werde dich schon zu beschützen wissen«, entgegnete Thorbrand. »Vor deiner eigenen Narrheit und vor anderen. Und dabei spielt es keine Rolle, wie viel Met oder Bier ich getrunken habe.«

»Ich will hoffen, dass du nicht zu viel versprichst.«

Thorbrand machte eine ausholende, großspurig wirkende Geste. »Selbst vor Ragnarök trinken die Helden reichlich Met. Mir ist nicht bekannt, dass sie deswegen nicht mehr kämpfen konnten.«

»Du hast anscheinend die Grenzen deines Körpers noch nicht kennengelernt, Nordmann«, mischte sich Abt Balduin ein und lächelte. »Aber das kommt noch. Da kannst du sicher sein.«

»Vielleicht ist dieser Moment sogar schon gekommen«, sagte Branagorn von Corvey, als Thorbrand gähnte.

»Ich bewache dein Leben, Mönch. Aber du solltest dich nicht über mich lustig machen«, knurrte Thorbrand.

»Wir haben in diesem Jammertal, das wir Welt nennen, ohnehin viel zu wenig zu lachen«, gab Branagorn zurück. »Warum sollte man eine Gelegenheit dazu verstreichen lassen?«

»Zum Beispiel, um meinem Zorn zu entgehen«, schlug Thorbrand vor.

»Aber den weißt du doch inzwischen vortrefflich zu beherrschen«, meinte Branagorn.

Thorbrand knurrte wie ein Wolf, während Abt Balduin in Gelächter verfiel.

Die Nacht verbrachten Thorbrand und Branagorn in einem Saal mit zwei Dutzend Betten, der Gästen vorbehalten war. Da es im Moment keine anderen Gäste gab, waren sie dort allein. In der Vergangenheit, so hatte Abt Balduin erwähnt, hatte dieser Schlafsaal nicht nur Pilgern zur Verfügung gestanden, sondern war auch als Hospital genutzt worden, in dem Kranke ohne Ansehen ihres Standes gepflegt worden waren.

Thorbrand erwachte mitten in der Nacht und stellte

fest, dass das Bett von Bruder Branagorn leer war. Die grobe Decke war zur Seite geschlagen. Thorbrands Sinne waren sofort alarmiert, er war innerhalb eines Augenblicks hellwach. Von ferne hörte er Stimmen.

Thorbrand erhob sich. Barfuß huschte er über den kalten Steinboden auf die Stimmen zu. Im Innenhof des Klosters sah er zwei Gestalten im fahlen Mondlicht. Es waren Branagorn und Abt Balduin. Sie unterhielten sich auf Fränkisch, und so vermochte Thorbrand das meiste zu verstehen.

»Ich weiß, dass deine Pläne andere sind, aber du solltest zuerst nach Prüm reisen«, sagte Balduin. »König Karl weilt zurzeit dort.«

»Ich muss so schnell wie möglich nach Verdun«, entgegnete Branagorn.

»Vergiss die Verhandlungen, die dort geführt werden«, sagte Abt Balduin. »Die sind seit Langem festgefahren. Die Könige misstrauen sich. Und die Unterhändler, die sie nach Verdun geschickt haben, verfügen nur über sehr eingeschränkte Verhandlungsvollmachten. Die dürfen kaum selbst entscheiden, wann sie aufs Scheißhaus dürfen! Und währenddessen versuchen die Könige Tatsachen zu schaffen, und zwar jeder für sich, auch wenn es öffentlich nicht zugegeben wird und sie wechselseitig Beistand gegen den jeweils anderen suchen.«

»Drei ist eben eine verfluchte Zahl, werter Balduin«, sagte Branagorn.

»Du sagst es. Aber laut solltest du das nicht wiederholen, denn immerhin gibt es auch die Heilige Dreieinigkeit.«

»Vater, Sohn und Heiliger Geist mögen sich miteinander vertragen, aber wenn sich eine Dreiheit von Königen die Herrschaft zu teilen versucht, läuft das immer darauf hinaus, dass sich zwei gegen den Dritten verbünden.«

»Da sind wir einer Meinung«, sagte Abt Balduin. »Aber lassen wir das. Wie gesagt, du solltest jetzt dringend nach Prüm reisen. Der kahle Karl erwartet dich dort. Und du solltest diesem Ruf folgen.«

Branagorn wirkte nachdenklich. Er ging ein paar Schritte und entfernte sich dabei von Abt Balduin. Einen Augenblick lang sah der Mönch geradewegs in Thorbrands Richtung. Aber Thorbrand war sich sicher, dass man ihn nicht sehen konnte. Er stand im Schatten, eingehüllt von Dunkelheit.

Branagorn kehrte wieder zu dem Abt zurück. »Karl wagt sich in das Reich von Lothar, und der weiß nichts davon ... Das ist schon ein starkes Stück, finde ich.«

»Der kahle Karl hat seine Kindheit in Prüm verbracht«, entgegnete Abt Balduin. »Er wurde an der Klosterschule ausgebildet. Aber das weißt du ja, immerhin oblag seine Ausbildung zu einem Gutteil dir, wie du ja gewiss nicht vergessen hast.«

»Und dir, Balduin«, gab Branagorn zurück.

Der Abt schüttelte traurig den Kopf. »Mein Einfluss ist nicht allzu groß auf den Jungen gewesen. Sonst wäre die Situation des Frankenreichs vielleicht heute eine andere.« Auf einmal ergriff er Branagorns Schultern. »Geh zu ihm und rede mit ihm. Ich fürchte, er sieht in deinen diplomatischen Bemühungen um einen Ausgleich zwischen Lothar und Ludwig nichts als Verrat. Einen Verrat, der sich gegen ihn richtet. Und wenn du die Vergangenheit betrachtest, dann ist diese Sorge nicht ganz unbegründet, würde ich sagen.«

»Gut«, sagte Branagorn nach kurzer Überlegung. »So werde ich nach Prüm gehen und mich mit Karl treffen – falls er noch dort ist, wenn ich ankomme.«

»Ich wusste, du würdest dich richtig entscheiden!«

»Wir werden sehen, ob es die richtige Entscheidung ist, Balduin. Wir werden sehen …«

»Die weltliche Macht ist nach dem Tod von Ludwig dem Frommen dreifach gespalten, aber die Kirche ist immer noch eins. Es liegt an uns, die Einheit wiederherzustellen und den Untergang zu verhindern.«

Branagorn seufzte. »Ich kann nur hoffen, dass Kaiser Lothar und König Ludwig es mir nicht am Ende als Verrat ansehen, dass ich mich mit Karl treffe!«

»Ich vertraue auf den Herrn«, sagte Abt Balduin. »Das solltest du auch, Bruder.«

KAPITEL 18

Am nächsten Morgen wurde Thorbrand schon vor Sonnenaufgang geweckt. Von einem so frühen Aufbruch hatte Branagorn ihm zuvor nichts angekündigt. Offenbar hatte der Mönch seine Pläne geändert, und das musste mit dem zu tun haben, was er während seines nächtlichen Gesprächs mit Abt Balduin besprochen hatte.

Die Sonne hatte es kaum geschafft, ihre ersten Strahlen über den Horizont zu schicken, da saßen sie bereits auf ihren Pferden und machten sich auf den Weg. Das Packpferd verließ das Kloster beladener, als es hereingeführt worden war. Abt Balduin hatte dafür gesorgt, dass Thorbrand und Branagorn für die Strecke, die vor ihnen lag, mit reichlich Proviant ausgestattet wurden.

Der Mönch gab Thorbrand die Zügel des Packtiers. Er selbst übernahm die Führung. Thorbrand versuchte, sich den Weg zu merken, aber das war nicht so ganz leicht. Dass es nach Süden ging, war offensichtlich. Und ebenso offensichtlich war, dass Branagorn großen Wert darauf legte, abseits von viel frequentierten Wegen zu reisen. Sie durchquerten auch dicht bewaldete Gebiete, überwanden ein paar kleinere Höhenzüge und gerieten schließlich in einen Schnee- und Hagelschauer.

Eine größere, mit einem Wall befestigte Stadt, die sie vom Kamm eines Hügels aus sahen, ließ Branagorn links liegen. Stattdessen zogen sie querfeldein.

Einmal begegneten ihnen ein paar Pilger in aschgrauen Gewändern, die ebenfalls auf dem Weg nach Prüm waren. Sie sprachen einen romanischen Dialekt, den Thorbrand nicht verstand. Branagorn unterhielt sich mit ihnen. Es waren drei Männer und vier Frauen. Der Mönch richtete es so ein, dass sich ihre Wege sehr bald wieder trennten.

»Was waren das für Leute?«, wollte Thorbrand wissen.

»Pilger, die aus Aquitanien in diese Gegend gekommen sind, um die Sandalen des Herrn zu sehen.«

»Die Sandalen des Herrn?«

»Jesus hat sie getragen. Eine Reliquie.«

Thorbrand schüttelte den Kopf. »Ich verstehe, dass man weite Wege hinter sich bringt – ganz gleich, ob über die See oder zu Lande –, um Gold und Silber zu erlangen oder Länder zu entdecken, die sich zur Besiedlung eignen. Aber sich wegen eines uralten Paars Sandalen auf eine derart weite Reise zu begeben, das tun wohl nur Christen.«

»Es befreit sie von ihren Sünden. Diese Buße haben sie sich selbst auferlegt.«

»Ich habe durch meine christliche Mutter genug über diesen Glauben gelernt, um zu wissen, was du meinst.«

»Du bist sogar getauft«, sagte der Mönch. »Zweimal, wenn man nach deiner Zählung geht.«

»Diese Sandalen ...« Thorbrand zögerte zunächst, bevor er weitersprach. »Werden sie zufällig in Prüm aufbewahrt?«

»Wie kommst du auf diesen Namen?«

»Die Pilger haben ihn mehrfach erwähnt.«

»Und wo hast du ihn vorher gehört? Du musst ihn

vorher schon vernommen haben, sonst hättest du ihn nicht heraushören können.«

»In deinem Gespräch mit Abt Balduin wurde dieser Name erwähnt. Ihr habt offenbar beide dort Zeit verbracht.«

»Ah ja …« Branagorn schien sich zu erinnern.

»Ist Prüm unser nächstes Ziel?«

»Das sollte dich nicht weiter kümmern. Du wirst es sehen, wenn wir angekommen sind.«

»In diesem Fall hätten die Pilger und wir denselben Weg gehabt.«

»Es bestand kein Grund, ihre Gesellschaft zu suchen.«

Thorbrand lächelte. »Du willst den König, den man Karl den Kahlen nennt, dort sprechen. Oder besser gesagt, er will dich sprechen, wovon aber die anderen beiden Könige möglichst nichts erfahren sollen. Vor allem Lothar nicht, dessen Heerlager ja wohl eigentlich dein Ziel war und der sich jetzt in Geduld üben muss.«

Branagorns Gesichtsausdruck veränderte sich schlagartig. »Woher weißt du das?«

»Ich weiß es eben. Und dass ich es weiß, ist gut, denn dann kann ich dein Leben besser schützen. Du solltest mir vertrauen.«

»Du hast mein Gespräch mit Balduin …« Er stockte und sprach nicht weiter.

»Belauscht?«, vollendete Thorbrand den Satz des Mönchs. »Das ist wohl nicht das richtige Wort.«

»Ach nein? Und wie nennt man so etwas bei euch im Norden?«

»Das weißt du doch, du bist doch dort gewesen.«

»Verfluchter Nordmann!«

»Bruder Branagorn …!«

»Nenn mich nicht Bruder!«, knurrte der Mönch. »Einer, der nur getauft wurde, um nicht als Heide aufzufallen, sollte mich nicht so nennen, denn er ist nicht mein Bruder.«

Thorbrand zuckte mit den Schultern. »Wie du wünschst. Interessant, dass es doch etwas gibt, was dich aus der Haut fahren lässt, Mönch. Ich dachte, nur ich wäre mit dem Fluch der Unbeherrschtheit geschlagen.«

Daraufhin zwang sich Bruder Branagorn zur Ruhe. »Anscheinend bedarf es immer nur des richtigen Auslösers, um bei jedem Menschen beinahe jede Verhaltensweise hervorzubringen.«

»Ich bin ein Nordmann, der sich an deine Sprache noch nicht richtig gewöhnt hat, auch wenn ich sie von meiner Mutter lernte«, entgegnete Thorbrand. »Wenn ich schon verstehen kann, was du mit Abt Balduin im Klosterhof besprichst, dann war es gewissermaßen öffentlich gesagt. Das hätte jeder mitbekommen können. Drei Könige, die untereinander Krieg führen, unterhalten sicherlich jeweils ein Heer von Spionen, ist es nicht so?«

»Vielleicht war ich unvorsichtig.«

»Ist Prüm ein reiches Kloster? Ich meine, wenn ein König dort hinkommt«, wollte Thorbrand unvermittelt wissen.

»Sehr reich. Es hat Güter und Kontore überall im Reich, bis in die Spanische Mark an der Grenze zu den Mauren. Warum fragst du?«

Thorbrand zuckte mit den Achseln. »Wer weiß, vielleicht kehre ich ja doch eines Tages in den Norden zurück, wenn alle gestorben sind, die sich an mich erinnern, und wenn ich dann eine Plünderfahrt ausrüste, weiß ich, wo ein lohnendes Ziel sein könnte.«

Einen Augenblick herrschte Schweigen, dann brachen beide Männer in Gelächter aus. Es war das erste Mal, dass Thorbrand den weißhaarigen Mönch lachen hörte. Bis dahin war es Thorbrand so erschienen, als sei das vollkommen gegen die Natur dieses so ernst wirkenden Mannes, der stets nur in wichtiger Mission unterwegs war.

»Karl kommt nach Prüm, um seinen alten Lehrer zu treffen«, sagte Branagorn. »Und vielleicht auch deswegen, weil er glaubt, dass er durch mich Einfluss auf seine Brüder erlangen könnte.«

»Du scheinst König Karl in seiner Jugend sehr beeindruckt zu haben.«

»Das liegt noch nicht lange zurück, gerade einmal zehn Jahre. Der Junge war nicht freiwillig in Prüm, was unser Verhältnis zunächst schwierig gestaltet hat.«

»Nicht freiwillig?«, hakte Thorbrand nach. »Was meinst du damit?«

»Er war ein Gefangener. So wie die ganze königliche Familie. Lothar und Ludwig haben gegen ihren Vater Krieg geführt. Sie sind die Söhne aus erster Ehe und waren nicht begeistert davon, dass ihr Vater mit einer jungen Frau noch einen weiteren Sohn zeugte: Karl!«

»Ja, ich kann mir vorstellen, wie wenig erbaut sie darüber waren«, murmelte Thorbrand, »denn in meiner Familie geschah Ähnliches. Aber erzähl weiter, Mönch.«

»Was soll ich noch sagen? Ludwig und Lothar haben bestimmt, dass ihr Vater im Kloster büßen sollte. Aber dann hat sich das Blatt gewendet. Es ist eben doch nicht so leicht, die Reichsfürsten hinter sich zu scharen.«

»Da Lothar und Ludwig ja anscheinend immer noch auf ihren Thronen sitzen – wie haben sie es geschafft, dem anschließenden Strafgericht ihres Vaters zu entgehen?«

»Ganz einfach«, antwortete Branagorn. »Es gab keins.«

»Er hat diesen Schurken verziehen, die nicht einmal Respekt vor ihrem eigenen Vater zeigten?« Thorbrand konnte das kaum fassen.

»Man nannte den alten König nicht umsonst ›den Frommen‹«, erklärte Branagorn. »Viele haben gesagt, er hätte sie töten sollen. Dann wäre uns der Krieg der Könige erspart geblieben, denn mit dem kleinen Karl wäre nur noch ein einziger Erbe da gewesen. Stattdessen kam es anders. Lothar und Ludwig haben sich das ganze Reich unter den Nagel gerissen, und es musste erst ein Reichstag entscheiden, dass Karl der Kahle auch seinen Teil bekommt.«

»Brüder, die nicht dieselbe Mutter haben, sind anscheinend immer von Übel«, stellte Thorbrand fest. »Davon kann auch ich ein Lied singen.«

In der Nacht kampierten sie auf einer Lichtung zwischen zwei bewaldeten Anhöhen. Der Weg, dem sie folgten, war wohl eine alte Römerstraße, die aber kaum noch als solche zu erkennen war. Branagorn hatte einen Lagerplatz ein ganzes Stück abseits dieses Weges gewählt. Da es empfindlich kalt wurde, machten sie ein Feuer.

Es war eine mondhelle, sternenklare Nacht, und sie hatten sich gerade mit dem Proviant aus Balduins Kloster den Bauch vollgeschlagen, als Thorbrand aufhorchte.

»Die Pferde sind unruhig«, stellte er fest. Seine Hand umfasste den Griff des Schwertes, das er neben sich auf den Boden gelegt hatte.

Branagorn blickte auf. Eine tiefe Falte bildete sich auf seiner Stirn, während er angestrengt lauschte.

Da knackten Äste, dumpfer Hufschlag war zu hören – und im nächsten Moment brachen aus dem nahen Unterholz des Waldes schattenhafte Gestalten hervor. Es waren ein halbes Dutzend Reiter. Sie preschten auf die Lagerstätte zu und bildeten wenig später einen Halbkreis. Eine Flucht war unmöglich.

Thorbrand und Branagorn erhoben sich. Die Ankömmlinge waren mit Lanzen und Schwertern bewaffnet. Das Mondlicht spiegelte sich auf dem Metall der Helme. Unter den Reitern befand sich auch ein Bogenschütze. Er legte einen Pfeil ein. Aber ehe er dazu kam, ihn abzuschießen, hatte Thorbrand nach dem Handbeil gegriffen, das er an der Seite trug, und es mit geübter Hand geschleudert. Es traf den Bogenschützen im Gesicht. Das Pferd ging auf die Hinterhand. Mit einem ersterbenden Aufschrei stürzte der Bogenschütze aus dem Sattel und blieb in eigenartiger Verrenkung liegen und rührte sich nicht mehr.

Das Mondlicht fiel auf das Gesicht des Anführers der Gruppe.

»Ritter Nordberth!«, entfuhr es Branagorn von Corvey.

Thorbrand trat vor.

»Ihr tötet den Mönch«, sagte Nordberth. »Aber diesen thorgläubigen Nordmann rührt nicht an, den überlasst mir!«

Nordberth stieg von seinem Pferd und zog sein Schwert. Mit einem wilden Kampfschrei stürzte er sich auf Thorbrand, trieb den Nordmann mit wuchtigen Hieben vor sich her. Seine Begleiter näherten sich derweil Branagorn. Nordberth führte eine mächtige Klinge mit erstaunlich leichter Hand.

»Hör auf, Nordberth!«, rief Branagorn. »Ganz gleich, wie hoch der Judaslohn ist, den dir Cunrad von Diusburh dafür versprochen hat, dass du mich verfolgst und umbringst – er kann es nicht wert sein, dafür der ewigen Verdammnis anheimzufallen!«

»Ewige Verdammnis?«, keuchte Nordberth. »Dass ich nicht lache!«

Während er dies hervorstieß, wich Thorbrand seinem Hieb aus, und Nordberth war gezwungen, seinen Schwerpunkt zu verlagern. Thorbrand nutzte diesen Moment für einen Hieb, und die Klinge des Nordmanns glitt durch den Hals seines Gegners. Der Kopf fiel zu Boden, der Körper sackte erst einen Augenblick später in sich zusammen.

Da griff einer der Reiter in blinder Wut an. Thorbrand konnte gerade noch der Lanzenspitze ausweichen und traf den Franken mit dem Schwert am Oberschenkel. Das Blut spritzte. Offenbar war eine wichtige Ader getroffen. Mit der Hand versuchte der Franke, die Blutung zu stillen, aber das war unmöglich.

Thorbrand griff zu dem Dolch, den er im Stiefel trug, riss ihn heraus, schleuderte ihn auf einen weiteren Franken und traf.

Drei Reiter waren noch übrig. Aber sie hielten jetzt Abstand und schienen sich nicht ganz einig zu sein, was sie nun tun sollten.

»Halt dich hinter meinem Rücken, Mönch«, sagte Thorbrand. »Dann geschieht dir nichts.«

Branagorn von Corvey murmelte etwas, wahrscheinlich ein Gebet. Aber Gebete zum Christengott hatten Thorbrands Erfahrung nach keine allzu große Wirkung. Letztlich waren es die Klinge in der Hand und die eigene Stärke, die einen zu schützen vermochten, und nicht die Macht irgendeines Gottes.

»Was ist mit euch?«, rief er den verbliebenen Franken zu. »Traut ihr euch nicht, mich anzugreifen? Na los doch! Werdet ihr nicht mit einem einzigen Krieger fertig? Muss ich erst noch mein Schwert wegwerfen, damit ihr euch traut?«

Es geschah nichts. Die Franken wirkten noch immer unschlüssig, was wohl vor allem daran lag, dass ihnen der Anführer fehlte. Nordberths Kopf lag im Gras, das Gesicht zu einer grimmigen Grimasse verzogen.

Thorbrand machte zwei Schritte nach vorn, und dann ... stürmte er auf den ihm am nächsten stehenden Franken zu. Mit einem Hieb traf er das Pferd. Die Wunde, die Thorbrand ihm schlug, war fast armlang, und das Blut schoss nur so daraus hervor. Wiehernd ging das Tier zu Boden. Sein Reiter hatte offenbar mit allem gerechnet, nur nicht mit einem Angriff auf sein Pferd. Er verfehlte Thorbrand mit dem Speer, dann knickte das sterbende Pferd mit den Hinterläufen ein, und sein Reiter landete im Gras. Thorbrand war bereits bei ihm. Der Franke wollte sich aufrappeln, riss sein Schwert empor und konnte gerade noch Thorbrands ersten Hieb parieren. Der zweite Hieb war so heftig, dass dem Franken die Klinge fortgerissen wurde, dann grub sich das scharfe Eisen in seine Brust.

Sogleich riss Thorbrand die Klinge wieder heraus, wobei er einen wahrhaft barbarischen Schrei ausstieß, in dem übermächtige Wut und unbeherrschter Zorn mitschwangen.

»Bei Jesus, Maria und allen Heiligen!«, rief einer der noch lebenden Reiter. »Das muss ein Dämon sein! Bei Gott, es hat uns niemand gesagt, dass sich dieser Mönch von einem Dämon beschützen lässt!«

Damit riss er sein Pferd am Zügel herum und preschte davon. Der andere Reiter zögerte noch, folgte ihm dann aber. Danach war Thorbrand wieder allein mit Branagorn. Man hörte noch das Stampfen der Hufe, aber zu sehen war von den fliehenden Franken nichts mehr.

»Bei allen Heiligen, vielleicht hatte der Kerl sogar recht«, murmelte Branagorn.

»Wovon redest du, Mönch?«

»Einer der Franken nannte dich einen Dämon.«

»Gut möglich, dass ein Dämon in mir schlummert, der hin und wieder ausbricht und die Oberhand über mich gewinnt«, sagte Thorbrand. »Dann hat dir dieser Dämon gerade das Leben gerettet, Mönch.« Sein Gesicht wirkte noch grimmig verzerrt. Dann setzte er sich in Bewegung, um den Dolch und das Handbeil wieder einzusammeln. Der Franke, dem er das Bein aufgeschlitzt hatte, lebte noch. Leise wimmernd lag er da, kaum mehr bei Bewusstsein. Thorbrand tötete ihn mit einem schnellen Stich.

»Wir sollten die Nacht nicht hier verbringen, Mönch«, sagte er dann zu Branagorn von Corvey.

»Da hast du zweifellos recht, Nordmann.« Er seufzte. »Ich wusste, dass ich Feinde habe. Aber ich habe nicht gedacht, dass Cunrad von Diusburh zu ihnen gehört.«

»Leider sind zwei der Mörder entkommen«, sagte Thorbrand. »Sie werden deine Feinde über das unterrichten, was geschehen ist.«

»Ja, das ist mir bewusst, und sie werden ahnen, dass ich nach Prüm unterwegs bin.«

»Wenn es sich nicht gerade um Schwachköpfe handelt, werden sie auch erahnen, aus welchem Grund du nach Prüm willst.«

»Es *sind* Schwachköpfe, wie ich dir versichern kann«, sagte Branagorn. Der Mönch betrachtete einen der Toten und bekreuzigte sich. »Gott möge der armen Seele dieses Narren gnädig sein. Ich kann es nicht.«

KAPITEL 19

»Dein Vater kehrt zurück!«, rief eine raue, heisere Männerstimme.

Olav sah zu den Anlegestellen von Novaesium. In der Nähe der Langschiffe, mit denen Olav und seine Männer von der Flussinsel übergesetzt hatten, zerhackte ein Teil der Nordmänner das, was von den Booten der Einwohner aus Novaesium übrig geblieben war. Immer wieder waren die Axthiebe zu hören. Ähnliche Laute erklangen auch aus der Stadt. Olav hatte den Befehl gegeben, jedes Stück Holz in Novaesium entweder zu verbrennen oder auf die Flussinsel zu schaffen. Kehrten die Franken irgendwann zurück, fanden sie nichts vor, woraus sich auf die Schnelle ein Boot oder wenigstens ein Floß hätte bauen lassen.

Es war Finnbogi Großhand gewesen, der Olav die Nachricht zugerufen hatte. Er hatte die Axt sinken lassen, mit der er gerade mitgeholfen hatte, ein Fischerboot zu zerlegen.

Dann sah auch Olav die Segel. Die Drachenschiffe, mit denen Grimr den Nebenfluss hinaufgefahren war, kehrten zurück. Eines der Schiffe legte an der Anfurt von Novaesium an, die anderen verschwanden auf der anderen Seite der Flussinsel.

»Bei Thor, was hat das zu bedeuten?«, murmelte Stormur Stormsson, der sich in Olavs Nähe befand.

»Was meinst du damit?«, fragte Olav.

»Na, sieh doch! Es ist nicht das Schiff deines Vaters, das hier anlandet!«

Der Mann, der als Erster vom Langschiff sprang, war Leif der Über-Bord-Gegangene. Auf hoher See war er ins Wasser gefallen, als er auf der Reling gehockt hatte, um seine Notdurft zu verrichten. Aber man hatte ihn retten können, und seitdem galt Leif als einer, dem die Götter besonders gnädig waren. Es gab aber auch Spötter, die meinten, seine Scheiße sei so übel riechend gewesen, dass selbst Hel ihn nicht in ihr Totenreich hätte aufnehmen wollen.

Leif war ungefähr in Olavs Alter. Ungeachtet seines früheren Missgeschicks war aus ihm inzwischen ein zuverlässiger Schiffsführer und Steuermann geworden, der den Wind und zunehmend das Wetter zu deuten wusste, wie es sonst eigentlich nur Männer vermochten, die doppelt so alt waren wie er.

Olav und Stormur kamen Leif entgegen. Dieser war ziemlich außer Atem. Und das lag nicht daran, dass er sich beim Verlassen seines Schiffs besonders hätte anstrengen müssen. Irgendetwas Außergewöhnliches musste geschehen sein.

»Dein Vater wurde schwer verletzt«, keuchte Leif. »Die Franken sind mit großer Übermacht über uns hergefallen, und es hat einige Verluste gegeben.«

»Wie schwer hat es meinen Vater erwischt?«, wollte Olav sofort wissen.

»So schwer, dass du so schnell wie möglich zur Flussinsel zurückkehren solltest. Er selbst behauptet, es wäre nicht weiter schlimm, aber das entspricht nicht der Wahrheit!«

Olav fühlte, wie ihm das Herz bis zum Hals schlug.

»Jetzt ist deine Stunde gekommen, Olav«, hörte er die Stimme von Stormur Stormsson, nachdem ein Moment betretenen Schweigens vergangen war.

Olav schluckte. Hatte er diesen Tag nicht seit Langem herbeigesehnt? Es gab so vieles, was er besser machen würde als sein Vater. Und doch hätte sich Olav in diesem Augenblick nichts so sehr gewünscht, als dass dieser Tag noch auf sich hätte warten lassen.

»Dein Vater verlangt dich zu sehen«, sagte Leif in gedämpftem Tonfall. »Du solltest ihn nicht warten lassen.«

»Lasst mich! Geht mir weg mit diesem furchtbaren Trank!«, dröhnte Grimrs Stimme, die aber deutlich schwächer und heiserer als sonst klang. Er hatte sich auf seinem Lager in der Kapelle aufgesetzt. Auf seiner Stirn perlte der Schweiß, die Augen waren glasig, Fieber hatte ihn erfasst. Er schlug das Trinkhorn weg, das der irre Orm ihm an die Lippen hatte setzen wollen. »Wenn du glaubst, dass ich dein Wasser trinke, dann kennst du mich nicht, Orm!«

»Aber hör doch, es ist Berserkerwasser!«

»Es ist das Wasser von jemandem, der das Wasser eines Berserkers getrunken hat«, berichtigte ihn Grimr barsch. »Und das ist nicht mal mehr frisch, denn Hromunds Tod liegt schon etwas zurück.«

»Ich habe selbst von dem Pilzextrakt genommen«, erklärte Orm. »Deine Wunde bringt dich um. Der Fieberdämon wird dich in einen Wahn treiben, wie ihn kein Berserker je kennengelernt hat. Nur dass deine Raserei nicht Furcht und Schrecken für deine Feinde bedeutet, sondern für dich selbst!« Mit hochrotem Gesicht hob der irre Orm das Trinkhorn wieder auf.

»Lass dir helfen«, redete unterdessen auch Halmi der Graue auf Grimr ein. »Wenn der Fieberdämon bekämpft ist, kannst du es schaffen. Du bist immer noch stark und …«

»Er hört dich nicht«, mischte sich Bragi Bragison ein. »Bei den Göttern, der Met der Walküren ist ihm anscheinend schon in den Kopf gestiegen.«

Grimr Schädelspalters Blick war auf die Tür der Kapelle gerichtet, die soeben geöffnet worden war. Olav und Stormur kamen herein, dicht gefolgt von dem jungen Leif.

»Vater!«, stieß Olav hervor und wirkte unsicher.

»Hat lange gedauert, bis du endlich kommst«, stellte Grimr fest.

»Ich musste den Männern noch Anweisungen geben und …«

»Ah, du hast die Führerschaft also schon an dich gerissen, noch bevor ich wirklich tot bin.«

»Nein, das ist nicht wahr …«

»Komm näher. Es strengt mich an, so laut zu sprechen …«

Olav ging am Lager seines Vaters auf die Knie. Der fasste ihn am Nacken und zog ihn zu sich herunter. »Ich weiß, dass ich Unglück über uns alle gebracht habe. Die Götter haben sich von mir abgewandt, Olav. Tausend Mal hatte ich Glück und habe denen, die mit mir auf Fahrt gegangen sind, auch Glück gebracht. Darum wären sie mir auch bis ins Reich der Hel gefolgt.«

»Bei Njörd, die Fahrt kann noch gut enden, Vater!«

»Ja, aber nicht mehr für mich. Nicht mehr für mich,

mein Sohn, das spüre ich. Glaub mir, man weiß es, wenn die Walküren einen holen kommen …«

»Vater, ich …«

»Hör mir jetzt gut zu! Ich wünschte, dein Bruder Thorbrand wäre hier und würde unsere Männer anführen. Und bei Odins Auge, ich wünschte, ich hätte ihn nie verbannt. Aber was geschehen ist, ist geschehen … Bei den Göttern, ich verstehe, warum er Hromund umgebracht hat, und ich hätte es liebend gern selbst irgendwann getan. Aber manche Dinge darf man sich eben nur vorstellen und nicht in die Tat umsetzen …« Sein Atem ging schwer, und es dauerte einige Augenblicke, bis er weiterzusprechen vermochte. Ein schwaches Lächeln umspielte kurz seine blassen und zitternden Lippen. »Man kann nicht jeden umbringen, den man gern töten möchte«, fuhr er fort. »Thorbrand … er … er hätte das rechtzeitig lernen sollen.«

»Sei versichert, dass *ich* das sehr genau weiß, Vater«, sagte Olav. Er hielt die Wut im Zaum, die in diesem Augenblick in ihm kochte. *Thorbrand!,* durchfuhr es ihn. *In seinen letzten Augenblicken denkt mein Vater an ihn, anstatt mir Glück zu wünschen, dieser undankbare alte Narr!*

»Dir fehlt der Mut und die Entschlossenheit deines Bruders«, stachelte Grimr den Zorn seines Sohnes nur noch weiter an. »Das heiße Blut der Fränkin fließt in seinen Adern, nicht die gewürzlose Wassersuppe deiner Mutter!«

»Was willst du mir sagen, Vater?«

»Die Franken … sie kommen … und zwar viele von ihnen! Sie werden uns vermutlich keine Lösegelder zahlen, sondern versuchen, uns das wieder wegzunehmen, was wir uns in ehrlichem Kampf erworben haben. Das darfst du nicht zulassen ... Hörst du?«

»Ich werde mir Mühe geben, Vater.«

»Das reicht nicht, Olav. Das reicht nicht ... Thorbrand!«

Und mit dem Namen seines verbannten Sohnes auf den Lippen erschlaffte der Körper des Jarl. Er sank auf sein Lager zurück. Die Augen waren starr und glasig. Der Mund stand noch offen, so als hätte er noch etwas sagen wollen.

Der große Grimr Schädelspalter lebte nicht mehr. *Du hattest recht, Vater,* dachte Olav. *Man kann nicht jeden töten, der einem im Weg ist. Bei manchen aber genügt es, sie einfach sterben zu lassen!*

Es war vollkommen still in der Kapelle. Die Gespräche waren verstummt, jeder der anwesenden Nordmänner schien zu spüren, was eben geschehen war. Der Tod von Grimr Schädelspalter war angesichts des erbarmungswürdigen Zustands, in dem dieser zur Flussinsel vor Novaesium zurückgekehrt war, auch nicht überraschend. Und doch wirkten manche der Männer in der Kapelle wie vor den Kopf gestoßen. Grimr hatte sie angeführt. Ihm waren sie gefolgt und hatten darauf vertraut, dass die Götter mit ihm waren und dass er ihnen Glück und Beute bescherte. Njörd hatte Grimr gesegnet und zu einem reichen Jarl gemacht.

Seine letzten Gedanken galten Thorbrand – nicht mir, durchfuhr es Olav. Und diese Erkenntnis wirkte wie ein lähmendes Gift in ihm. *Keine meiner Anstrengungen hat er mir gedankt. Aber Thorbrand verzeiht er selbst einen Mord!* Er fühlte kalten Hass in sich aufsteigen. *Wenn Thorbrand in diesem Augenblick vor mir stünde, sein Kopf würde nicht länger auf seinen Schultern sitzen!* Olavs Hände ballten sich zu Fäusten. Sein Gesicht wirkte maskenhaft und starr. Nichts von dem, was in ihm brodelte, durfte nach außen dringen. Aber darin, seine Gefühle und Gedanken zu verbergen, war er geübt.

Halmi der Graue ergriff das Wort. »Unser Jarl ist in Walhall eingegangen und wartet mit den Helden auf den Tag der letzten Schlacht. Möge ihm der Met der Walküren bis dahin schmecken.« Er fasste Olavs Hand und riss sie empor. »Es lebe unser neuer Jarl!«

Zustimmende Rufe erklangen. Erst nur verhalten, denn so ganz wollte es zunächst keiner der Männer glauben, dass der unverwüstliche Grimr Schädelspalter wirklich nicht mehr unter ihnen weilte. Ein Mann, den über so lange Jahre keine Klinge eines Feindes und kein Pfeil hatte niederstrecken können, und das trotz seiner Tollkühnheit und seines Wagemutes.

»Sag ein paar Worte, wie es sich gehört, Olav«, raunte Halmi Grimrs Nachfolger zu. Keiner der Männer bekam davon etwas mit, denn Halmis Worte gingen in dem nun losbrechenden Gejohle der Männer unter.

Olav begegnete dem Blick von Halmis eisgrauen Augen. Der hatte ihm keinen Hinweis gegeben, sondern einen Befehl, erkannte Olav. Sollte sich ein Jarl nicht von niemandem Befehle erteilen lassen? Doch der Einzige, von dem er das in dieser besonderen Situation hinzunehmen bereit war, war Halmi. Er wusste, was zu tun war, und er war zu alt, um selbst Anspruch auf die Führerschaft der Horde zu stellen. Zu alt und zu klug, denn die Männer wären ihm auf Dauer nicht gefolgt.

»Hört mich an!«, rief Olav, und die Männer verstummten. Olav wartete, bis es vollkommen still in der

Kapelle war. »Wir werden den toten Jarl bestatten, wie es sich gehört, und den Göttern unsere Gebete zurufen. Möge Njörd ebenso mit mir sein und meine Fahrten segnen, wie er das bei meinem Vater getan hat!«

»So möge es sein!«, rief Bragi Bragison, und andere stimmten mit ein. Die Rufe der Männer hallten zwischen den grauen Steinwänden der Kapelle wider.

»Die Franken werden kommen, um uns wegzunehmen, was wir angehäuft haben!«, fuhr Olav fort. »Aber so wahr ich Olav Schädelspalter bin, der Sohn von Grimr Schädelspalter – ich lasse mir von niemandem etwas wegnehmen!«

Die letzten Worte gingen in einem tumultartigen Aufschrei unter. Manche der Männer zogen ihre Waffen und klopften damit gegen ihre Schilde.

»Rache!«, dröhnte der irre Orm dazwischen. »Rache für unsere Toten! Rache für den Jarl!«

Aus dem Geschrei der Männer wurde ein wildes Kriegsgeheul. Für einen Moment kam es Olav vor, als hätten plötzlich alle Anwesenden von dem Pilzextrakt genommen, der Hromund den Rauen zu Lebzeiten zu einem Ungeheuer in Menschengestalt gemacht hatte.

»Lasst uns die Gefangenen töten!«, rief der irre Orm. »Und zwar alle! Lösegeld bekommen wir für die sowieso nicht mehr!«

Aber dieser Vorschlag fand kaum Zustimmung. Bei aller Wut auf die Franken, wer wäre so dumm gewesen, deswegen wertvollen Besitz zu vernichten? Falls man tatsächlich kein Lösegeld erzielen konnte, bestand ja immer noch die Möglichkeit, zumindest einige von ihnen auf die Heimfahrt mitzunehmen und irgendwo im Norden als Sklaven zu verkaufen.

Die Augen des irren Orm funkelten, die fratzenhafte Grimasse, die er dazu schnitt, ließ ihn wie einen Dämon erscheinen. Bragi klopfte ihm im Spaß mit der Faust vor die Stirn. »Mit dieser Fratze machst du deinem Namen alle Ehre, irrer Orm!«, rief er, woraufhin ein dröhnendes Gelächter ausbrach.

Selbst Orm begann zu lachen. Dann deutete er auf den toten Grimr und meinte: »Seht euch das Gesicht des alten Schädelspalters an! Man könnte meinen, dass er uns noch zuhört und mitlacht!«

Der Mund des alten Jarl stand tatsächlich offen. Auch seine Augen waren weit aufgerissen, als würde er in ein fremdes Land blicken, das außer ihm selbst niemand zu sehen vermochte.

Kein schlechter Beginn für meine Jarlschaft, dachte Olav.

Am nächsten Tag wurde der Leichnam des Jarl verbrannt. Es wurden Gebete gesprochen, und Bragi Bragison erinnerte an die alten Zeiten und beutereichen Fahrten ins Land der Angelsachsen. Ein Schiff, um es brennend flussabwärts treiben zu lassen, opferte man für den toten Grimr allerdings nicht, auch wenn viele der Männer das durchaus als angemessen empfunden hätten. Doch Olav hatte entschieden, dass nur eine einfache Verbrennung stattfand. Die Lebenden hatten Vorrang vor den Toten. Die Beute musste irgendwann fortgeschafft werden, und dafür brauchte man jedes Schiff. Ob es noch gelang, die Knorren aus Xanten zur Flussinsel bei Novaesium zu beordern, war höchst fraglich.

Nachdem dem toten Jarl die letzte Ehre erwiesen worden war, sprach Olav zu den Männern. »Hört mich an! Es gibt noch jede Menge Holz in Novaesium, das wir verbrennen oder zur Insel schaffen müssen. Diejenigen, die mit meinem Vater ins Landesinnere vorgestoßen sind, wissen, dass die Franken auf dem Weg hierher sind. Vielleicht sammeln sie erst noch zusätzliche Kräfte. Oder sie folgen irgendeinem Befehl ihres Königs, den wir nicht kennen. Aber sie werden uns hier, vor Novaesium, eher angreifen, als wir unsere Beute von hier wegschaffen können. Wir werden uns also wappnen müssen.«

In diesem Punkt gab es von niemandem Widerspruch. Ganz im Gegenteil. Etliche konnten es anscheinend kaum erwarten, den Franken noch einmal zu zeigen, wie man eine Dänenaxt führte.

»Wir müssen unser Lager auf der Insel befestigen. Und ihnen gleichzeitig alles wegnehmen, was sich im näheren Umkreis befindet!«, rief Olav. »Sie sollen nichts vorfinden, woraus sie sich ein Schiff oder Floß bauen könnten, und wenn sie es dann doch irgendwann geschafft haben, das Wasser zu überwinden, dann sollen sie hier, auf dieser Insel, ihr grausames Ende finden!« Kampfgeschrei brandete ihm aus Dutzenden Kehlen entgegen.

»Was wir jetzt vor allem brauchen, sind große Schiffe«, meldete sich Stormur Stormsson zu Wort. »Die Knorren aus Xanten!« Es gab unter den Männern einige laute Äußerungen der Zustimmung. »Wir haben hier so viel Beute aufgehäuft, dass wir wahrscheinlich nicht einmal die Hälfte davon mitnehmen könnten. Sollen wir alles zurücklassen, wofür wir mit dem Blut unserer Brüder bezahlt haben?«

»Niemals!«, stieß Bragi Bragison finster hervor. »Jedes einzelne Stück Silber, jeden Topf aus Eisen, jedes Schwert, jede Hacke, jede Axt und jedes Schwein werden wir mitnehmen. Und jeden Gefangenen, für den wir kein Lösegeld bekommen.«

Die anderen Männer stimmten lauthals zu.

»Nichts für die Franken!«, rief der irre Orm und spuckte aus. »Keinen Krümel werden wir ihnen zurücklassen!« Dabei traten seine Augen auf eine Weise hervor, dass jeder, der ihn nicht kannte, ihn für einen leibhaftigen Troll hätte halten können.

»Wollten wir nicht eigentlich noch flussaufwärts fahren?«, rief Rasmus der Rote. »Ich habe Grimrs Versprechungen noch im Ohr! Warum sollten wir uns nicht auch all die Schätze aus den reichen Klöstern und Städten im Frankenland holen?«

Auch dafür gab es viel Zustimmung, auch wenn sie längst nicht so ungeteilt war, wie Rasmus der Rote vielleicht erhofft hatte. Viele der Männer schienen der Ansicht zu sein, dass es genug war.

»Was soll dieses Gerede?«, rief Halmi. »Wir haben bereits mehr zusammengerafft, als wir fortschaffen können. Lasst uns sichern, was wir haben. Das ist schon mehr, als wir erhoffen können!«

»Unser verstorbener Jarl hatte kühne Träume!«, hielt Rasmus der Rote dagegen. »Das ist der Grund, warum wir hier sind!«

»Bei Odin, wir sind schon viel zu weit gefahren!«, widersprach ihm Halmi. »Kühne Träume sind manchmal tödlich. Ein bisschen Gier treibt uns voran und beflügelt uns. Doch zu viel davon führt in den Untergang.«

»Willst du etwa sagen, Grimr Schädelspalter wäre zu gierig gewesen?«, schrie Rasmus der Rote erbost.

»Ich will damit sagen, dass wir weise genug sein sollten zu wissen, wann es genug ist.« Halmi richtete seinen Blick auf Olav. »Njörds Weisheit mag mit unserem neuen Jarl sein! Mit Grimr war sie in letzter Zeit nicht immer!«

Bevor es zwischen Halmi und Rasmus dem Roten und ihren jeweiligen Fraktionen zu einem handfesten Streit kam, mischte sich Olav in den Disput ein. »Mit seinen letzten Worten hat mich mein Vater vor den heranrückenden Franken gewarnt«, rief er. »Noch sammeln sie ihre Kräfte – und genau das werden wir auch tun müssen! Wenn diese Flussinsel rechtzeitig zu einer Festung wird, brauchen wir uns keine Sorgen mehr zu machen.«

»Hast du einen Plan, um die Knorren hierherzubekommen?«, wollte Bragi von ihm wissen.

»Den habe ich. Ein weiteres Schiff flussabwärts zu schicken, halte ich nicht für klug. Die Franken werden vom Ufer aus bemerken, was wir vorhaben, und womöglich wieder Seile spannen. Außerdem ist es besser, sie denken, dass wir vielleicht doch vorhaben, weitere Vorstöße ins Landesinnere zu unternehmen. Sie dürfen nichts von unserer Absicht ahnen, uns zurückzuziehen. Wer weiß, wenn wir ihnen den Eindruck vermitteln, dass wir ewig hier auf der Flussinsel bleiben wollen, werden sie uns vielleicht dafür bezahlen, dass wir aufbrechen und von hier verschwinden!«

Ein Raunen ging durch die Reihen seiner Männer. Die Älteren unter ihnen hatten so etwas schon auf Fahrten an die Küsten der Angelsachsen erlebt.

»Ein Land auszurauben, ohne kämpfen zu müssen! Das gefällt Njörd!«, rief Halmi.

»Mindestens ebenso viele unter den Göttern spucken auf so viel Feigheit!«, gab Rasmus verächtlich zurück.

Olav richtete seinen Blick auf Bragi. »Es muss jemand auf dem Landweg zu Eirik Sturlason aufbrechen und dafür sorgen, dass die Knorren flussaufwärts fahren.«

»Und an wen dachtest du da?«

»An dich, Bragi.«

»Wie komme ich zu dieser Ehre?«

»Es muss jemand sein, der Eirik dazu bringen kann, sich an das Versprechen, das er meinem Vater gab, zu halten. Jemand, dessen Sippe zudem mit der seinen verbunden ist.«

»Eiriks Frau ist ja deine Schwester, Bragi!«, rief der irre Orm. »Vielleicht ist dies der Grund, warum Eirik ständig auf Fahrt geht. Er schlägt sich lieber mit Angelsachsen, Franken und Dämonen herum als mit seinem zänkischen Weib!«

Niemandem außer dem irren Orm hätte man eine solche Beleidigung durchgehen lassen. Es war Bragi auch anzusehen, dass es ihm überhaupt nicht gefiel, was Orm über seine Schwester gesagt hatte. Aber er hielt es wohl für klüger, nicht auf die Worte des irren Orm einzugehen, der seinen Beinamen ja auch nicht umsonst trug.

»Mein Vater hätte mich zu Erik geschickt«, fuhr Olav fort. »Einem aus der Familie der Schädelspalter hätte er kaum mit fadenscheinigen Begründungen kommen können, um die Knorren für sich zu behalten.«

»Und du denkst, dass das auch für mich gilt?«, zweifelte Bragi.

»Ich hoffe es.«

Bragis Augen wurden schmal, und seine Stirn legte sich in Falten. Er schien einige Augenblicke über Olavs

Worte nachzudenken, dann sagte er: »Es sind unsere Männer, die auf den Knorren fahren. Sie gehören zu Grimrs Gefolge und sind auch seinem Sohn verpflichtet. Wenn es einer von ihnen wagen sollte, mir den Gehorsam zu verweigern, werde ich ihm persönlich den Kopf abschlagen!«

»Wir wissen nicht, ob es in Xanten noch vieles an Beute zu verteilen gab«, meinte Olav. »Falls ja, dann könnte es sein, dass Eirik unseren Leuten auf den Knorren einen Anteil zugesichert und sie so auf seine Seite gezogen hat.«

»Ich werde das schon zu klären wissen«, versprach Bragi.

»Wir werden Eiriks Hilfe dennoch brauchen!«, fuhr Olav fort. »Wenn wir die Knorren nur mit unseren eigenen Leuten bemannen, werden sie nicht durchkommen. Die Franken werden versuchen, sie aufzuhalten und ...«

»Gespannte Seile sind kein unüberwindliches Hindernis, wenn man weiß, wo sie sind«, unterbrach ihn Bragi. »Damit werden wir fertig!«

»Aber nicht allein. Eirik wird euch einen Teil seiner Leute zur Verstärkung mitgeben müssen.«

»Das ist er Grimr schuldig«, stimmte Bragi zu. »Und dir auch. Dein Vater ist ihm bis ans Ende der Welt gefolgt, da kann er dir den Beistand nicht verweigern.«

»Du wirst ihn vielleicht dennoch überzeugen müssen«, meinte Olav, »und zwar mit etwas, was ihm wichtiger ist als Ehre, Freundschaft oder Verwandte.«

Bragis Gesicht wurde finster. »Du meinst, dass wir ihm etwas von unserer Beute versprechen sollen?« Das gefiel ihm nicht, und da war er keineswegs allein, wie

Olav an dem unzufriedenen Gemurre seiner Mannen hören konnte.

Nur der irre Orm schien sich zu amüsieren. Er kicherte und feixte, auch wenn niemand hätte sagen können, was ihm so einen Spaß bereitete.

»Wir versuchen so viel von unserer Beute zu retten wie möglich«, sagte Olav. »Und ist es nicht besser, wir geben einen Teil Eirik ab, als einen größeren Teil gar nicht erst mitnehmen zu können?«

»Ja, da hast du recht«, knurrte Bragi. »Obwohl mir jedes Stück Silber in der Seele schmerzt, das ich diesem gierigen Hund in den Rachen werfe. Aber meinetwegen, wenn es denn nicht anders geht!«

»Nimm ein paar gute Männer mit«, sagte Olav. »Such dir aus, wen du brauchst. Und geht den Franken aus dem Weg, soweit das möglich ist.«

Schon wenige Stunden später brach Bragi zusammen mit zehn Männern auf. Unter den Tieren, die man erbeutet hatte, waren genug Pferde für die Gruppe. Zaumzeug gab es auch genug. Und mit Steigbügeln ausgestattete Sättel, wie sie die fränkischen Reiter benutzten, brauchten die Nordmänner nicht. Auch wenn Steigbügel ihnen nicht unbekannt waren, so waren die doch im Norden selten anzutreffen, und der Kampf zu Pferd mit angelegter Lanze, bei dem sie unverzichtbar waren, war unter den Kriegern des Nordens ebenso unüblich wie der Gebrauch des Bogens im vollen Galopp, wie man ihn von den Steppenvölkern des Ostens kannte.

Bragi und seine Männer wurden nach Novaesium übergesetzt und brachen von dort aus auf. Auch Olav begab sich dorthin. Die letzten Reste der Befestigungen wurden von den Nordmännern zerstört. Scheiterhaufen gleich brannten Häuser und Wachttürme. Palisaden wurden niedergerissen und fortgeschleift, während von der Insel ein ständiges Hämmern und Sägen zu hören war.

Die Insel sollte befestigt werden, soweit das in der Kürze der Zeit möglich war. Aber die Nordmänner waren geübt im Umgang mit Holz. Aus Holz bauten sie ihre Schiffe, und die Handbeile, die viele von ihnen bei sich trugen, waren ebenso gut als Werkzeug wie als Waffe einzusetzen. Selbst die lange Dänenaxt eignete sich keineswegs nur dazu, Schädel zu spalten.

Überall waren die Schläge von Äxten und Hämmern zu hören. Aus den abgebrannten Ruinen sammelten die Nordmänner sogar noch die Nägel ein. Um neue zu schmieden, hatte man keine Zeit.

Immer wieder pendelten Drachenschiffe zwischen der Anfurt bei Novaesium und der Flussinsel hin und her. Bis zum Rand waren sie beladen. Manche so sehr, dass es kaum noch möglich war, die Riemen einzusetzen, weil kein Platz mehr für die Ruderer war. So ging man dazu über, die eingesetzten Drachenschiffe mit Seilen zur Insel zu ziehen, wenn sie beladen waren. Nur der Rückweg zur novaesischen Anfurt wurde mit Riemen zurückgelegt.

Olav gab Steinar Bragison dem Schiffsbauer den Auftrag, dass an der Anlegestelle auf der Ostseite der Insel Palisaden errichtet wurden, hinter denen sich Bogenschützen verbergen konnten. Es gab unter den Nordmännern, die mit Grimr Schädelspalter auf Fahrt gegangen waren, keinen geschickteren Handwerker als Stormur. Er hatte ein Auge dafür, was man aus einem Stück Holz machen konnte. Ob es als Steven eines Drachenschiffes taugte und sich entsprechend biegen ließ oder nur als Brennstoff für den Ofen geeignet war, konnte Stormur auf den ersten Blick nicht beurteilen. Unter seiner Leitung wurden innerhalb von sehr kurzer Zeit Befestigungen angelegt.

Auf die Schiffe kam es an. Sie durften nicht in die Hände der Feinde fallen oder von den Franken zerstört werden. Wenn das geschah, da gab sich Olav keinen Illusionen hin, waren sie verloren.

Tage vergingen. Tage, in denen ein zunehmend warmer Wind blies und sich das Wetter mehr und mehr änderte. Die ersten warmen Tage des Jahres brachten die Nordmänner zum Schwitzen. Ein blauer Himmel spannte sich am Tag über ihnen, und man sah die ersten Zugvögel zurückkehren.

»Was glaubst du, wie lange wird Bragi brauchen, um mit den Schiffen zurückzukehren?«, fragte Steinar Bragison den neuen Jarl abends am Feuer.

»In spätestens einer Woche erwarte ich deinen Bruder zurück, Steinar«, antwortete Olav.

»Vorausgesetzt, Eirik stellt sich nicht gegen uns.«

»Das wird er nicht.«

»Möge Njörd deine Worte hören und sie sich zu Herzen nehmen.«

Olavs Lächeln wirkte gezwungen. Innerlich war er keineswegs so entspannt, wie er nach außen zu erscheinen versuchte. »Was mir mehr Sorgen macht, sind die Franken.«

Steinar runzelte die Stirn. »Wieso die Franken?«

»Weil sie noch nicht hier sind. Nach dem, was die Männer berichtet haben, die mit meinem Vater den

Nebenfluss hinaufgefahren sind, müssten sie das längst.«

»Vielleicht ist ihnen Novaesium nicht so wichtig.«

»Ja, das kann natürlich sein. Ich befürchte jedoch, dass sie vorher noch zusätzliche Kräfte zusammenziehen. Dies ist ein großes Land, in dem nicht viele Menschen leben. Es wird eine Weile dauern, bis man jeden Freibauern, der eine Axt schwingen kann, zusammengerufen hat.«

»Und die meisten wird man eingezogen haben, um im Krieg der Könige zu kämpfen«, war Steinar überzeugt. »Wir hätten also noch etwas Zeit.«

Olav nickte. »Das Wetter wird besser, das Kämpfen wird für die Franken leichter. Für uns, die wir in der Minderzahl sind, aber schwieriger, weil die Witterung nicht mehr unser Verbündeter ist.«

»Mein Bruder Bragi wird bald mit den Schiffen hier sein, dann fahren wir alle reich nach Hause, legen uns auf unsere Frauen und zeugen ein paar Söhne, die sich dann später anstrengen müssen, wollen sie ähnliche Ruhmestaten vollbringen.«

»Möge Njörd dafür sorgen, dass deine Worte wahr werden, Steinar«, murmelte Olav. Er sah Leif und Rasmus zu, die gerade damit beschäftigt waren, Silber zu zerbrechen. Es handelte sich vor allem um Münzen, die man im Kloster gefunden hatte und die sehr unterschiedlicher Herkunft waren. Um sie besser aufteilen und auch kleinteiligere Summen auszahlen zu können, machte man Bruchgeld daraus. Man legte die Stücke auf einen Stein und schlug mit der stumpfen Seite eines Handbeils darauf. Rasmus der Rote hatte viel Übung darin. Niemand bekam die Stücke so gleichmäßig hin wie er.

Zwei Tage später war es bereits so warm, dass Olav in seinem Wams schwitzte. Die Nächte waren noch kühl, aber sobald die Sonne aufging, änderte sich das innerhalb weniger Stunden. Ihre Strahlen lösten den Morgennebel auf, und der Himmel war dann oft bis in den Nachmittag hinein vollkommen wolkenlos. Überall wurde es grün. Die Blätter sprossen an den Bäumen, die Büsche wurden blickdicht. Für eine eventuelle Verteidigung der Insel war das von Vorteil. Schließlich hatten die Nordmänner so mehr Deckungsmöglichkeiten. Umgekehrt sah Olav keinerlei negative Auswirkungen für sich und die Seinen. Die wenigen Bäume, Sträucher und Büsche in Novaesium waren den Bränden zum Opfer gefallen. Die Stadt war vollkommen zerstört. Abgesehen von der Kirche und dem Kloster standen dort keine Gebäude und auch keine Befestigungen mehr.

So sah die Welt vielleicht nach ihrem Ende aus, dachte Olav, nachdem die Götter mit den toten Helden gegen die Riesen gekämpft und in diesem Kampf schließlich untergegangen waren. Dann herrschten wieder die Riesen wie zum Anbeginn der Zeiten. Blindwütige machtvolle Wesen, die alles zerstörten und verhinderten, dass irgendetwas entstehen konnte.

Kein einziges Boot oder Schiff lag mehr bei den Anfurten. Sie waren alle zur Insel geschafft und viele von ihnen zerlegt worden. Die meisten Schiffe der Nordmänner jedoch lagen jetzt an Land. Über Rundhölzern hatten die Männer sie aus dem Wasser gezogen. Kein Angreifer sollte hier eine leichte Beute haben. Wenn es etwa einem Trupp von Franken gelungen wäre, die Vertäuungen zu lösen und die Drachenschiffe einfach flussabwärts treiben zu lassen, wäre das ihrer aller Ende gewesen.

Das Schicksal der Nordmänner war mit den Schiffen verbunden, das wusste Olav. Es war nie anders gewesen. Wer als Seefahrer über einen fremden Fluss fuhr und an einem fremden Ufer landete, für den waren die Planken des eigenen Schiffs die einzige Rettung, falls die Übermacht der Einheimischen zu groß war. Also musste alles getan werden, um die Schiffe zu schützen. Sie waren die Schwachstelle, der Punkt, an dem die Nordmänner am angreifbarsten waren.

Nur der kleinere Teil der Drachenschiffe lag noch vertäut im Wasser. Sie wurden nach wie vor für den Pendelverkehr zwischen der Flussinsel und dem Gebiet gebraucht, das einst die Stadt Novaesium gewesen war – aber auch dann, wenn aus irgendeinem anderen Grund schnell ein Wasserfahrzeug gebraucht wurde.

In der Nähe der Schiffe waren Palisaden errichtet worden, um den Verteidigern Schutz vor dem Beschuss mit Pfeilen oder Schleudern zu bieten.

Olav hatte es nicht ausgesprochen, aber er war überzeugt davon, dass es bereits von einigen der Männer bemerkt worden war: Er hatte genau so viele Schiffe im Wasser gelassen, dass im Fall der Fälle eine Flucht aller Nordmänner möglich wäre. Zumindest bis ans andere Flussufer konnten sie dann gelangen. Und notfalls konnte man sogar eine Fahrt flussabwärts wagen. Allerdings würden die Nordmänner dann nur ihre Waffen und nicht mehr als eine Handvoll Silber pro Krieger mitnehmen.

Olav hoffte, dass es dazu nicht kam. Am Ende zu Eirik flüchten und sich unter seinen Schutz stellen zu müssen, ohne irgendetwas von der Fahrt nach Novaesium mitgenommen zu haben, das wäre die größte Schande gewesen, die er sich vorstellen konnte. Wie würde er in diesem Fall jemals wieder glaubhaft machen, dass Njörd bei ihm war und seine Unternehmungen unter dem Segen der Götter standen? Nie wieder, das war sicher, würde er je wieder genug Gefolge zusammenrufen können für eine Fahrt.

Aber noch war nichts verloren. Olav hatte angeordnet, dass an sämtlichen Uferstellen der Flussinsel, an denen man anlanden konnte, Abwehrbollwerke errichtet wurden. Angespitzte Pflöcke, Palisaden und andere Hindernisse sollten verhindern, dass Boote oder Flöße anlegten und die Besatzung an Land gelangte. Glücklicherweise war der Großteil des Inselufers ohnehin nicht zum Anlanden geeignet. Die Böschung war teilweise sehr steil. Es gab auch sumpfige Stellen und Uferabschnitte an der Nordseite der Flussinsel, die dermaßen von der Strömung unterspült waren, dass ständig die Gefahr eines Abbruchs bestand.

Olav hatte zusammen mit Stormur Stormsson und einigen anderen Männern die Flussinsel mit einer schlanken Skaid umfahren und alles überprüft. An einigen Stellen wurden zusätzliche Befestigungen angebracht, weil Olav fand, dass die bisher errichteten Bollwerke noch nicht ausreichten.

»Einige der Männer murren schon«, verriet ihm Stormur, während sie wieder zur Anlegestelle an der Ostseite zurückkehrten. »Du solltest es nicht übertreiben.«

»Sie werden noch viel mehr zum Murren haben, wenn es den Franken gelingt, diese Insel einzunehmen und wir am Ende nichts weiter als unsere Haut retten können!«, entfuhr es Olav gereizt.

Ein anderes Langschiff rauschte heran. Zehn Mann

hatten kräftig in den Riemen gelegen. Nun trieb es aufs Ufer zu, landete an, und Leif der Über-Bord-Gegangene sprang an Land.

»Olav, die Franken!«, keuchte er.

»Was ist mit ihnen?«

»Sie sind aufgetaucht! Eine große Zahl von ihnen! Es sind Reiter und viele Krieger zu Fuß. Ein Heer!«

Jede Ansammlung von Kriegern ab etwa fünfunddreißig Mann galt als ein Heer. Zumindest war das im Land der Angelsachsen so, wo kleine Reiche von unbedeutenden Königen mit kleinen Heeren regiert werden konnten. Dass dies im Land der Franken anders war, hatte Olav allerdings schon lange begriffen.

»Sie sind aber nicht so viele wie wir«, fuhr Leif fort. »Und sie wollen anscheinend auch nicht kämpfen.«

»Sondern was?«

»Ein Lösegeld für die Geiseln anbieten. Keiner von uns beherrscht ihre Sprache wirklich gut, aber das haben wir verstanden.«

»Wer will das verstanden haben?«

»Skarf der Grobe und Knut Vierfinger waren dabei. Und später wurde Halmi hinzugerufen. Er hat es bestätigt, und ich soll dir von ihm ausrichten, dass die Absicht der Franken seiner Ansicht nach ihren Worten entspricht.«

»Haben sie auch gesagt, für wen sie ein Lösegeld bieten?«

»Sie wollen zuerst wissen, wen wir gefangen haben. Dann wollen sie sich auf einen Preis mit uns einigen. Aber sie haben eine Bedingung.«

»Und die wäre?«

»Sie sprechen nur mit dem Anführer, nicht mit einem Boten.«

Olav überlegte kurz.

»Den Göttern sei Dank! Dieser Tag scheint noch gut zu werden!«, stieß derweil Stormur hervor.

»Nun gut, Leif«, sagte Olav schließlich. »Richte aus, dass ich mich sogleich nach Novaesium aufmache. Ich werde ihnen sagen, wen wir in unserer Gewalt haben.«

»Sie werden die Gefangenen sehen wollen«, meinte Leif.

»Natürlich werden sie das. Aber das werde ich ihnen zunächst noch nicht gestatten. Zuerst verhandeln wir über die Höhe des Lösegelds.«

Leif nickte. »Ich werde es so ausrichten.«

Olav wandte sich an Stormur. »Lass die Gefangenen zusammentreiben. Alle sollen vor der Kapelle Aufstellung nehmen.«

Stormur nickte. »Vielleicht hat es sich ja doch gelohnt, diese Brut durchzufüttern.«

Die Stimmung unter den Gefangenen hatte sich deutlich aufgehellt. Die Nachricht, dass möglicherweise Lösegeld für sie gezahlt werden sollte, hatte sich auch unter ihnen bereits herumgesprochen.

Sie standen vor der Kapelle, bewacht von einer Überzahl bewaffneter Barbaren, als Olav zu ihnen zu sprechen begann: »Wer von euch kann die Runen der Christen schreiben?«

Ihm antwortete nur Schweigen. Er ließ den Blick schweifen und deutete dann auf einen Mönch mittleren Alters. »Was ist mit dir? Wird in euren Klöstern nicht die Schrift gelehrt?«

»Doch, das wird sie.«

»Ich will, dass du die Namen aller auf ein Pergament

schreibst. Und zwar in den Zeichen, wie sie hier üblich sind und von einem Franken gelesen werden können.«

»Das kann ich tun, Herr«, sagte der Mönch.

»Ich werde diese Liste denjenigen zeigen, die gekommen sind, um ein Lösegeld zu bieten. Für wen unter euch etwas geboten wird, kann ich nicht sagen. Aber ihr werdet davon erfahren.«

»Ich brauche ein Pergament und etwas, womit ich schreiben kann«, sagte der Mönch.

Olav sah ihn an. »Wie heißt du?«

»Man nennt mich Ambrosius.«

»Kommst du aus einer reichen Familie?«

»Nein, Herr. Ich wurde arm geboren und als Waise im Kloster aufgenommen.«

»So war dir die Armut in die Wiege gelegt, und du hast sie nicht freiwillig gewählt?«

»Das könnte man so sagen, Herr.«

»Das tut mir leid für dich. Vermutlich wird niemand etwas für dich zahlen, nicht einmal deine Kirche.«

»Ich nehme jedes Kreuz auf mich, Herr.«

Olav sah ihn einen Augenblick lang an. Wie fremd waren ihm die Worte des Mönchs. »Ich brauche ein Pergament!«, rief er dann laut. »Stormur! Ist bei der Beute nicht so etwas?«

»Eine Bibelhandschrift«, sagte Stormur.

»Die solltet ihr nicht auf diese Weise entweihen«, griff Ambrosius eiligst ein. »Nicht, indem ihr das Pergament mit Namen bekritzelt. Davon abgesehen ist das Buch viel wert.«

»Ich weiß«, sagte Olav und wandte sich an seine Männer. »Haben wir nicht irgendein anderes Pergament? Ein paar Dutzend Namen. Dieser Mönch hat zierliche

Finger, er wird kleine lateinische Runen malen können. Bei Thor, ein Stück Pergament nur! Oder muss ich erst noch eigenhändig einer geraubten Kuh das Fell abziehen und ein Pergament daraus machen, damit wir was zum Schreiben haben?«

Der gereizte Tonfall überraschte die anderen Nordmänner. Den war man von Olav bisher nicht gewohnt. Der Sohn des großen Grimr Schädelspalter stand offenbar unter enorm großem Druck.

»Alles, was es vielleicht noch an Pergamenten in Novaesium gegeben hat, muss den Flammen zum Opfer gefallen sein«, sagte Stormur. »Wir haben nur mitgenommen, was wie eine Bibel aussah.«

»Und die sollte man auch verbrennen!«, meinte der irre Orm. »Alles nur Christenzauber!«

Da fiel Olav ein, dass es noch ein Stück Pergament gab, das er benutzen konnte. Er griff unter sein Wams, wo er die Karte des Friesen trug, die Olav von seinem Vater geerbt hatte. Die Rückseite war frei. Und ihren Wert hatte die Karte ohnehin weitgehend eingebüßt, da an Fahrten weiter flussaufwärts nicht mehr zu denken war.

Olav nahm die Karte hervor, faltete sie auseinander und gab sie Ambrosius. »Schreib hier!«, sagte er und deutete auf die freie Rückseite.

»Dazu brauche ich Tinte. Oder einen Stift aus Blei.«

»Tut es auch ein Stück angekohltes Holz?«, fragte Olav.

»Ja.«

»Das sollte sich schnell besorgen lassen. Wenn du fertig bist, kommst du mit mir nach Novaesium. Falls die Franken dort deine Runen doch nicht lesen können, musst du sie vorlesen.«

»Vielleicht kaufen uns die Franken ja auch diesen Apostelknochen ab, der angeblich so viel wert sein soll«, meinte Stormur.

»Wenn sie ihn sich leisten können, warum nicht?«, meinte Olav.

Mit einer voll besetzten Skaid setzte Stormur schließlich nach Novaesium über. Regelmäßige Ruderschläge trieben das Schiff voran. Der Mönch sprach ein Gebet nach dem anderen, was den irren Orm ganz unruhig machte, da er glaubte, dass dahinter irgendein Christenzauber steckte, gegen den es nur einen wirksamen Schutz gab, nämlich dem Urheber des Zaubers die Kehle durchzuschneiden.

Aber Olav konnte Orm davon abhalten, dies in die Tat umzusetzen.

»Lass die Beterei sein«, wies er den Mönch dann an.

»Der letzte Gefangene, der ans Festland geführt wurde, ist nicht zurückgekehrt«, sagte Ambrosius daraufhin. »Da dachte ich, es ist besser, wenn ich mit meinem Herrn im Himmel im Reinen bin.«

Zweifellos meinte Ambrosius den Priester, den der irre Orm in der Klosterkirche umgebracht hatte, nachdem der ihnen das Versteck mit dem Apostelknochen gezeigt hatte.

»Dir wird das nicht geschehen, Ambrosius«, versicherte Olav.

»Und das kannst du mir versprechen?«, fragte Ambrosius zweifelnd.

»Das kann ich.«

Die Skaid landete bei der Anfurt vor Novaesium – oder dem, was einmal Novaesium gewesen war. Halmi der Graue wartete bereits auf sie. Bei ihm standen Finnbogi Großhand und Skarf der Grobe. Skarf hatte ein narbiges Gesicht mit einer Knollennase, dazu einen struppigen rotblonden Bart und kein einziges Haar auf dem Kopf. Er trug weder Helm noch Kappe und war sicher schon über vierzig, ein alter Mann also. Olav erinnerte sich daran, dass er sich als Kind insgeheim immer ein bisschen vor Skarf dem Groben gefürchtet hatte. Aber das musste man eigentlich nur, wenn man ihm in der Schlacht gegenüberstand. Ansonsten war er ein gutmütiger Kerl.

»Wo wart ihr so lange?«, fragte Halmi ungehalten. »Die Franken werden ungeduldig. Und was soll der Mönch hier?«

»Einer muss die Namensliste lesen können, die wir den Franken übergeben«, sagte Olav. »Wie ist dein Eindruck von ihnen, Halmi?«

»Ihr Anführer nennt sich Endres von den Niederauen. Angeblich hatte er Verwandte in Novaesium.«

»Für welchen der Könige führt er die Klinge?«, fragte Olav.

»Für Lothar – den Kaiser. Zumindest sagt er das. Aber vielleicht verfolgt er auch eigene Ziele. Er wartet draußen vor der Stadt auf dich.«

»Dann sollten wir keine Zeit verlieren.«

Sie durchquerten die Ruinen von Novaesium. Der Brandgeruch hing immer noch in der Luft, und selbst nach ein paar schweren, lang anhaltenden Regenfällen würde er wahrscheinlich nicht so schnell verschwinden.

Der äußere Wall war vollkommen niedergerissen worden, sodass Olav und seine Begleiter sehr bald freie

Sicht auf das hatten, was sich vor den nicht mehr existierenden Toren der Stadt abspielte.

Zwei Gruppen standen sich gegenüber. Ungefähr vierhundert Mann – und damit der größte Teil – der Nordmänner aus Olav Schädelspalters Gefolge hatten sich auf der einen Seite formiert. Ihnen standen etwa gleich viele Franken gegenüber, sowohl Reiter als auch Fußtruppen.

Die Reiter waren recht gut gerüstet, mit Lanzen und Schwertern, manche auch mit Kettenhemden, die bis zu den Knien reichten. Die Fußkrieger waren deutlich einfacher ausgestattet. Olav bemerkte, dass es auch eine Gruppe von Bogenschützen unter ihnen gab.

Der irre Orm schnaufte plötzlich auf eine Weise, die an ein wütendes Wildschwein erinnerte. »Das sind sie! Olav, das sind die Kerle, die deinen Vater umgebracht haben!«

»Stimmt das?«, fragte dieser Gunjorn Gutauge, der ein paar Schritte entfernt von ihm stand. Er hatte bereits einen Pfeil in seinen Bogen eingelegt und war bereit gewesen, jederzeit einen gezielten Schuss abzugeben.

»Ich bin mir nicht sicher«, meinte er. »Könnte sein. Aber diese fränkischen Fratzen sehen für mich alle gleich aus.«

»Möge Thors Hammer sie zermalmen!«, knurrte Rasmus der Rote.

»Mit diesen Schweinehunden sollte man kein Geschäft machen, so gut es auch sein mag«, meinte der irre Orm. »Olav, wenn du ein Wort sagst, laufe ich auf den Anführer zu und töte ihn mit bloßen Händen!« Er hob seine linke Hand und ahmte mit den Fingern die Krallen eines wilden Raubtiers nach. »Ich greife ihm in die Gedärme und reiße sie ihm mit den Fingern heraus!«

»Der trägt ein Kettenhemd, Orm«, gab Stormur zu bedenken und grinste. »Wird ein bisschen schwierig, da durchzufassen!«

Aber Orm blieb völlig ungerührt. Seine Augen verengten sich. Er bleckte die Zähne und holte tief Luft, bevor er schließlich sagte: »Vielleicht gilt das für einen Weichling wie dich, Stormur Stormsson. Einen, der empfindliche Hände hat wie die Weiber!«

»Lieber Hände wie die Weiber als ihre unberechenbare Laune und ihren schwachen Verstand!«

»Hast du etwa von mir gesprochen, Stormur?«

»Ich habe von den Weibern gesprochen.«

»Aber du hast mich gemeint!«

»Schluss jetzt«, fuhr Olav dazwischen. »Beleidigt von mir aus die Franken, wenn ihr es nicht lassen könnt. Mit etwas Glück verstehen die euch nicht. Oder ihr verschiebt euren Händel auf später!«

»Ganz bestimmt«, knurrte der irre Orm und spuckte so geräuschvoll aus, dass sogar die Franken es hörten.

Deren Anführer lenkte sein Pferd etwas voran und hielt dann an. Endres von Niederauen trug den Helm sehr tief im Gesicht. Der Nasenschutz saß nicht genau an der richtigen Stelle und ragte ein ganzes Stück über die Nasenspitze hinaus. Der Helm war ihm eigentlich etwas zu groß. Vermutlich hatte er ihn geerbt, ebenso wie das Kettenhemd, das recht locker saß.

Der Bart des Franken wies eine Lücke auf. Dort war eine Narbe. Die Haut war heller, denn sie wurde offenbar auch nicht von der Sonne gebräunt.

»Gehen wir hinüber zu ihm«, sagte Halmi. »Er wartet darauf. Vier Männer von jeder Seite. Und die Bogenschützen stecken die Pfeile zurück in die Köcher.«

»Darauf hast du dich eingelassen?«, fragte Olav.

»Das waren seine Bedingungen. Ich sehe nichts, was dagegenspricht.«

»Ich traue dem Kerl auf dem Pferd nicht«, meinte Skarf der Grobe.

»Und warum nicht?«, fragte Olav.

Skarf zuckte mit den Schultern. »Kann ich nicht sagen. Ist nur ein Gefühl.«

»Red nicht so düsteres Zeug daher, Skarf!«, mischte sich Knut Vierfinger ein, ein großer, breitschultriger Kerl, dessen Haar für einen Angehörigen des Nordvolkes sehr dunkel war. Ihm fehlte an der linken Hand ein Finger, was aber nicht die Folge eines Kampfes, sondern auf einen Unfall beim Schiffsbau zurückzuführen war. Allerdings nahmen Fremde häufig Ersteres an, und Knut Vierfinger tat in der Regel nichts, um diesen Irrtum aufzuklären. Er grinste dann nur, und einmal, als Olav noch ein Junge gewesen war, hatte er ihm gesagt: »Andere Männer erfinden Geschichten von Heldentaten, die es nie gegeben hat – aber mir traut man sie offenbar zu!«

Olav hatte den Befehl an seine Bogenschützen gegeben, die Pfeile wegzustecken, und die Reaktion auf der anderen Seite folgte prompt. Endres von den Niederauen gab seinen Leuten ein Zeichen, woraufhin auch bei ihnen die Pfeile in den Köchern verschwanden.

Viel mehr als ein Zeichen des guten Willens war das natürlich nicht.

»Finnbogi, Stormur und Knut kommen mit mir«, bestimmte Olav.

»He, was ist mit mir?«, beschwerte sich Orm. »Lässt sich der Jarl mit dem ruhmreichen Namen Schädelspalter jetzt lieber von einem Mann mit empfindlichen Weiberhänden verteidigen? In meiner Nähe wärst du sicher.«

»Du kannst mich ja rächen, falls etwas schiefgehen sollte«, entgegnete Olav.

Immerhin war Stormur klug genug, den Streit mit Orm nicht noch einmal aufzunehmen.

Olav wandte sich an Halmi. »Du wirst hier die Befehle geben müssen, falls der Handel platzt und sich die Lage ungünstig entwickelt.«

»Du kannst dich auf mich verlassen, Olav.«

»Bei Odins Auge, das weiß ich.«

Unterdessen waren auch drei Frankenkrieger vorgetreten, die ihren Anführer schützen würden. Endres von den Niederauen stieg von seinem Pferd. Die Lanze gab er einem seiner Männer, der herbeigeeilt war, um das Tier fortzuführen.

Die Hand des fränkischen Anführers umfasste den Schwertgriff. »Was ist?«, rief er herüber. »Habt ihr in Wahrheit gar keine Gefangenen gemacht, oder traut sich euer Anführer nicht in meine Nähe?«

Endres hatte seine Worte betont langsam und deutlich gesprochen, um sicherzugehen, dass die Nordmänner ihn auch verstanden. Seine Männer lachten auf.

Zusammen mit dem Mönch Ambrosius, Finnbogi Großhand, Knut Vierfinger und Stormur Stormsson trat Olav dem Anführer der Franken entgegen. Bis auf wenige Schritte näherten sie sich den vier Männern aus dem gegnerischen Heer. Olav musterte sie kurz. Es waren alles gut ausgerüstete Krieger. Die Hände umklammerten die Schwertgriffe, und auch wenn sie die Waffen nicht blankgezogen hatten, sie sahen so aus, als wären sie jeden Moment bereit dazu. *Sie schätzen unsere Stärke ab,* dachte Olav. *Genau wie wir das bei ihnen tun.*

»Ich bin Endres von den Niederauen«, sagte der Anführer der Franken. »Und ich bin hier, um euch die Gefangenen abzulösen, die ihr gemacht habt.«

»Für welchen Herrn sprichst du?«, wollte Olav wissen.

»Für Lothar, den römischen Kaiser«, sagte Endres. Aber er hatte dabei etwas zu lange gezögert, um seine Antwort wahr klingen zu lassen.

»Dann weiß Kaiser Lothar, dass du heute hier bist?«

»Das weiß er«, behauptete Endres. »Und für wen sprichst du?«

»Ich bin Olav Schädelspalter, Sohn von Grimr Schädelspalter, und ich spreche für mich selbst.«

Endres verzog spöttisch den Mund. »So gibt es niemanden, der dich beschützt«, stellte er fest.

»Nein, das heißt nur, dass es keinen Herrn über mir gibt, abgesehen von den Göttern.«

»Große Worte, Nordmann.«

Dieser Mann mochte in den Diensten des Kaisers stehen, in dieser Sache handelte er nicht in seinem Auftrag, erkannte Olav. Er handelte in eigener Sache – aus welchem Grund auch immer.

»Ich hoffe, du hast mehr zu bieten als große Worte«, erwiderte Olav. »Wie viel Silber kannst du aufbringen?«

Genau dies war für Olav der kritische Punkt. Wenn Endres in eigenem Namen und nicht mit dem Kaiser, der Kirche oder sehr viel mächtigeren Fürsten im Rücken handelte, war nicht sicher, dass er überhaupt größere Summen aufbringen konnte. Schließlich ging es ausschließlich um transportable Werte. Rittergüter, Bauernhöfe und Gebäude ließen sich nicht in den Norden mitnehmen.

»Zuerst muss ich wissen, wer in eurer Hand ist«, sagte Endres.

Olav holte die Karte mit der darauf geschriebenen Liste hervor, die er bis dahin unter seinem Wams verborgen hatte. Er faltete sie auseinander. Die lateinischen Buchstaben waren an manchen Stellen etwas verschmiert, da Ambrosius ja mit einem Stück Holzkohle geschrieben hatte, aber sie waren für einen des Lesens Kundigen dennoch zu entziffern.

»Dies sind die Namen. Der Mönch wird dir bestätigen, dass die hier verzeichneten Personen tatsächlich in unserer Gewalt sind.«

»Der wird alles bestätigen, damit ihr ihn nicht gleich umbringt!«

»Er hat keinen Grund, sich zu fürchten, weil ich ihn aus Gründen des guten Willens hier und jetzt freilassen werde, nachdem er seine Aufgabe erfüllt und dir die Liste vorgelesen hat.«

Olav wollte gerade die Liste an Ambrosius weiterreichen, als der Franke den Kopf schüttelte. »Nicht nötig, Nordmann. Ich werde sie selbst lesen.«

»Dann bist du ein gebildeter Mann?«

»Ich wurde in einem Kloster ausgebildet. Lass uns ein Stück gehen, Olav Schädelspalter.« Er verzog das Gesicht und zeigte dabei seine Zähne. »Oder fürchtest du dich etwa vor mir?«

»Ich fürchte niemanden.«

»Das habe ich mir gedacht. Lass uns die Sache von

Mann zu Mann besprechen, und wir werden uns über den Preis sicher einig werden.«

Olav zögerte. Sein Instinkt sagte ihm, dass etwas nicht so lief, wie es sollte, aber er konnte nicht sagen, was es war.

»Also gut«, sagte er schließlich.

Während sich ihre Begleiter noch immer unmittelbar gegenüberstanden, ließ sich Olav Schädelspalter von Endres von den Niederauen ein Stück fortführen. »Wir werden uns sicher einig werden«, sagte Endres. »Zumindest sind wir guten Willens dazu.«

»Das freut mich zu hören«, sagte Olav.

»Wie lange habt ihr vor, auf der Flussinsel zu bleiben?«

»Das wissen die Götter.«

»Ein zweites Heer von euresgleichen soll sich weiter flussabwärts in Xanten niedergelassen haben.«

»Ich bin nicht hier, um deine Fragen zu beantworten, Franke.«

»Ganz recht.« Endres hielt die Liste mit den Namen in der Hand. Aber er sah nicht drauf. Auch wenn Olav die Buchstaben der Franken nicht besonders gut lesen konnte und sich nicht in jedem Einzelfall sicher war, wie sie ausgesprochen wurden, so waren sie den Runen, die man in seiner Heimat benutzte, doch ähnlich genug, um zumindest erkennen zu können, ob jemand das Schriftstück, in dem er las, richtig herum hielt. Davon abgesehen hatte er dem Mönch Ambrosius dabei zugesehen, wie er die Liste aufgeschrieben hatte, und so war sich Olav vollkommen sicher: Endres konnte nicht lesen. Weder diese noch eine andere Art von Schriftzeichen. Er hielt das Pergament falsch herum, und es schien ihm überhaupt nicht aufzufallen.

Er will gar keinen Handel, durchfuhr es Olav. *Und er ist auch nicht der Gefangenen wegen hier!*

Gerade noch rechtzeitig warnte Olav sein untrüglicher Instinkt für Gefahr. Endres hatte unbemerkt den Dolch gezogen, durch seinen kräftigen Körper verdeckt, sodass Olav den tödlichen Stoß kaum rechtzeitig hätte bemerken können. So aber wich er dem Stoß aus, bog den Arm des Angreifers zur Seite und rammte ihm das Knie in den Leib. Ächzend taumelte Endres zurück. Olav hatte sein Schwert gezogen, Endres schleuderte den Dolch nach ihm, verfehlte Olav aber knapp und riss dann sein eigenes Schwert heraus.

Meinetwegen bist du hier!, erkannte Olav. *Dem Gegner den Anführer nehmen und damit der Schlange den Kopf abschlagen! Das war dein Plan – und alles andere nur ein Vorwand!*

Olav drosch auf den Anführer der Franken ein, der parierte gut, wich jedoch unter den furchtbaren Schlägen zurück.

Unterdessen brach ein ohrenbetäubender Schlachtenlärm los. Während Stormur Stormsson, Finnbogi Großhand, Skarf der Grobe und Knut Vierfinger ihren Gegnern bereits direkt gegenüberstanden, rannten von beiden Seiten die Heere aufeinander. Kein Befehl, kein Ruf, kein Hornsignal hätte sie noch anzuhalten vermocht. Pfeile wurden auf beiden Seiten abgeschossen, aber mit einem geordneten Beschuss hatte das nichts zu tun. Alles würde durch das Gemetzel in der Mitte entschieden werden. Schreie gellten, die Pferde fränkischer Reiter stellten sich auf die Hinterhand und scheuten. Olav sah noch aus den Augenwinkeln, wie einer der Franken, dessen Klinge eigentlich Knut Vierfinger den Kopf abschlagen sollte, stattdessen den in der Nähe stehenden und am Kampfgeschehen völlig unbeteiligten Mönch Ambrosius traf. Die Schwertspitze riss ihm die Halsschlagader auf, und der Mönch konnte das hervorschießende Blut auch mit beiden Händen nicht aufhalten. Er sank zu Boden, zuckte noch ein paarmal und rührte sich dann nicht mehr. Währenddessen hatte Knut seinen Gegner mit einem gezielten Stich niedergestreckt.

Der unüberhörbare Schrei des irren Orm ertönte. Völlig ungeschützt rannte er auf seine Gegner zu, in der einen Hand sein Schwert, mit der anderen eine Axt schwingend. Er wühlte sich regelrecht in die Reihen des Feindes hinein. Das Blut spritzte ihm ins Gesicht und gab ihm ein martialisches Aussehen. Die Franken wichen bereits vor ihm zurück. Das konnte kein gewöhnlicher Krieger sein! Eher schon ein Dämon, der geradewegs aus der Hölle emporgestiegen war und den der dunkle Zauber Satans zu schützen schien.

Endres von den Niederauen hatte sich indessen regelrecht an Olav festgebissen. Ihn wollte er zur Strecke bringen, auch wenn sich sein ursprünglicher Plan, den Anführer der Nordmänner schnell zu töten, nicht hatte in die Tat umsetzen lassen. Ebenso wenig hatte sich die Hoffnung erfüllt, dass der Heerhaufen der Nordmänner dann völlig führungslos auseinanderfallen würde.

Aber das hatte vielleicht auch mit dem Umstand zu tun, dass die Kampfweise der Nordmänner ohnehin nicht besonders viel an äußerer Ordnung aufwies, sondern eher durch das tollkühne Vorgehen Einzelner gekennzeichnet war.

Mit wuchtigen Schlägen trieb Olav den Anführer der

Franken noch immer zurück. Immer wieder trafen ihre Klingen klirrend aufeinander, dass die Funken flogen.

Dann brach Olavs Schwert. Mit einem Stumpf in der Hand stand er da.

»Halleluja! Der Herr ist mit uns!«, dröhnte Endres von den Niederauen und holte zu einem Schlag aus, vor dem Olav kaum schnell genug hätte zurückweichen können.

Doch in diesem Moment traf Endres ein Pfeil genau ins linke Auge. Gunjorn Gutauge hatte ihn abgeschossen. Olav erkannte es daran, wie er gearbeitet war, und insbesondere daran, wie die Steuerfedern am Pfeilende angebracht waren.

Ein zweiter Pfeil traf Endres in den Hals, genau dort, wo weder Kettenhemd noch Helm ihn schützte. Röchelnd und nicht einmal mehr zu einem Schrei fähig, sank Endres auf die Knie. Er rammte das Schwert in den Boden, um sich zu stützen, konnte aber schon einen Moment später dessen Griff nicht mehr halten und sank zu Boden.

»Nimm das Schwert!«, rief ihm Halmi der Graue zu, den die Wogen der Schlacht in Olavs Nähe verschlagen hatten. »Na los doch!«

Aber Olav war zunächst unfähig, sich zu rühren. Er stand da, während um ihn herum ein harter, blutiger Kampf tobte.

Nur jemand, dem die Götter die Gunst versagen, bricht das Schwert, ging es ihm durch den Kopf. *Und sie haben es alle gesehen! Es ist ein Zeichen. Und es lässt sich nicht ungeschehen machen!*

Endlich griff er nach der Klinge des toten fränkischen Anführers und riss sie aus dem Boden – gerade noch rechtzeitig, um den Angriff eines Reiters abzuwehren, der mit gestreckter Lanze auf ihn zugeprescht war und sie ihm mit dem Namen irgendeines christlichen Heiligen auf den Lippen in den Leib stoßen wollte. Olav wich aus und traf den Reiter mit dem Schwert. Benommen hing der Franke im Sattel. Olav nutzte die Gelegenheit, packte ihn, riss ihn herab und erschlug ihn, als der Franke gerade den Boden berührt hatte. Das Pferd scheute etwas zurück, blieb aber sonst ruhig. Es war gut ausgebildet. Olav nahm es bei den Zügeln und schwang sich in den Sattel.

»Vorwärts!«, rief er. »Tötet sie alle! Lasst keinen entkommen! Gegen jeden, den ihr davonkommen lasst, müssen wir bald noch einmal kämpfen!«

Dann ritt er geradewegs in die Menge der Franken hinein. Die Klinge des Endres von den Niederauen war lang, fast zwei Handbreit länger als das Schwert, das ihm zerbrochen war. Diese Waffe war gemacht, um vom Pferd aus zu kämpfen, und hatte einen weiten Wirkungskreis. Genau so nutzte sie Olav auch.

Ungestüm ließ er das Eisen durch die Luft wirbeln.

Willst du das Urteil der Götter vergessen machen?, meldete sich dabei eine innere Stimme aus der Tiefe seiner Gedanken. Und diese Stimme hatte auch gleich eine Antwort parat. Eine, die Olav Schädelspalter nicht gefallen konnte. *Es ist unmöglich. Egal, was du versuchst. Du bist nicht Grimr Schädelspalter, dem die Götter gewogen waren, sondern nur sein Sohn.*

Du bist noch nicht einmal Thorbrand.

Stundenlang zog sich das Gemetzel hin. Obwohl beide Heere etwa gleich stark gewesen waren, konnten die

Franken auf die Dauer nicht gegen die Krieger aus dem Norden bestehen, die keine Furcht zu kennen schienen. Und keine lahmen Arme. Jeder Einzelne von ihnen war gut genug, um mehrere Gegner an Kampfkraft aufzuwiegen. Und es zeigte sich nun, dass bei den Franken die Unterschiede zwischen den gut ausgerüsteten und kampferprobten Rittern und dem Fußvolk sehr groß waren.

Als am Abend der Himmel bewölkte, waren es mehrheitlich die Leichen der Franken, die das Schlachtfeld bedeckten. Raben kreisten über dem Ort des Schreckens. Ein Teil der Franken hatte entkommen können. Ihr Kampfeswille hatte schließlich purer Angst Platz gemacht. Die Reiter waren als Erste geflohen und hatten sich nicht weiter darum gekümmert, dass viele der Fußkrieger noch auf der Flucht erschlagen oder durch Pfeile getötet wurden. Mindestens zwei Drittel der Angreifer würden nicht ein zweites Mal nach Novaesium ziehen. *Ein großer Sieg,* dachte Olav. *Aber nur auf den ersten Blick … Und nicht für mich.*

Einige der Nordmänner waren noch immer damit beschäftigt, die Verwundeten zu töten und ihnen dann die Ausrüstung zu nehmen.

»Wir haben so viele Waffen, dass wir die doppelte Anzahl von Kämpfern damit ausstatten könnten, als uns zur Verfügung steht«, sagte Halmi der Graue zu Olav.

»Wie viele Männer haben wir verloren?«, fragte Olav.

»Dreißig. Aber daraus werden vielleicht noch vierzig, weil es ein paar Verletzte gibt, die womöglich nicht überleben werden.«

»Von den Franken hat es mehr als zehn Mal so viele erwischt.«

»Ja, das dürfte hinkommen.«

Olav sah Halmi an, diesen erfahrenen Berater seines Vaters, auf den der ungestüme Grimr letztlich so selten gehört hatte. Olav hatte lange nicht verstanden, wie der graue Mann so viel Geduld mit Grimr hatte aufbringen können. Aber irgendwann war ihm klar geworden, dass die Männer niemals jemandem wie Halmi folgen würden. Mochte er auch noch so klug und vorausschauend sein. Von Grimr hatten sie immer geglaubt, dass Njörd mit ihm war und dafür sorgte, dass dieser Jarl sie zu Reichtum und Ruhm führen würde, während Halmi immer nur derjenige gewesen war, der irgendwelche Einwände vorzubringen hatte. Einwände, die Grimr einfach weggewischt hatte. Statt auf die Erfahrung seines klugen, weit gereisten Gefährten hatte Olavs Vater lieber auf den tollkühnen Mut eines Berserkers gesetzt, der er in seinem Herzen wohl selbst immer gewesen war. Ein Berserker von Natur aus, der keinen Pilzextrakt brauchte, um so wild zu werden, wie er gewesen war.

Halmi ist wie ich, erkannte Olav nun. *Aber wenn ich will, dass mir die Männer auch in Zukunft folgen, muss ich werden wie mein Vater. Oder wie Thorbrand.*

Den letzten Teil dieses Gedankengangs hätte Olav liebend gern unterdrückt. Aber das war nicht möglich. Es war einer dieser Gedanken, die sich einfach ihren Weg bahnten. Olav fühlte eine Welle des Hasses auf seinen verbannten Bruder in sich aufsteigen. *Was willst du denn? Du hast doch alles bekommen, was du wolltest, und er steht ohne irgendetwas da.* Aber diese Stimme der Vernunft wurde in den Hintergrund verdrängt. Obwohl Olav wusste, wie sinnlos sein Hass auf seinen Bruder war, konnte er doch nichts dagegen unternehmen. *Es ist ein Fluch. Selbst jetzt, da du alles hast, beneidest du ihn,* dachte er.

»Dreißig oder vierzig Tote sind für uns schlimmer als für die andere Seite fünfhundert Tote«, drang Halmis ruhige Stimme in seine Gedanken.

Der graue Mann sprach sehr klar und auf eine Weise, dass man kaum bezweifeln konnte, dass er nichts als die reine Wahrheit sagte. Er hatte recht. Die Toten waren für die Nordmänner nicht zu ersetzen. Die Franken hingegen konnten immer wieder Hunderte oder gar Tausende von Kämpfern zusammenrufen. Selbst wenn auf jeden gefallenen Nordmann fünf getötete Franken kamen, würden sie den Kampf letztendlich doch gewinnen, weil sie einfach in der Überzahl waren. Sie brauchten sich nur zu einigen. Und das war nur eine Frage der Zeit.

Ein verwundeter Franke schrie, weil der irre Orm noch Freude daran hatte, ihn etwas zu quälen, bevor er ihn endgültig tötete.

»Es wird jetzt nicht leicht werden«, prophezeite Halmi.

»Nein, aber wir haben etwas Zeit gewonnen«, gab Olav zurück. »Zeit, die mit viel Blut erkauft wurde, ich weiß. Aber ich denke, es wird eine Weile dauern, bis sich die Franken noch einmal trauen werden, uns anzugreifen – geschweige denn auf der Flussinsel.«

»Das meinte ich nicht«, sagte Halmi.

Olav hob die Augenbrauen. »Nein?«

»Meine Aussage betraf nicht die Franken, sondern dich, Olav. Es haben alle gesehen. Und diejenigen, die vielleicht gerade woanders hingeschaut haben, werden es inzwischen erzählt bekommen haben.«

Olav wollte etwas erwidern, aber plötzlich saß ihm ein Kloß im Hals, und so kam Halmi seiner Erwiderung zuvor.

»Wenn das Schwert eines Jarl zerbricht, ist das ein sehr schlechtes Zeichen, Olav. Und zwar nicht nur für dich, sondern für uns alle. Das wird ihnen von nun an immer wieder durch den Kopf gehen. Vielleicht werden sie zwischendurch nicht daran denken, wenn sie eine der gefangenen Webhausfrauen besteigen oder ein paar Franken die Köpfe von den Schultern schlagen. Aber in der Zwischenzeit denken sie immer wieder daran, und selbst wenn sie es nicht tun, wird diese Sache wie ein schleichendes Gift in ihnen wirken.«

»Was soll ich deiner Ansicht nach tun, Halmi?«

»Du kannst nichts tun, Olav. Du kannst nur hoffen, dass es nicht zu schlimm kommt. Und wenn dir Njörd sehr gnädig ist, dann schaffen wir es, unsere Leben und etwas von der Beute zu retten. Und dann – aber nur dann – ist es möglich, dass sie es allmählich vergessen.«

KAPITEL 20

Thorbrand Schädelspalter erreichte zusammen mit Branagorn von Corvey das Kloster Prüm. Die Anlage selbst war um einiges größer, als Thorbrand es je bei einem anderen Kloster gesehen hatte. Und hier war man auch keinesfalls wehrlos. Thorbrand sah gut ausgerüstete Wachen auf den Befestigungen, die das Kloster umgaben.

Auch wenn die Mönche ihre einfachen Kutten trugen, sie schienen es zumindest teilweise nicht ganz genau mit den Grundsätzen ihres Glaubens zu nehmen. Dies war nicht ausschließlich ein Ort der Buße und der Einkehr, sondern auch der Macht. Ein Herrschaftssitz, der so manchen Hof eines Jarl im Norden wie eine schäbige Hütte erscheinen ließ.

»Es wäre gut, wenn du überwiegend schweigen würdest, Thorbrand«, sagte Branagorn von Corvey, nachdem sie das Tor passiert hatten.

»Was immer du verlangst«, sagte der Nordmann.

»Und noch etwas. Du wirst diesmal nicht von meiner Seite weichen, bei keinem Gespräch, keinem Treffen. Wir werden sogar nachts im selben Raum schlafen, und du wirst deine Waffen stets griffbereit haben.«

»Anscheinend hast du aus den Vorfällen während unserer bisherigen Reise gelernt«, sagte Thorbrand.

»Ja, das habe ich. Dass die Welt nicht so brüderlich ist, wie sie unserem Glauben nach sein sollte, war immer klar. Und ebenso, dass es Mächte gibt, die alles daransetzen, dass meine Mission scheitert. Nur habe ich nicht gedacht, dass der Arm meiner Feinde so weit reicht.«

»Du hast Cunrad von Diusburh wirklich vertraut«, stellte Thorbrand fest.

»Nur Gott enttäuscht uns nicht in seiner Güte.« Branagorn seufzte. »Der Mensch leider immer wieder.«

Ein Mönch nahm ihnen die Pferde ab, und der Abt persönlich begrüßte Branagorn am Eingang des Hauptgebäudes. Sein Name war Rigobertus. Es war ein Mann von ungewöhnlicher Größe, sogar noch einen ganzen Kopf größer als Thorbrand, dabei aber sehr dünn und feingliedrig. Im Gegensatz zu manch beleibtem Mitbruder glaubte man es ihm, dass er es mit dem Gelübde der Enthaltsamkeit ernst nahm. Rigobertus musterte Thorbrand stirnrunzelnd, und Branagorn sagte einfach nur: »Mein Begleiter und Schutzschild.«

»Sollten wir uns nicht auf den Schutz des Herrn verlassen?«, fragte Rigobertus.

»Ich befand, es sei opportun, dem Herrn sein Werk etwas zu erleichtern«, erklärte Branagorn von Corvey.

»Schön gesagt, Branagorn. Den Humor, den man in Corvey pflegt, habe ich immer geschätzt.«

»Der Herr hat uns das Lachen gegeben, damit wir das Grauen leichter ertragen.«

»Ein Novize wird euch die Schlafstellen zeigen.«

»Ehrlich gesagt, ich bin in Eile und würde es vorziehen, so schnell wie möglich mit König Karl zu sprechen.«

»Er ist in der Kapelle und betet. Ich würde niemandem empfehlen, ihn dabei zu stören, aber du als sein ehemaliger Lehrer hast gewiss diesbezüglich Rechte, die anderen nicht zustehen.«

Thorbrand folgte Branagorn von Corvey zur Klosterkapelle von Prüm. An der Tür standen Wachen, was ungewöhnlich war und darauf hindeutete, dass hier etwas nicht so war wie gewöhnlich. Die Wachen waren Fremde. Sie unterhielten sich in romanischer Sprache und schienen sich gut zu amüsieren. Jedenfalls lachten sie verhalten. Aber als Branagorn und Thorbrand Einlass begehrten und die Kirche betreten wollten, richteten sie ihre Lanzen gegen Thorbrand. Was sie sagten, verstand Thorbrand zwar nicht. Aber es war klar, dass sie ihm den Zutritt zur Kapelle verweigern wollten.

Branagorns Erwiderung war ebenfalls auf Romanisch, und sie klang sehr bestimmt und barsch. Daraufhin traten die Wachen zur Seite. Sie verlangten noch nicht einmal, dass Thorbrand seine Waffen ablegte.

»Schwierigkeiten?«, fragte Thorbrand an Branagorn gerichtet, während sie den Vorraum des Kirchenschiffs betraten. Seine Stimme hallte so sehr wider, dass er fast erschrak. In dieser Kirche wurde schon ein Flüstern zu einem lauten Getöse.

»Keine, die sich nicht lösen ließen«, gab Branagorn zurück.

Dann traten sie in das Kirchenschiff. Auch hier gab es Wachen, die zweifellos etwas irritiert darüber waren, dass ein Mönch in Begleitung eines bewaffneten Beschützers eingetreten war.

Vor dem Altar kniete jemand. Den breiten Schultern nach war es ein Mann, und er trug einen Umhang aus edel gewebtem, mit Purpur durchwirktem Stoff, dessen Kapuze sein Haupt bedeckte.

Das musste König Karl sein, den man den Kahlen nannte. Er sprach Worte vor sich hin, die Thorbrand nicht verstand. Eine Mischung aus Latein, Romanisch und hin und wieder kleineren Passagen in fränkischer Sprache. Aber auch wenn Thorbrand die genaue Bedeutung nicht zu erfassen vermochte, so war doch eindeutig, dass es sich um Gebete handelte.

Branagorn und Thorbrand warteten geduldig, bis der König seine Zwiesprache mit Gott beendet hatte und sich erhob. Er drehte sich um und schlug die Kapuze seines Umhangs zurück.

Thorbrand glaubte, seinen Augen nicht trauen zu dürfen. Erstens war der Mann, der da im Gewand eines Königs vor ihm stand, sehr viel jünger, als er es erwartet hatte; Thorbrand schätzte ihn auf höchstens Anfang zwanzig. Und zum Zweiten wunderte sich der Nordmann über das dichte dunkelbraune Haar, das Karl bis weit über die Schultern fiel. Bei Thor, wieso nannte man diesen Mann Karl den Kahlen?

»Karl! Mein König«, sagte Branagorn und kniete nieder. Thorbrand hielt es für das Beste, dem Beispiel zu folgen. Auch wenn er solche Gesten der Unterwerfung aus tiefster Seele hasste und sie als unwürdig empfand, so wollte er doch lieber nichts tun, was die Lage verkomplizierte.

Karl trat näher, blieb dann stehen und machte ein Zeichen, das ihnen bedeutete, sich zu erheben.

»Es ist schön, dass du gekommen bist, Branagorn von Corvey, mein Lehrer.«

»Die Freude ist ganz meinerseits.«

»Seit wann kniest du vor mir? Du wirst ewig mein

Lehrer bleiben. Ganz egal, welchen Rang ich inzwischen habe.«

»Es macht mich glücklich, dass Ihr das so seht.«

Karl blickte zu Thorbrand hinüber, wobei die Hand des Königs den prachtvoll verzierten Schwertgriff umfasste. »Anscheinend traust du deinem Schüler nicht mehr über den Weg. Oder wie ist es zu erklären, dass du dich nur in Begleitung eines bewaffneten Wächters in meine Gegenwart traust?«

Karl sprach Fränkisch, aber mit einem sehr starken romanischen Akzent, was wohl der Tatsache geschuldet war, dass er die letzten Jahre vorwiegend im westlichen Teil des Reiches verbracht hatte, vornehmlich in Franzien. Thorbrand hatte daher erhebliche Mühe zu verstehen, was der König meinte. Zudem waren seine Sätze mit romanischen Wörtern durchsetzt, was das Verständnis zusätzlich erschwerte.

»Ich bin nur vorsichtig, mein König«, sagte Branagorn von Corvey.

»Und hast du Grund zu dieser Vorsicht?«

»Den habe ich. Nicht allen gefällt, was ich tue.«

»Nicht allen gefällt der Verrat, das mag wohl sein.«

»Welcher Verrat?«, fragte Branagorn erstaunt.

Thorbrand bemerkte, dass sich die Stimmung des Königs verändert hatte. Bisher hatte er zu verbergen gewusst, was in ihm vorging, doch nun brach es aus ihm hervor. Er ballte die Hand zur Faust. »Du reitest für meinen Halbbruder Ludwig durch die Lande und versuchst ein Bündnis mit Kaiser Lothar zu schmieden!«

»Um der Gefahr durch die Eindringlinge Herr zu werden, die von der See aus in unser Land eingefallen sind«, verteidigte sich Branagorn.

»Und was ist mit dem Schwur von Straßburg? Was ist mit dem großen Pergament, dessen Text Ludwig und ich unterzeichnet haben, verfasst in zwei Sprachen, Fränkisch und Romanisch?«

»Ich habe es nicht vergessen.«

»Aber dein König Ludwig hat es anscheinend vergessen!« Karl trat noch näher an Branagorn heran. Seine Worte waren leise gesprochen, aber trotzdem deutlich zu verstehen. »Ludwig und ich haben uns geschworen, gemeinsam gegen Lothar zu ziehen, ihm die Kaiserwürde zu entreißen und sein Reich unter uns aufzuteilen, denn zwei Könige sind schon mehr als genug für das Reich der Franken! Es war ein geheimer Schwur, der mit Blut besiegelt wurde! Und was erfahre ich jetzt? Ludwig schickt seinen Unterhändler Branagorn von Corvey zu unserem gemeinsamen Feind Lothar, um mit ihm ein Bündnis zu schließen! Wie konnte man mich nur so hintergehen?«

»Niemand will Euch hintergehen, Karl!«

»Weißt du was, mein verehrter Lehrer? Einem anderen würde ich gar nicht die Gelegenheit geben, eine so schändliche Absicht noch irgendwie zu entschuldigen oder zu erklären!« Karl warf einen kurzen Blick in Thorbrands Richtung. »Kein Wunder, dass du dich nicht mehr allein auf deinen unheiligen Weg traust. Aber glaube ja nicht, dass dich ein stummes Ungeheuer wie dieser Kerl dort vor deiner gerechten Strafe bewahren kann.«

»Karl!«

»Allerdings befinde ich mich im Reich meines Halbbruders Ludwig und kann hier nichts gegen dich unternehmen oder dir etwa eigenhändig die Kehle durchschneiden, wie ich es gern täte und du es verdient hättest!«

»Karl, nun hört mich doch an! Es ist notwendig, dass Ludwig und Lothar ihren Krieg beenden. Und wenn es nur für kurze Zeit ist. Schiffe sind den Rhein hinaufgefahren. Schiffe mit Kriegern aus dem Norden, die plündernd und mordend in unser Land eingefallen sind. Sie haben Xanten besetzt und Novaesium dem Erdboden gleichgemacht. Sie rauben die Klöster aus und haben sich auf einer Insel im Rhein niedergelassen, und niemand weiß, wie lange sie bleiben werden.«

»Ein paar Räuber, die das Meer hin und wieder anspült. Die werden schon wieder verschwinden. So etwas gibt es auch an anderen Küsten.«

»Die Gefahr aus dem Norden wurde lange unterschätzt. Im Land der Angelsachsen haben die Nordmänner schon eigene Reiche gegründet, und an der Nordgrenze unseres Reiches fallen sie immer wieder ein und fahren die Elbe hinauf bis Hammaburg. Nur interessiert das in anderen Teilen unseres Reichs leider kaum jemanden. Zumindest bisher.«

»Das rechtfertigt alles keineswegs den Bruch eines gültigen Geheimschwurs!« Karls Gesicht war sehr finster geworden. »Es ist immer dasselbe«, meinte er. »Das Halbbrüderpack schlägt sich und verträgt sich wieder. Ich hätte mich nie darauf einlassen sollen, auch nur einem der beiden zu trauen. Sie haben mich immer verachtet, mich nie als ihren königlichen Bruder akzeptiert, so wie sie meine Mutter nie als Gemahlin meines Vaters anerkannt haben.«

»Ich verstehe Euch durchaus, Karl …«

»Ach ja? Ihr dient ihnen doch!«

»Nein, ich diene der Kirche und der Christenheit. Und wenn dazu nötig ist, dem König zu helfen, dann tue ich auch das. Aber nie zum Selbstzweck.«

»Ja, so hast du schon geredet, als du noch mein Lehrer warst …« Karls Nasenflügel bebten. Diese Angelegenheit ging ihm offensichtlich sehr nahe. »Viel zu weich ist mein Vater gegenüber Ludwig und Lothar gewesen! Sie haben Krieg gegen ihn geführt! Sie haben ihn gezwungen, in dieses Kloster hier zu gehen! Unsere Familie war hier gefangen! Und als er dann das Blatt wendete und seine Söhne besiegte, was hat er da getan? Sie vielleicht bestraft, wie es sich gehört hätte? Nein! Er hat ihnen verziehen, diesen Schweinehunden und Schwurbrechern!«

»Man nannte Euren Vater nicht umsonst ›den Frommen‹«, warf Branagorn ein.

»Pah, so fromm sollte nicht einmal ein Papst sein!«, entfuhr es Karl. »Hätte mein Vater meine Brüder bestraft und ins Kloster geschickt, damit sie ihre Sünden büßen, wäre ich jetzt Kaiser und Alleinherrscher. Ich, der ich für meine Brüder immer nur der kleine Nachzügler aus der zweiten Ehe meines Vaters war. Ein Halbbruder, den man verachtet und um sein Erbe bringen kann!«

»Am Ende habt Ihr den besten Teil des Reiches bekommen«, meinte Branagorn.

»Ja, nachdem ein Reichstag der Fürsten das durchgesetzt hat!« Karl atmete tief durch.

Einige Augenblicke herrschte Schweigen. Karl ging ein paar Schritte auf und ab, dann kehrte er zu Branagorn zurück und blieb vor dem Mönch stehen. »Wenn du Ludwig triffst, erinnere ihn an seinen Schwur zu Straßburg.«

»Das kann ich gerne tun.«

»Und falls ihm die Erinnerung daran schwerfällt oder er nicht mehr wahrhaben will, was er damals schriftlich niedergelegt hat, dann sollte er bedenken, dass ich mich durchaus gegen ihn wenden und mit Lothar zusammentun könnte. Es muss nicht unbedingt Lothars Reich sein, das aufgeteilt wird!«

»Karl! Alles, was jetzt notwendig ist, ist eine kurzfristige Einigung Eurer beiden Brüder und eine Beendigung ihrer Auseinandersetzungen um die Gebiete am Rhein. Denn diese Uneinigkeit ist der Grund, dass sich die Invasoren dort breitmachen konnten. Nicht nur das, sie werden entsprechende Kunde in ihre Länder tragen, und man muss damit rechnen, dass in Kürze weitere Flotten hierher aufbrechen. Diese Einigung will ich. Mehr nicht. Alles, was dann geschieht, muss in Verdun verhandelt werden.«

»Verdun!« Karl machte eine wegwerfende Handbewegung. »Dort streiten sich unsere Unterhändler doch schon seit einem Jahr oder mehr, und es bewegt sich nichts.«

»Weil sich die Herren dieser Unterhändler nicht bewegen. Deshalb geht dort nichts voran. Und weil keiner dem anderen traut. Nicht einmal die beiden Königssöhne aus erster Ehe trauen einander.«

»Ja, die sind sich nur darin einig, dass jeder von ihnen die Vorherrschaft über die anderen will. Und zwar für sich allein.«

»Dieses Spiel kann kein gutes Ende nehmen, Karl.«

»Wie wahr, mein Lehrer. Wie wahr.«

»Dann solltet Ihr es aufgeben!«

»Ach ja?«

»Ihr alle drei, Karl! Denn keiner der Könige ist in der Lage, dieses Spiel zu gewinnen und endgültig für sich zu entscheiden. Wenn ihr zu keiner Einigung findet, werdet ihr alles verlieren. Und das ist dann nicht die Schuld von ein paar Barbaren, die mit ihren Schiffen unsere Flüsse hinauffahren und sich nehmen, was ihr nicht schützt.«

Wieder entstand eine Pause. Der König des Westreichs schien nachdenklich geworden zu sein. Branagorn trat an ihn heran – näher, als Thorbrand es in Anbetracht der Spannungen, die in der Luft lagen, für gut hielt. Dieser Jüngling auf dem Thron wirkte sehr impulsiv. Er hatte mit Thorbrand nicht nur die Jugend, sondern auch den unbändigen Zorn gemein, und so konnte sich der Nordmann durchaus vorstellen, dass der Herrscher plötzlich zum Dolch griff und …

In diesem Fall wäre Thorbrand in einer ziemlich heiklen Lage gewesen. Er sah sich um und besah sich die Wachen, schätzte ihre Kampfkraft ein und überlegte, wie er vorgehen sollte, wenn die Situation eskalierte.

»Habe ich Euch jemals falsch beraten, Karl?«, fragte Branagorn, der die Nähe seines ehemaligen Schülers nicht zu fürchten schien. Er glaubte wohl, dass der noch immer spürbare Respekt vor seinem ehemaligen Lehrer Karl davon abhielt, seinem Zorn nachzugeben. *In diesem Punkt irrst du dich, Mönch,* dachte Thorbrand. *Du irrst dich, weil du diese Art von Zorn nie selbst empfunden hast.*

Aber entgegen Thorbrands Erwartung hatten Branagorns Worte eine durchaus beruhigende Wirkung auf den jungen König. »Was soll ich deiner Meinung nach tun, Branagorn von Corvey?«

»Gebt mir etwas Zeit. Lasst es zu einer kurzfristigen Übereinkunft zwischen Ludwig und Lothar kommen. Sie ist unumgänglich, wenn wir nicht auf Jahre hinaus fremde Räuber in unserem Land haben wollen.«

»Und wenn diese Räuber fortgejagt sind, was vielleicht gar nicht so einfach wird? Dann geht es weiter wie zuvor?«

»Es ist vielleicht gar nicht nötig, die Barbaren davonzujagen und dafür Blut zu vergießen.«

»Und wie sieht dein Plan in dieser Sache aus?«

»Ich werde Euren Brüdern vorschlagen, ein Lösegeld zu zahlen, damit die Nordmänner das Land verlassen und wieder aufs Meer hinausfahren.«

»Dann werden sie nächstes Jahr wiederkommen, in Erwartung einer erneuten Zahlung.«

»Aber es wird uns Aufschub geben. Wer weiß, was nächstes Jahr ist, Karl. Niemand kann das vorhersagen. Wenn es bis dahin eine vernünftige Übereinkunft bei den Verhandlungen in Verdun gibt, dann kann ein erneuter Vorstoß der Nordmänner abgewehrt werden. Noch mal werden sie uns nicht so unvorbereitet und unorganisiert antreffen.«

Karl hob die Augenbrauen. »Dieses Lösegeld. Wer wird das aufbringen?«

»Ludwig ist bereit dazu. Und ich werde versuchen, auch Lothar zu einer Zahlung zu bewegen, denn es liegt auch in seinem Interesse.«

»Und die Kirche?«

»Auch die wird ihren Teil beitragen«, versicherte Branagorn. »Aber Euch, mein Herr, wird man vermutlich nicht darum bitten. Dieser Kelch wird an Euch vorübergehen. Doch Ihr müsst die Annäherung zwischen

Lothar und Ludwig dulden, sonst wird aus diesem Plan nichts.«

Erneut entstand eine Pause.

»Gut, ich verlasse mich auf dich, Branagorn«, sagte König Karl schließlich.

»Dann werdet Ihr stillhalten? Ihr werdet kein Heer in Richtung Lotharingien in Marsch setzen oder irgendetwas anderes unternehmen, was unseren Plan gefährden könnte?«

»*Deinen* Plan, Branagorn«, berichtigte ihn Karl. »Es ist dein Plan, nicht meiner. Aber ich bete für uns alle, dass er aufgeht. Bei Gott, denn wenn nicht, wirst du es bereuen, *mein Lehrer!*«

»Zweifellos«, gab Branagorn dünnlippig zurück.

»Tu mir trotzdem einen Gefallen.«

»Welchen?«

»Vergiss nicht, Ludwig an den Schwur zu erinnern, den er geleistet hat und der schriftlich niedergelegt wurde. Und vielleicht könntest du dabei einfließen lassen, dass dieses zweisprachige Pergament eventuell auch Lothar zu Gesicht gelangen könnte, was die Situation vielleicht auf eine Weise ändern würde, die für Ludwig äußerst prekär wäre.«

»Du willst deinem Bruder drohen?«

Karl lächelte kühl. »Meinem Halbbruder. Er selbst hat auf diesen Unterschied immer großen Wert gelegt. Nein, ich bedrohe ihn nicht. Ich erinnere ihn nur an einen Schwur. Einen Schwur, an den er sich zu halten hat, wenn er ein Mann von Ehre ist.«

Branagorn verneigte sich. »Ich werde ihm ausrichten, was Ihr mir gesagt habt, mein König.«

Noch vor Einbruch der Nacht verließ König Karl mitsamt seinem Gefolge das Kloster Prüm. Eine mehr oder minder unauffällige Gruppe von Reitern ritt ohne großes Aufsehen nach Westen.

Thorbrand und Branagorn übernachteten in einem der Schlafräume, die das Kloster Prüm für Reisende bereithielt. Außer ihnen weilten derzeit keine Fremden in Prüm, und so hatten sie den großen Schlafsaal für sich allein.

»Eins musst du mir verraten, Mönch«, wandte sich Thorbrand an Branagorn. »Wieso wird dieser König Karl der Kahle genannt?«

»Wieso nicht?«, gab Branagorn zurück und lächelte hintergründig.

»Ich hatte einen alten Mann erwartet, der nur noch einen schmalen Haarkranz trägt. Stattdessen begegnete mir ein Jüngling mit einer so dichten Haarpracht, wie man sie nur selten zu sehen bekommt. Einen Mann mit dem Beinamen ›der Kahle‹ stelle ich mir anders vor.«

Branagorn nickte. »Du bist kein Franke, auch wenn du von einer Fränkin abstammst. Das merkt man an deiner Frage.«

»Wie meinst du das, Mönch?«

»Karl der Kahle wird nicht deswegen so genannt, weil er kahl wäre, was ja nicht der Fall ist, wie du gesehen hast.«

»Sondern?«

»Volles, langes Haar ist unter Franken ein Zeichen königlicher Würde. Kein Franke, der ein lichtes Haupt hat, könnte den Thron besteigen, und es sind schon im Zuge von Thronstreitigkeiten Bewerber rasiert worden, um sie als für die Herrschaft unwürdig zu brandmarken und sie auf diese Weise auszuschließen.«

»Eigenartige Sitten sind das.«

»Karl der Kahle hat diesen Namen erhalten, weil er bei der ersten Teilung des Reiches leer ausging. Er war ohne Herrschaft – also kahl, wie man hier sagt. Seine beiden Halbbrüder hatten das Reich schon unter sich aufgeteilt, und erst ein Reichstag hat dafür gesorgt, dass Karl schließlich doch noch seinen Teil bekam. Aber den Beinamen ›der Kahle‹ wird er wohl nicht mehr los.«

»Hm«, brummte Thorbrand. »Anscheinend geht doch nichts über eine nette Familie und die Zuneigung unter Brüdern!«

»Lothar und Ludwig waren nicht begeistert, als ihr Vater nach dem Tod ihrer Mutter ein zweites Mal heiratete und einen weiteren, wesentlich jüngeren Thronfolger in die Welt setzte. Nach fränkischem Recht wird das Erbe unter den Söhnen aufgeteilt. Und wenn dieser Nachzügler nicht gekommen wäre …«

»… hätte man nur durch zwei teilen müssen.«

»So ist es.«

Thorbrand schüttelte den Kopf. »Eine dumme Sitte«, sagte er. »Es wäre vernünftig, sie abzuschaffen.«

»Ja, zumal hierzulande nach dem Tod eines Herrschers die überzähligen Erben entweder ermordet oder ins Kloster gesteckt werden müssen, wenn das Reich seine Einheit behalten soll.«

»Oder man rasiert sie, wie ich jetzt gelernt habe«, ergänzte Thorbrand.

Branagorn beendete das Thema mit den Worten: »Wir brechen morgen in aller Frühe auf.«

»Und wohin geht es?«

»Das wirst du schon noch sehen.«

»Du traust mir immer noch nicht, Mönch?«

Branagorn zögerte, ehe er schließlich antwortete: »Wir reiten nach Echternach.«

»Was ist dort?«

»Dort befindet sich ein Königshof. Lothar pflegt dort sein Heer zu versammeln, und es ist sehr wahrscheinlich, dass er jetzt dort ist. Abt Rigobertus hat das bestätigt.«

»Dann also auf zu diesem Königshof!«, sagte Thorbrand, während er sich auf dem einfachen Bett ausstreckte.

Am nächsten Morgen brachen sie in aller Frühe auf. Branagorn hatte am Abend zuvor noch eine längere Unterredung mit dem Abt gehabt, bei der Thorbrand zwar anwesend gewesen war, allerdings kein Wort verstanden hatte, da das Gespräch auf Latein geführt worden war. Am Morgen unterhielten sich Branagorn und Abt Rigobertus noch einmal in dieser Sprache, und der Abt brachte sie sogar persönlich zum Haupttor des Klosters.

»Er scheint wichtige Dinge mit Rigobertus besprochen zu haben«, meinte Thorbrand, nachdem sie schon fast eine Stunde geritten waren und durch ein bewaldetes Gebiet kamen.

»Er spendete mir ein wenig geistlichen Trost«, behauptete Branagorn.

»Und dazu bedarf es einer Geheimsprache?«

»Geheim ist die Sprache nur für diejenigen, die sie nicht gelernt haben.«

»Du musst mich für einfältig halten, Mönch.«

»Bist du das nicht?« Branagorn machte eine wegwerfende Handbewegung, wie sie für ihn so typisch war. »Es reicht, wenn du dein Schwert führen kannst und weiterhin auf der Hut bist.«

»Der kahle Karl wird jetzt wohl kaum noch einen Mörder schicken.«

»Da wäre ich mir nicht so sicher.«

»Er schien mir mit deinen Plänen einverstanden.«

»Ja, das war er, als ich mit ihm in der Kapelle sprach. Aber er hat ein schwankendes Gemüt, und es kann sein, dass ihn plötzlich der Zorn packt und er etwas tut, wovon er selbst vielleicht nie geglaubt hätte, dass er dazu fähig ist.«

»Nun, das kann ich nachempfinden.«

»Es sind nicht nur die Könige, die mir unter Umständen gefährlich werden könnten. Die vielleicht sogar am wenigsten, denn letztlich will ich nur ihr Bestes, auch wenn sie das selbst nicht immer so sehen. Es sind die Männer aus der zweiten Reihe, welche die eigentliche Gefahr darstellen.«

»Männer wie Cunrad von Diusburh.«

»Richtig. Diese Männer haben viel zu verlieren, wenn sich im Spiel der drei Könige eine Wende ergibt. Das hat mir das Beispiel von Cunrad vor Augen geführt.«

»Wirst du etwas gegen ihn unternehmen, wenn du das nächste Mal Cunrads Herrn triffst?«

»König Ludwig?« Branagorn zuckte mit den Schultern. »Manchmal ist es klüger, nichts zu tun.«

»Aber es liegt auf der Hand, dass dieser Ritter Nordberth von Cunrad geschickt wurde.«

»Habe ich einen Beweis dafür? Kann ich sicher sein,

dass mich König Ludwig mehr braucht, als er Cunrad braucht?«

»Ich verstehe nichts von derlei Ränken«, gestand Thorbrand. »Ich töte meine Feinde und helfe meinen Freunden – oder denen, die mich dafür bezahlen oder denen ich aus einem anderen Grund verpflichtet bin.«

»Beneidenswert, wenn die Welt so einfach ist«, murmelte Branagorn. »Das ist sie für mich leider nicht.«

Sie brauchten länger als geplant bis nach Echternach. Das lag daran, dass eine Straße, die Branagorn eigentlich benutzen wollte, unpassierbar geworden war. Es hatte einen Erdrutsch gegeben. Bäume und Geröllmassen versperrten den Weg nach Westen, und so waren sie gezwungen, eine andere Route zu nehmen. Sie kampierten in der Nacht an einem Wasserlauf, dem sie auch am darauffolgenden Tag einige Stunden folgten.

Thorbrand fiel ein großes Flussschiff auf. Seine Länge lag irgendwo zwischen einer Skaid, die maximal sechzig Mann Besatzung hatte, und einem Draken, auf dem hundert Mann Platz fanden. Aber es gab kein Segel und keine Riemen. Das Boot wurde vom Ufer aus von einem Ochsengespann gezogen. Im Bug und im Heck standen jeweils Männer mit langen Staken, deren Hauptaufgabe es war, das Boot weg vom sumpfigen Ufer zu halten.

Thorbrand zügelte sein Pferd. Er konnte kaum fassen, was er sah.

»Was gibt es da zu starren, Nordmann?«, fragte Branagorn. »Noch nie ein Boot gesehen?«

»Nennt ihr so etwas Schifffahrt?«, fragte Thorbrand kopfschüttelnd.

»Das nennt man hier Treideln.«

»Wie auch immer. Es wird mir zu Hause niemand glauben, wenn ich dort erzähle, dass ich ein Schiff gesehen habe, das von Ochsen gezogen wurde!«

»Lasst ihr eure Schiffe nie von Ochsen oder Pferden ziehen?«

»Aber doch höchstens über Land. Dieses hier liegt im Wasser und schwimmt. Bei Odins Auge, es gibt doch Segel und Riemen! Wozu ein Schiff, das schwimmen kann, von Ochsen ziehen lassen? Das ist so widersinnig, als würde ich versuchen, einem Pferd das Sprechen beizubringen.«

»Komm weiter, Nordmann. Wir haben es eilig.«

»Das Land meiner Mutter ist mir doch fremder, als ich es für möglich gehalten hätte«, gestand Thorbrand.

Es wurde warm, und Thorbrand begann unter seinem dicken Wams zu schwitzen. Der Frühling schien früh zu kommen. Viel früher, als Thorbrand das von seiner Heimat her gewohnt war.

Am frühen Nachmittag erreichten sie den Königshof von Echternach. Die Anlage hatte etwa die Ausmaße des Königshofs von Diusburh, auch wenn die Befestigungen im Gegensatz zu den dortigen Verhältnissen zu einem Großteil aus Stein waren. Ein großes Heer hatte sich hier versammelt. Fahnen wehten im Wind, Zelte waren außerhalb der Mauern des befestigten Königshofs errichtet worden. Es waren Tausende, die hier kampierten.

»Das muss Lothars Heer sein«, meinte Branagorn. »Man hat mich also richtig informiert. Den Kaiser werden wir gewiss hier finden.«

»Gegen wen zieht dieses Heer?«

»Wahrscheinlich will Lothar seine Vasallen weiter

nördlich gegen die Einfälle Ludwigs unterstützen. Aber nun wird er vielleicht gegen deine Verwandtschaft auf der Rheininsel und in Xanten kämpfen.«

Während sie durch das ausgedehnte Heerlager zogen, ließ Thorbrand den Blick schweifen. Die paar hundert Krieger auf der Flussinsel würden gegen diese Übermacht nicht bestehen können. Vielleicht würden sie sich eine Weile halten. Eine Insel bot für die Verteidiger immerhin gewisse Vorteile. Aber auf Dauer musste dieser Kampf für die Nordmänner mit einer blutigen Niederlage enden. Man konnte nur hoffen, dass sie klug genug waren, ihre Beute auf das Meer zu retten, bevor es zu spät war. Das Frankenreich erschien Thorbrand wie ein gewaltiger schlafender Drache. Diesen Drachen hatten die Nordmänner gereizt, ihm sogar ein paar empfindliche Wunden geschlagen. Aber bevor er richtig erwachte, tat man gut daran, nicht mehr in seiner Nähe zu sein.

Seine Leute würden klug genug sein, entsprechend zu handeln, redete sich Thorbrand ein. Er gehörte nicht mehr zu ihnen, und doch machte er sich Sorgen um sie. Das Band zwischen ihm und den Seinen war doch stärker, als es ihm in den letzten Tagen vorgekommen war.

Am Tor standen schwer bewaffnete Wachen, die sie anhielten. »Wer will zum Königshof?«

»Branagorn von Corvey in Diensten der heiligen Kirche. Man erwartet mich.«

Der Kommandant der Wachen trug einen Überhang mit dem kaiserlichen Wappen. Er trat vor und deutete auf Thorbrand. »Und wer ist das?«

»Ich begleite diesen reisenden Mönch«, sagte Thorbrand.

»Deine Sprache klingt eigenartig. Kommst du von den Baiern?«

»Jedenfalls von weit her.«

Der Wachmann machte ein Zeichen, mit dem er ihnen bedeutete weiterzureiten. Thorbrand führte das Packtier hinter sich her, während Branagorn voranritt. Im Innenbereich des Königshofs hatten Händler ihre Stände aufgebaut. Es roch nach halb verdorbenem Fleisch und vielen anderen Dingen, von denen Thorbrand noch nicht einmal zu sagen vermochte, was es war. Ein blinder Lautenspieler versuchte sein Publikum für sich einzunehmen, während ein kleiner Junge herumging und Münzen aus Silber und Kupfer erbettelte. Krieger übten sich im Kampf und schwangen ihre langen Frankenschwerter.

»Achte auf alles, was du am Leib trägst, Thorbrand«, riet Branagorn seinem Begleiter.

»Du machst dir Sogen, dass ein Räuber einen Räuber bestehlen könnte?«

»An Orten wie diesem sind die Diebe so geschickt, dass du es nicht merkst, wenn sie dir die Taschen leeren. Selbst vor Mönchen, Priestern und Nonnen haben sie keinen Respekt.«

Sie erreichten schließlich das Hauptgebäude des Königshofes. Es war – wie die äußere Ummauerung und die Kapelle – aus Stein, während so gut wie alle anderen Gebäude in Fachwerkbauweise errichtet waren. Branagorn stieg von seinem Pferd, und Thorbrand folgte seinem Beispiel.

Ein Mann in edlem Wams trat aus dem Portal des Hauptgebäudes. An der Seite trug er ein kurzes Schwert, das kaum die Länge eines Sachsenmessers, aber einen mit Gold verzierten Griff hatte. Keine Waffe, mit der man wirklich kämpfen konnte, sondern ein Schmuckstück, erkannte Thorbrand.

»Branagorn von Corvey!«, rief der so edel Geschmückte, dessen dunkler Knebelbart sorgfältig geschnitten war. »Man hat schon behauptet, Euch wäre etwas zugestoßen, und Ihr wäret daher nicht mehr in der Lage, uns jemals wieder mit Eurer Gegenwart zu beehren!«

»Seid gegrüßt, werter Dyetz von Reblingen!«, gab Branagorn zurück. »Es soll jemand kommen und sich um unsere Pferde kümmern und unser Quartier vorbereiten.«

Dyetz von Reblingen winkte ein paar Bedienstete herbei, die sich augenblicklich um die Pferde kümmerten. Thorbrand zögerte zunächst, einem der Stallburschen die Zügel zu überlassen. Er dachte an Branagorns Worte in Bezug auf die Dreistigkeit der Diebe in Echternach. Aber der Mönch nickte ihm ermutigend zu. »Unserem Eigentum wird nichts geschehen«, versicherte Branagorn.

»Ihr habt einen Begleiter, der voller Misstrauen ist«, stellte Dyetz fest. »Darf ich erfahren, mit wem ich die Ehre habe?«

»Mein Name ist Thorbrand.«

»Ich habe dich hier noch nie gesehen, aber das soll nicht heißen, dass du nicht willkommen wärst. Was kann ich über dich noch erfahren, abgesehen von deinem Namen?«

»Ich bin der Sohn einer fränkischen Mutter.«

Dyetz grinste. »Wie die meisten von uns.«

»Wenn du das sagst.«

»Jedenfalls scheinst du verschwiegen zu sein und

gibst nur das preis, was unbedingt notwendig ist. In Anbetracht all des Geschwätzes, das diesen Hof erfüllt, ist das eine Eigenschaft, die ich durchaus schätze, Thorbrand von Unbekannt.«

Branagorn ergriff wieder das Wort. »Haltet mich nicht für unhöflich, Dyetz, aber ich habe es eilig …«

»Eure Mission ist wie gewöhnlich dringend«, sagte Dyetz mit einem spöttischen Lächeln um die Lippen.

»So ist es.«

»Was das Quartier anbetrifft, das Ihr verlangt, Branagorn, muss ich Euch wahrscheinlich enttäuschen. Ihr werdet bei Euren Pferden im Stall nächtigen müssen, und selbst dort werdet Ihr nicht allein sein, wie Ihr noch sehen werdet. In Anbetracht dessen, was hier in Echternach zurzeit los ist, geht es leider nicht anders. Der Kaiser hat seine Pferdemänner und Krieger aus allen Teilen seines Reiches gerufen.«

»Ich habe Armut gelobt und finde nichts dabei, in einem Stall zu übernachten«, versicherte Branagorn.

»Aber an Speise und Trank soll es dafür umso reichlicher für Euch und Euren Begleiter geben. Daran herrscht hier nämlich kein Mangel.«

»Dyetz, ich muss zum Kaiser. Jetzt und sofort. Es gibt wichtige Dinge, die ich ihm vorzutragen habe. Die Zeit drängt.«

»Mag die Zeit drängen oder nicht. Der Kaiser ist nicht hier.«

»Was?« Branagorn wirkte wie vor den Kopf gestoßen.

»Anscheinend ist die Nachricht darüber zu Euch noch nicht vorgedrungen. Er ist heute Morgen in aller Früh Richtung Verdun aufgebrochen. Seine Anwesenheit bei den dortigen Verhandlungen schien kurzfristig notwendig. Er wird aber sicherlich in einigen Tagen zurückkehren, und ich würde Euch empfehlen, so lange hier zu warten.«

»Einige Tage? Nein, das ist zu lang.«

Dyetz von Reblingen zuckte mit den Schultern. »Es tut mir leid, aber ich kann nicht mehr für Euch tun. Ich selbst habe den Auftrag, mich mit dem Heer nach Norden zu begeben, sobald wir einigermaßen vollzählig und alle zur Heerfolge verpflichteten Vasallen eingetroffen sind. Das könnte schon sehr bald der Fall sein.«

Branagorn schluckte. »Ich danke Euch für Eure Auskünfte. Wir werden dem Kaiser nachreiten. Wenn Ihr uns mit frischen Pferden …«

»Die Nacht solltet Ihr hier in Echternach verbringen«, unterbrach Dyetz den Mönch. »Die Wege nach Verdun sind unsicher für einzelne Reiter. Es treibt sich viel Gesindel dort herum, und womöglich kann Euch dann auch ein Thorbrand nicht schützen.«

Er will Branagorn auf gar keinen Fall frische Pferde geben, war es Thorbrand sofort klar. *Auch wenn er seine Absage hinter höflich klingendem Gerede zu verbergen weiß.* Thorbrand fragte sich, was wohl der Grund dafür sein mochte. Vielleicht lag es ganz einfach daran, dass alle Pferde im Heerlager des Kaisers gebraucht wurden. Schließlich stand man offenbar kurz vor dem Aufbruch.

Die andere Möglichkeit war natürlich, dass es Dyetz aus irgendeinem Grund nicht recht war, dass Branagorn dem Kaiser nach Verdun folgte.

Am Abend gab es ein großes Mahl im Hauptgebäude des Königshofs, zu dem Dyetz von Reblingen auch Thorbrand und Branagorn rufen ließ. Allerlei armes Volk aus der Umgebung hatte sich ebenfalls eingefunden und wurde bei dieser Gelegenheit verköstigt. Almosen im Namen des Kaisers und des Herrn im Himmel.

Für einen Kaiser, dessen Herrschaft nicht unumstritten war, war es sicher ganz gut, als mildtätiger Almosengeber aufzutreten, dachte Thorbrand. Dass der hohe Herr selbst gar nicht anwesend war, spielte keine Rolle. Jeder wusste, wem das Mahl zu verdanken war. Man würde sich lange daran erinnern und Lothar umso freundlicher begrüßen, wenn es ihn nach ein paar Jahren wieder in die Gegend um Echternach verschlug. Die Nachteile eines durchziehenden Heertrosses waren auf diese Weise leichter erträglich.

Thorbrand langte ordentlich zu. Das Fleisch war sehr würzig. Ob es wirklich gut war, konnte man am Geschmack nicht mehr feststellen. Aber Thorbrand sagte sich, dass jemand, der im Stall übernachten musste, wenigstens genug essen sollte. Die opulente Fülle dessen, was hier aufgetischt wurde, verschlug ihm wirklich den Atem. Ein solches Mahl hatte er noch nicht erlebt. Selbst zu den größten Feiern, zu denen sein Vater auf seinen Hof lud, war das Angebot an Speisen nicht annähernd so groß. Die Tische bogen sich förmlich darunter. Es waren Früchte dabei, die Thorbrand noch nie gesehen hatte, und es stiegen ihm Gerüche in die Nase, die so intensiv waren, dass er zeitweise den Eindruck hatte, sie würden ihn betäuben.

Bier und Wein flossen in Strömen, und Thorbrand genoss vor allem das Bier, auch wenn er bei diesem nach wie vor den Honiggeschmack des heimischen Mets vermisste.

»Ich gebe dir den guten Rat, nur mäßig zu trinken«, mahnte ihn Branagorn, nachdem Thorbrand innerhalb kürzester Zeit den dritten Krug gelehrt hatte.

»Warum?«, fragte er, während er sich von einer Magd nachschenken ließ.

»Damit du einen klaren Kopf behältst.«

»Selbst hier erwartest du, dass dir jemand ans Leder will?«

»Dieser Ort ist für einen Mord ebenso gut oder schlecht geeignet wie jeder andere. Und abgesehen davon brechen wir morgen in aller Frühe auf, und ich habe keine Lust, mit einem Halbtoten durch die Gegend zu ziehen!«

»Keine Sorge, dies ist der letzte Krug!«, versprach Thorbrand und leerte sein Trinkgefäß daraufhin in einem Zug.

Ein Mann fiel Thorbrand auf. Er trug eine zerrissene, fleckige Kutte aus grauem Gewebe und hatte die Kapuze über den Kopf gezogen. Er hatte zunächst sehr auffällig gehinkt, und Thorbrand hatte ihn daher für einen der armen Schlucker gehalten, die es sich beim Festmahl im Namen des Kaisers gut gehen ließen. Aber als der Mann dann von seinem Platz aufstand, um sich noch etwas Wein zu holen, wirkten seine Bewegungsabläufe auf einmal viel weniger ungeschickt. Davon abgesehen bemerkte Thorbrand nun schon zum zweiten Mal, dass der Mann geradewegs in Branagorns Richtung blickte. Der war in ein Gespräch mit einem anderen Mönch vertieft, der wohl als Schreiber am kaiserlichen Hof diente, aber schon zu alt war, um seinen Herrn nach Verdun zu begleiten. Von dem Gespräch der beiden bekam Thorbrand nur wenig mit, da sie sich nur zum Teil auf Fränkisch unterhielten und stattdessen immer wieder ins Lateinische oder Romanische wechselten.

Der Hinkende richtete seinen Blick erneut auf die beiden Mönche. Thorbrand beschloss, ihn nicht aus den Augen zu lassen. Vielleicht bildete er sich nur etwas ein, und Branagorn hatte ihn mit seiner Angst vor Verfolgung angesteckt.

Für einen kurzen Moment nur wurde Thorbrand von einem Küchenmädchen abgelenkt, das sich ziemlich ungeschickt anstellte und einen halben Krug Wein verschüttete. Ein kleiner Tumult folgte daraufhin. Als er sich gelegt hatte, war der Hinkende in der Menge verschwunden.

»Die Wollust ist eine Todsünde, Thorbrand!«, drang Branagorns Stimme in seine Gedanken, der das Gespräch mit dem Schreiber offensichtlich beendet hatte.

»Wie kommst du jetzt darauf, Mönch?«

»Du starrst das Küchenmädchen an, dass dir gleich die Augen aus dem Kopf fallen.«

»Du hast sie offenbar auch bemerkt, sonst wäre es dir nicht aufgefallen.«

»Gut pariert.«

»Außerdem frage ich mich, wie es so viele Christen auf der Welt geben kann, wenn sie alle der Meinung sind, Fleischeslust wäre Sünde.«

Branagorn lächelte mild. »Es gibt eine Wahrheit des Glaubens und eine des Lebens.«

»Mir war ein Mann aufgefallen, der mir seltsam erschien«, erklärte Thorbrand nun. »Er wirkte erst wie ein hinkender Bettler und bewegte sich dann auf eine Weise, die dazu nicht passte.«

»Das ist alles?«

Thorbrand zuckte mit den Schultern. »Ich habe gelernt, dass man aufpassen muss, wenn etwas nicht so ist, wie es sein sollte.«

»Falsche Bettler gibt es wie Sand am Meer. Und auch wenn du dir das nicht vorstellen kannst, aber sie gehören an Orte wie diesen. Bettler, die wissen, dass sie möglichst erbarmungswürdig wirken müssen, um die Freigiebigkeit der Gläubigen zu wecken. Ein Festmahl wie dieses zieht sie an wie das Licht die Motten.«

»Wenn du es sagst …«

»Ich habe übrigens Neuigkeiten erfahren. Offenbar tun sich in Verdun Dinge, die Bewegung ins Spiel der Könige bringen. Wir haben einen scharfen Ritt vor uns.«

Thorbrand ahnte, was diese Worte bedeuteten: Das Festmahl war für sie beide zu Ende. Der Nordmann nahm sich noch einen Waldrappschenkel, dann musste er so laut aufstoßen, dass man sich zu ihm umdrehte, und das, obwohl er nun wahrhaft nicht der Einzige war, dem das eine oder andere Geräusch als Folge der Völlerei aus einer seiner Körperöffnungen drang.

»Man hat deine Stimme vernommen, Nordmann«, sagte Branagorn und erhob sich. »Vernimm du nun auch die meine: Es war genug!«

Thorbrand und Branagorn verließen die Festhalle im Hauptgebäude des Königshofs, um sich zu ihrem Lager im Pferdestall zu begeben. Draußen war es bereits dunkel. Die kühle, sternklare Nacht erinnerte noch einmal an den gerade vorübergegangenen Winter.

Sie erreichten den Stall. Dyetz von Reblingen hatte ihnen angekündigt, dass sie dort nicht allein nächtigen würden, aber im Moment war dort niemand. Nicht einmal die Stallburschen. Keiner wollte sich das Festmahl entgehen lassen, und weil niemand wusste, ob oder wann er so etwas je wieder erleben würde, stopften sie so viel in sich hinein, wie sie nur konnten. Bis zum letzten Stück Fleisch und zum letzten Tropfen Wein oder Bier würde das gehen, sodass am Ende wahrscheinlich kaum einer der Festteilnehmer noch in der Lage war, zum Stall zu finden.

»Vielleicht haben wir unser fürstliches Quartier wider Erwarten doch allein«, meinte Branagorn von Corvey.

Thorbrand war selbst so vollgegessen, dass er zu keiner Antwort imstande war. Er dankte den Göttern, dass Branagorn zumindest seinen Durst nach Bier gedrosselt hatte. Sein Kopf war nur ein bisschen schwer, aber im Großen und Ganzen war er noch Herr seiner Sinne.

Eines der Pferde schnaubte. Die Stalltür stand halb offen. Möglich, dass das an der Unachtsamkeit der Stallburschen lag. Das Lachen und der Festlärm aus dem Hauptgebäude drangen bis hierher. Einen Moment lang versuchte sich Thorbrand einzureden, dass die Unruhe der Pferde daher kam.

Dann sah er den Schatten. Urplötzlich kam er aus einer dunklen Ecke. Durch ein Loch im Dach fiel Mondlicht herein und spiegelte sich auf der blanken Klinge eines Sachsenmessers, die so lang wie eine Elle war. Der Schatten stürzte sich auf Branagorn.

Thorbrand riss das Handbeil aus dem Gürtel, warf die Waffe, und ehe der Angreifer den Mönch erreichte, hatte ihm die Beilklinge den Schädel gespalten. Er sank zu Boden und rührte sich nicht mehr.

Thorbrand zog das Schwert. Die Pferde wieherten immer noch und schnaubten unruhig.

Thorbrand ließ den Blick schweifen, während der Mönch wie angewurzelt dastand, förmlich erstarrt.

Einige Augenblicke lang geschah gar nichts. Die Pferde brauchten etwas Zeit, bis sie sich einigermaßen beruhigt hatten. Thorbrand war sich schließlich sicher, dass niemand mehr außer ihnen im Stall war.

Er steckte das Schwert wieder ein und kniete neben dem Toten nieder. Das Handbeil steckte noch in seinem Kopf. Thorbrand zog es heraus. Er wischte es am Stroh ab und befestigte es wieder am Gürtel. »Du solltest deine Entscheidung, hier die Nacht zu verbringen, noch einmal überdenken, Mönch.«

»War das der Mann, den du in der Halle gesehen hast?«, fragte Branagorn.

»Die Gewandung könnte hinkommen. Aber man sieht hier nicht viel.« Thorbrand stand auf. Er packte den Toten unter den Achseln und zog ihn ins hereinfallende Mondlicht. Das Gesicht war nun gut erkennbar, trotz des vielen Blutes, das aus der offenen Stirn sickerte. »Er ist es«, stellte Thorbrand fest. »Ich hatte recht, ein falscher Bettler, der keineswegs durch ein ungnädiges Schicksal zum Humpeln verdammt war.«

»Irgendjemand wird ihn dafür bezahlt haben, dass er mich angreift.«

»Ja. Fragt sich nur, wer. Du hast hier anscheinend nicht nur Freunde, Mönch.«

»Wie gut, dass ich jemanden wie dich an meiner Seite habe.«

»Ich könnte ihn durchsuchen. Möglicherweise finden wir irgendeinen Hinweis auf denjenigen, der ihm den Auftrag erteilte.«

»Lass es«, sagte Branagorn, als Thorbrand bereits damit

angefangen hatte, die Kleider des Toten zu durchsuchen. In der Gürteltasche fanden sich ein paar Münzen aus Kupfer und Silber. Thorbrand nahm sie einfach an sich. Ihrem ursprünglichen Besitzer nutzten sie nichts mehr.

»Lass es!«, sagte Branagorn noch einmal, und es war keineswegs eine Bitte, sondern im Tonfall eines energischen Befehls gesprochen. »Wir reiten sofort los! Die ganze Nacht durch, soweit unsere Pferde durchhalten. Hier in Echternach bleibe ich nicht für die Dauer eines Glockenschlags mehr.«

Er scheint zu wissen, wer dahintersteckt, dachte Thorbrand. *Zumindest ahnt er es.*

Die Pferde waren schnell gesattelt. Gemeinsam luden Thorbrand und Branagorn dem Packtier seine Last wieder auf. Die Leiche des gedungenen Mörders bedeckte Thorbrand mit Stroh, sodass man sie nicht gleich entdeckte.

»Glaubst du, dass der Herr dieser Königsburg etwas damit zu tun hat, Mönch?«, fragte Thorbrand.

Branagorn von Corvey zuckte mit den Schultern. »Soll ich diese Möglichkeit etwa ausschließen? Inzwischen habe ich gelernt, dass ich wirklich niemandem mehr trauen kann.«

»Niemandem außer deinem Gott. So sagst du doch immer.«

»Natürlich«, gab Branagorn schmallippig zurück.

Sie brachen auf. Das Tor des Königshofs stand offen. Mit irgendeiner Gefahr von außen war nicht zu rechnen. Nicht hier, mitten im Herzen von Lothars Reich, und schon gar nicht, solange ein großes und immer noch wachsendes Heer den Königshof umsäumte wie ein zusätzlicher Schutzwall.

Die Wachen schliefen. Auch sie hatten offenbar viel Wein und Bier getrunken. Niemand behelligte Thorbrand Schädelspalter und Branagorn von Corvey, als sie das Tor passierten und ihren Weg durch das ausgedehnte Lager der Krieger suchten.

»In Verdun wird man dich genauso unfreundlich empfangen«, glaubte Thorbrand.

»Aus Verdun kam vielleicht der Mörder«, gab Branagorn zurück.

KAPITEL 21

»Die Franken! Sie haben das Flussufer besetzt!«

Olav erwachte, zumal ihn jemand bei den Schultern packte und schüttelte.

In der Kapelle herrschte Halbdunkel. Ein Feuer vor dem Altar und mehrere Fackeln an den Wänden brannten.

»Stormur!«, entfuhr es Olav, als er den Mann erkannte, der ihn geweckt hatte. »Bei Thors Hammer, es muss mitten in der Nacht sein!«

»Du solltest dir ansehen, was da geschieht«, sagte Stormur. »Leg deine Waffen an und komm!«

Olav erhob sich.

»Du hast zu wenig Met getrunken!«, beschwerte sich der irre Orm. »Es gibt Männer, die schlafen dann schlecht und stören andere!«

»Hört mir zu!«, rief Stormur Stormsson. »Hört mir alle zu! Die Nacht ist vorbei für uns! Die Franken haben sich neu aufgestellt. Vielleicht sind von anderswo Männer dazugestoßen, oder irgendeiner ihrer Könige hat sich entschlossen, ein Heer gegen uns aufzustellen. Jedenfalls sind sie da! Ich habe sie gesehen.«

»Immer mit der Ruhe«, versuchte ihn Halmi zu beschwichtigen. »Zwischen ihnen und uns liegt ein breiter Fluss. Ich kann mir kaum vorstellen, dass es genug Männer unter den Franken gibt, die schwimmen können. Und da drüben in Novaesium gibt es nichts mehr, was sie über das Wasser tragen könnte. Sie können uns also so schnell nicht gefährlich werden.«

Das galt allerdings nur für den Moment, wusste Olav. Nach dem Kampf gegen die Männer von Endres von den Niederauen hatte Olav den Befehl gegeben, sich komplett auf die Flussinsel zurückzuziehen. Tage waren seitdem vergangen. Ab und zu schickte Olav ein paar Späher auf die andere Seite, die sich dort umsahen. Aber die meiste Zeit beschränkte man sich darauf, das Ufer zu beobachten. Am Tag war das kein Problem, schließlich gab es kaum noch Gebäude, Bäume oder Sträucher, die die Sicht versperrten.

Auch wenn der Blutzoll unter seinen Männern schwerer wog als die viel höheren Verluste des Feindes, hatte Olav letztlich nicht daran geglaubt, so bald wieder einen Franken in der Nähe auftauchen zu sehen. Schließlich hatten sie sich mehr als eine blutige Nase geholt. Ihre Verluste waren verheerend gewesen, und die Kunde von dieser furchtbaren Niederlage hatte sich ganz sicher wie ein Lauffeuer verbreitet. Doch offenbar hatte er die Franken unterschätzt.

Was ihm in den letzten Tagen am meisten Sorgen bereitet hatte, war die Tatsache, dass Bragi Bragison und seine Begleiter noch immer nicht zurückgekehrt waren. Über dem Fluss gespannte Seile hätten Bragi und die Besatzungen der Knorren wohl kaum aufhalten können. Eher schon vermutete Olav, dass Eirik Sturlason dahintersteckte. Innerlich fühlte er deswegen einen kalten Grimm, doch er ließ sich nach außen hin nichts anmerken. Eirik würde schon sehen, was er davon hatte, wenn sie sich eines Tages gegenüberstanden und Olav ihn mit dem Schwert an das Bündnis mit seinem Vater erinnern würde.

Olav schloss den Waffengürtel, als er bereits im Freien war. Halmi und Stormur folgten ihm. Und auch der irre Orm und Rasmus der Rote fanden sich ein.

Aus der Ferne waren Rufe zu hören und Klopfen. Ein Geräusch, wie es entstand, wenn Schwerter oder die Schäfte von Lanzen und Äxten gegen Schilde geschlagen wurden, um die gegnerischen Kämpfer einzuschüchtern. Das Klopfen hatte einen wiederkehrenden Rhythmus. Zweimal kurz und einmal lang. Und dazu dröhnte ein Chor von Stimmen herüber.

»Der Wind kommt aus ihrer Richtung, nur deswegen hört man ihr Geschrei so deutlich«, sagte Rasmus finster.

Olav blickte zum Himmel empor. Für einen Moment dachte er, dort ein Schwarm Sternschnuppen zu sehen. Doch das waren keine Sternschnuppen, sondern ... Brandpfeile!

Es waren Hunderte! Offenbar hatte man jedem Franken einen Bogen in die Hände gedrückt, um die Insel zu beschießen. Doch von ihrem Standort aus konnten die Franken nur das westliche Drittel der Flussinsel unter Beschuss nehmen. Die Klosterkapelle und das Lager der Nordmänner lagen außerhalb ihrer Schussweite. Doch es musste alles unternommen werden, um zu verhindern, dass sie die an Land gezogenen Schiffe in Brand schossen.

»Wer hält auf der Westseite Wache?«, fragte Olav.

»Gunjorn Gutauge und ein paar andere Männer befinden sich zurzeit dort.«

Inzwischen hatten sich mehr und mehr Nordmänner

vor der Kirche versammelt. Olav wählte ein paar aus, die auf die Gefangenen aufpassen sollten. Das Letzte, was er brauchen konnte, war ein Aufruhr unter ihnen. Ein paar weitere Krieger schickte er los, um die Wachen bei den Schiffen zu verstärken. Es war nicht ganz auszuschließen, dass die Franken doch über den Fluss anzugreifen versuchten. Das mochte zwar unwahrscheinlich sein, doch möglicherweise hatte man auf der gegnerischen Seite doch noch eine Möglichkeit gefunden, das Wasser zu überqueren.

Mit den restlichen Männern machte sich Olav dann auf zur Westseite der Insel. Erneut flog eine Salve von Brandpfeilen.

»Sie wollen die Bäume und Pflanzen in Brand stecken!«, rief Olav. »Wo immer ihr seht, dass ein Brand entsteht, versucht ihn zu löschen, solange er noch klein ist!«

»Bei Thors Wetterlaunen!«, brummte Halmi. »Unser Gegner ist klüger, als ich geglaubt habe. Wenn es ihnen gelingt, einen Brand zu entfachen, wird der Rauch uns den Atem rauben!«

Ein Pfeil bohrte sich dicht neben dem Nachfolger von Grimr Schädelspalter in den Boden. Die Pfeile waren in Pech getränkt und ihr Feuer schwer zu löschen. Olav versuchte es auszutreten. Das Pech blieb an seinen Fellstiefeln kleben, und für einige Augenblicke tanzten auch unter seinen Sohlen die Flammen.

Wer immer die Angreifer diesmal auch anführen mochte, er verfügte auf jeden Fall über mehr Verstand als dieser Endres von den Niederauen, der Olav zu töten versucht hatte.

Wenig später erreichte er zusammen mit den anderen die Westseite. Das Mondlicht spiegelte sich auf dem Wasser, das die Flussinsel vom Festland trennte. Am novaesischen Ufer waren unzählige Feuer zu sehen. Fackeln in der Nacht. Und immer wieder stiegen Brandpfeile auf und regneten dann wie Sternschnuppen auf die Insel nieder.

Dumpf klang der martialische Singsang der Franken zu den Nordmännern herüber. Mit ihren Schwertern, Speer- und Axtschäften schlugen sie noch immer in demselben Rhythmus auf ihre Schilde. Wie viele Männer dort auf der anderen Seite zusammengezogen worden waren, hätte Olav nicht zu sagen vermocht. Sicher waren es einige Hundert. Es konnten aber auch zehn oder zwanzig Mal so viele Krieger sein. In der Dunkelheit war das nicht zu erkennen, und nach der Anzahl der lodernden Flammen konnte man sicher nicht gehen.

Gunjorn Gutauge legte einen Pfeil ein und schoss ihn zum anderen Ufer. Auf die Entfernung hatte ein guter Schütze wie er gerade noch Aussicht, sein Ziel zu treffen. Allerdings nur bei Tag, nicht bei Dunkelheit.

Auch einige der anderen Wachen, die derzeit für die Westseite eingeteilt waren, spannten ihre Bogen, aber da schritt Olav ein. »Kein Schuss mehr! Ihr verschwendet nur eure Pfeile, und im Moment werdet ihr nicht schnell genug neue fertigen können, um sie zu ersetzen!«

Es war wohl mehr die Wut, die die Krieger dazu veranlasst hatte, ihre Pfeile in Richtung des geradezu übermächtig erscheinenden Gegners abzuschießen. Aber bei den gegenwärtigen Lichtverhältnissen würden sie kaum jemanden treffen. Viel wahrscheinlicher war es, dass die Pfeile vom Schildwall aufgehalten wurden und dort stecken blieben. Am Ende nützte das nur den Angreifern, denn sie konnten die Pfeile selbst nutzen, wenn sie diese vorsichtig genug aus ihren Holzschilden zogen. »Löscht die Brände! Holt Decken aus der Kapelle und schlagt das Feuer damit aus!«

»Lasst uns übersetzen und ihnen die Schädel spalten«, knurrte der irre Orm, der mit den Anweisungen von Olav nicht einverstanden war. Statt aber dessen Antwort abzuwarten, brüllte er einen dröhnenden Schrei zur anderen Seite. Der blieb nicht ohne Wirkung, denn die fränkischen Angreifer gerieten mit ihren Schildschlägen aus dem Rhythmus, und ihre Kampfgesänge brachen für einen Augenblick ab.

»Ich töte euch alle!«, rief Orm. »Mit bloßen Händen reiße ich euch die Köpfe ab, ihr feigen Hunde!«

Ein Baum fing Feuer. Es war in letzter Zeit recht trocken gewesen. Auch wenn die zunehmende Wärme keineswegs ausgereicht hatte, die Feuchtigkeit völlig zu vertreiben, geriet das Holz in Brand. Das Feuer breitete sich rasch aus. Der Brandpfeil steckte so hoch im Baumstamm, dass man ihn vom Boden aus nicht erreichen konnte.

Heisere Rufe waren von der anderen Seite zu hören. Sie waren an die eigenen Leute gerichtet und hielten sie dazu an, die Schussfrequenz noch zu erhöhen. Die Pfeilsalven kamen daraufhin in immer rascherer Abfolge. Auch in Olavs Nähe gruben sich die Geschosse in den Boden. Dort richteten sie keinen Schaden an, aber einige hatten auch wieder die Bäume getroffen, und obwohl das nur auf einen Bruchteil zutraf, waren es immer noch genug. Bäume und Sträucher begannen zu brennen. Bald loderten an mehreren Stellen die Flammen auf.

Der irre Orm tobte unterdessen und schrie den Franken Beleidigungen und Flüche zu. Einige andere Nordmänner waren ebenfalls kurz davor, den Verstand zu verlieren, während sich der beißende Rauch immer weiter ausbreitete und auch stetig dichter wurde.

»Du musst eine Entscheidung treffen, Olav!«, sagte Halmi. »Es muss etwas geschehen!«

Bin ich Thor, der einfach seinen Hammer werfen kann?, dachte dieser. *Ich bin nur ein Mensch und kann den Lauf der Dinge ebenso wenig beeinflussen wie alle anderen, auch wenn sie genau das von mir erwarten!*

»Zurück zur Kapelle!«, rief Olav.

»Wir sollen vor diesen Frankentieren einfach zurückweichen?«, geiferte der irre Orm. »Sind wir Weiber?«

»Nein, aber hoffentlich vernünftig! Zurück jetzt!«, rief Olav.

»Olav hat recht! Der Rauch nimmt uns den Atem!«

Olav ballte in ohnmächtigem Zorn die Hände zu Fäusten. Genau das, was nun geschah, hatten die Franken gewollt. Und der Wind war ihr Verbündeter.

Der Rückzug vom Westteil der Flussinsel war mehr eine Flucht vor dem sich ausbreitenden Feuer. Einige derer, die zur Kapelle zurückgelaufen waren, kamen Olav und den anderen mit den Decken entgegen, aber damit das Feuer zu löschen war undenkbar. Unaufhaltsam breitete es sich weiter aus.

Ein Schrei gellte. Einer der Männer war sogar von einem Brandpfeil getroffen. Der Rauch war innerhalb kürzester Zeit so dicht geworden, dass die Pfeile wie aus dem Nichts zu kommen schienen. Man sah auch nicht mehr die Schwärme von vermeintlichen Sternschnuppen aufsteigen.

»Irgendwann werden ihnen die Pfeile oder das Pech ausgehen!«, machte sich Stormur Stormsson wohl selbst Mut, dann schüttelte ihn ein Hustenanfall, so als stünde er kurz davor, durch eine der winterlichen Lungenerkrankungen dahingerafft zu werden, die auf den Höfen des Nordens häufig Opfer forderten.

»Offenbar haben die reichlich davon mitgebracht«, meinte Halmi. Er wandte sich an Olav, der ebenfalls husten musste. »Du hast geglaubt, dass sie versuchen, auf die Insel zu kommen, um uns zu vertreiben.«

»Bei Thor, das wäre ja auch das Naheliegendste gewesen, oder etwa nicht?«, entfuhr es Olav, den die Wut gepackt hatte. Wut über seine eigene Fehleinschätzung über das Vorgehen der Franken.

»Die brauchen überhaupt nicht herzukommen!«, stellte Halmi fest. »Sie warten einfach ab, bis uns der Rauch das Luftholen unmöglich macht oder sich das Feuer über die ganze Insel bis zu unseren Schiffen gefressen hat. Und dann bleibt uns nichts anderes übrig, als die Insel zu verlassen. Womöglich warten sie dann irgendwo flussabwärts auf uns, spannen Seile und sorgen dafür, dass nur ein Teil von uns Xanten oder gar das Meer erreicht.«

Ja, dachte Olav, genau das würde ihr Plan sein! Was für ein verfluchter Narr er gewesen war, diese Möglichkeit nicht vorausgesehen zu haben. Glasklar erkannte Olav seinen Fehler. Er hatte sich nicht genug in seinen Feind hineinversetzt. Er hatte nicht daran gedacht, dass die Franken vielleicht gar nicht daran dachten, diesen Kampf mit Schiffen oder Flößen zu führen, wie es für einen Nordmann vollkommen selbstverständlich gewesen wäre.

In aller Ruhe konnten die Franken abwarten, und wenn sie später doch noch zur Insel übersetzen wollten, hatten sie alle Zeit der Welt, um von anderswo ein Wasserfahrzeug herbeizuholen oder Holz, um eines zu bauen.

»Olav, wir müssen die Schiffe zu Wasser lassen und das Ufer von diesen Brandstiftern säubern!«, rief Rasmus der Rote.

»Sind wir wahnsinnig? Gegen diese Übermacht?«, mischte sich Halmi ein.

»Das täuscht!«, war Rasmus überzeugt. »Die haben diesen ganzen Zauber mit ihren Fackeln und den Pfeilen doch nur veranstaltet, damit wir glauben, dass da ein riesenhaftes Heer aufmarschiert ist! Tausende und Abertausende von Kriegern, gegen die wir niemals bestehen könnten. Aber wo sollte denn ein so großes Heer plötzlich herkommen, Olav? Auch die Franken können keine Armeen aus dem Boden wachsen lassen!«

»Auf jeden Fall müssen wir verhindern, dass das Feuer bis zur Kapelle oder möglicherweise sogar bis zu den Schiffen vordringt«, sagte Halmi. »Ja, die Schiffe müssen ins Wasser, in dem Punkt hat Rasmus recht. Dann können wir notfalls die Insel verlassen.«

»Und den Großteil unserer Beute hierlassen?«, rief Stormur Stormsson aufgebracht. »Niemals. Olav, sag doch etwas! Dafür ist dein Vater nicht gestorben, und wir würden Njörd verspotten, wenn wir ihm seinen Beistand so vergelten würden!«

»Eine Schneise!«, sagte Olav plötzlich. »Wir schlagen eine Schneise. Jeder Baum und jeder Strauch, der dem Feuer Nahrung geben kann, muss weg!«

»Das dauert zu lange«, wandte Stormur ein. »Wir

werden das nicht schaffen! Das Feuer breitet sich zu schnell aus!«

»Dann werden wir ein zweites Feuer legen müssen, um dem ersten die Nahrung zu nehmen«, sagte Olav. »Feuer gegen Feuer!«

»Dies zweite Feuer könnte uns ebenso verschlingen, Olav«, gab Halmi zu bedenken. »Aber es wäre eine Möglichkeit.«

»Die Schiffe müssen trotzdem ins Wasser, Halmi!« Olav fasste ihn bei der Schulter. Auf den grauen Mann hatte er sich bisher stets verlassen können. Ihm vertraute er am meisten, und darum hatte er auch eine Aufgabe für ihn, die ein derartiges Vertrauen auch verlangte. »Nimm dir die Männer mit den stärksten Armen. Sie sollen nicht nur die Schiffe ins Wasser lassen, sondern sie auch beladen.«

»Du willst die Insel tatsächlich verlassen?«

»Wir müssen zumindest dazu bereit sein, wenn hier alles schiefgehen sollte und die Götter uns ihren Beistand vollkommen versagen.«

Halmis Augen wurden schmal. Schließlich nickte er. »Gut«, sagte er. »Aber ich warne dich. Viele werden davon nicht begeistert sein und dir später fluchen.«

»Dann sollen sie den Göttern fluchen, denn die können mehr dafür als ich.«

»Mag sein, Olav.«

»Und tu mir noch einen Gefallen«, bat Olav in gedämpftem Tonfall, sodass es die anderen nicht hörten.

»Welchen?«

»Nimm Orm mit. Einen irren Berserker in der Nähe des Feuers, das würde mir den letzten Verstand rauben!«

»Ich kann dich gut verstehen, Olav«, versicherte Halmi.

Mit einem Teil der Männer machte sich Olav daran, die Brandschneise zu schlagen. Der Klang der Äxte mischte sich mit dem Fauchen und Prasseln des nahen Feuers. So viel Pflanzenwerk wie möglich musste entfernt werden. Die Schneise komplett davon zu reinigen war nicht mehr möglich. Dafür wurde ein anderes Feuer entzündet, das die Nordmänner als ihren Verbündeten einsetzten.

Steinar der Schiffsbauer kannte sich gut mit dem Feuer aus, denn bei seiner Arbeit in der Schiffswerkstatt hatte er ständig Umgang damit. Unter anderem beim Biegen der Hauptsteven war der Einsatz von Feuer entscheidend.

Olav wandte sich an Leif den Über-Bord-Gegangenen. »Geh zurück zur Kapelle und sag dort Bescheid, dass so viel Pech, wie wir zur Verfügung haben, hergebracht werden soll!«, wies er den jungen Mann an.

»In Ordnung.« Leif machte sich gleich auf den Weg. Zur Beute gehörten auch einige Fässer voll Pech. Damit war es um einiges leichter, die Feuer zu entfachen, die die herannahenden Flammen aufhalten sollten.

Leif kehrte wenig später zurück. »Olav!«, rief er. Sein Gesicht war blass geworden, und Olav war gleich klar, dass irgendetwas geschehen sein musste.

»Was ist los?«, fragte Olav unwirsch.

»Die Gefangenen …«

»Was ist mit ihnen?«

»Wir haben keine mehr!«

Olav glaubte im ersten Moment, sich verhört zu haben. »Was sagst du da? Bei Thor, ich habe jetzt keinen Sinn für Scherze!«

»Du musst sofort zur Kapelle. Die Gefangenen haben

versucht, sich zu befreien, und der irre Orm …« Leif der Über-Bord-Gegangene sprach nicht weiter.

Olav begann zu ahnen, was geschehen war. *Was habe ich getan, um den Zorn der Götter derart auf mich zu lenken?* Er ging mit schnellen Schritten los.

»Olav!«, hörte er hinter sich den barschen Ruf des grauen Halmi. Der musste ihn ein zweites Mal rufen, damit er stehen blieb. Und auch das tat der junge Jarl nur, weil er wusste, dass er auf die Erfahrung und den Rat des grauen Mannes auch in Zukunft auf gar keinen Fall verzichten konnte.

Olav drehte sich um. »Ihr werdet es wohl allein schaffen, die Feuer zu entzünden!«

»Olav, was immer auch geschehen sein mag, es ist passiert und nicht mehr zu ändern!« Er deutete in Richtung der herannahenden Flammen. »Das dort ist im Moment unser Feind!«

»Ja, ich weiß«, murmelte Olav. »Ich sorge dafür, dass Pech genug zu euch kommt!«

Dann ging er weiter. Leif folgte ihm. Und Halmi wandte sich an Stormur Stormsson und Steinar den Schiffsbauer. »Ich muss ihm nach«, erklärte er, ohne das weiter zu begründen.

Olav erreichte die Kapelle. Schon davor bot sich ein Bild des Grauens. Eines der Schweine, das sie in Novaesium geraubt hatten, biss an der Leiche eines der gefangenen Mönche herum, riss Fleischstücke heraus und verschlang sie. Der Franke war mit Axthieben regelrecht zerstückelt worden.

Weitere Leichen lagen auf den letzten Schritten zur Kapelle, ebenfalls grauenvoll zugerichtet. Am grellbunten Gewand erkannte Olav, dass eine der Frauen aus dem novaesischen Webhaus darunter war.

Skarf der Grobe und Knut Vierfinger kamen Olav entgegen. Gleichzeitig drangen aus der Kapelle Laute, die wie eine Mischung aus Gelächter und den Schreien eines Irren klangen.

»Orm ist da drin«, sagte Skarf. »Und ich würde im Moment niemandem empfehlen, dort hineinzugehen, Olav.«

»Was ist mit ihm?«

»Wer vermag das schon zu sagen«, ergriff nun Knut Vierfinger das Wort. »So war er immer schon. Er tut, was ihm gerade einfällt, und man sollte besser gar nicht erst anfangen, nach einer vernünftigen Erklärung für das zu suchen, was er tut.«

»Bei Odins Auge, ich habe so etwas noch nicht gesehen, obwohl ich viel herumgekommen bin«, bekannte Skarf. »Er hat alle Gefangenen umgebracht. Sie wollten das Chaos ausnutzen und sich befreien.«

»Vielleicht hofften sie, dass die Franken bald auf die Insel kommen«, meinte Olav.

»Die meisten Gefangenen hatten sich bereits ergeben, aber Orm war einfach nicht aufzuhalten«, sagte Skarf. »Ich bin zu spät dazugekommen, weil ich vorher verhindern musste, dass sich ein paar der Gefangenen eine Skaid nahmen und flussabwärts treiben ließen.«

Skarf hielt sein Schwert in der Rechten. Die Klinge war blutig, und Blutflecken waren auch auf seinem Wams und seiner Hose zu sehen.

»So ein Ungeheuer«, murmelte Leif.

»Jedenfalls brauchen wir diesen Teil der Beute schon mal nicht mehr von der Insel zu schaffen«, stellte Knut Vierfinger deutlich nüchterner fest. »Ob wir es geschafft hätten, die Gefangenen in den Norden zu bringen und dort zu verkaufen, war immer fraglich. Und die Hoffnung auf Lösegeld hatte sich ja wohl ohnehin zerschlagen.«

»Dennoch, Olav. Du kannst ihm das nicht durchgehen lassen«, sagte Leif der Über-Bord-Gegangene. Sein Kopf war hochrot. »Orm ist ein Ungeheuer! Der wird als Nächstes einen von uns töten!«

Halmi hatte sie inzwischen erreicht und ließ sich davon in Kenntnis setzen, was vorgefallen war. Leif berichtete in knappen Worten und endete mit der Bemerkung: »Olavs Bruder ist wegen einer viel geringeren Tat verbannt worden.«

»Olavs Bruder hat einen Mann aus der Sippe seiner Mutter umgebracht«, stellte Halmi klar. »Das ist etwas ganz anderes!« Selten hatte man den grauen Mann so energisch sprechen gehört. Er wandte sich an Olav. »Manche unserer Männer werden sich allerdings darüber beklagen, dass Orm ihren Anteil verkleinert und ihr Eigentum vernichtet hat. Selbst wenn es wahr ist, dass wir die Gefangenen vermutlich niemals bis in den Norden hätten schaffen können und auch kein Lösegeld mehr für sie bekommen hätten. Sie werden sich trotzdem beklagen und ihren Verlust letztlich dem anlasten, dem sie folgen.«

»Olav, du kannst Orm nicht ungestraft davonkommen lassen!«, beharrte Leif. »Wie sollen wir dir sonst länger folgen, wenn du diesen Irren nicht in die Schranken weist!«

»Pass auf, was du sagst, Leif!«, fuhr Olav auf. »Und, bei den Göttern, halte deine Wut im Zaum. Denn was mit Männern geschieht, die das nicht können, hat dir das Schicksal meines Bruders gezeigt.«

Leif schluckte. Der Blick, mit dem Olav ihn bedachte, war so eisig, dass er davor zurückschreckte. Sie waren von gleichem Alter. Sie kannten sich seit frühester Jugend. Aber jetzt war Olav sein Jarl. Der Mann, von dem sich die anderen erhofften, dass er sie zu reicher Beute führte und dass die Götter seine Unternehmungen und Pläne segneten. Eine Kluft lag zwischen ihnen, die es vorher nicht gegeben hatte.

Olav ging an ihm vorbei. Er trat durch den Eingang der Kapelle und stieg dabei über eine weitere Leiche, deren Kopf nirgends zu finden war. Die Mauern waren mit Blut bespritzt, das auf ihnen ein Muster des Grauens gezeichnet hatte.

Der irre Orm saß vor dem Altar, Arme und Beine von sich gestreckt. In der Rechten die Axt, in der Linken das Schwert. Beide Klingen waren blutverschmiert, seine Kleidung und sein Gesicht auch. Orm hatte die Augen geschlossen und kicherte vor sich hin.

»Orm!«, rief Olav. Dabei schritt er weiter auf den Altar zu. Inzwischen waren Halmi, Leif, Skarf und die anderen ihm gefolgt. Aber sie blieben in der Nähe des Eingangs und warteten ab, was geschehen würde.

»Mach die Augen auf, irrer Troll!«, rief Olav.

Orm kicherte immer noch. Dann verstummte er plötzlich und riss die Augen auf, so weit, dass man den Eindruck hatte, sie würden ihm im nächsten Moment aus dem Kopf fallen.

»Du sprichst laut, mein Jarl«, sagte Orm. »Meine Ohren sind empfindlich!«

»Nachdem du das Eigentum aller unnötig vernichtet und viel Blut verschwendet hast, könntest du etwas tun, um uns den Rest zu erhalten! Steh auf!«

»Wie immer mein Jarl befiehlt.«

»Und sieh zu, dass so viele Pechfässer wie möglich zu Steinar dem Schiffbauer kommen! Dann dient deine Kraft wenigstens einem vernünftigen Zweck, der uns nicht alle arm macht!«

Orm kicherte erneut. »Das sagt einer, dem das Schwert zerbrochen ist! Wer ist denn schuld daran, dass das Blut der Gefangenen fließen musste? Du! Denn die Götter helfen dir nicht! Sie spotten über dich, wie man in der Schlacht sehen konnte!«

»Nimm ein Pech-Fass!«, befahl Olav.

Orm nickte. Er steckte seine Waffen ein. Dann lud er sich ein Fass auf die rechte Schulter und kam auf Olav zu. Als er ihn erreichte, blieb er kurz stehen und sagte: »So viele Fässer ich auch trage, so viele Feinde oder Gefangene oder wen auch immer ich erschlage, es wird niemals genug sein, solange uns jemand anführt, den die Götter nicht mögen.«

»Und du kennst den Willen der Götter?«, gab Olav zurück. »Du kennst ja nicht mal deinen eigenen ganz sicher!«

Orm ging mit dem Fass auf der Schulter davon. Er murmelte irgendwelche finsteren Flüche vor sich hin, die glücklicherweise niemand verstand. Aber als er dann die Kirchentür erreicht hatte, drehte er sich noch einmal um und rief: »Als dein Vater noch lebte, hätte es das alles nicht gegeben, Olav! Niemals!«

KAPITEL 22

»Virodunum oder Wirten oder Verdun – die Stadt ist unter all diesen Namen weithin bekannt«, sagte Branagorn von Corvey. »Aber seit dort die Verhandlungen zwischen den Gesandten der Könige stattfinden, platzt sie aus allen Nähten, wie du sehen kannst, Thorbrand.«

Thorbrand und Branagorn hatten den Kamm einer Anhöhe erreicht und sahen auf die ummauerte Stadt herab, vor der ähnlich wie beim Königshof von Echternach ein Zeltlager errichtet worden war. Nur kampierten in diesem Lager nicht ausschließlich Krieger. Thorbrand sah allerlei Wagen, Pferde und viel Volk, das offenbar im Gefolge der Gesandten hergekommen war. Der Klang von Musik drang zu ihnen herüber, und an manchen Stellen machten sowohl das Lager als auch die Stadt selbst den Eindruck, ein einziger großer Markt zu sein.

»Du warst schon öfter hier, Mönch?«, fragte Thorbrand.

»Im letzten Jahr fast ein Dutzend Mal.«

»Es scheint nicht zu Fortschritten gekommen zu sein.«

»Verhandlungen unter Brüdern können weitaus komplizierter sein als unter Wildfremden, so habe ich inzwischen gelernt.«

»Vielleicht wäre es ratsam, wenn die Brüder direkt miteinander reden, anstatt Gesandte zu schicken.«

»Nein.« Branagorn schüttelte energisch den Kopf. »Dann wird es noch schwieriger. Aber manchmal lässt es sich leider nicht verhindern, dass die Könige sich selbst einmischen, anstatt die Dinge denen zu überlassen, die etwas davon verstehen.«

Thorbrand lachte. »Also Männern wie dir!«

»Menschen, die über den Tag hinausblicken, Thorbrand. Aber davon gibt es nicht viele. Übrigens, hier gibt es noch viel mehr Taschendiebe als in Echternach.«

»Ich werde aufpassen«, versprach Thorbrand.

Sie erreichten das Zeltlager, das die Stadt umgab. Branagorn hatte das Banner des Kaisers entdeckt, und so nahm er an, dass sich Kaiser Lothar nicht in der Stadt selbst, sondern in einem vor der Stadt errichteten Zelt befand. Dieses Zelt stand normalerweise den Gesandten des Kaisers zur Verfügung und diente ihnen auch zu Zusammenkünften und Beratungen. In der Stadt selbst gab es keine Geheimnisse, und wie Branagorn seinem Begleiter erläuterte, war die Stadt seit Beginn der Verhandlungen nicht nur ein Ort der Taschendiebe, sondern vor allem der Spione und Zuträger.

Das Zelt der kaiserlichen Gesandten musste schon lange an seinem Platz stehen. Es war mittlerweile so befestigt, dass es schon fast wie eine Dauerbehausung wirkte und nicht wie ein nur provisorisches Quartier.

Branagorn stieg von seinem Pferd und rief eine der Wachen. »Kümmere dich um unsere Pferde und sag deinem Herrn, dass Branagorn von Corvey wichtige Nachrichten für ihn hat.«

Der Soldat rief einen Stallknecht herbei, der die Zügel von Branagorns Pferd übernahm, und verschwand dann für eine Weile im Zelt. Branagorn schien überhaupt nicht infrage zu stellen, dass der Kaiser bereit sein würde, ihn zu empfangen. Der Mönch aus Corvey wandte sich an Thorbrand. »Worauf wartest du? Ich brauche Schutz.«

»Du fürchtest dich vor deinem Kaiser?«

»Vor dem so sehr wie vor jedem anderen Menschen. Wer weiß, wer den Mörder in Echternach geschickt hat.«

Thorbrand grinste. »Du solltest etwas mehr deinem Herrn im Himmel vertrauen, glaube ich.«

»Ein Mann, der behauptet, zweimal getauft worden zu sein, sollte darüber nicht spotten.«

Auch Thorbrand stieg ab. Branagorn musterte ihn von oben bis unten und meinte dann: »Dem Anlass entsprechend bist du nicht gekleidet. Vielleicht sollte ich in Zukunft dafür sorgen, dass meine Begleitung standesgemäß herumläuft.«

»Hast du nicht Armut gelobt, Mönch?«

»Das ist natürlich richtig. Aber dieses Gelübde gilt nur für mich. Mir selbst ist es nicht erlaubt, die Bedeutung meiner Aufgabe durch äußerliches Gepränge zu unterstreichen, und wahrscheinlich würde das meiner Sache auch gar nicht dienlich sein. Aber mein Leibwächter sollte nicht herumlaufen wie ein dahergekommener Strolch.«

»Ich fühle mich wohl in meinen Sachen.«

»Wir reden später darüber. Für diese Gelegenheit ist es ohnehin zu spät.«

Auch Thorbrand wurden die Zügel seines Pferdes sowie die des Packtiers abgenommen.

Es dauerte eine ganze Weile, ehe der Soldat endlich zurückkehrte. »Komm herein!«, sagte er nur. Als Thorbrand Anstalten machte, ebenfalls einzutreten, hob der Soldat die Hand. »Er nicht!«

»Ich bin Überbringer wichtiger Nachrichten. Und der Respekt gegenüber der Kirche, deren Sendbote ich bin, und der Abtei von Corvey, die mich schickt, gebietet es, dass ich in Begleitung erscheine«, erklärte Branagorn. »Wenn du es allerdings verantworten kannst, dass dein Herr nicht erfährt, was sein königlicher Bruder Ludwig ihm zu sagen hat …«

»Warte einen Moment!«

Der Soldat verschwand noch einmal im Zelt. Offenbar durfte er so weitreichende Entscheidungen nicht selbst treffen. Wieder verging eine ganze Weile. Dann wurden Branagorn und Thorbrand hereingerufen.

Lothar war ein Mann in mittleren Jahren, und er war umgeben von Männern, die ihm offenbar zu Diensten waren und heftig mit ihm diskutierten. Thorbrand konnte von dem, was gesagt wurde, so gut wie nichts verstehen, da sie Romanisch sprachen.

Zunächst schien weder der Kaiser noch einer der Männer in seiner Umgebung von den Besuchern Notiz zu nehmen. Jedenfalls unterbrachen sie ihre Beratungen nicht, und es dauerte etwas, bis ihr Gespräch schließlich verstummte.

Danach drehte sich Lothar zu ihnen um, musterte zuerst Branagorn, dann Thorbrand und anschließend noch einmal Branagorn.

»Seid gegrüßt, Herr«, sagte Branagorn. »Ich entbiete Euch die besten Wünsche Eurer Brüder Ludwig und Karl.«

»Es freut mich, Euch zu sehen, Branagorn«, gab Lothar zurück. Er deutete auf Thorbrand. »Welcher meiner Brüder hat Euch diesen Recken als Wächter zur Seite gestellt?«

»Niemand, Herr. Er steht in meinen Diensten.«

»Habt Ihr denn Grund dazu, Euch zu fürchten?«

»Es sind verschiedene Anschläge auf mein Leben verübt worden. Zwei davon hat dieser Mann vereitelt.«

»Meinen Respekt.« Der Kaiser stellte sich vor Thorbrand auf und sah ihm geradewegs in die Augen. »Woher kommt er?«

»Er ist ein Verbannter, der nicht zurück zu den Seinen kann«, erklärte Branagorn. »Einer, der nirgendwo sonst einen Platz hätte. Er gehörte zu den Nordmännern, die mit den Schiffen kamen.«

»Ich habe von ihnen gehört.« Lothar schien Thorbrand nicht für würdig genug zu erachten, um das Wort direkt an ihn zu richten. Und Thorbrand machte es wütend, dass über ihn geredet wurde, als wäre er nicht dabei. »Kein ungeschickter Zug von Euch, einen Bewacher auszuwählen, der zu keinem König und keinem Herzog und auch keinem Stamm gehört«, stellte Lothar fest und wandte sich ganz Branagorn zu. »Aber es betrübt mich, dass Ihr mir offenbar genauso misstraut wie meinen Brüdern.«

»Wie kommt Ihr nur auf diesen Gedanken?«

»Andernfalls würdet Ihr Euch ohne Euren Begleiter in meine Gegenwart trauen.«

»Söhne führen Krieg gegen ihren Vater, und Brüder führen Krieg gegeneinander. Ich bin nur vorsichtig, mein König und Kaiser. Alle drei der gegenwärtig in diesem Reich regierenden Könige haben mir schon vorgeworfen, ein Diener der jeweils anderen Seite zu sein.«

Lothars Miene wirkte für einen Augenblick etwas nachdenklich. Er sagte ein paar Worte auf Romanisch zu den anderen Männern im Raum und wandte sich dann wieder an Branagorn. »Sei's drum. Es ist tatsächlich viel geschehen. Was habt Ihr für Neuigkeiten?«

»Ich soll Euch von König Ludwig ausrichten, dass er es nicht als einen kriegerischen Akt gegen ihn betrachten würde, würdet Ihr Euer Heer nach Novaesium vorrücken lassen, um die Nordmänner dort zu vertreiben.«

»Das schlägt mein Bruder sicher nicht ohne Eigennutz vor. Sind seine Länder von den Einfällen der Nordmänner nicht auch betroffen?«

»Deswegen möchte Euer Bruder sein eigenes Heer am Novaesium gegenüberliegenden Rheinufer versammeln. Dies möget Ihr ebenfalls nicht als kriegerischen Akt ansehen.«

»Pah! Er hat doch schon Teile seines Heeres über den Rhein setzen lassen, auf Gebiete, die unbestreitbar immer mir gehörten!«

»Er würde sie zurückziehen und am östlichen Rheinufer gegenüber von Novaesium versammeln.«

»Und gemeinsam sollen wir dann die Eindringlinge vertreiben? Eigentlich hoffe ich, dass mein Vasall, der Graf von den Niederauen, und sein Bruder dieses Problem bereits gelöst haben, wenn ich im Norden eintreffe.«

»Um dann gegen Ludwig zu ziehen?« Branagorn schüttelte den Kopf. »Er hat die doppelte Anzahl von Männern unter Waffen. Auch wenn sie im Moment noch mehrheitlich auf dem Weg aus Ostfalen zum Rhein sind, werdet Ihr sie nicht bezwingen können.«

»Große Worte«, sagte Lothar. »Aber vielleicht auch nichts weiter als Worte!«

»Ludwig schlägt Euch vor, ihm endgültig die Gebiete am östlichen Rheinufer zu überlassen, die jetzt noch umstritten sind.«

»Die er sich frechdreist genommen hat!«

»Im Moment besteht die Gefahr, dass sich die Nordmänner dort festsetzen und dass im nächsten Jahr weitere ihrer Schiffe den Rhein hinauffahren. In Britannien und Irland sind sie bereits geblieben. Das wird auch hier geschehen. Wenn Ihr schon Eure Herrschaft nicht unter Brüdern teilen möchtet, dann ganz gewiss nicht mit fremden Eroberern, Heiden obendrein, die unseren Glauben verhöhnen. Jetzt sind sie in Xanten und Novaesium, aber es könnte leicht passieren, dass sie sich weiter ausdehnen und ins Landesinnere vorstoßen. Dann wird man an den Königen zweifeln, dass sie in der Lage sind, ihr Reich verteidigen zu können, und ich muss jemandem wie Euch nicht sagen, was das zur Folge haben könnte.«

»Aufstände!«

»So ist es. Das Reich würde zerfallen. Selbst seine einzelnen Bestandteile könnte niemand mehr zusammenhalten.«

Einer der anderen Männer ergriff wieder das Wort und sprach auf Romanisch, aber Lothar gebot ihm mit einer Handbewegung zu schweigen. Thorbrand vermutete, dass die anderen Anwesenden die Unterhaltung zwischen Branagorn und Lothar nicht hatten verstehen können. Zu deutlich war das Unverständnis in ihren Gesichtern zu erkennen. Sie stammten offenbar aus Teilen des Reichs, in denen das Fränkische nicht gesprochen wurde.

»Wenn Ihr gegen Ludwig Krieg führt, wird nur Karl davon profitieren«, sagte Branagorn.

»Dieser kleine Bastard aus der zweiten Ehe meines Vaters!« Allein der Gedanke an seinen Halbbruder rief in Lothar Widerwillen hervor. Er sah Branagorn prüfend an. »Wie stellt sich Euer Herr denn vor, dass es weitergeht, wenn wir beide unsere Heere bei Novaesium stehen haben?«

»Zunächst einmal ist Ludwig nicht mein Herr. Ich habe nur einen einzigen Herrn, und der thront weit über uns allen.« Branagorn deutete kurz in die Höhe. »Ich bin in diesem Fall nur Ludwigs Bote. Und was Ihr mit der Botschaft, die ich überbringe, anfangt, müsst Ihr selbst entscheiden. Denn Ihr seid der Kaiser.«

»Jetzt weichst du meiner Frage aus!«

»Ich will sie Euch beantworten: Die beste Möglichkeit wäre, wenn sich Euer beider Heere bei Novaesium auf beiden Seiten des Stroms einfänden oder zumindest auf dem Weg dorthin wären. Vielleicht braucht Ihr dann gar nicht zu kämpfen. Ludwig würde einen Streifen Land am Rheinufer bekommen und …«

»Und wer garantiert mir, dass Ludwig nicht einfach übersetzt und auch noch das andere Ufer nimmt?«, fiel ihm Lothar ins Wort.

»Ihr habt sein heiliges Wort.«

»Hat er das schriftlich gegeben?«

»Eine Urkunde kann man fälschen. Aber einem Vertreter des Glaubens wie mir, der nichts als der Wahrheit und dem Glauben verpflichtet ist, werdet Ihr Glauben schenken.«

Lothar atmete tief durch. »Nun denn … Und weiter?«

»Es ist natürlich nicht anzunehmen, dass die Nordmänner einfach so beim Anblick Eures Heers davonlaufen«, fuhr Branagorn fort. »So sind sie nicht veranlagt. Aber man könnte ihnen eine entsprechende Summe dafür anbieten, dass sie umgehend abziehen.«

»Und Ludwig würde sich an dieser Summe beteiligen?«

»Er würde die Hälfte davon tragen, obwohl er dazu eigentlich keinen Anlass hat, denn bislang sind Eure Gebiete von den Einfällen der Fremden betroffen, nicht seine. Allerdings sieht er die Gefahren für sein eigenes Reich in naher Zukunft.«

Lothar verzog das Gesicht zu einem harten Lächeln. »Und er will den umstrittenen Landstreifen behalten. Wäre es möglich, sich mit ihm stattdessen über einen anderen Landstreifen zu verständigen?«

»Durchaus. Das könnte Teil eines Gesamtvertrages werden.«

»Und was ist mit Karl? Ihr habt doch ein besonderes Verhältnis zu ihm als sein ehemaliger Lehrer. Ich nehme daher an, dass Ihr nach wie vor in Verbindung mit ihm steht.«

Branagorn von Corvey nickte. »Er hat mir zugesagt stillzuhalten.«

»Das heißt, er wird nicht versuchen, einen Vorteil daraus zu ziehen, wenn ich in den Norden ziehe?«

»So habe ich ihn verstanden.«

»Ich traue diesem Bastard nicht. Aber Ludwig traue ich auch nicht. Doch es scheint, dass im Moment keiner von uns dreien stark genug ist, die anderen zu bezwingen.«

»Es ist viel schlimmer«, erklärte Branagorn. »Im Moment ist offenbar keiner von euch fähig, für sich genommen fremde Eroberer zu vertreiben.«

Einige Augenblicke herrschte Schweigen. Die Wahrheit, die Branagorn zuletzt unverblümt ausgesprochen hatte, konnte Lothar nicht gefallen. Aber er war nicht so wirklichkeitsfremd, sie zu leugnen. Dazu wusste er selbst zu genau, wie die Dinge standen. »Ihr könnt Ludwig sagen, dass ich einverstanden bin«, sagte er schließlich. »Allerdings gibt es zwei Bedingungen.«

»Und die wären?«, fragte Branagorn.

»Ludwig muss seinen Treueschwur mir gegenüber erneuern und mich als Kaiser anerkennen. Gegen den alten Schwur hat er ja ohnehin verstoßen.«

»Damit wird er einverstanden sein.«

»Und er muss mir schwören, dass er kein geheimes Bündnis mit Karl schließen wird.«

»Auch dies kann Euch versichert werden«, antwortete Branagorn.

Lothar nickte. »Ich sorge dafür, dass Ihr ein gutes Quartier hier in Virodunum erhaltet – und das ist zurzeit nicht einfach, wie ich Euch versichern kann.«

Thorbrand sah Branagorn ziemlich erstaunt an und hoffte nur, dass man ihm seine Verwunderung nicht allzu deutlich ansah. *Was für ein skrupelloser Lügner im Gewand eines Bettelmönchs,* ging es dem Nordmann durch den Kopf. *Er sagt kein Wort über die Urkunde, die beweist, dass das Bündnis zwischen Ludwig und Karl längst existiert!*

»Deine Leute werden sich freuen«, sagte Branagorn später, als sie in einem Gasthaus einkehrten. Dessen Besitzer kam aus Italien und sprach ein Gemisch aus Fränkisch, dem romanischen Dialekt von West-Franzien und der Sprache seiner Heimat, die sich offenbar ebenfalls aus dem Lateinischen ableitete. Thorbrand glaubte zumindest, einige Wörter wiederzuerkennen, wenn er sie auch nicht verstand. Das allerdings war nicht weiter schlimm, denn der Wirt wusste sich auch hervorragend mit den Händen auszudrücken. Davon abgesehen konnte sich Branagorn sehr gut mit ihm unterhalten, denn er beherrschte sogar die Sprache Italiens.

»Ich stamme auch aus Italien«, erklärte er schließlich. »Ich wurde nördlich von Genua geboren und nahm den Ordensnamen Fra Branaguorno an.«

»In Italien soll es warm sein«, sagte Thorbrand.

»Das ist richtig.«

»Was hat dich in den Norden verschlagen?«

»Mein Orden hat mich hingeschickt. Man erkannte, dass ich ein Talent im Erlernen von Sprachen habe. Leider hatte man in Prüm und Corvey etwas Schwierigkeiten mit der Aussprache meines Namens, weswegen ich mich gezwungen sah, ihn zu vereinfachen.«

»Du hast dich mit dem Wirt ausgiebig unterhalten. Vielleicht kannst du mir sagen, wie es kommt, dass man uns hier eine Unterkunft gibt, da doch angeblich in der ganzen Stadt kein freies Bett mehr zu finden ist.«

»Es wurden ein paar Gäste kurzfristig ausquartiert.«

»Wie das?«

»Es macht etwas aus, wenn der Kaiser sich für einen verwendet.«

»Ich verstehe. Und du hast keine Skrupel dabei, anderen ihr Bett zu nehmen? Was für ein Christ bist du! Gegen dich ist jeder Heide barmherzig.«

Branagorn zuckte mit den Schultern, während er das Fleisch zerschnitt, das der Wirt ihm serviert hatte. »Ich habe nicht den Anspruch, sämtlichen Versuchungen zu widerstehen, Thorbrand.«

Thorbrand nagte an einem Knochen herum. Das Fleisch war nicht so stark gewürzt, was Thorbrand für ein gutes Zeichen hielt. Wer nicht stark würzte, wollte nicht darüber hinwegtäuschen, dass die Speise womöglich schon nicht mehr genießbar war. »Und Kaiser Lothar?«, fragte er kauend. »Er übernachtet lieber außerhalb der Stadt in einem Zelt?«

»Er ist sehr misstrauisch«, erklärte Branagorn. »In diesem Punkt ist er sogar schlimmer als ich.«

»Das ist anscheinend der Preis, den man dafür zahlt, ein Herrscher zu sein. Man muss immer befürchten, dass es jemand auf einen abgesehen hat.«

»In Zukunft werden diese Könige vor allem gegen die Ambitionen ihrer eigenen Kinder zu kämpfen haben. So wie in der Vergangenheit schon.«

»Du hast gerade von meinen Leuten gesprochen«, erinnerte Thorbrand, »und davon, dass sie sich freuen können.«

Branagorn beugte sich etwas vor und schob dabei seinen Teller zur Seite. »Deine Leute werden mit einem hohen Lösegeld nach Hause fahren, wenn sie keine Narren sind.«

»Ich gönne es ihnen, auch wenn ich davon nichts mehr habe«, sagte Thorbrand. »Njörd ist mit ihnen gewesen und hat ihre Fahrt gesegnet. Auf mir scheint allerdings irgendein Fluch zu lasten, der es verhindert, dass ich ein ganz normales Leben führen kann.«

»Ist das wirklich ein Fluch?«, zweifelte Branagorn.

»Es ist mein Zorn, den ich nicht zähmen konnte«, sagte Thorbrand. »Ist das etwa kein Fluch?«

KAPITEL 23

Eine gespenstische Stille lag über der Flussinsel. Rauch und Nebel hüllten sie fast vollständig ein und verhinderte, dass man zu den Ufern sehen konnte.

»Vorsicht! Es gibt heiße Stellen, an denen man sich trotz Stiefel die Pfoten verbrennt!«, rief Halmi der Graue.

»Heiße Asche«, murmelte Olav. »Viel mehr ist nicht geblieben.«

Die Westhälfte der Flussinsel war durch den Brand zu einer unwirtlichen Ödnis geworden. Das Gegenfeuer hatte verhindert, dass sich die Flammen weiter ausgebreitet hatten. Inzwischen hatte der Wind gedreht und wehte die Rauchschwaden der Schwelbrände zum novaesischen Ufer. Sollten die Franken daran ersticken, dachte Olav grimmig.

Zusammen mit einem Teil seiner Männer begab er sich zur Westseite der Insel. Vom Ufer waren allenfalls ein paar Schatten zu sehen, so dicht waren die mit Rauch vermischten Nebelschwaden.

»Feucht und kalt wie das Totenreich der Hel«, knurrte Stormur Stormsson. »Ich möchte wissen, wie viele Franken da drüben sind.«

»Jedenfalls können wir nicht damit rechnen, dass sie abgezogen sind«, war sich Halmi sicher. »Und jeden Tag, den wir länger hierbleiben, werden es mehr werden. Sie werden Flöße bauen. Oder Schleudern. Oder vielleicht auch beides.«

»Im Moment gibt es jedenfalls nichts mehr, was sie in Brand schießen könnten«, sagte Rasmus der Rote. Er hustete. Viele der Männer fühlten noch immer den beißenden Qualm im Rachen, in der Nase, in der Lunge und in den Augen. Nicht Blut, sondern Ruß hatte bei vielen von ihnen die Kleider verschmiert.

Finnbogi Großhand grinste schief. »Man muss immer das Gute sehen.«

»Aber die Gefahr nicht vergessen«, fügte Halmi hinzu.

Olav fragte sich, worauf er hinauswollte. Normalerweise sagte er klar und deutlich, was er dachte. Doch nun hielt er sich zurück. Für Olav war das ein Warnzeichen.

»Unsere Lage ist nicht so schlecht«, sagte er. »Wir haben genug Tiere und gut haltbare Nahrungsmittel. Trinkwasser gibt uns der Fluss. Was soll uns geschehen? Eine Belagerung durch die Franken können wir lange aushalten. Selbst mit einer vergleichsweise kleinen Schar lässt sich die Insel gut verteidigen, zumal wir nicht davon ausgehen können, dass den Franken plötzlich eine Flotte zur Verfügung steht, mit der sie übersetzen.«

»Was machen wir mit den Schiffen?«, fragte Stormur. »Lassen wir sie beladen im Wasser, oder ziehen wir die meisten davon wieder an Land und bringen unsere Beute zurück in die Klosterruine?«

»Wenn wir tatsächlich länger hierbleiben, wäre Letzteres das Beste«, meinte Halmi. »Denn auch wenn die Franken nicht als große Schiffsbauer bekannt sind, so werden wir doch damit rechnen müssen, dass sie irgendwann vom Wasser aus angreifen.«

»Schon deswegen, weil sie ihre Heere nicht ewig zusammenhalten können«, glaubte Rasmus der Rote. »Das sind doch zum Großteil alles nur Bauern. Die müssen ihre Felder bestellen und ihre Tiere versorgen.«

»Alles hängt davon ab, wann Bragi mit seinen Männern und den Knorren zurückkehrt«, sagte Stormur.

»Es hängt davon ab, *ob* er zurückkehrt«, korrigierte Halmi.

Olav sah den grauen Mann an. »Du glaubst nicht mehr daran?«

»Ehrlich gesagt, nein. Bragi wäre längst zurück, wenn es ihm möglich gewesen wäre. Dein Vater hat sich immer auf ihn verlassen können.«

Bei Odins Auge, warum musste er in diesem Zusammenhang Olavs Vater erwähnen? Wie ein Stich in die Brust wirkte das auf den jungen Jarl. Gleichgültig, was er tat, man würde ihn immer an Grimr Schädelspalter messen. Wie sollte er gegen den Schatten des Toten vor seinen Männern und Göttern bestehen?

»Eirik wird sich winden und die Knorren nicht herausgeben wollen«, vermutete nun auch Rasmus.

»Es ist vollkommen gleichgültig, weshalb die Knorren nicht hier sind!«, sagte Halmi nun energischer, als man es sonst von ihm gewohnt war. Schon während des Feuers war Olav aufgefallen, dass der graue Mann nicht mehr so ruhig und besonnen wirkte wie in all den Jahren zuvor. Halmi schien hochgradig beunruhigt zu sein. »Tatsache ist, dass wir zu wenig Stauraum auf unseren Schiffen haben. Ein einziger gelungener Angriff vom Wasser aus, und dieser Stauraum wird sich noch vermindern. Dazu braucht nur eine unserer Skaids oder Draken in Flammen aufgehen, was nun wirklich leicht passieren kann.«

»Was schlägst du vor?«, fragte Olav.

»Ganz offen und ehrlich? Nehmen wir, was wir haben, und fahren flussabwärts. Wir haben Zeit genug, diese Fahrt gut vorzubereiten, denn wie schon erwähnt, die Franken können nicht übers Wasser gehen und auch keine Flotte von Booten oder Flößen herbeizaubern. Und wenn Thor uns gnädig ist und das richtige Wetter schickt, können sie uns auch vom Ufer aus nicht so leicht angreifen. Was gespannte Seile und ähnliche Listen angeht, sind wir darauf vorbereitet. Man könnte eine nur mit schwimmfähigen Männern bemannte Skaid vorausschicken …«

»… deren Stauraum uns dann aber auch noch verloren ginge«, wandte Stormur ein. »Denn ich nehme nicht an, dass diese vorausfahrende Skaid bis zum Rand beladen werden kann.«

»Wenn wir einiges retten wollen, müssen wir anderes opfern«, sagte Halmi. »Die Götter wollen es so.«

»Die Götter wollten, dass wir all diese Beute hierherschaffen – aber nicht, damit wir sie dann einfach zurücklassen«, ereiferte sich Stormur. Er wandte sich an Olav. »Die Männer werden da nicht mitmachen. Zu viel Blut ist geflossen, zu viele Witwen und Waisen werden zu Hause von der Beute leben müssen, und willst du vielleicht, dass man später sagt, wir sind mit einem Jarl gefahren, den die Götter verlassen hatten?«

Vielleicht wird man das ohnehin über mich sagen – nach meinem Schwertbruch, ging es Olav bitter durch den Kopf. Er trug noch das lange Frankenschwert an seiner Seite, das er in der Schlacht vor Novaesium an sich genommen hatte. Eine gute Waffe. Besser sogar als die Klinge, die ihm zerbrochen war. Aber im Augenblick kam ihm die Frankenklinge wie eine Mahnung an sein Missgeschick vor.

Aber hatte sich sein Vater jemals um die Götter geschert? Oder darum, was irgendwer in seinem Gefolge gesagt hatte?

»Wir bleiben«, entschied er, und seine Worte wirkten voller Trotz. Trotz gegen jedermann, gegen das Schicksal und die Götter. Ich würde es ihnen zeigen. Ihnen allen. Und wenn diese Fahrt zu Ende war, würde man mit dem Namen Schädelspalter nur noch einen Mann in Verbindung bringen, ihn. Und vom großen Grimr würde man sich erzählen, dass er sein Vater gewesen war.

Olav wandte sich an Halmi. »Es gibt keinen Grund zu fahren!«

»Olav, ich sage es dir im Guten …«

»Du bist ein alter Mann, Halmi. Und alte Männer haben Furcht. Ich nicht.«

Halmi kam nicht dazu, Olav darauf zu antworten, denn in diesem Moment erschallte ein Laut vom novaesischen Ufer her. Es war ein mehr oder minder regelmäßiges Hämmern und Schlagen. Die Nordmänner lauschten stumm. Was die Wand aus Rauch und Nebel vor ihnen verbarg, konnten sie nur erahnen. Aber die Geräusche, die sie hörten, waren ihnen allen nur allzu vertraut.

»Hammerschläge!«, stellte Rasmus der Rote grimmig fest, und er reckte die zu Fäusten geballten Hände empor. »Wollen wir sehen, ob ihr es schafft, etwas zu bauen, was auch wirklich schwimmen kann, ihr Franken!«, rief er.

Es konnte kein Zweifel bestehen. »Sie werden einfache Flöße bauen«, erkannte Halmi. »Und selbst wenn die Hälfte ihrer Leute im Fluss ertrinkt, werden immer noch genug von ihnen übrig bleiben, um uns Ärger zu machen.«

Olav gab den Befehl, die Schiffe, die bei der Anfurt der Flussinsel vertäut im Wasser lagen, wieder zu entladen. Den Großteil des Viehs, das man in Novaesium geraubt hatte, hätte man ohnehin nicht mitnehmen können; dafür war auf den schmalen Draken und etwas kleineren Skaids einfach nicht genug Platz, und davon abgesehen konnte Vieh durch seinen Bewegungsdrang leicht schmale Schiffe zum Kentern bringen. Mit den Knorren hätte man es transportieren können, wobei die eigentliche Herausforderung dann wohl gewesen wäre, diese Fracht auch über das Meer zu bringen.

Die Männer schleppten alles, was zuvor hastig an Bord der Schiffe verstaut worden war, zurück zur Klosterkapelle. Das Hämmern vom novaesischen Ufer erinnerte sie daran, dass schon bald ein neuer Kampf bevorstand.

»Wir könnten die doppelte Anzahl von Männern leicht unter Waffen stellen«, meinte Steinar der Schiffsbauer, der ein ganzes Bündel miteinander verschnürter Äxte und Schwerter auf dem Rücken trug – alles Beutestücke von gefallenen Franken. Allein der Metallwert war schier unermesslich. Die Waffen selbst waren von höchst unterschiedlicher Qualität. Nicht alle Stücke erfüllten die hohen Anforderungen, die auf den Märkten des Nordens von den Käufern gestellt wurden. Aber diese konnte man einfach einschmelzen und daraus neue Waffen schmieden.

Einen halben Tag brauchten die Nordmänner, um die

Schiffe wieder zu entladen. Anschließend fingen sie an, alle Schiffe bis auf eine Skaid und einen Draken wieder an Land zu ziehen. Die Rundhölzer, die man dafür brauchte, lagen diesmal bereit, man brauchte nicht erst Bäume schlagen und von Ästen befreien, sodass dies bis zum Abend geschafft war.

Olav hatte wie üblich Wachen der Westseite der Flussinsel und im Turm der Klosterkapelle postiert, die beobachten sollten, was sich auf Seiten der Gegner tat. Allerdings hielt sich der Nebel fast den ganzen Tag, sodass nicht viel zu sehen war. Nur die Hammerschläge waren immer wieder zu hören und drängten die Nordmänner bei ihren Vorbereitungen zur Eile.

Olav fasste mit an, als gerade der letzte und besonders lange Draken an Land gezogen wurde. Die Männer zogen an dicken Seilen. Der Schiffskörper bewegte sich knarrend über die Rundhölzer. Meilenweit hätte man den Draken auf diese Weise ziehen können. Einen Strom flussaufwärts, bis er nicht mehr schiffbar war, dann das Schiff über Land zum nächsten Wasserlauf ziehen, dessen Tiefe für einen Draken ausreichte – so pflegten sie es zu machen. Und so hätte man es auch hier, im Land der Franken, tun können. Aber diese Pläne waren nur noch Schall und Rauch. An die Möglichkeit, tiefer ins Land einzudringen, dachte schon lange keiner der Männer mehr.

»He, seht mal dort hinten!«, rief plötzlich Leif der Über-Bord-Gegangene, gerade als der letzte Draken den richtigen Liegeplatz erreicht hatte. »Auf der anderen Flussseite!«

»Du siehst Gespenster, Leif«, meinte Skarf der Grobe. »Da ist nichts!«

»Da sind Reiter! Ich habe doch Augen im Kopf. Und

einer davon hat ein riesiges Pferd! Bei Odin, das würde aussehen wie Sleipnir, hätte es acht Beine!«

Olav ging zum Ufer. Die Strömung des Flusses ließ sanfte Wellen an der Anfurt ausrollen. Halmi und Stormur waren bei ihrem Jarl. Und der irre Orm rief: »Ich sehe ihn auch, den Mann mit dem Riesenpferd!«

Olav kniff die Augen zusammen. Am Ostufer des Rheins hatte ebenfalls den ganzen Tag über eine dichte Nebelwand gehangen, die verbarg, was sich weiter im Landesinnern zugetragen hatte. Nur in den Mittagsstunden hatte sich diese Nebelwand an diesem grauen Tag ein wenig aufgelöst, sich dann aber gegen Abend sogar verstärkt.

Dunkle Gestalten schälten sich aus dem Grau.

»Bist du dir sicher, dass das keine Hirsche sind?«, meinte Knut Vierfinger.

Für einen kurzen Moment nur schälten sich die Gestalten etwas deutlicher aus der grauen Nebelmasse hervor.

»Es sind tatsächlich Reiter«, murmelte Olav. »Franken!«

»Jetzt rücken sie von allen Seiten an«, sagte Halmi.

Olav wartete insgeheim darauf, dass der graue Mann noch einmal darauf hinwies, dass es vielleicht besser gewesen wäre, mit einem Teil der Beute das Weite zu suchen. Aber Halmi war klug genug, sich eine entsprechende Bemerkung zu verkneifen.

»Wollen wir mal annehmen, dass die Franken gekommen sind, um uns beim Abschlachten ihrer Brüder zu helfen«, meinte Stormur Stormsson. »Schließlich gibt es in diesem Land doch immer noch einen Krieg der Könige, oder etwa nicht?«

Auf der gegenüberliegenden Rheinseite lenkte Cunrad von Diusburh sein gewaltiges Pferd näher an das Flussufer.

»Ja, rafft eure Beute nur zusammen«, murmelte er, als er die Nordmänner auf der Flussinsel beobachtete, wie sie ihre Draken an Land zogen. »Ihr werdet nicht viel davon haben.«

»Ich weiß nicht, ob ich Euch wirklich zuraten soll, die Flussinsel anzugreifen«, äußerte einer seiner Begleiter, ein Recke mit grob gewebtem Überwurf. Darunter trug er ein Kettenhemd von erlesener Verarbeitung, so blank und glänzend, dass es noch nicht lange in Gebrauch sein konnte. Die ineinanderverhakten Eisenringe waren feiner, als die meisten Drahtzieher dies fertigbrachten.

»Ich habe meine Entscheidung getroffen, Dankwart«, sagte Cunrad von Diusburh zu ihm.

»Ihr solltet auf eine Einigung der Könige warten. Sonst wird man Euer Handeln nicht nur als Angriff auf die Nordmänner der Flussinsel werten, sondern auch als Angriff auf das Reich von Kaiser Lothar.«

»Und wenn schon«, murmelte Cunrad grimmig.

Ritter Nordberth war nicht zurückgekehrt. Er musste also damit rechnen, dass er es nicht geschafft hatte, Branagorn von Corvey unschädlich zu machen. Und das wiederum konnte im ungünstigsten Fall bedeuten, dass eine Einigung der Könige unmittelbar bevorstand oder sogar schon erzielt worden war. Soweit Cunrad erfahren hatte, hatte Branagorn ausgedehnte Vollmachten seines eigenen Herrn Ludwig. Selbst die Zusicherung, den Kaiserschwur zu erneuern, durfte der Mönch seinem Bruder Lothar machen, falls der diese Bedingung stellte.

Die Situation war für Cunrad prekär. Wenn er wartete,

konnte er nur verlieren. Der Landstrich am Rheinufer, den man ihm unterstellt hatte, war umstrittenes Gebiet und im Grunde Niemandsland. Wenn sich die Könige einigten, würde es zur Verhandlungsmasse werden. Das konnte er nur noch auf eine einzige Weise verhindern. Er musste Tatsachen schaffen. Niemand würde einem Cunrad von Diusburh das Land wegnehmen oder auch nur Teile davon, wenn er selbiges zuvor von den Heiden befreit hatte.

Wenn er erst wartete, bis Ludwig mit seinem Heer zum Rhein vorrückte, ging dieser Ruhm an den König oder an die Männer, die er schickte. Wenn aber der König eintraf, und Cunrad hatte zuvor die Barbaren vertrieben, konnte Ludwig nicht anders, als ihn großzügig zu entlohnen. Falls Ludwig also das östliche Rheinufer ganz oder teilweise an Lothar abtreten würde, um dafür ein anderes Gebiet einzutauschen, musste er Cunrad dafür Kompensation anbieten, die Belohnung eines Helden.

Was die fränkischen Vasallen von Kaiser Lothar auf der anderen Seite des Rheins in den Ruinen von Novaesium betraf, so hatte Cunrad nichts dagegen, auch sie zu vertreiben, wenn sie es darauf anlegten. Sollten sie doch glauben, dieser Vorstoß wäre der Angriff von König Ludwig auf Lotharingien. Wenn sie zum Schwert griffen, wäre das für Cunrad eine willkommene Einladung, sie alle niederzumetzeln.

Der Krieg der Könige hatte ihm bisher nur genützt. Also war es besser, alles zu tun, um diese Flamme am Lodern zu halten, statt sie auszutreten, wie Branagorn von Corvey und andere es versuchten.

»Wie lange dauert es, bis die Flöße an der richtigen Stelle sind?«, wollte Cunrad wissen.

»Eure Männer tun alles, was sie können«, antwortete Dankwart. »Aber Ihr könnt keine Wunder von ihnen verlangen.«

»Doch, genau das verlange ich«, sagte Cunrad. »Ein Wunder. Denn das wird hier geschehen, wenn ich dieses Land von den übermächtigen Heiden befreie.«

Und ich werde der sein, der dieses Wunder vollbringt, setzte Cunrad in Gedanken hinzu.

»Ich weiß nicht, ob es das ist, was Euer König will, Cunrad.«

»Gott will es«, gab Cunrad zurück. »Gott allein! Wollt Ihr Euch gegen ihn stellen, Dankwart?«

Olav und seine Männer saßen in der Kapelle am Feuer. Es war eine sehr dunkle, wolkenverhangene Nacht. Und die Stimmung war betrübt.

Der irre Orm hatte damit angefangen, die erbeuteten Schwerter mit dem Schriftzug ULFBERHT zu versehen. Schwerter mit der Gravur des legendären Schmiedemeisters erzielten höhere Preise auf den Märkten. Orm benutzte einen Feuerstein, um die Runen in die Klingen zu ritzen. Es gab verschiedene Varianten und Schreibweisen des Namens, aber nur eine war richtig und entsprach dem Schriftzug der Originalwerkstatt. Olav allerdings bezweifelte, dass es diese Werkstatt überhaupt gab.

Die Geräusche, die der Feuerstein auf dem Metall verursachte, klangen furchtbar, und insgeheim verwünschte vermutlich jeder der Anwesenden den irren Orm dafür, dass er sich ausgerechnet hier und jetzt dieser Aufgabe widmete.

Andererseits war Olav froh, dass Orm etwas zu tun hatte.

Die Leichen der Gefangenen, die Orm umgebracht hatte, waren längst in den Fluss geworfen worden. Sie trieben stromabwärts, und überall, wo die Strömung sie an Land spülte, würde man sich noch in vielen Jahren grausige Geschichten über die Männer erzählen, deren Schiffe den Rhein hinaufgefahren waren und die Novaesium zerstört hatten.

Über dem Feuer wurde eines der Schweine gebraten, die man geraubt hatte. Besser man aß die Beute auf, als sie später den Franken zu überlassen, weil man sie nicht mitnehmen konnte. Skarf der Grobe galt als der beste Fleischbräter unter den Männern, darum überließ man ihm die Zubereitung. Bei den Gewürzen hingegen war man sparsam, da das Fleisch ja frisch war. Die Gewürze, von denen sie mehrere Säcke erbeutet hatten, würden sie mit in die Heimat nehmen und dort auf einem der Märkte verkaufen.

»Lasst es euch schmecken!«, sagte Skarf der Grobe. »Jedenfalls soll später niemand über diese Fahrt sagen, dass er hungern musste.«

»An Hunger wird wohl kaum einer von uns sterben«, knurrte Halmi der Graue düster.

»Wir haben das Dreifache der sonst üblichen Wachen eingeteilt«, erklärte Stormur Stormsson. »Es kann niemand unbemerkt auf die Insel kommen und uns etwa im Schlaf überraschen.«

»Spätestens, wenn die fränkischen Narren mit ihren behelfsmäßigen Flößen kentern und ihre Schreie über den Fluss hallen, werden wir sie bemerken«, bemerkte Rasmus. Einige der anderen Männer lachten. »Ihre schweren Rüstungen werden sie nach unten ziehen bis auf den Grund des Flusses, aber sie werden vorher noch einmal laut aufquieken wie die Schweine, von denen sie alle abstammen!«, setzte er hinzu und hob das Trinkhorn.

Für einige Momente hatte sich die Stimmung deutlich verbessert. Auch andere hoben die Trinkhörner. Aber die Ausgelassenheit, die nach der Plünderung von Novaesium innerhalb dieser Kapelle geherrscht hatte, wollte einfach nicht zurückkehren. »Unsere schlechte Laune liegt daran, dass es hier keine Webhaus-Frauen mehr gibt«, meinte Rasmus der Rote.

Von einem Augenblick zum nächsten wurde es totenstill. Nur der schabende Feuerstein war zu hören, mit dem der irre Orm die Runen auf die Schwerter ritzte. Schließlich blickte er auf. Er hatte Rasmus' Bemerkung, die er durchaus als Angriff gegen sich hätte deuten können, offenbar nicht mitgekriegt.

»Was ist los?«, fragte er. »Ihr seid ja so andächtig wie ein Haufen Christen in der Kirche. Und dabei dreht sich hier doch nur ein Schwein über dem Feuer.«

Die Nacht blieb ruhig. Olav übernahm ebenfalls eine Wache. Ob er nun Jarl war oder nicht, in dieser Hinsicht wollte er keine Ausnahme sein. Und davon abgesehen hatte er im Moment ohnehin nur einen leichten, schlechten und sehr unruhigen Schlaf. Er konnte keine Ruhe finden, so übermächtig die Müdigkeit auch sein mochte.

Er hielt bei den Schiffen Wache. Drüben, auf der anderen Flussseite, waren Lagerfeuer zu sehen.

»Ich denke, das sind inzwischen einige hundert Mann«, sagte Finnbogi Großhand, der mit ihm zusammen die Schicht übernommen hatte. »Und es werden immer mehr.«

»Noch haben sie nichts, womit sie den Fluss überqueren könnten«, stellte Olav fest.

»Das kommt noch«, entgegnete Finnbogi. »Glaub mir, das kommt noch. Früher oder später. Du wirst es sehen.«

»Verfügst du über Odins allsehendes Auge?«

»Nein, das brauche ich nicht, um das vorherzusagen. Die Franken sammeln zunächst ihr Heer, dann setzen sie über. Alles andere ergäbe auch keinen Sinn.«

»Sollen sie nur kommen«, sagte Olav. »Sie werden schon sehen, was sie davon haben!«

»Wieso kehrt Bragi nicht zurück?«, überlegte Finnbogi grimmig.

»Ich weiß es nicht.«

»Was glaubst du? Hören wir noch von ihm? Oder haben ihm und seinen Männern inzwischen die Franken die Köpfe abgeschlagen?«

»Das will ich nicht hoffen«, murmelte Olav finster.

Tausend Gedanken gingen ihm durch den Kopf. Die meisten davon drehten sich darum, was geschehen würde, wenn die Franken tatsächlich in den nächsten Tagen übers Wasser kamen. Ein Gedanke galt allerdings auch seinem Bruder Thorbrand. Was hätte der an seiner Stelle getan? Womöglich wäre er einfach auf die Franken zugestürmt, zusammen mit dem irren Orm, ohne Rücksicht auf sich und die anderen. Und ohne jede Vernunft. *Bei den Göttern, er ist wie unser Vater. Ich bin es nicht.*

Es erschien ihm ungerecht, dass die Götter anscheinend eher zu denen hielten, die so waren wie Grimr und Thorbrand. Männer, die ihrer Wut, ihrem Hass und ihrer Gier folgten und nicht einem ausgeklügelten Plan.

Am nächsten Morgen war aus der Ferne Tumult zu hören.

Wilde, triumphierende Schreie drangen von Novaesium herüber. Statt der Hammerschläge war nun zu hören, wie sie im Rhythmus auf ihre Schilde schlugen. Sie untermalten damit den Chor ihrer Rufe. Hatten die Franken etwa ihr Werk vollendet?

Olav war sofort hellwach. Er stand von seinem Lager auf und bewaffnete sich.

»Es könnte sein, dass es jetzt losgeht«, sagte Halmi der Graue, der sich in aller Ruhe die Stiefel anzog.

»Ja! Endlich! Sollen sie kommen!«, rief der irre Orm. »Meine Axt verlangt nach Blut! Mehr Blut! Immer mehr Blut!«

Seine Augen waren auf unnatürliche Weise aufgerissen und traten weit hervor. Am Abend zuvor hatte Olav beobachtet, dass er sich irgendeinen Trank zubereitet hatte. Seit er nicht mehr das Wasser von Hromund dem Rauen zu sich nehmen konnte, hatte er ohne Berserkertrunk auskommen müssen. Nun hatte er sich einen eigenen Trank gemischt. Hromund hatte ihm einst gezeigt, wie man es machte, und Pilze gab es auf der Flussinsel genug.

Olav wartete nicht auf Halmi. Er machte sich sofort zum Westufer der Flussinsel auf. Finnbogi und Stormur waren ihm dicht auf den Fersen. Dann folgte der irre Orm.

»Da sind Köpfe!«, rief Knut Vierfinger vom Turm aus, auf dem er Posten bezogen hatte. »Sie haben Köpfe aufgespießt! Diese Tiere!«

Eine furchtbare Ahnung stieg in Olav auf. Asche wölkte unter seinen Füßen auf, dann erreichte er das

Westufer. Der Nebel, der noch am vergangenen Tag wie eine graue Wand die Sicht versperrt hatte, war nicht mehr vorhanden. Die Schwaden hatten sich vollkommen aufgelöst. Die Morgensonne schien Olav im Rücken und sorgte für eine hervorragende Sicht.

Hunderte von Frankenkriegern befanden sich am Ufer bei Novaesium. Genau zehn von ihnen hielten sehr lange Spieße empor. Spieße, die länger waren als jede Lanze, die irgendein Krieger, gleichgültig ob Reiter oder Fußkämpfer, verwenden konnte.

Olav erkannte sofort Bragis Haarschopf. Und bei den anderen blutigen Köpfen, die da emporgehalten wurden, handelte es sich zweifellos um die jener Männer, die sich mit ihm zusammen aufgemacht hatten, um die Knorren zu holen.

Ein Wutschrei brach sich bei Olav Bahn. Ein Wutschrei, der kein Wort oder den Namen eines Gottes beinhaltete. Ein Schrei, der mehr dem eines Tieres ähnelte. Nie zuvor hatte man so etwas von Olav gehört. Der ganze Hass, der ganze Zorn, die sich in ihm aufgestaut hatten, klangen in diesem Schrei mit. Selbst der irre Orm runzelte die Stirn, während der grässliche Laut über den Fluss hallte.

»Ich nehme an, auf die Knorren brauchen wir nicht mehr zu warten«, stellte Finnbogi nüchtern fest.

Der Angriff fand am frühen Nachmittag statt. Die Franken ließen ihre Flöße zu Wasser, die sie in den letzten Tagen gezimmert hatten. Das Holz, das sie dafür verwendet hatten, musste von weit her geholt worden sein. Vom Westufer der Flussinsel aus konnte man die Ochsenkarren sehen, mit denen das geschehen war.

»Die wollen sich für die Niederlage vor Novaesium rächen«, erkannte Stormur, »als sie glaubten, sie bräuchten nur unseren Anführer umbringen und hätten dann mit dem Rest von uns leichtes Spiel.«

»Jedenfalls sind sie bereit, einiges auf sich zu nehmen«, stellte Olav fest.

Leif der Über-Bord-Gegangene eilte zu ihm. Olav hatte ihn zur anderen Seite der Insel geschickt, um zu erfahren, ob sich irgendetwas auf der östlichen Rheinseite tat. »Steinar sagt, dass sie ein paar Flussboote am Ufer entlanggezogen und dann festgemacht haben«, meldete Leif.

»Wollen sie auch von dort übersetzen?«, wunderte sich Olav.

Leif schüttelte den Kopf. »Steinar meint, nein. Bei den Booten handelt es sich um Fischerboote, die höchstens zwanzig Mann fassen. Kaum anzunehmen, dass sie damit übersetzen. So ein Angriff wäre ihr sicherer Untergang.«

»Geh noch mal zurück und ruf alle verfügbaren Bogenschützen zusammen«, befahl Olav. »Wenn die Franken von dort nicht übersetzen können, brauchen wir dort auch keine Bogenschützen, um sie abzuwehren.«

Leif machte sich auf den Weg.

Gleich darauf wurde am novaesischen Ufer die erste Salve Pfeile abgeschossen. Diesmal waren es keine Brandpfeile. Alles Brennbare auf dem Westteil der Insel war beim letzten Beschuss ein Raub der Flammen geworden. Vielleicht war den Franken auch schlicht und ergreifend das Pech ausgegangen. Schließlich hatten sie beim ersten Angriff so viele Brandpfeile verschossen, dass sie kaum zu zählen und vor allem in den Köchern der Schützen kaum zu ersetzen waren.

Die Pfeile gingen nieder. Einer von Olavs Bogenschützen wurde getroffen. Er hatte keinen Schild getragen, da er beide Hände für seinen Bogen brauchte. Jetzt steckte ihm ein Pfeil im Arm.

»Verflucht!«, rief er. Sein Name war Ulfberht. Oft nannte man ihn Ulfberht wie das Schwert, weil er genauso hieß wie der mysteriöse Schmied der legendären Ulfberht-Schwerter, dessen Schriftzug so häufig kopiert wurde, um höhere Waffenpreise zu erzielen.

Als Schütze fiel Ulfberht natürlich aus. Halmi kümmerte sich um ihn. Keiner der Nordmänner, die mit Grimr Schädelspalters Schiffen auf große Fahrt gegangen waren, hatte wirklich ein umfangreiches Heilwissen.

»Zieh mir diesen verfluchten Pfeil aus dem Fleisch, du zaghafter Narr!«, knurrte Ulfberht und biss dann die Zähne zusammen.

Eine Verletzung wie diese konnte tödlich sein. Oft genug führte sie zu Fieber und Delirium. Halmi zog ihm den Pfeil heraus, und Ulfberht schrie auf.

Erneut prasselten Pfeile nieder.

»Nicht zurückschießen!«, rief Olav, nachdem einige der Nordmänner schon ebenfalls Pfeile abgeschossen hatten. »Wir ziehen uns außer Schussweite zurück. Und dann erwarten wir die Franken an Land.«

Die ersten Flöße hatten sich in Bewegung gesetzt. Sie wurden mit Staken vorangetrieben, die lang genug waren, um zwischen Ufer und Insel bis zum Grund des Flusses zu reichen.

»Narren, die auf Nussschalen schwimmen«, lautete

der Kommentar von Stormur Stormsson zu diesem Anblick. »Seefahrer sind das jedenfalls nicht.«

»Die einzige Stelle, wo man mit solchen Flößen anlegen kann, ist die Anfurt, an der unsere Schiffe liegen«, meinte Rasmus der Rote.

»Bis dort werden sie nicht kommen, so ungeübt wie sie im Umgang mit ihren Gefährten sind«, war Olav überzeugt.

»Dann gibt es nur noch eine Möglichkeit«, war Stormur überzeugt.

An der Nordseite der Insel gab es einen flachen Uferabschnitt, an dem ein Floß dieser Größe eventuell landen konnte. Allerdings war es nicht so leicht für die Franken, dort hinzugelangen. Eines ihrer vollbesetzten Flöße wurde von der Strömung erfasst und fortgezerrt. Irgendwo flussabwärts würden die Franken wieder an Land gelangen. Vielleicht in einer Flussbiegung. Jedenfalls hatten sie keine Möglichkeit, die immer schneller werdende Fahrt ihres Floßes mit eigener Kraft aufzuhalten. Die Staken berührten den Boden nicht mehr. Tumultartiges Stimmengewirr entstand unter den Männern, während sich das Floß wie ein Kreisel um sich selbst drehte und immer schneller flussabwärts trieb. Fast hundert Mann drängten sich an Bord des Floßes, alle schwer bewaffnet. Die meisten von ihnen konnten vermutlich nicht schwimmen. Denjenigen unter ihnen, die schwere Kettenhemden trugen, hätte dies auch nichts genutzt. Entsprechend panisch war ihre Reaktion darauf, dass das Floß führerlos dahintrieb.

Das zweite Floß erreichte allerdings die flache Stelle. Und das dritte war auf dem Weg dorthin.

Eine Abteilung der Nordmänner erwartete die Franken dort. Der irre Orm war unter ihnen, aber auch Stormur Stormsson und Rasmus der Rote.

Gunjorn Gutauge und die anderen Bogenschützen befahl Olav hingegen zu einer hohen Uferstelle, an der nachfolgende Flöße in guter Schussdistanz vorbeimussten. Ein Hagel von Pfeilen prasselte auf die Franken nieder, sobald sie nahe genug heran waren. Sie versuchten sich mit ihren Schilden zu schützen, aber sie erlitten etliche Verluste.

Die fränkischen Schützen am Ufer bei Novaesium waren wiederum zu weit entfernt, um gut gezielte Schüsse abgeben zu können. Einen breitflächigen Pfeilhagel mit Brandpfeilen abzuschießen war eine Sache, eine ganz andere aber, einzelne Nordmänner zu treffen, die überdies nur kurz aus ihrer Deckung hervortauchten.

Olav ging mit Halmi und Leif dem Über-Bord-Gegangenen zusammen zu einer Stelle am Westufer, von wo aus sie einen guten Blick auf die Franken bei Novaesium hatten. Ab und zu versuchte zwar einer von denen, sie mit einem Pfeil zu erwischen, aber aus dieser Entfernung wäre ein Treffer reines Glück gewesen. Zudem hielt man Olav und seine beiden Begleiter aus der Ferne nur für einfache Beobachtungsposten. Niemand, der besondere Aufmerksamkeit wert gewesen wäre.

Olav beobachtete, was sich am anderen Ufer tat. Die Spieße mit den Köpfen von Bragi Bragison und seinen Männern waren in den Boden gerammt worden. Die Köpfe ließ man dabei in Richtung der Flussinsel blicken.

»Und da behaupten diese Christen, wir wären Barbaren«, knurrte Leif finster. Er wandte sich an Olav. »Lass mich gehen und Franken schlachten! Hier gibt es nichts für mich zu tun!«

»Doch, ich brauche dich hier«, widersprach Olav. »Wenn sich auf der anderen Seite etwas tun sollte, was irgendwelche Gegenmaßnahmen erfordert, dann brauche ich einen schnellen Läufer, der meine Befehle notfalls bis zu unserer Anfurt tragen kann.«

»Bei Thor, ich würde gern kämpfen, anstatt als Laufbursche zu dienen«, murmelte Leif.

Olav konnte sich gut vorstellen, dass es dem jungen Mann nicht gefiel, dass sein Jarl ihn für diese Aufgabe vorgesehen hatte. Aber er war dazu einfach am besten geeignet, da er der schnellste Läufer unter den Männern war. Als Jungen hatten sie oft Wettrennen veranstaltet, und meistens hatte Leif gewonnen.

Unterdessen drang der Kampfeslärm zu ihnen herüber. Das erste Floß der Franken war angelandet oder hatte es zumindest versucht. Die Bollwerke, die zuvor von den Nordmännern mühevoll errichtet worden waren, hatten die Brände zum Großteil zerstört. Die Franken stürmten die Uferböschung hinauf. Andere wateten noch durch das flache Uferwasser. Das Floß schwankte, einige der Angreifer verloren das Gleichgewicht. Während sich die anderen Nordmänner noch zurückhielten, stürmte der irre Orm aus ihrer Mitte hervor und stürzte sich auf den erstbesten Franken. Er schleuderte seine langstielige Dänenaxt. Niemand sonst hätte das mit einer solchen Axt getan, allenfalls mit einem kurzschaftigen Beil. Und wahrscheinlich hätte auch niemand sonst damit getroffen.

Die Axt spaltete jenem Franken den Schädel, der gerade versuchte, das Floß an einer knorrigen Baumwurzel zu vertäuen. Der Baum selbst war nach den Bränden nicht viel mehr als ein verkohlter Stumpf. Die dünneren Äste waren sämtlich ein Raub der Flammen geworden, der eigentliche Stamm bestand nur noch aus poröser Holzkohle. Aber das zum Teil vom Flusswasser freigespülte Wurzelwerk war unbeschadet geblieben und bot ideale Schlaufen aus verholzten Wurzelfasern, an denen man ein Tau befestigen konnte.

Der Franke ließ das Tau jedoch los, taumelte mit der Axt im Kopf zurück. Der lange Stiel verhakte sich kurz in den Wurzeln, die Axtklinge löste sich und der Schädel brach vollends auseinander, während der Franke rücklings ins Wasser fiel. Sein Blut färbte es rot. Das Floß trieb fort, wurde von der Strömung erfasst.

Mehrere Franken starben durch Pfeilbeschuss. Der irre Orm stürmte voran. Sein Schrei ließ die Franken glauben, ein leibhaftiger Dämon wäre aus der Hölle entwichen und auf sie gehetzt worden.

»Aus dem Weg, du Irrer!«, rief Stormur, der sich als Bogenschütze betätigt hatte. Er war nicht so gut wie die Männer aus Bragis Sippe, aber immer noch gut genug. Er hatte den Bogen von Ulfberht wie das Schwert genommen, der aufgrund seiner Armverletzung nicht in der Lage war, die Sehne zu spannen. Die meisten anderen Schützen hatte Olav ja an anderen Stellen postiert, um die herannahenden Flöße unter Beschuss zu nehmen, sodass es außer Ulfberht nur noch zwei weitere Männer mit Pfeil und Bogen in der Gruppe gab, die die Franken erwartete.

»Orm!«, schrie er noch einmal, aber der Berserker stürmte einfach weiter, senste mit dem Schwert nach links und rechts, fasste die Waffe mit beiden Händen und watete dann sogar ins Wasser hinein. Eine Schneise des Todes hatte er in die Reihen seiner Gegner gepflügt.

Beeindruckt von Orms Tollkühnheit stürmten nun auch die anderen los. Stormur warf den Bogen zur Seite und zog stattdessen das Schwert. Er wollte schließlich nicht der Letzte sein, der einen Frankenschädel spaltete.

Orm hatte inzwischen das forttreibende Floß erreicht und sich hinaufgeschwungen. Fast ein Dutzend Mann waren noch auf dem Floß. Die hatten Mühe, sich auf dem schwankenden Gefährt auf den Beinen zu halten. Die Stämme, aus denen das Floß gefertigt war, hatte man mit hölzernen Querstreben auf eine Weise zusammengenagelt, die auf einen Seefahrer aus dem Norden alles andere als fachmännisch wirkte. Zusätzlich waren Seile verwendet worden.

»Ins Wasser mit euch! Für eine lange Reise ist dieses Floß sowieso nicht gemacht!«, brüllte Orm. Er griff den ersten Franken an, stieß ihm das Schwert in den Bauch und beförderte ihn mit einem Tritt in den Fluss. Der Nächste schaffte es gerade noch, den ersten Hieb des Berserkers zu parieren, ehe auch er tödlich getroffen wurde. Einen dritten und vierten Gegner tötete Orm ebenfalls innerhalb von Augenblicken. Sein Stand auf dem schwankenden Untergrund wirkte vollkommen sicher, während dies für seine Gegner nicht einmal ansatzweise galt. Zwei von ihnen fielen schon ins Wasser, ohne dass Orm irgendetwas dazu tun musste. Schreiend schlugen sie mit den Armen um sich. Offenbar konnten sie nicht schwimmen. Die Strömung riss sie fort, und es war nicht anzunehmen, dass sie es noch bis zu irgendeinem Ufer schaffen würden.

Mit barbarischen Rufen auf den Lippen kämpfte Orm auch die letzten Franken auf dem Floß nieder, dann stand er allein da. Das Floß war schon ein ganzes Stück abgetrieben, und seine Fahrt wurde immer schneller. Es geriet aus dem Strömungsschatten der Flussinsel, was sich deutlich bemerkbar machte.

Orm blickte zum Inselufer. Schreie gellten von dort herüber. Die Nordmänner trieben die gelandeten Franken zurück ins Wasser. Die meisten standen schon bis zu den Knien im Nass. Und weiter im Westen gab es an Bord der nachfolgenden fränkischen Flöße bereits erhebliche Verluste durch den Pfeilbeschuss. Eines von ihnen war so weit abgetrieben, dass es wohl kaum noch möglich sein würde, bis zur Flussinsel zu gelangen. Die Strömung trieb es auf das Ufer nördlich von Novaesium zu.

Orm steckte sein Schwert ein und sprang ins Wasser. Er hatte schwimmen gelernt, was in seiner Heimat keineswegs selbstverständlich war. »Ich fange jeden Fisch mit den Zähnen – und dasselbe mache ich mit jedem Franken!«, brüllte er, kurz bevor er sprang.

Und dann schwamm er, trotz Wams und Schwert, mit kraftvollen Zügen Richtung Flussinsel.

Mindestens zweihundert Leichen trieben am Ende des Tages im Fluss. Ihr Angriff war für die Franken zu einer vernichtenden Niederlage geworden. Sie hatten viele Männer verloren. Nur ein Floß war überhaupt zu den Anfurten von Novaesium zurückgekehrt. Und das nur mit dezimierter Besatzung. Darüber hinaus hatten die Franken offenbar so große Mengen an Pfeilen zur Flussinsel geschossen, dass ihnen zunächst einmal der Vorrat ausgegangen war.

»Sie werden keine Ruhe geben«, sagte Halmi dennoch. »Aber für eine Weile müssen sie sich die Wunden lecken und vielleicht zusätzliche Kräfte herbeiholen.«

»So schnell ist das sicher nicht möglich«, glaubte Olav. »Es sei denn, sie erhalten Verstärkung von Kriegern aus anderen Teilen des Landes.«

»Warum sollte das nicht geschehen?«, fragte Halmi. »Was hier passiert, wird das Missfallen der widerstreitenden Könige erregen.«

»Das hat es mit Sicherheit schon.«

»Gut, dann sind wir uns zumindest in dem Punkt ja einig.«

Olav sah Halmi fragend an. »Worauf willst du hinaus? Dass wir möglichst schnell doch noch alles in die Schiffe packen sollen, was unsere Skaids und Draken tragen können, um uns davonzumachen?«

»Das wäre weise.«

»Das wäre dumm!«

»Olav, hör auf mich. Wir haben eine Atempause gewonnen, und die müssen wir nutzen, denn sie wird nicht lange anhalten. Die Franken auf der anderen Seite des Flusses schauen noch zu, wie wir ihre Brüder abschlachten. Aber ich glaube nicht, dass dieser Zustand ewig anhält.«

»Nein, das glaube ich auch nicht. Aber auch mit denen werden wir fertig.«

»Olav, das hieße die Götter herauszufordern!«

»Und wenn schon. Hat mein Vater, der große Grimr Schädelspalter, das nicht immer wieder getan? Die Götter herausgefordert? Jedes Mal, wenn er als Erster in die Schlacht gelaufen ist und sich auf die Feinde gestürzt hat, als wäre er ein Berserker, hat er ihre Gunst herausgefordert. Und je mehr er sie herausgefordert hat, desto mehr haben sie ihn belohnt. War das nicht so? Du kanntest ihn doch viel länger als ich und kannst das besser beurteilen.«

»Ja, das war so. Doch ich konnte ihn auch vor so mancher Dummheit bewahren, und ich hoffe, dass das bei dir auch so sein wird.«

Olav wandte sich an Leif. »Geh schon mal zur Anfurt. Ich werde gleich dort sein.«

Leif der Über-Bord-Gegangene wirkte etwas unschlüssig, dann nickte er und ging. Was Olav nun zu sagen hatte, war nicht für die Ohren des jungen Mannes bestimmt.

»Wenn ich tun würde, was du verlangst, würde ich die Gefolgschaft der Männer verlieren«, erklärte er Halmi, »oder zumindest eines wichtigen Teils von ihnen. Wahrscheinlich der Mehrheit.«

»Ein Anführer tut, was richtig ist. Er läuft nicht seinen Männern hinterher, sondern sie folgen ihm, weil sie glauben, dass die Götter auf seiner Seite sind und sie von dieser Gunst profitieren können.«

»Worte, Halmi. Nichts als Worte.«

»Vielleicht ist es einfach so, dass du die Gunst der Götter längst verloren hast, Olav«, sagte Halmi da. »Der Schwertbruch in der Schlacht war ein Zeichen, auch wenn wir uns alle das Gegenteil einreden wollen, und wir sollten es nicht einfach ignorieren.«

Olav war aufgewühlt bis ins Innere und sah sich außerstande, dieses Gespräch weiterzuführen. »Ich habe zu tun, Halmi. Es gilt, sich auf den nächsten Angriff der Franken vorzubereiten – gleichgültig, von welchem Ufer er erfolgen mag.« Er drehte sich um und ging.

»Olav!«, rief Halmi ihm nach. »Glaubst du, den Männern wird nicht früher oder später auffallen, dass du dich vom Kampf ferngehalten hast?«

Olav blieb stehen. Er drehte sich nicht um, doch Halmis Worte hatten ihn wie ein Keulenschlag getroffen.

»Du hast es getan, weil du dich fürchtest. Und du fürchtest dich zu Recht, seit dir das Schwert gebrochen ist. Du fürchtest dich nicht nur vor deinen Feinden, sondern sogar vor deinen eigenen Männern, weil du nämlich ahnst, dass sie dir auf die Dauer nicht folgen werden. Dein Vater …«

»Mein Vater ist tot!«, unterbrach ihn Olav.

»Dein Vater hätte seinen Männern einfach gesagt, was er für richtig hält, und er hätte sich einen Dreck darum gekümmert, ob sie ihm folgen. Genau deswegen aber sind sie ihm nie von der Seite gewichen.«

Sehr langsam wandte sich Olav nun doch herum. Er musterte Halmi wie einen Fremden, den man einzuschätzen versucht. »Und was ist mit dir, Halmi?«, fragte er. »An wessen Seite wirst du stehen?«

KAPITEL 24

Thorbrand und Branagorn hatten zusammen mit Kaiser Lothar und seiner Reiterschar Verdun verlassen und hatten sich zum Heerlager beim Königshof in Echternach begeben. Weitere Verbände von Kriegern trafen dort ein. Manche waren schon überfällig, doch die Wege im Frankenreich waren weit und die Dauer einer Reise mitunter schwer einzuschätzen.

Kaiser Lothar gab den Befehl, nach Norden zu ziehen. Diejenigen, die noch nicht bei Echternach eingetroffen waren, würden später nachkommen. Man würde die Nachzügler entsprechend informieren, wenn sie den Königshof erreichten. Einzelne Reiter oder kleinere Verbände waren meistens schneller als ein so riesiges Heer, wie Lothar es unter seinem Banner zusammengerufen hatte. Schließlich folgte ihm auch noch ein gewaltiger Wagentross. Unterwegs stießen auch noch immer kleinere Verbände dazu, sodass es immer weiter anwuchs.

»Ich frage mich, weshalb jemand, der ein so gewaltiges Heer zur Verfügung hat, es nicht schafft, mit seinen aufmüpfigen Brüdern fertigzuwerden«, äußerte Thorbrand gegenüber Branagorn. »Selbst die Hälfte an Kämpfern müsste dazu doch ausreichen. Zudem sind die meisten Männer doch ganz gut ausgerüstet, selbst die Fußsoldaten.«

»Du überschätzt, was du siehst«, meinte Branagorn.

»Ach, wirklich? Obwohl ich noch weit davon entfernt bin, ein alter Mann zu sein, habe ich doch schon auf vielen Schlachtfeldern gekämpft und kann solche Dinge recht gut beurteilen.«

Branagorn von Corvey lächelte, und dieses Lächeln zeigte eine spöttische Nachsicht, die auf Thorbrand regelrecht provozierend wirkte. Gab es überhaupt jemanden, über dessen Ansichten sich dieser Mönch nicht insgeheim lustig machte? Überheblichkeit schien zu seiner Natur zu gehören ...

»Das, was du erlebt hast, waren keine Schlachten, sondern kleine Gemetzel zwischen Barbaren«, behauptete Branagorn dann auch noch. »Ein Krieg zwischen Königen ist etwas anderes.«

»Ich nehme an, dass in einem Krieg unter Königen auch nichts anderes als Blut fließt!«, knurrte Thorbrand.

»Ja, nur viel mehr, als du dir vorstellen könntest. Auch dieses Heer wird noch anwachsen, und zwar erheblich.«

»Und König Ludwig? Hat er ähnlich große Verbände unter seinem Befehl?«

»Das hat er. Und Karl ebenfalls. Sie ringen seit Jahren um die Macht. Mal gegeneinander, mal verbündet gegen den dritten und mal gegen ihren Vater oder gegen sonst wen. Es hat kaum ein Jahr ohne Krieg gegeben, seit ich zurückdenken kann.«

Die gewaltigen Ausmaße, die das Heer des Kaisers hatte, beeindruckten Thorbrand dennoch sehr. Er dachte daran, dass eine so riesige Schar von Kriegern möglicherweise auch gegen die Nordmänner auf der Flussinsel zog, falls diese nicht bereit waren, auf eine Lösegeldzahlung einzugehen, woran Thorbrand allerdings keinen einzigen Augenblick zweifelte. Sich reichlich dafür bezahlen lassen, dass man das Land wieder verließ, war die einfachste Art und Weise, dieses Land auszuplündern. Und wenn der Preis in Gold oder Silber entrichtet wurde, konnte man diesen Gewinn auch vergleichsweise einfach transportieren, was mit geraubten Gütern nicht immer der Fall war.

Außerdem konnte man ja im nächsten Jahr einfach wiederkommen, am besten mit noch mehr Schiffen, die Flüsse hinauffahren und eine viel höhere Forderung stellen.

Das alles hätte Thorbrand tun können, wenn er bei seinen Leuten geblieben und eines Tages der Nachfolger seines Vaters geworden wäre. Aber der Weg, den sein Leben genommen hatte, führte in eine ganz andre Richtung. Auch wenn er sich nun rein geografisch seinen Verwandten aus dem Norden wieder näherte, so war er ihnen noch nie ferner gewesen. Es gab kein Zurück, das wusste er. Nicht, wenn alles mit rechten Dingen zuging. Sein eigener Bruder würde ihn vielleicht sogar umbringen, wenn er es wagte, noch einmal die Flussinsel zu betreten. Er hatte sich im Zorn dazu hinreißen lassen, einen Mann zu erschlagen, und nun musste er dafür die Strafe auf sich nehmen.

Er hatte das akzeptiert, und ihm war von Anfang an bewusst gewesen, dass mit dem Augenblick, da die Verbannung ausgesprochen worden war, für ihn ein anderes Leben beginnen würde. Ein Leben, das eigentlich keinerlei Verbindung mehr zu seiner Vergangenheit hätte haben dürfen.

Und doch – Thorbrand konnte nicht anders, als immer wieder an seine Leute zu denken. An seinen Vater, der so große Hoffnungen in ihn gesetzt und in ihm den Nachfolger gesehen hatte. Dass er die Hoffnungen seines Vaters so schwer enttäuscht hatte, dafür schämte er sich mittlerweile.

Er dachte auch oft an seinen Bruder Olav. Seinen Halbbruder, wie der ihn immer wieder erinnert hatte. Olav war der Einzige, der jetzt seine Stellung einnehmen konnte.

Eines Tages die Nachfolge seines Vaters anzutreten, das war über so lange Zeit ein selbstverständlicher Gedanke für Thorbrand gewesen. Eines Tages wäre er in die Fußstapfen eines großen Jarl getreten, und in der Vergangenheit hatte er auch nie daran gezweifelt, einer solchen Aufgabe auch gewachsen zu sein.

Aber vielleicht war das von Anfang an ein Irrtum gewesen, ging es Thorbrand durch den Kopf. Was wäre er denn für ein Anführer geworden? Einer, der sich nicht einmal selbst beherrschen konnte? Wie sollte der andere führen? Er hatte sich selbst nur Unglück gebracht, und vielleicht war es ganz gut so, dass er keine Gelegenheit dazu bekam, dies auch bei anderen zu tun.

Wenn es wirklich zur Zahlung eines Lösegeldes kam, würde die Fahrt für seine Leute erfolgreich enden. Aber ... was, wenn nicht?

An diese Möglichkeit mochte er gar nicht denken. Das Heer der Franken unter ihrem Kaiser Lothar war größer, als er es für möglich gehalten hätte. Und wenn man in Betracht zog, dass Ludwig sogar ein Heer zur Verfügung hatte, das von Lothar nicht so ohne Weiteres geschlagen werden konnte, dann bedeutete dies, dass eine gewaltige Übermacht gegen die Nordmänner stand. Auch wenn es sicher sehr klug war, sich auf einer Insel zu verschanzen und sich dort lange zu halten und jeder Belagerung lange standzuhalten, so war dieser Gegner doch beängstigend. Eigentlich war das ein Kampf, den man nicht gewinnen konnte.

Andererseits hatten alle Beteiligten ihre Gründe, sich auf ein Lösegeld zu verständigen. Die Nordmänner, weil sie inzwischen erkannt haben mussten, dass sie auf absehbare Zeit nicht weiter ins Landesinnere vorstoßen konnten. Und die königlichen Brüder Lothar und Ludwig, weil sie die Eindringlinge möglichst schnell loswerden mussten, um sich wieder ihren eigentlichen Problemen widmen zu können. Was sollte also schiefgehen?

Ein anderer Gedanke kam Thorbrand. Und der gab in der Tat Anlass zur Sorge. Wenn seine Leute noch auf der Flussinsel waren, dann konnte das eigentlich nur bedeuten, dass die Knorren bisher noch nicht eingetroffen waren, mit denen man die Beute aus Novaesium hätte fortbringen können. Hatte es keiner der Nordmänner geschafft, zu Eirik Sturlason vorzudringen? Oder war Eirik nicht bereit gewesen, die Knorren freizugeben?

Am Abend saßen sie am Feuer. Branagorn bestand darauf, dass Thorbrand sich stets in seiner Nähe aufhielt, und betonte das auch mehrfach.

»Du glaubst, dass man dich selbst im Lager des Kaisers umbringen will?«, fragte Thorbrand. »Würde das wirklich jemand wagen?«

»Es sind schon ganz andere Wagnisse eingegangen worden«, entgegnete Branagorn. »Es treffen jeden Tag Krieger aus allen Teilen des Reiches ein, und die Herolde des Kaisers reiten in alle Richtungen, um Botschaften zu überbringen. Da besteht immer die Gefahr, dass unter den Ankömmlingen jemand ist, der in aller Heimlichkeit einen tückischen Mordplan verfolgt.«

»Du solltest kämpfen lernen, Mönch.«

»Ich bin ein Mann des Friedens.«

»Meine fränkische Mutter hatte dafür ein Wort: scheinheilig!«

»Deine fränkische Mutter hat damit gewiss nicht jemanden wie mich gemeint, Thorbrand.«

»Ach nein? Du wagst dich ohne Angst kaum zum Abort, wenn wir irgendwo in einer Stadt oder einem Hof Rast machen, und erwartest, dass ich für dich das Blut vergieße, das ein Mann des Friedens wie du nicht vergießen will.«

Branagorn nahm einen Schluck aus dem einfachen Becher, den er während der gesamten Reise mit sich führte. So, wie Thorbrand ihn inzwischen kennengelernt hatte, war er nur mit Wasser gefüllt. »Der Herr hat jeden von uns an seinen Platz gestellt. Dich an einen anderen als mich. Und ich bin nicht derjenige, der daran etwas ändern möchte.«

In der Nacht brachen Reiter auf. Thorbrand wurde dadurch wach. Er stellte fest, dass auch Branagorn nicht schlief.

»Was ist da los?«, fragte Thorbrand.

»Es werden Boten vorausgeschickt, die den Vasallen des Kaisers bei Novaesium Anweisungen geben sollen.«

»Was ist mit Ludwig? Wie erfährt er von dem Übereinkommen, das du erzielt hast?«

»Davon weiß er längst. Schon von Echternach aus sind Boten ausgeschickt worden. Männer mit schnellen Pferden, die die Wege gut kennen.«

»Willst du diese Nachricht Ludwig denn gar nicht selbst überbringen? Wir hätten mit den Boten reiten können.«

»Mein Platz ist hier.«

Thorbrand schwieg einige Augenblicke, dann verstand er. »Du misstraust König Ludwig inzwischen?«

»Ich vertraue dem Herrn und sonst niemandem.«

»Dann habe ich also recht«, stellte Thorbrand fest. »Aber es wundert mich nicht. Du denkst: Wenn dieser Cunrad von Diusburh einen Mörder ausschickt, könnte er das auch mit Billigung seines Königs getan haben.«

»Du hast die rege Fantasie eines Barbaren, Thorbrand.«

»Ich bin vielleicht aus der Sicht eines christlichen Gelehrten wie dir ein Barbar. Aber du solltest mich nicht für dumm halten.«

»Einen Dummkopf hätte ich nicht als meinen Leibwächter gewählt«, erklärte Branagorn. »Das wäre mir schlicht zu gefährlich gewesen.«

Am Abend darauf, als sie wieder lagerten, spielte Thorbrand mit ein paar anderen Männern am Feuer ein Brettspiel. Die Männer hatten es aus ihrer Heimat mitgebracht. Sie kamen aus Flandern und waren am vergangenen Tag auf sie gestoßen.

Es dauerte eine Weile, bis Thorbrand zumindest die Regeln des Spiels beherrschte. »Woher kommst du, dass du immer verlierst?«, fragte einer von ihnen amüsiert. »Du musst verhexte Hände haben.«

»Hör auf, Thorbrand. Lass es gut sein«, riet ihm Branagorn, der bei ihnen saß. Aber Thorbrand dachte nicht daran, sich von dem Mönch etwas vorschreiben zu lassen. Es reichte, dass er ihm den ganzen Tag wie einem Schatten folgen musste.

Thorbrand spielte weiter. Er wurde tatsächlich besser, und schließlich gewann er sogar.

»Du sprichst seltsam«, meinte einer der Männer aus Flandern.

»Ihr sprecht auch seltsam«, gab Thorbrand zurück.

»Ein Sachse bist du nicht. Dann könnte man dich besser verstehen. Und auch kein Friese. Bist du ein Thüringer?«

»Er ist ein Thüringer«, griff Branagorn ein.

»Die Thüringer sind doch halbe Heiden«, meinte einer der Männer aus Flandern. »Und außerdem müsstest du dann König Ludwig Heerfolge leisten. Das Land der Thüringer liegt doch so weit östlich, dass man schon gar nicht mehr genau weiß, wo genau eigentlich.«

»Nun, von Flandern war mir auch nichts bekannt«, behauptete Thorbrand, woraufhin die anderen Männer lachten.

»Wir könnten das Spiel etwas interessanter gestalten«, meinte einer der Männer.

»Und wie stellst du dir das vor?«, fragte Thorbrand.

»Indem wir um einen Einsatz spielen. Um das Beil zum Beispiel, das du bei dir trägst. Oder ein Kupferstück.«

»Wie wäre es mit einem Silberstück?«, fragte Thorbrand und holte eins hervor.

»Ich soll dich nicht für dumm halten, Thorbrand, aber jetzt habe ich kaum noch eine andere Wahl«, sagte Branagorn dazu.

»Weil das Spiel um Geld Sünde ist?«, fragte der Mann aus Flandern. »Das sagt ihr frommen Männer doch immer.«

»Es ist nicht nur Sünde, es ist auch dumm«, erwiderte Branagorn.

Aber Thorbrand ließ sich nicht davon abbringen. Allerdings verlor er seine Münze. Und auch eine zweite wechselte rasch den Besitzer. Bei der dritten wurde sein Gesicht sehr finster.

Der Mann aus Flandern biss mit den Zähnen auf die letzte Münze. »Kaum zu glauben, aber die scheint echt zu sein. Woher hast du so viel Silber, Thüringer? Sollten wir etwa einen Taschendieb unter uns haben?«

»Vielleicht eher einen Betrüger«, gab Thorbrand zurück. »Denn wie ist es möglich, dass du nun andauernd gewinnst, obwohl ich dich zuvor schlagen konnte?«

»Weil du schlechter spielst, Thüringer.«

Thorbrand fühlte Zorn in sich aufsteigen. Jenen überwältigenden Zorn, der ihn in seinem Leben immer wieder einfach mitgerissen hatte. »Ich habe schon bewiesen, dass ich besser spielen kann als du, Mann aus Flandern.«

»Du hättest eben nicht um einen Einsatz spielen sollen«, sagte der andere, »aber ich gebe dir gerne die Gelegenheit zu einer Revanche.«

»Wir könnten das Spiel etwas interessanter gestalten«, wiederholte Thorbrand die Worte seines Gegenübers von eben.

»Interessanter?«

»Ja, indem wir es zum Beispiel mit dem Schwert entscheiden.«

Der Mann aus Flandern griff augenblicklich zu seiner Klinge.

»Gib ihm keinen Vorwand, dich zu töten!«, sagte Branagorn schnell zu ihm. »Denn das wird er, wenn du ihn angreifst. Du wirst nicht gegen ihn bestehen können, doch er wird es hinterher einen ehrlichen Kampf nennen – aber in Wahrheit wird es ein Mord sein.«

»Misch dich nicht ein, Mönch«, brummte Thorbrand.

»Du hast das Spiel zu Recht verloren. Deine letzten Silberstücke werden kaum ausreichen, um das Wergeld zu bezahlen, wenn du diesen Mann umbringst.«

»Schweig, Mönch!«

»Es ist genug, Thorbrand! Reicht eine Verbannung nicht? Muss man dir erst den Kopf abschlagen, um dein Temperament zu kühlen?«

Man hörte einige Augenblicke nur das Prasseln des Feuers und das Schnauben der Pferde, und aus der Ferne drang Lautenspiel aus dem Zelt des Kaisers, dem offenbar eine gehobene Art der Unterhaltung geboten wurde.

Thorbrand atmete tief durch. »Genieß deinen Gewinn«, raunte er schließlich dem Mann aus Flandern zu, »und erwarte die Strafe für deinen Betrug nach dem Jüngsten Gericht in der Hölle!«

KAPITEL 25

Tage waren vergangen, ohne dass auf der Flussinsel etwas geschehen wäre. Der Sieg gegen die Angreifer aus Novaesium war teuer erkauft worden, auch wenn das im ersten Moment nicht gleich sichtbar gewesen war. Doch etliche der Nordmänner hatten bei den Kämpfen Verletzungen davongetragen, und es gab mehr als ein Dutzend Tote.

Dabei würde es nicht bleiben, denn von den Verletzten würde sicherlich ein Teil nicht überleben. Ulfberht wie das Schwert hatte die letzten Nächte im Fieber fantasiert, und es bestand wenig Hoffnung für ihn.

Es wurde nicht viel geredet. Die Männer beschwerten sich nicht, sie wirkten nur müde und abgeschlagen. Die Franken schienen sich aus Novaesium zurückgezogen zu haben. Nur die Spieße mit den Köpfen von Bragi Bragison und seinen Männern hatten sie zurückgelassen, um die Nordmänner daran zu erinnern, was auch ihnen blühte.

Olav verbrachte viel Zeit auf dem Turm der Kapelle. Da man von dort aus sowohl zum Ufer der Franken im Osten als auch nach Novaesium blicken konnte, erschien ihm dies der richtige Ort, um darüber nachzudenken, was nun geschehen sollte.

»Ich glaube nicht, dass wir von den Franken im Westen so schnell wieder etwas hören werden«, meinte Stormur, der ihn auf den Turm begleitet hatte. Auch er hatte ein paar Schrammen während des Kampfes mit den Franken abbekommen. Harmlose Verletzungen, wie er selbst meinte. Aber ob eine Verletzung wirklich harmlos war, entschieden die Götter meist erst nach ein paar Tagen.

»Es wundert mich, dass sie sich zurückgezogen haben«, bekannte Olav. »Und ich frage mich, ob dahinter nicht in Wahrheit irgendeine List steckt, ein Plan.«

»Und was soll das für ein Plan sein?« Stormur schüttelte den Kopf.

»Dann war es ein Befehl. Ein Befehl von dem, der dort regiert: Kaiser Lothar. Sie waren trotz aller Verluste immer noch in einer erdrückenden Übermacht. Eigentlich gab es keinen Grund, sich zurückzuziehen.«

»Vielleicht wollen sie uns hervorlocken und dazu bringen, nach Novaesium zu gehen und uns umzusehen«, vermutete Stormur.

Olav erschien das einleuchtend. Mehr Sorgen machten ihm allerdings die Franken im Osten. Die jeweils auf dem Kapellenturm postierten Wachen hatten mindestens fünf große Boote gezählt, die zum gegenüberliegenden Ufer gebracht worden waren. Man hatte sie mit Pferden und Ochsen von Land aus gezogen. Olav hatte so etwas noch nie zuvor gesehen, und auch die anderen Männer, die das entweder vom Kapellenturm oder von der Anfurt aus mitbekommen hatten, hatten nicht schlecht gestaunt. Kein Nordmann wäre auf die Idee gekommen, ein Schiff auf diese Weise zu bewegen. »Demnächst lassen sie auch noch Pferde auf Männern reiten!«, hatte Stormur dazu gesagt. Viele der Nordmänner empfanden es als geradezu widernatürlich, was sie da zu sehen bekommen hatten.

Dass sich die Franken im Osten ebenfalls darauf vorbereiteten, den Fluss zu überqueren, lag auf der Hand. Die Frage war, worauf sie noch warteten. Das taten sie nämlich offenbar.

»Olav, wie soll es jetzt weitergehen?«, fragte Stormur, nachdem sie eine ganze Weile geschwiegen und Olav Schädelspalter nur mit schmalen Augen die ganze Zeit nach Osten geblickt hatte, so als könnte er über die Absichten seiner Feinde mehr erfahren, wenn er sie nur lange genug beobachtete. Doch mehr als hin und wieder ein paar fränkische Posten waren nicht am Ufer zu sehen. Nicht einmal die Boote, die in letzter Zeit dorthin geschafft worden waren. Sie lagen nicht mehr in Sichtweite der Nordmänner. Olav vermutete, dass sie in einen der zahlreichen Nebenarme des Stroms gebracht worden waren. Diese Verzweigungen konnte man von der Flussinsel aus nur zum Teil einsehen.

»Es muss jemand die Knorren holen«, sagte Olav als Antwort auf Stormurs Frage.

»Das hat schon einmal jemand versucht, und du kannst dir jetzt am Ufer bei Novaesium ansehen, was aus denjenigen geworden ist.«

»Einen anderen Weg gibt es nicht.«

»Es gäbe schon einen. Wir könnten die Schiffe so voll wie möglich laden und dann einfach flussabwärts verschwinden.«

»Es ist noch nicht lange her, da wärst du mir an die Gurgel gegangen, hätte ich das vorgeschlagen!«, beschwerte sich Olav.

»Es ist eben viel passiert, und wir sollten unsere Lage noch einmal gründlich überdenken, finde ich.« Stormur zuckte mit den Schultern. »War ja nur so ein Gedanke«, fügte er hinzu.

»Ein Gedanke, den du so schnell wie möglich vergessen solltest«, gab Olav barsch zurück. »Wir bleiben hier und werden nicht ohne unsere vollständige Beute die Flussinsel verlassen, so wahr ich hier stehe«, erklärte Olav.

»Wir haben keine Knorren! Und wir bekommen auch keine, weil Eirik sie nicht herausgibt! Denn wenn es anders wäre, wären Bragi und seine Begleiter viel früher von den Franken getötet worden! Sie sind ihnen aber offensichtlich erst in die Hände gefallen, als sie bereits auf dem Rückweg waren!«

»Das wissen wir nicht genau.«

»Es ist nicht schwer, sich das auszurechnen, Olav.«

Eine Pause entstand, und Olav atmete tief durch. »Du hast recht, ich habe auch schon an diese Möglichkeit gedacht. Wahrscheinlich hätten wir schon längst Knorren, wenn Eirik sie herausgegeben hätte.«

»Vielleicht ist Eirik noch klüger und längst auf dem Meer und fährt Richtung Norden – mit unseren Knorren!«

»Das wiederum kann ich mir kaum vorstellen. Aber wie auch immer, es muss noch mal jemand zu Eirik nach Xanten.«

»Und was sollte der erreichen können, was Bragi nicht erreichen konnte?«

»Der Einzige, dem ich das zutraue, ist Halmi. Ich würde das auch selbst machen, denn mir könnte Eirik die Knorren sicher am schwersten verweigern, da ich der Sohn von Grimr Schädelspalter bin. Aber wenn ich fortgehe, bricht hier alles auseinander. Das geht nicht.«

»Es würde so aussehen, als ob du dich vor der Gefahr drückst.«

»Richtig. Aber Halmi ist ein alter Mann, dem würde das niemand vorwerfen. Und er kennt Eirik sehr gut. Ihn, meinen Vater und Eirik verbinden viele Fahrten, die unter Njörds Segen standen. Daran kann der alte Mann Eirik erinnern.«

Stormur verzog das Gesicht. »Und er wäre nicht mehr hier und würde deine Pläne nicht mehr in Zweifel ziehen«, sagte er und fügte bissig hinzu: »Sofern es überhaupt welche gibt. Sein Wort hat großes Gewicht, und wenn er das, was er bislang nur zu Einzelnen sagt, vor allen ausspräche, wäre es durchaus fraglich, ob du weiterhin unser Jarl sein würdest.«

Olavs Gesicht lief dunkelrot an. Er hätte etwas Derartiges normalerweise nicht unerwidert gelassen. Aber in diesem Fall schluckte er den Zorn hinunter. Den auf Stormur ebenso wie den auf Halmi, der seine Ansicht, man sollte am besten mit einem Teil der Beute schnellstens verschwinden, offenbar nicht für sich behalten hatte.

»Ich will, dass du Halmi überzeugst«, sagte Olav so ruhig und gefasst, wie es ihm möglich war, obwohl Stormur ihm den inneren Aufruhr durchaus anmerkte. »Auf dich wird er am ehesten hören.«

»Du willst einen alten Mann durch die Reihen der Franken schicken, damit sie auch ihn köpfen, so wie sie es mit Bragi getan haben?«

»Nein, ich will nicht, dass noch einmal der Landweg genommen wird. Das ist jetzt nicht mehr möglich.«

»Was hast du dann vor?«

»Wir rüsten ein Schiff aus. Keine Skaid, sondern

einen Draken. An Bord sind Bogenschützen, und die Besatzung schützt sich mit ihren Schilden.«

»Und was ist mit den Seilen, die die Franken über den Fluss spannen könnten? Thor mag wissen, wie sie das hinbekommen haben, so ungeschickt wie sie sonst bei allem sind, was mit dem Wasser zu tun hat.«

»Wir schicken ein kleines Beiboot voran. An Bord sollen nur Männer sein, die gut schwimmen können. Wenn es kentert, wird man sie retten, und davon abgesehen sind wir vorbereitet.«

Stormur strich sich über den Bart. Er wirkte nachdenklich. Olav hatte zuvor mit niemandem über diesen Plan gesprochen. Schon gar nicht mit Halmi, den er ansonsten immer zuerst ins Vertrauen zog. Aber ihr Verhältnis war inzwischen gestört.

»Wir verlieren einen Draken«, wandte Stormur ein.

»Er wird zurückkehren«, sagte Olav bestimmt, »mit den Knorren.«

»Nur dann, wenn dein Plan aufgeht. Es könnte sein, dass der Draken bei Eirik bleibt – und die Männer, die ihn bemannen, ebenfalls. Wir hätten dann noch ein Schiff weniger. Und wenn wir bereits einen Teil der Beute auf den Draken laden, wenn er flussabwärts fährt, laufen wir noch mehr Gefahr, dass das Schiff und seine Männer nicht zurückkehren.«

»Beladen sollten wir das Schiff nicht. Das Risiko wäre zu groß, zumal die Männer kaum unbehelligt bleiben und auf sich allein gestellt sein werden. Aber in einem Punkt kannst du sicher sein: Die Männer werden auf jeden Fall zurückkehren, denn sie sind keine Feiglinge, und das Wort, das sie Grimr Schädelspalter gegeben haben, zählt. Es zählt vor den Göttern und unseren Gesetzen. Niemand wird es brechen. Niemand!«

Olav sagte es eher im Ton einer Beschwörung, als dass er den Eindruck vermittelte, davon restlos überzeugt zu sein. Dem großen Eirik Sturlason schienen alte Schwüre nicht besonders viel wert zu sein.

Aber andererseits blieben ihnen kaum Alternativen, zumal Olav die Möglichkeit eines vorzeitigen Abzugs mit nur einem Teil der Beute kategorisch ausschloss.

»Es ist ein großes Risiko, Olav.«

»Wer das Risiko scheut, sollte gar nicht erst auf Fahrt gehen.«

»Mag sein. Aber eine Sache solltest du niemals vergessen.«

»Welche?«

»Die Männer haben deinem Vater ihren Schwur geleistet, nicht dir.« Stormur hob beschwichtigend die Hände. »Das ist nur eine Feststellung, nicht die Ankündigung eines Wortbruchs.«

Olavs Gesicht blieb vollkommen unbewegt. »Wirst du mit Halmi sprechen?«, fragte er.

»Das tue ich«, versprach Stormur. »Aber du bist mir dafür etwas schuldig.«

»Dir und den Göttern.«

»Ich hoffe, du erinnerst dich daran, wenn das alles hier vorbei ist und wir zufrieden unser Bruchsilber zählen.«

Heisere Rufe unterbrachen die Unterhaltung. Sie kamen von der Anfurt. Was genau gerufen wurde und wessen Stimme es war, konnte Olav nicht erfassen, aber das war auch gar nicht nötig. Als er vom Kapellenturm aus nach Osten sah, erkannte er mit einem Blick, was los war.

»Sie greifen an!«, hörte er Stormur sagen.

»Alle Männer sollen zur Anfurt kommen«, sagte Olav. »Dort werden wir sie erwarten!«

Mehrere Dutzend größere Boote und ein paar große Fährflöße benutzten die Franken aus dem Osten, um überzusetzen. Olav stand mit dem Schwert in der Hand bei der Anfurt bei den an Land gezogenen Schiffen.

Der irre Orm stieß bereits wüste Schreie in Richtung der Angreifer aus, obwohl die sicherlich noch eine ganze Weile brauchen würden, bis sie den Strom überquert hatten. Immerhin waren diese Franken so klug, dass sie die Strömung in ihre Überlegungen mit einbezogen hatten, und sie hatte mit ihren Booten und Flößen ein ganzes Stück flussaufwärts abgelegt, um den Fluss in einer schrägen Linie zu überqueren. Mit Paddeln, Staken und Ruderriemen lenkten sie ihre Gefährte über den Fluss, und Strömung, Wind und Muskelkraft der Besatzungen trieben sie geradewegs zur Anfurt der Flussinsel, dorthin, wo auch die Nordmänner zuerst gelandet waren.

Ein Draken und eine Skaid lagen im Wasser, alle anderen Schiffe befanden sich an Land. Olav gab den Befehl, den Draken und die Skaid zur nördlichen Inselseite zu schaffen, an jene Stelle, wo die Franken aus dem Westen bei dem Versuch, auf der Insel zu landen, eine katastrophale Niederlage erlitten hatten.

»Wir müssen diese beiden Schiffe in der Hinterhand behalten«, sagte Olav. »Hier sind sie zu leicht angreifbar.«

Ein einziger entschlossener Frankenkrieger, der es geschafft hätte, die Taue zu durchschlagen, hätte ausgereicht, und die beiden im Wasser befindlichen Schiffe wären von der Strömung fortgetrieben worden und wären verloren gewesen. Dieses Risiko konnte Olav nicht eingehen.

Steinar der Schiffsbauer ging mit zwanzig Mann an Bord des Draken. Für die kurze Strecke nahmen sie die Ruderriemen und nicht die Segel. Es aufzuziehen hätte zu lange gedauert. Finnbogi Großhand und zehn weitere Männer gingen an Bord der Skaid.

Mehr als dreißig Mann also fehlten, wenn die ersten Franken die Flussinsel erreichten. Aber das konnten die Verteidiger verkraften. Die Bogenschützen verschanzten sich hinter den aufgestellten Bollwerken. Der Hauptteil der Nordmänner hielt sich etwas dahinter bereit. Nur der irre Orm hielt sich an keine Taktik. Für ihn schien es keinerlei Regeln zu geben, gleichgültig ob Götter oder Menschen sie aufgestellt hatten. Er stand bereits bis zu den Knöcheln im Wasser und schrie den Franken nach wie vor Kampfschreie und Beleidigungen entgegen. Dabei war es ihm offenbar vollkommen gleichgültig, dass er in der Schusslinie der eigenen Bogenschützen stand und die Franken vermutlich außer einem heiseren Krächzen nichts von dem mitbekamen, was er kreischte.

Die ersten Frankenboote erreichten die Anfurt, und ein Pfeilhagel empfing sie. Ungezählte Pfeile spickten bald den Bug des ersten Bootes, die Schilde der Franken und die Körper der ersten Toten dieses Kampfes, die bereits blutend im Wasser trieben. Der irre Orm war wenigstens etwas zur Seite getreten, um das Risiko, von den eigenen Schützen getroffen zu werden, etwas zu vermindern. Aber als die ersten der Angreifer an Land zu stürmen versuchten, war er nicht mehr zu halten und stürzte sich auf sie. Weitere Pfeilsalven wurden von beiden Seiten abgeschossen. Die der Franken waren schlecht gezielt, was wohl damit zu tun hatte, dass sie einfach nicht an die schwankenden Wasserfahrzeuge gewohnt waren.

Ein paar Franken waren unterdessen am irren Orm vorbeigestürmt und hatten es bis zu den Reihen der Nordmänner geschafft. Das Hauen und Stechen begann. Olav führte seine lange Frankenklinge. Ob ihm das Glück brachte? Nun, ein Feuer hatte ja auch das Feuer zu bekämpfen vermocht, da schien ein Frankenschwert gerade recht, um einem Frankenschwert zu begegnen. Zudem war die Klinge lang und schlank und ließ sich sehr gut führen.

Lass sie nicht auch zerbrechen!, betete Olav insgeheim zu all den Göttern, von denen er je gehört hatte. Er hatte jede nur denkbare Unterstützung nötig, gleichgültig, ob natürlich oder übernatürlich. *Jesus Christus, ich baue dir sogar eine Kirche, wenn du mich diesen Kampf bestehen lässt,* ging es ihm durch den Kopf, während er seinem fränkischen Gegner mit dem langen Frankenschwert einen Hieb versetzte, der dessen Leib vom Halsansatz bis zum Brustbein aufhackte. Blut spritzte Olav ins Gesicht und verklebte seine Haare.

Mit einem Tritt befreite er die Klinge von dem sterbenden Franken, ließ sie dann wieder durch die Luft sausen, so schnell und kraftvoll, dass die Franken in seiner Reichweite kaum noch die Möglichkeit hatten, diese brutalen Hiebe zu parieren. Eine abgetrennte Schwerthand flog davon, dann wurde ein Schild gespalten und gleich darauf ein Schädel.

Auf engstem Raum wurde gefochten. Es glich einem

Gemetzel. Ohne den Schutz der Götter war es kaum möglich, daraus unverletzt hervorzugehen.

Mann um Mann kämpfte Olav nieder.

»Folgt Olav!«, rief irgendeine heisere Stimme. »Thor ist mit ihm!«

Es war das erste Mal, dass irgendjemand so etwas rief. Und es spornte ihn dazu an, noch weniger Rücksicht auf sich selbst zu nehmen. Nur zu gern hätte er es geglaubt, dass da wirklich jemand war, der ihn schützte. Vielleicht konnte er den Bruch seines Schwertes und so manch anderes Missgeschick, das man ihm inzwischen zuschrieb, vergessen machen.

Immer wieder traf sein Schwert auf Widerstand. Funken sprühten, Blut spritzte. Er senkte seine Klinge in die Gedärme seiner Gegner, und auch wenn die Franken zahlreich und gut ausgerüstet waren, schienen sie doch nicht die Überhand gewinnen zu können. Noch nicht. Denn es waren längst noch nicht alle Boote der Angreifer gelandet. Und ein großes, von fränkischen Kriegern überfülltes Fährfloß war ebenfalls noch auf dem Weg zur Anfurt.

Schon im Vorfeld des Angriffs war Olav aufgefallen, dass das gewaltige Pferd, das ihn unwillkürlich an Odins achtbeinigen Sleipnir erinnerte, drüben am anderen Ufer graste. Sein Reiter brauchte es offenbar im Moment nicht, und es fiel durch seine Größe umso mehr auf, da auch andere Pferde dort grasten, die allesamt deutlich kleiner waren.

Der dazugehörige Recke war offenbar auf dem Floß zu finden. Jedenfalls stand dort ein im wahrsten Sinn des Wortes herausragender Mann, der seinem Gebaren nach der Anführer der Franken war. Manchmal schallte ein Name herüber. »Cunrad! Cunrad!«

Er war umringt von Kriegern, die ihm alle gerade bis zur Brust reichten. Es musste sich um den Reiter des Riesenpferds handeln, denn bei jedem anderen hätte das Größenverhältnis nicht gestimmt.

Der Riese reckte sein Schwert empor. Es war selbst für die Klingen der Franken eine gewaltige Waffe, länger und breiter als das Schwert eines jeden anderen Mannes in dieser Schlacht um die Flussinsel. Er stieß ein kriegerisches Brüllen aus, und die Männer fielen in den Ruf mit ein.

Auch Rasmus der Rote war auf den Riesen aufmerksam geworden und rief Olav zu, der gerade einen weiteren Gegner niedergekämpft hatte: »Ich wusste gar nicht, dass es auch hierzulande Berserker gibt!«

»Das ist kein Berserker!«, entgegnete Olav. »Nur ein Schreihals, der von seiner Mutter etwas zu gut genährt wurde!«

Die dreißig Männer, die den Draken und die Skaid fortgeschafft hatten, kehrten auf dem Landweg zur Anfurt zurück. Ihre Hilfe wurde auch dringend gebraucht, denn die Franken drohten Oberwasser zu bekommen, nachdem sie zunächst erfolgreich zurückgedrängt worden waren. Mehrere ihrer Boote schafften es, ohne große Schwierigkeiten anzulanden. Die Franken sprangen in das kniehohe Uferwasser und wateten an Land. Kein Pfeilbeschuss hielt sie noch auf. Die Nordmänner hatten inzwischen ihre Köcher leer geschossen.

Olav schlug mit wuchtigen Hieben um sich. Dann sah er, dass der graue Halmi zu Boden sank. Ein fränkischer Speer hatte die Brust des Grauhaarigen durchbohrt. Er spuckte Blut. Sein letzter Blick galt Olav. Er sah den jungen Jarl an, so als wollte er noch etwas sagen. Aber es kam nur noch ein weiterer Schwall Blut über seine Lippen, dann brach er zusammen.

Olav kämpfte sich zu Halmi durch. Rasmus der Rote war bei ihm, und Stormur folgte beiden, um sie zu schützen.

»Halmi!«, rief Olav, und die ganze Verzweiflung, die er empfand, brach sich in diesem einen Schrei Bahn. Mochten sie zuletzt auch unterschiedlicher Auffassung gewesen sein, mochte Halmi ihm hin und wieder unangenehme Wahrheiten gesagt haben, die Olav nicht hatte hören wollen – sein Rat war doch immer wichtig für den jungen Jarl gewesen.

Tausend Gedanken rasten Olav durch den Kopf, während er neben dem toten Leib des grauen Mannes kniete, dessen Augen ihn starr anzusehen schienen. Und neben all der Trauer und der Wut, die in ihm tobten, war da auch die ernüchternde Erkenntnis, dass es nun umso schwieriger werden würde, die Knorren von Xanten zu den Flussinseln bei Novaesium zu holen. Halmi, den er mit dieser Aufgabe bereits betraut hatte, war tot. Die Götter schienen tatsächlich etwas gegen ihn zu haben. Ein lähmendes Gefühl verbreitete sich in seinem Körper. Es fühlte sich an, als hätte er ein Gift zu sich genommen.

»Er ist schon in Walhall. Wir können nichts mehr für ihn tun«, hörte er Rasmus den Roten sagen, und Olav kam es so vor, als würde er die Worte aus sehr weiter Ferne vernehmen.

Erst ein tierhafter Schrei weckte ihn wieder aus der tödlichen Erstarrung, die ihn erfasst hatte. Er sprang auf und stieß einem Franken, den Stormur nicht hatte aufhalten können, das Schwert in den Leib.

Erneut drang barbarisches Geschrei an sein Ohr. Dann

sah er den Ursprung dieser Laute, die eher an ein wildes Raubtier als an ein menschliches Wesen erinnerten.

Der irre Orm hatte sich zu dem riesenhaften Cunrad durchgekämpft, und nun standen sich die beiden gegenüber.

Cunrad stand noch bis zu den Knöcheln im Wasser. Als er einen Schritt nach vorn machte, griff Orm bereits an. Der viel kleinere Berserker hielt sein Schwert mit beiden Händen gefasst und drosch mit einer schier unfassbaren Vehemenz auf seinen Gegner ein. Auf beiden Seiten erlahmten bereits so manchem Krieger die Arme, doch Orm war keinerlei Ermüdung anzumerken. Er ließ Schlag auf Schlag folgen und drosch immer wieder auf den mächtigen Schild des riesenhaften Mannes ein, der die Angreifer anführte.

Dieser hatte seine lange Frankenklinge bisher noch nicht ein einziges Mal eingesetzt. Er parierte die Schläge des irren Orm geschickt mit seinem Schild … bis dieser zerbrach. Cunrad warf ihn von sich und fasste nun sein Schwert ebenfalls mit beiden Händen. Dann stieß er einen dröhnenden Schrei aus und parierte einen Schlag des irren Orm, dass die Funken flogen.

Cunrads nächster Hieb war dermaßen heftig, dass er Orm fast das Schwert aus den Händen prellte. Mit dem nächsten Wimpernzucken und einer schnellen Seitwärtsbewegung seiner Frankenklinge schlug Cunrad seinem Gegner dann beide Hände ab.

Orm schrie auf, taumelte zurück, während aus den Stümpfen das Blut schoss. Ein weiterer mächtiger Hieb des Hünen zerteilte den Leib des Berserkers senkrecht von oben nach unten wie den Kadaver eines Rinds.

»Bei den Göttern«, flüsterte Rasmus.

Zum ersten Mal, seit Olav sich erinnern konnte, hörte er in Rasmus' Tonfall so etwas wie Furcht. Und Olav teilte diese Furcht. Pures Entsetzen hatte ihn erfasst. Dieser Riese schien kein Mensch zu sein. Einen Krieger wie ihn hatte Olav noch nicht gesehen.

Die Nordmänner wichen zurück, während Cunrad weit ausholend seine Klinge durch die Luft schwingen ließ. »Sterbt ruhig vor Angst!«, dröhnte er. »Dann erspart ihr mir die Arbeit!«

Plötzlich waren alle Blicke auf Olav gerichtet. Die Blicke seiner Männer. Der Moment war gekommen, an dem er den Schwertbruch vergessen machen konnte. Aber er zögerte. Er wagte es nicht, einen einzigen Schritt auf den riesenhaften Feind zuzumachen. Dessen Klinge war noch ein ganzes Stück länger als Olavs Waffe, und die Kraft dieses Kriegers und Anführers schien wahrhaft gewaltig zu sein.

Da stürmte Rasmus der Rote mit einem Schrei auf Cunrad zu. Dem Hieb des Riesen wich er geschickt aus. Die Frankenklinge glitt ins Leere, und die Kraft, die Cunrad in den Schlag gelegt hatte, wandte sich nun gegen ihn. Er taumelte zur Seite und brauchte einen Moment, um das Gleichgewicht wiederzuerlangen.

Rasmus nutzte diesen Augenblick und rammte sein Schwert mit aller Kraft in den Körper des Franken, so tief, dass er es nicht zurückziehen konnte.

Cunrad taumelte einen Schritt zurück. Mit der Hand versuchte er selbst, sich das Schwert aus dem Leib zu ziehen. Rasmus nahm einem Gefallenen die Dänenaxt aus der erschlafften Hand und schlug damit zu. Die Beilklinge spaltete den Schädel des Frankenanführers, aber in dem Moment, bevor sich die Dänenaxt in sein Hirn senkte, führte dieser noch einen schnellen Stoß mit dem langen Frankenschwert aus.

Rasmus der Rote hatte nahe an den Franken herankommen müssen. Mit Cunrads Schwert im Körper sank Rasmus auf die Knie. Das Letzte, was er sah, war, wie der gewaltige Körper des Hünen im flachen Uferwasser trieb und eine große dunkle Blutlache hinter sich herzog.

Auf den Kampfeswillen der Franken hatte der Tod ihres Anführers eine geradezu verheerende Wirkung. Bei den Nordmännern hingegen wurden plötzlich neue Kräfte freigesetzt. Ein Franke nach dem anderen wurde niedergemacht. Einige von ihnen retteten sich schließlich auf die Boote und ließen sich einfach von der Strömung forttreiben. Viele waren es allerdings nicht. Die meisten, die an der flachen Uferböschung gelandet waren, verließen die Anfurt nicht mehr.

Eine Weile zog sich der Kampf noch hin, bis die letzten Angreifer entweder geflohen oder getötet worden waren.

Finnbogi Großhand, Leif der Über-Bord-Gegangene und Steinar der Schiffsbauer zerrten und zogen schließlich die Leiche des hünenhaften Franken an Land. »Ich will wissen, ob das ein gewöhnlicher Mann gewesen ist«, stöhnte Finnbogi.

»Was soll er denn sonst gewesen sein?«, fragte Stormur. »Ein Bergtroll vielleicht?«

»In dieser Gegend gibt es keine Berge«, erinnerte ihn Finnbogi. »Jedenfalls keine, die diesen Namen verdienen und Trolle hervorbringen könnten.«

»Hauptsache, er ist tot«, sagte Olav.

Und eine Stimme in seinem Hinterkopf wisperte ihm zu: *Warum hast du ihn nicht getötet? Dann bräuchtest du dir keine Gedanken mehr darüber zu machen, wie lange dir deine Männer noch folgen …*

KAPITEL 26

Der Heerzug des Königs kampierte seit einem Tag beim Königshof von Düren. Ein guter Reiter konnte von Düren aus in schneller Gangart innerhalb eines Tages bis Novaesium gelangen. Für den viel langsameren Tross des Kaisers hätte dieser Weg wohl anderthalb Tage gedauert.

Zumindest erklärte man das Branagorn von Corvey am Königshof, und Thorbrand hörte diesen Gesprächen interessiert zu. Es war ein eigenartiges Gefühl, sich wieder jenem Ort zu nähern, an dem man ihn verstoßen hatte und zu dem er eigentlich nicht zurückkehren durfte, solange seine Leute dort waren.

Branagorn erbat noch einmal eine Unterredung mit dem Kaiser, wobei er sich von Thorbrand begleiten ließ. Thorbrand hatte inzwischen das Gefühl, dass der Mönch aus Corvey ihn nicht nur deswegen bei sich haben wollte, weil er sich vor Angriffen seiner Gegner fürchtete, sondern auch aus Statusgründen. Er wollte den hohen und gekrönten Häuptern, mit denen er verhandelte, zumindest ansatzweise ebenbürtig gegenübertreten. Und aus seiner Sicht hatte das sicherlich auch eine gewisse Berechtigung. Schließlich war er Repräsentant einer Macht, deren Einflussbereich sich nicht allein auf die irdische Sphäre beschränkte.

»Wir werden unsere Unterhändler morgen früh losschicken, damit sie in Novaesium mit den Nordmännern Verbindung aufnehmen«, sagte Kaiser Lothar. »Ich habe gehört, dass Ihr die Sprache der Nordmänner beherrscht und Euch mit ihren barbarischen Sitten auskennt, weil Ihr einige Zeit in ihrem unterentwickelten Land verweiltet.«

»Das trifft zu«, sagte Branagorn.

»Und Euer Leibwächter stammt von dort, wie Ihr mir selbst gesagt habt.«

»Auch das trifft zu.«

»Dann wäre es vielleicht keine schlechte Idee, würdet Ihr und Euer Leibwächter dieser Delegation angehören, wobei ich nicht weiß, inwiefern Ihr darauf Wert legt.«

»Ich hielte das für keine gute Idee«, widersprach Branagorn. »Ja, ich würde Euch sogar dringend von solchen Überlegungen abraten, Herr.«

»Und warum?«

»Mein Leibwächter ist ein Verbannter, der für immer aus der Gemeinschaft der Seinen ausgeschlossen wurde. Und ich habe ihn beherbergt und aufgenommen, ja, sogar in meine Dienste gestellt. Nach dem Recht, das in weiten Teilen des Nordens anerkannt wird, habe ich mich damit zum Feind ihrer Sippe gemacht. Ich glaube, dass dies die Gespräche mit den Nordmännern unnötig belasten würde.«

Lothar nickte. »Das sehe ich ein.«

»Noch einen Aspekt solltet Ihr dabei bedenken.«

»Und der wäre?«

»Ich wurde bisher von allen drei Königen als ehrlicher Vermittler anerkannt und glaubte, ich bin bei allen dreien wohlgelitten.«

»Und das könnte sich ändern?«

»Man könnte meinen, dass ich nun ausschließlich in Euren Diensten stehe.«

»Nun, ist es nicht so, dass Ihr vorwiegend für Ludwig tätig seid?«

»Wie ich immer wieder betone, ich bin ausschließlich im Dienst der Abtei von Corvey und der Kirche tätig, Herr.«

»Natürlich, ich vergaß. Ihr mögt mir das verzeihen, Bruder Branagorn.«

»Gewiss. Es ist auch nicht Euer Bruder Ludwig, der mir in diesem Zusammenhang Sorgen bereitet, sondern Karl.«

»Der Bastard …«

»… dessen Stillhalten nicht selbstverständlich ist.«

»Eure diplomatische Meisterleistung wird einst ein Geschichtsschreiber entsprechend würdigen, Branagorn. Vielleicht sogar Ihr selbst, denn des Schreibens mächtig seid Ihr ja. Und wer über sich schreibt, der bestimmt den Rang, den die Nachwelt ihm zumisst.«

»Darum ist es mir nie gegangen«, behauptete Branagorn. »Das Streben nach irdischem Ruhm überlasse ich gern anderen.«

Lothar atmete tief durch. »Nun gut. Es sind Boten meines Vasallen Frithoff von den Niederauen eingetroffen. Ihr könnt selbst mit ihnen sprechen, Branagorn. Was Frithoff mir zu berichten hatte, war bemerkenswert. Es hat Kämpfe gegeben, bei denen sein Bruder Endres ums Leben kam. Und ein Vasall meines Bruders namens Cunrad von Diusburh versuchte ebenfalls, die Nordmänner zu vertreiben, obwohl doch eigentlich die Abmachung bestand, dass zunächst abgewartet wird.«

»Vasallen tun nicht immer das, was ihnen gesagt wird, Herr.«

Lothar nickte. »Ja, bedauerlicherweise. Deswegen ist unsereins fast das ganze Jahr auf Reisen, um sie einzeln ins Gebet zu nehmen.«

Später befragte Branagorn von Corvey den Boten jenes Frithoff von den Niederauen, der von Novaesium nach Düren geritten war. Der Mann hieß Gernulf.

Thorbrand war dabei, als Gernulf von den Kämpfen bei Novaesium berichtete. »Mein Herr, Endres von den Niederauen, wurde vom Anführer der Nordmänner getötet«, sagte Gernulf. »Sein Bruder hat daraufhin seine Nachfolge angetreten. Ich war überrascht, wie jung er war.«

»Wer war jung?«, fragte Thorbrand verwirrt. »Der Bruder deines Herrn?«

»Der Anführer der Nordmänner«, präzisierte Gernulf. »Zwanzig Jahre, vielleicht fünfundzwanzig, aber älter kann er nicht gewesen sein. Es ist selten, dass sich ältere Männer von einem so jungen Hüpfer Befehle erteilen lassen.«

Für Thorbrand war diese Aussage wie ein Schlag ins Gesicht. Wenn das der Wahrheit entsprach, konnte das nur bedeuten, dass sein Vater tot war und sein Bruder seine Nachfolge angetreten hat. Thorbrand musste schlucken. Damit hatte Olav, diese listige Schlange, erreicht, was er sich so sehnlichst erträumt hatte.

Was war mit seinem Vater geschehen? Wie war er zu Tode gekommen? Es war noch nicht lange her, seit Thorbrand die Flussinsel verlassen hatte. Zumindest seinem Gefühl nach. Und doch war offenbar so viel in der Zwischenzeit geschehen, wovon er keine Ahnung hatte.

Thorbrand hörte Branagorns weiterer Unterhaltung mit Gernulf kaum noch zu. Der Mönch interessierte sich vor allem für das, was ein gewisser Cunrad von Diusburh von der anderen Seite des Rheins aus gegen die Nordmänner unternommen hatte, und er wollte wissen, ob sich Gernulf vorstellen könnte, dass es das eigentliche Ziel von Cunrad und seinen Männern gewesen wäre, das westliche Rheinufer zu erobern. Aber zu all den Dingen konnte Gernulf so gut wie nichts sagen. Vielleicht wollte er auch nicht. Jedenfalls gab Branagorn die Befragung schließlich auf. Es war nichts Brauchbares dabei herausgekommen.

Später, als sie sich im Schlafsaal des Königshofes von Düren befanden, sprach der Mönch Thorbrand noch einmal auf das Gespräch mit Gernulf an. »Dich schien es ziemlich aufgewühlt zu haben, was Gernulf berichtet hat.«

»Da täuschst du dich, Mönch.«

»Ach, wirklich? Ich weiß noch nicht, was dich so aufgewühlt hat, aber *dass* da etwas war, darüber kannst du mich nicht hinwegtäuschen. Deswegen lasse ich mir die Worte des Boten schon die ganze Zeit immer wieder durch den Kopf gehen, doch den entscheidenden Satz habe ich noch nicht gefunden.«

»Es ist nichts von Bedeutung«, behauptete Thorbrand. »Ich bin ein Verbannter. Was gewesen ist, zählt nicht mehr. Nur, was vor mir liegt, hat noch eine Bedeutung. Nur das.«

»Wenn du das sagst.«

»Ich sage es.«

Ein Tagesritt lag zwischen dem Königshof von Düren und Novaesium, ging es Thorbrand durch den Kopf. Das war nicht sehr weit …

KAPITEL 27

Am Tag nach der Schlacht gegen die Franken aus dem Westen erlag Ulfberht wie das Schwert dem Fieber. Er war während des Kampfes in der Kapelle zurückgeblieben. Zuvor hatte er immer wieder lautstark behauptet, kampffähig zu sein. Aber er hatte es nicht einmal geschafft, seine Waffen anzulegen, und war zusammengebrochen.

Nun war er tot. Die Schreie in der Nacht, die von den Fieberträumen herrührten, waren verstummt. Zumindest die von Ulfberht. Es gab unter den Nordmännern nicht nur zahlreiche Tote, sondern auch etliche Verletzte. Und wieder hieß das, dass innerhalb der nächsten Tage noch etliche von ihnen sterben würden.

Knut Vierfinger meinte, dass ihre Zahl wohl allmählich so zusammengeschmolzen sei, dass man bald die gesamte Beute auf die Schiffe verladen könnte. Daraufhin bekam er von Gunjorn Gutauge einen Faustschlag, der Knut bewusstlos zusammenbrechen ließ. »Einer muss ja für Ordnung sorgen«, knurrte Gunjorn finster.

Olav begriff sehr wohl, dass das nicht in erster Linie als Entschuldigung für seinen Faustschlag gemeint war, sondern als Kritik an ihm.

»Wir haben die Feinde erfolgreich davongejagt«, sagte er. »Bei all dem vergossenen Blut und bei Odins Auge, wir sollten den Göttern dankbar sein, dass sie uns geholfen haben!«

»Es war Rasmus, der die Franken davongejagt hat«, stellte Stormur Stormsson nüchtern fest. Er stand mit verschränkten Armen da und lehnte gegen den Altar. »Rasmus hat den Anführer der Franken getötet, darum hatten sie keinen Siegeswillen mehr. Das war der Grund, warum wir sie davonjagen konnten.«

»Es war nicht meine Absicht, Rasmus' Tat und den Ruhm, der ihm dafür gebührt, in irgendeiner Weise zu schmälern«, stellte Olav klar.

»Schön, dass du das sagst, Olav«, sagte Stormur. »Aber in Wahrheit ist es doch so: Du bist froh darüber, dass Rasmus nicht mehr lebt, denn so dumm bist du nicht, dass du nicht ahnst, dass die Männer ihn zum Anführer machen würden, würde er noch unter den Lebenden weilen. Offensichtlich waren die Götter auf seiner Seite. Und der Mut auch. Bei dir wird das im Moment wohl niemand behaupten.«

»Willst du Streit, Stormur?«, fragte Olav gefährlich leise.

»Ich und Streit? Ich bin der friedlichste Mann, der je auf einem Schiff gefahren ist, das von einem Mann aus der Familie der Schädelspalter befehligt wurde!«, rief Stormur.

»Meine Entscheidungen waren richtig. Wir haben die Franken besiegt. Sie werden so schnell nicht wiederkommen. Und in der Zwischenzeit haben wir Zeit genug, uns zu überlegen, was wir tun werden.«

»Doch sie *werden* wiederkommen, Olav! Wir sollten endlich der Wahrheit ins Auge blicken: Wir werden alles verlieren, wenn wir nicht so schnell wie möglich von hier verschwinden. Noch haben wir Schiffe. Und noch können wir zumindest einen Teil unserer Beute mitnehmen. Aber wenn wir noch ein paar weitere Angriffe der Franken abwarten, werden wir nicht einmal genügend gesunde Arme haben, unsere Beute verladen zu können.«

»Trink etwas von dem Klosterwein!«, mischte sich Skarf der Grobe ein. »Das beruhigt. Sonst wirst du noch zum Berserker!«

»Ich brauche keine Beruhigung«, murmelte Stormur.

»Wir sind ohnehin gezwungen, in den nächsten Tagen hierzubleiben«, meinte Steinar der Schiffsbauer. »Wir haben viele Männer verloren, und etliche sind verletzt. Die Fahrt zu Eirik wäre kein Vergnügen, wie sich jeder von uns ausmalen kann. So einfach, wie du dir das vorstellst, ist es nicht, Stormur.«

»Wir hätten einen Heiler mitnehmen sollen«, murrte Finnbogi Großhand.

»Damit er uns vergiftet mit seinen Tinkturen?«, brauste Stormur auf.

»Der Vorschlag, dass du etwas Klosterwein zu dir nimmst, war vielleicht gar nicht so schlecht«, knurrte Finnbogi. Er schlug Leif dem Über-Bord-Gegangenen auf die Schulter, der ziemlich teilnahmslos wirkte und die Situation offenbar nur schwer verkraftete. »Sonst verdirbst du noch die Jugend mit deinem Gejammer. Wir haben viele Feinde getötet und eine Kirche voller Schätze. Bei Thor, ich kann mich durchaus erinnern, hier und da schon in einer schlechteren Lage gesteckt zu haben!«

Am nächsten Tag fiel dem Wachmann auf dem Kapellenturm auf, dass sich am novaesischen Ufer etwas verändert hatte. Die Spieße mit den Köpfen von Bragi

Bragison und seinen Begleitern waren verschwunden. Stattdessen schwenkte jemand ein Banner. Der zur Wache eingeteilte Nordmann hieß Asbjorn der Weitgereiste. Er war ein erfahrener Seefahrer, der zusammen mit Grimr, Halmi und Eirik an vielen Fahrten teilgenommen hatte. Asbjorn redete nicht viel, deshalb nannte man ihn auch manchmal Asbjorn den Schweigsamen, was er nicht mochte. Olav hatte als Junge einmal erlebt, wie Asbjorn einen Mann verprügelt hatte, der ihn so genannt hatte. Fortan hatte Olav tunlichst darauf geachtet, diesen Fehler nicht zu machen.

Bei dem Kampf an der Anfurt hatte er einen Schwertstreich abbekommen, und nun zog sich eine Wunde quer über seine Stirn. Einen Helm trug er nämlich nicht. Nun rief Asbjorn laut und dröhnend nach seinem Jarl.

»Man erinnert sich ja kaum, dass der eine Stimme hat«, meinte Steinar der Schiffsbauer. »Ihr Götter, er kann reden! Wer hätte das gedacht!«

»Lass ihn das besser nicht hören«, mahnte Finnbogi Großhand. »Sonst wird er unangenehm.«

Olav bekam den Wortwechsel zwischen Steinar und Finnbogi noch mit, bevor er die Treppe des Turms hinaufstieg. Wenig später war er oben bei Asbjorn am Glockenstuhl. »Was gibt es?«

Asbjorn antwortete nicht. Er deutete nur zur Fensteröffnung in der dicken Steinwand. Und dann sah Olav es selbst. »Er ist ein Franke. Er ruft irgendwas.«

»Man kann es nicht verstehen«, sagte Asbjorn.

»Könnte sein, dass der Kerl dort drüben verhandeln will.«

Asbjorn schwieg.

»Was meinst du?«, wollte Olav wissen.

»Ich weiß es nicht.«

»Nennt man dich nicht den Weitgereisten? Du kennst doch die Sitten fremder Länder.«

Daraufhin zuckte Asbjorn nur mit den Schultern.

Den ganzen Tag ließ sich der Franke mit seinem Banner immer wieder am Ufer blicken. Er wurde von mehreren Männern zu Pferde begleitet. Je länger Olav diese Männer beobachtete, desto sicherer war er sich, dass es sich um hochrangige Gesandte handelte. »Diese Gewänder gehören keinen Bauern«, murmelte er. »Und es sind auch keine hochgerüsteten Krieger.«

»Und worüber wollen die verhandeln?«, fragte Finnbogi, mit dem zusammen sich Olav ans Westufer der Flussinsel begeben hatte, um genauer sehen zu können, was auf der anderen Seite vor sich ging.

»Habe ich vielleicht Odins allwissendes Auge?«, gab Olav mürrisch zurück.

»Vielleicht wollen sie uns eine Gelegenheit geben, das Land zu verlassen«, glaubte Finnbogi. »Freier Abzug sozusagen.«

»Aber nicht ohne unsere Beute«, schränkte Olav sofort ein. »Im Übrigen glaube ich, dass das wieder eine List von ihnen ist. So wie beim ersten Mal, als es dieser Endres von den Niederauen darauf abgesehen hatte, mich zu töten. Sie haben die Köpfe von Bragi und den anderen fortgeschafft, damit wir nicht an ihre Heimtücke erinnert werden. Wir werden diesen Bannerschwinger einfach nicht weiter beachten. Soll er mit seinem Tuch herumwedeln, bis ihm die Arme lahm werden.«

»Vielleicht solltest du dir anhören, was sie zu sagen haben.«

»Damit wir einen weiteren verlustreichen Kampf bekommen?«

»Womöglich wollen sie uns etwas anbieten. Wie du schon sagtest, die sind gut gekleidet und keine Bauern aus der Umgebung.«

Olav atmete tief durch. Finnbogi konnte recht haben. Zudem musste Olav etwas tun, um den Männern deutlich zu machen, dass er noch immer handlungsfähig war und die Entscheidungen traf. Die Gelegenheit dazu hatte er verpasst, als er gezögert hatte, sich auf den hünenhaften Anführer der Franken vom Ostufer zu stürzen. Doch vielleicht war dies eine neue.

»Wir sollten ein Zeichen für unsere Feinde setzen«, sagte Olav schließlich. »Eines, das sie nicht vergessen und das sie davon abhält, uns so bald wieder anzugreifen.«

Olav ließ den Draken ausrüsten, der noch im Wasser lag. Hundert Mann befanden sich an Bord. Olav wählte dafür Krieger aus, die bei den letzten Kämpfen möglichst keine sichtbaren Blessuren davongetragen hatten, um den Eindruck von Unbesiegbarkeit und Stärke zu vermitteln. In Wirklichkeit waren etliche seiner Männer nicht mehr kampffähig, und manche würden vielleicht nie wieder ganz auf die Beine kommen. Zudem gab es keinen einzigen Bogenschützen, der noch einen Pfeil im Köcher gehabt hätte.

Es war ein groteskes Missverhältnis: Man hatte eine ungeheuer große Ansammlung von Waffen erbeutet, aber kaum noch genug Männer, die sie auch führen konnten, und keine einzige nennenswerte Fernwaffe mehr. Gunjorn Gutauge und einige andere Bogenschützen aus Bragis Sippe untersuchten sogar die gefallenen Franken, ob in ihren Leichen nicht noch Pfeile steckten, die wiederverwendet werden konnten.

Der lange Draken wurde zum Ufer gerudert. Olav stieg dort als Erster an Land, Stormur und Finnbogi folgten ihm und dann ein Dutzend weiterer Männer. Die anderen blieben an Bord, geschützt hinter den Schilden, die seitlich an der Reling aufgereiht waren.

Am Ufer wartete etwa ein Dutzend Franken auf sie. Der Bannerschwinger hatte längst damit aufgehört, mit seiner Fahne auf sich aufmerksam zu machen. Etwas abseits standen ein paar weitere Krieger, die die Pferde bewachten.

»Wer spricht für euch?«, fragte Olav.

Ein Mann trat vor, dessen Umhang mit aufwändigen Stickereien versehen war. Auch Bewaffnung und Ausrüstung waren von erlesener Qualität, wie Olav sie bisher nicht unter den Einwohnern dieses Landes erblickt hatte.

»Ich spreche für den Kaiser«, sagte dieser Mann. »Mein Name ist Herward von Cambrai, und ich bin ermächtigt, dir Folgendes anzubieten: Wenn eure Leute die Rheininsel verlassen und auf das Meer hinausfahren, woher ihr gekommen seid, so wird man euch dafür einen hohen Preis aus reinem Silber zahlen. Die Bedingung ist, dass ihr nicht zurückkehrt. Wenn ihr jedoch nicht auf dieses Angebot eingeht, wird man jeden von euch töten.«

»Das ist schon versucht worden«, sagte Olav. »Und du wirst es nicht glauben: Kein Franke, der die Insel betreten hat, ist noch am Leben!«

»Mit wem spreche ich?«

»Mit Olav Schädelspalter.«

»Und du bist wirklich der Anführer und kannst für deine Leute verhandeln?«

»Was sagst du da?« Olav glaubte zunächst, sein Gegenüber aufgrund eines Sprachproblems missverstanden zu haben. »Kannst du das noch mal sagen?«

Der Franke kam dieser Aufforderung nach. Er sprach so langsam und deutlich, dass selbst für einen Fremden aus dem Norden kein Zweifel daran bestehen konnte, was er wissen wollte. »Du – Anführer?«, fragte Herward schließlich noch mal.

»Ja, das bin ich«, erwiderte Olav schmallippig.

»Ein Jüngling.«

»Sag, was du zu sagen hast, Herward von Cambrai. Aber wenn du mir mit dem großen Heer deines Kaisers Angst einjagen willst, dann kann ich darüber nur lachen!«

»Mein Kaiser erweist dir eine Gunst, indem er dir einen ganzen Sack Silber anbietet, wenn du mit deinen Leuten davonziehst und nicht wiederkommst.«

»Einen Sack Silber?«, fragte Olav. »Wirklich einen Sack Silber?« Olav wandte sich an Finnbogi. »Habe ich das richtig verstanden, oder habe ich mich wegen der eigenartigen Art und Weise, mit der dieser Kerl spricht, einfach nur verhört?«

»Ich habe das auch so verstanden«, bestätigte Finnbogi.

Olav wandte sich wieder Herward von Cambrai zu und hob den Daumen. »Wirklich *einen* Sack Silber?«, vergewisserte er sich.

»Mein Herr ist großzügig«, sagte Herward. »Und wenn man bedenkt, dass euch alle sonst der sichere Tod erwartet …«

»Weißt du, wie viele Säcke Silber wir geraubt haben? Weißt du, wie viel Bruchsilber wir bereits an Bord unserer Schiffe haben? Wir hatten im Langhaus unseres Hofes schon keine Strohsäcke mehr, auf denen man schlafen konnte, so viele Säcke Bruchsilber haben dort schon gelegen, wenn wir von einer Fahrt nach Hause kamen. Und du willst mir *einen* Sack anbieten? Von welcher Größe denn? Von der da vielleicht?« Und damit deutete er auf den kleinen Münzsack, den Herward von Cambrai am Gürtel trug – natürlich aus edlem Stoff und reich verziert, so wie es seiner gesamten Ausstattung entsprach. »Wahrscheinlich ist dieser Sack selbst mehr wert als sein Inhalt!«, fügte Olav bissig hinzu.

»Es ist ein großzügiges Angebot, das mein Herr nur befristet einräumt«, sagte Herward von Cambrai in sehr ernstem Tonfall.

Olav riss blitzschnell sein Schwert hervor – und mit einem einzigen Hieb trennte die lange Frankenklinge den Kopf des Gesandten vom Rumpf.

Einen Moment lang stand Herward von Cambrai noch auf seinen Beinen, ehe er zusammenbrach und reglos liegen blieb.

Seine Begleiter zogen nun ebenfalls ihre Waffen, genauso wie die anwesenden Nordmänner. Olav trat vor, nahm den Kopf des Gesandten beim Schopf und warf ihn dessen Begleitern vor die Füße. »Gebt dies eurem Kaiser. Sagt ihm, wenn er sich lustig machen will, dann nicht über Olav Schädelspalter! Aber vielleicht will er mir ein Angebot machen, das nicht den zum Narren erklärt, der es annimmt!«

Die Franken waren zunächst unschlüssig. Sie standen einer Übermacht gegenüber und wussten, dass sie es nicht zum Kampf kommen lassen durften.

Einer von ihnen nahm den Kopf vom Boden auf. »Das wirst du bereuen«, sagte er finster. »Bei Gott, das werdet ihr alle bereuen!«

»Gut gemacht, Jarl«, sagte anschließend Finnbogi zu Olaf, als die Franken davonritten und den in eine Decke eingewickelten Kopf ihres Anführers mitnahmen. »Wenn dieses Angebot nicht ohnehin eine Finte war, dann werden sie uns jetzt ein neues machen. Ein besseres.«

Die anderen Nordmänner waren seiner Meinung. Sie stießen ein lautes Triumphgebrüll aus, als hätten sie eine wichtige Schlacht gewonnen.

»Du hast es ihnen gezeigt!«, rief Knut Vierfinger.

»Ein Sack Silber!«, spottete Skarf der Grobe. »Das ist ja nur ein Bruchteil von dem, was wir an wertvoller Beute zurücklassen müssten, weil wir nicht genug Schiffsladeraum haben!«

Finnbogi lachte laut. »Am Ende hätten wir die Franken beschenkt anstatt umgekehrt!«

»Olav, davon wird man lange erzählen, was heute geschehen ist«, meinte Gunjorn Gutauge.

Olav hingegen schwieg. Für den Moment hatte er die Männer beeindrucken können. Aber das konnte ihn nicht darüber hinwegtäuschen, dass es für ihr wichtigstes Problem nach wie vor keine Lösung gab.

Sie hatten keine Knorren …

KAPITEL 28

Kaiser Lothar wurde zunächst bleich, dann rot vor Zorn, als die zurückkehrenden Gesandten ihm den Kopf des Herward von Cambrai brachten und berichteten, wie die Nordmänner auf das Angebot eines Abzugsgeldes reagiert hatten.

»Die sollen mich kennenlernen«, knurrte er. »Ich werde nicht eher ruhen, als bis diese verfluchten Heiden aus dem Land gejagt sind!«, rief er.

»Möglicherweise gab es da ein Missverständnis«, ergriff Branagorn von Corvey das Wort, der zusammen mit Thorbrand ebenfalls anwesend war.

»In der Tat bestand da ein Missverständnis!«, bestätigte Lothar. »Diese Heiden halten meine Großmut offenbar für Schwäche.«

Branagorn wandte sich dem zurückgekehrten Gesandten zu. »Habt Ihr irgendetwas darüber erfahren, was auf der östlichen Rheinseite geschehen ist? Welche Vorbereitungen dort im Gang sind und …«

»Ich weiß nichts darüber.«

»Aber vom Ufer bei Novaesium aus müsste man doch sehen können, ob am anderen Rheinufer Heere lagern, Lagerfeuer brennen oder andere Dinge geschehen, die darauf hinweisen, ob dort etwas im Gange ist.«

Der Gesandte schüttelte den Kopf. »Tut mir leid, dort war nichts zu sehen, was mir aufgefallen wäre.«

Thorbrand war erstaunt über Branagorns Kälte. Der geköpfte Gesandte war ihm vollkommen gleichgültig. Das Einzige, was ihn interessierte, war das Spiel der Könige und wie es ausgehen mochte.

»Morgen früh brechen wir auf«, entschied Lothar.

In der Nacht lag Thorbrand lange auf seinem Lager, ohne einschlafen zu können. Er dachte an die Dinge, die nun unweigerlich geschehen würden. Zwei Heere rückten auf die Flussinsel zu, von zwei verschiedenen Seiten. Mochte man sich dort bisher auch gegen lokale Vasallen gut behauptet haben, die Übermacht, die über die Nordmänner herfallen würde, war damit nicht zu vergleichen. Und sie waren vollkommen ahnungslos, dachte Thorbrand.

Konnte er sie so einfach in ihr Verderben gehen lassen? Nach allem, was er erfahren hatte, lebte sein Vater nicht mehr, und sein Halbbruder Olav wäre sicherlich alles andere als begeistert davon, würden sie beide sich plötzlich wieder gegenüberstehen. Wenn Thorbrand versuchte, ihn zu warnen, könnte das sein eigenes Verderben sein. Aber hatte ihn so etwas je davon abgehalten zu tun, wovon er überzeugt war, dass es getan werden musste?

Es war bereits nach Mitternacht, als er sich schließlich von seinem Lager im großen Schlafsaal des Dürener Königshofs erhob. Das Schnarchen ringsum war unüberhörbar. Branagorn von Corvey schien das nicht zu stören. Er schlief tief und fest.

Thorbrand nahm seine Sachen und warf dem Mönch noch einen Blick zu. *Leb wohl,* dachte er. *Jetzt wird dein Herr Jesus Christus dich schützen müssen.*

Unbehelligt gelangte er zu den Pferden. Niemand nahm Notiz von ihm, als er das Lager verließ und schließlich im scharfen Galopp nach Nordwesten ritt.

Es war früher Morgen, als Thorbrand den Rhein erreichte. Fränkischen Kriegern wich er aus. Und er achtete darauf, Lagerfeuern und Höfen fernzubleiben. Er folgte dem Fluss ein Stück nordwärts, bis er Novaesium erreichte. Die Stadt war verlassen und vollkommen zerstört.

Nebel krochen über den Fluss und hüllten die Insel ein, sodass man denken konnte, sie gehörte nicht zu dieser Welt. Thorbrand entledigte sich des Großteils seiner Kleidung und seiner Bewaffnung, hängte alles ans Pferd, schwang sich hinauf und trieb es dann ins Wasser. Bald hatte das Pferd keinen festen Boden mehr unter den Füßen und begann zu schwimmen. Thorbrand ließ sich ins Wasser gleiten und schwamm nun ebenfalls, wobei er die Zügel festhielt. Er war von klein auf ein guter Schwimmer gewesen, und das kam ihm nun zugute. Er musste zügig voranschwimmen, damit ihn das Pferd bei seinen ausholenden Bewegungen nicht mit einem Huf erwischte.

An der Westseite der Insel war es nicht möglich, an Land zu gehen. Zumindest hätte er das Pferd nicht die Uferböschung hinaufbekommen, dazu war es dort einfach zu steil und die Böschung überdies auch noch sehr instabil und bröckelig. Aber da er die Insel kannte, wusste er, wo sich eine bessere Stelle befand.

Auf der Nordseite lagen an einem flachen Uferstück ein Draken und eine Skaid. Sie waren an unterspülten Baumwurzeln vertäut worden. Von den Bäumen selbst waren nur verrußte Stümpfe übrig geblieben. Es musste viel geschehen sein während seiner Abwesenheit.

»Bei Thor, einen Augenblick habe ich geglaubt, da kommt ein Wassermann aus den Fluten!«, rief Stormur Stormsson, der an dieser Stelle offenbar gerade zur Wache eingeteilt war. »Und dabei bist du es, Thorbrand!«

Thorbrand schüttelte sich das Wasser ab. »Noch kannst du mich leicht erschlagen, wie es deine Pflicht wäre, Stormur«, sagte er. »Denn im Augenblick bin ich noch nicht bewaffnet.«

»Was für ein Unfug! Es sind so viele Männer hier in letzter Zeit gestorben, dass man die Insel in Blut baden könnte.«

»Ich habe gehört, mein Vater …«

»Das waren die Franken, Thorbrand. Er ist in Walhall.«

Thorbrand nickte finster. Er gab Stormur die Zügel des Pferdes und begann damit, sich seine Sachen wieder anzulegen.

»Dein Bruder Olav ist jetzt unser Jarl«, sagte Stormur. »Indem ich dir hier und jetzt helfe, breche ich sämtliche Eide, die ich deinem Vater einst gegeben habe.«

»Ich bin hier, um euch zu warnen. Ihr habt anscheinend keine Ahnung, welches Verhängnis sich euch nähert …«

Zusammen mit Stormur Stormsson ging Thorbrand zur Klosterkapelle. Das Pferd führte er hinter sich her. Als sie in das Gebäude traten, schliefen die meisten der Nordmänner noch. Doch einige hatten auch keinen Schlaf gefunden, weil die Schmerzen zu stark waren, die ihnen die Verletzungen bereiteten.

»Hört mich an!«, rief Thorbrand, und seine Stimme

hallte in dem Kirchengemäuer wider, wodurch sie einen dröhnenden Klang bekam. »Ein Verbannter spricht zu euch, um euch zu warnen, denn ihr könnt dem Unheil noch entkommen!«

Es dauerte nur Augenblicke, und alle, die in der Kapelle genächtigt hatten, waren auf den Beinen. Manch einer griff zur Waffe. Insbesondere galt dies für Olav. »Thorbrand!«, stieß er hervor. Er sprang auf und hatte die blanke Frankenklinge in der Rechten, die er gegen Thorbrand richtete. »Wie konntest du nur zurückkehren?«, fragte er fassungslos. »Du bist immer schon ein Narr gewesen, aber jetzt scheint dich dein Verstand vollkommen verlassen zu haben!«

»Hör mich an!«, rief Thorbrand. »Wenn du das getan hast, dann lasse ich mich nie mehr bei euch blicken.«

»Weil du dann im Reich der Hel bist, so wie es unser Gesetz befiehlt!«, rief Olav wutentbrannt. »Was willst du hier? Das Erbe deines Vaters antreten? Das hast du dir selbst genommen, schon zu seinen Lebzeiten. Und jetzt stehst du außerhalb unserer Gemeinschaft. Du bist nichts! Ein Verbannter, der einen der Seinen im Zorn erschlagen hat!«

»Ja, das ist alles wahr. Und trotzdem solltet ihr mich anhören, denn ihr seid in Gefahr!«

»Ich will nicht hören, was du zu sagen hast!«, rief Olav. »Kein Wort mehr!«

»Lass ihn ausreden!«, fuhr Stormur dazwischen.

Die Blicke aller waren auf Thorbrand gerichtet. »Ihr seid in großer Gefahr«, wiederholte er. »Der Kopf eines Gesandten ist beim Kaiser angekommen. Man hatte euch ein großzügiges Angebot gemacht. Jetzt aber will man euch tot sehen und kennt keine Gnade mehr. Wer immer dafür verantwortlich ist, er war der Narr, der vielleicht euch allen den Untergang bringen wird.«

»Du warst am Hof des Kaisers?«, fragte Olav verblüfft. »Wie … wie kamst du dahin? Woher weißt du all diese Dinge?«

»Das ist eine lange Geschichte für lange Abende an warmen Feuern. Jetzt ist keine Zeit dafür. Zwei gewaltige Heere ziehen hierher. Und sie werden sich genau hier treffen und euch ausmerzen, wenn ihr nicht sofort in eure Schiffe steigt und flussabwärts fahrt.«

»Das ist Unsinn!«, rief Olav. »Wir haben die Franken beider Flussseiten besiegt, und zwar so, dass ihnen Hören und Sehen vergangen ist. Manche ihrer Leichen liegen noch auf der Insel herum. Und auch ihr riesenhafter Anführer mit dem großen Pferdeungetüm lebt nicht mehr! Rasmus hat ihn erschlagen!«

Cunrad von Diusburh, begriff Thorbrand. So viele Männer mit einem Riesenpferd gab es auch in diesem Land nicht. Laut sagte er: »Das waren nur unwichtige Vasallen. Bauern aus der Umgebung und ihre Vögte und Grafen. Aber jetzt kommen zwei Streitmächte, die eigentlich aufgestellt wurden, um gegeneinander zu kämpfen und nicht gegen ein paar Seefahrer aus dem Norden. Ihr werdet zwischen diesen Mühlsteinen zerrieben werden.« Thorbrand hielt kurz inne, dann sagte er: »Ich habe zumindest eines dieser Heere gesehen. Mehr noch, ich bin Tag und Nacht mit dem Heerhaufen geritten und konnte beobachten, wie jeden Tag neue Kämpfer zu dieser großen Masse an Kriegern hinzustießen.« Erneut machte er eine kurze Pause. Die Männer hingen an seinen Lippen. Sie waren vollkommen still geworden. »Es ist anzunehmen, dass das zweite Heer im Osten, das König Ludwig anführt, kaum kleiner sein kann als das, bei welchem ich war, denn offenbar verfügen alle drei Könige in diesem Land über ungefähr gleiche Mittel, sonst würde dieser Krieg nicht so lange andauern.« Thorbrand machte eine ausholende Geste. »Ja, glaubt ihr denn, ihr könnt gegen die ganze Welt bestehen? Welcher Narr hat euch denn so etwas erzählt?«

»Einen Silbersack haben sie uns angeboten!«, rief Olav. »Dieser Kaiser wollte uns verhöhnen! Einen Silbersack! Dabei haben wir hier eine Beute angehäuft, die ein Vielfaches davon wert ist, nur haben wir keine Knorren, sodass wir einen Großteil davon hierlassen müssten!«

»Ich sehe, die Situation hat sich nicht sehr verändert, seit ich die Insel verließ«, stellte Thorbrand fest. »Es war in der Tat ein großzügiges Angebot, was man euch gemacht hat. Es geht dabei nicht um den Sack Silber, sondern um euer Leben. *Das* hat man euch in Wahrheit angeboten, und derjenige, der dem Gesandten den Kopf abschlug, hat auch dieses Angebot abgeschlagen. Jetzt gibt es für euch nur noch eins: in die Schiffe und fort von hier! Und das so schnell wie möglich. Wartet nicht, bis das Unheil über euch kommt, und rettet so viel wie möglich von dem, was ihr euch teuer erkämpft habt!«

»Er spricht wie der alte Grimr«, sagte jemand.

Die anderen drehten sich nach dem Sprecher um, aber der gab sich nicht zu erkennen.

Olavs Augen wurden schmal. Sein Gesicht lief rot an. »Deswegen bist du also in Wirklichkeit hergekommen! Du hast von Vaters Tod gehört, wie auch immer das möglich war, und denkst, dass du mir jetzt die Jarlschaft wegnehmen kannst!«

»Das ist nicht wahr, Olav!«

»Doch, das ist es. Und mehr noch: Du glaubst, dass du dich über die Götter und die Gesetze unserer Vorfahren hinwegsetzen kannst! Ja, selbst der Bannspruch deines eigenen Vaters ist dir egal, so sehr verachtest du ihn.«

»Olav, ich will deine Jarlschaft nicht!«

»Ach nein?«

»Du bist der rechtmäßige Nachfolger unseres Vaters. Ich würde mich sogar dir unterordnen, wenn es nötig wäre. Ich habe keinesfalls vor, dir irgendetwas streitig zu machen. Das Einzige, was ich will, ist verhindern, dass ihr blutig untergeht.«

»Du bist ein Lügner, Thorbrand!«

»Olav, was er sagt, ist richtig«, mischte sich Stormur Stormsson ein, und zustimmendes Geraune war hier und dort zu hören. Stormur schien sich dadurch bestärkt zu fühlen, sodass er fortfuhr: »Wenn wir länger bleiben, werden wir alles verlieren. Es gibt keine Hoffnung mehr, dass die Knorren noch rechtzeitig eintreffen. Selbst wenn Eirik sie jetzt, in diesem Augenblick, losschicken würde, würde uns das nicht mehr helfen.«

»Stormur hat recht! Wir sollten zusammenpacken, was wir in die Schiffe bekommen, und zusehen, dass uns die Strömung flussabwärts trägt«, stimmte nun auch Gunjorn Gutauge zu.

Olavs Gesicht verzerrte sich zu einer Grimasse des Zorns. »Begreift ihr nicht, dass ihr gerade den Worten eines verfluchten Mörders lauscht? Er ist ein Verbannter, und seine Worte sollte hier niemand mehr hören!«

»Er hat viel auf sich genommen und Mut bewiesen, als er zurückgekehrt ist, um uns zu warnen«, stellte Stormur klar.

»Stimmt«, nickte Asbjorn, was in seinem Fall schon fast einer weitschweifigen Rede gleichkam.

»Olav, wir sollten tun, was er vorschlägt!«

»Habt ihr vergessen, dass er einen von euch getötet hat? Hromund der Raue war einer von uns!«, rief Olav außer sich. »Er hat für uns mehr Siege erkämpft als jeder andere, der hier steht, und dieser Frankenbastard dort hat ihn ermordet!«

Thorbrand fühlte Zorn in sich aufsteigen. Genau jene kalte, grausame Art von Zorn, die ihn Hromund hatte erschlagen lassen und in seine verfahrene Situation gebracht hatte. Nein, diesmal nicht, nahm er sich vor. Diesmal sollte diese dunkle Kraft in ihm nicht die Oberhand gewinnen und ihn ins Unglück stürzen!

»Kann sein, dass ich ein Frankenbastard bin«, sagte Thorbrand mit erzwungener Ruhe. »Aber was ich sage, ist die Wahrheit. Ihr könnt sie glauben oder in den sicheren Untergang gehen.«

»Er hat recht«, erklärte Stormur und stieß Steinar den Schiffsbauer heftig an. »Sag doch auch mal was! Es war kein Zufall, dass Olav das Schwert in der Schlacht zerbrach! Die Götter haben sich von ihm abgewandt!«

Jetzt schnellte Olav vor. Ohnmächtige Wut hatte ihn gepackt. Er spürte, dass er die Gefolgschaft der Männer verlor. Es war, als ob ein Fluch auf ihm lag. War er nicht derjenige, der sich Gedanken bis weit in die Zukunft machte, während andere kaum bis ans Ende des Tages zu sehen vermochten? Und doch schien ihm nichts zu gelingen. Aber die Jarlschaft, das Erbe seines Vaters, würde er sich nicht nehmen lassen. Um keinen Preis.

Thorbrand wich dem ersten Hieb aus, wich vor seinem Bruder zurück und duckte sich auch noch unter dem zweiten Schlag weg. Dann riss Thorbrand seine eigene Klinge hervor. Er parierte die Hiebe seines Gegners, der wie besessen auf ihn eindrosch. Stahl klirrte auf Stahl, Funken sprühten. Olav trieb Thorbrand geradezu vor sich her.

»Du hast gewusst, was geschieht, wenn du zurückkehrst!«, rief er grimmig. Erneut griff er Thorbrand vehement an. Da streifte ihn die gegnerische Klinge an der Schulter. Olav stöhnte auf. Sein Wams färbte sich rot. Er fasste den Griff der langen Frankenklinge mit den Händen.

»Lass es gut sein, Bruder!«, rief Thorbrand.

»Du bist nicht mein Bruder!«, rief Olav. »Du bist ein Verbannter. Einer, den jeder straflos töten darf!«

Mit unverminderter Wut stürzte er sich erneut auf Thorbrand. Wieder wurde der von einer schnellen Folge wuchtiger Schläge zurückgetrieben. Dann wurde Olav erneut getroffen, diesmal schwer. Er taumelte zurück. Ein weiterer Hieb riss ihm das Schwert aus der Hand. Olav fiel benommen zu Boden.

Thorbrand war über ihm, das Schwert mit beiden Händen über dem Kopf erhoben.

»Na los, worauf wartest du?«, ächzte Olav.

Aber Thorbrand ließ die Klinge sinken. Der Kampf war entschieden. »Nein«, sagte er. »Um unseres Vaters willen! Einmal will ich stärker sein als mein Zorn. Einmal nur.«

»Verflucht seist du, Thorbrand!«, ächzte Olav. »Verflucht … verflucht … ihr alle! Ihr alle sollt ins Reich der Hel fahren …«

Blut sickerte nicht nur an der Schulter und in Brusthöhe durch sein Wams, sondern lief ihm auch aus dem

Mund. Er griff noch mit zitternder Hand nach dem Dolch, den er am Gürtel trug. Aber er schaffte es nicht mehr, die Waffe herauszureißen, geschweige denn zu schleudern.

Seine Hand krampfte sich um den Griff, während seine Augen erstarrten und der Blick darin erstarb.

Olav Schädelspalter war tot …

Eine ganze Weile herrschte eine erdrückende Stille. Dann ergriff Stormur als Erster wieder das Wort. »Der Jarl ist tot«, sagte er. »Es war der Wille der Götter.« Er fasste nach Thorbrands Hand und riss sie empor. »Thorbrand soll uns anführen!« Zustimmende Rufe erklangen, und einige Männer nickten entschieden. »Wir sind immer gut gefahren, als Grimr Schädelspalter uns anführte. Und Thorbrand ist sein Sohn, das lässt sich nicht verleugnen!«

»Und seine Blutschuld?«, fragte Gunjorn Gutauge.

»Wenn er uns nach Hause führt, ist sie abgetragen«, bestimmte Stormur. »Findest du nicht?«

»Es sind genug Männer gestorben«, mischte sich Asbjorn ein, und wenn er sprach, verstummten alle anderen, da es so selten war, dass er das Wort ergriff. »Wir brauchen jeden. Auch einen Verbannten.«

»Sehr richtig!«, rief jemand, und auch andere äußerten laut ihre Zustimmung.

»Die Götter waren mit Thorbrand, sonst hätte er nicht zurückkehren können«, sprach Asbjorn weiter. »Offenbar haben sie ihm verziehen, dann sollten wir das auch tun.«

»Ja, und mit Grimr Schädelspalter sind wir immer gut gefahren«, erklärte Steinar der Schiffsbauer. »Ein Schädelspalter sollte uns nach Hause führen!«

Der Leichnam von Olav Schädelspalter wurde in Tücher gewickelt und in den Draken gelegt, der dort vertäut war, wo Thorbrand an Land gegangen war.

Für eine Totenfeier war keine Zeit. Aber eine letzte Nacht sollte der verstorbene Jarl in einem Schiff verbringen, bevor man seinen Leichnam verbrennen würde. Mitnehmen konnte man ihn nicht. Der Platz an Bord der Schiffe war zu knapp.

Der Tag wurde dazu genutzt, um die an Land gezogenen Schiffe ins Wasser zu bringen. Außerdem wurde mit dem Beladen begonnen. Leichte Beutegüter sollten Vorrang haben vor schwer zu transportierenden Beutestücken. Außerdem legte Steinar der Schiffsbauer Wert darauf, dass die Beute auch nach Gewicht verteilt wurde. Alles, was lebte, sollte in jedem Fall zurückgelassen werden. Kein Schwein, kein Rind oder irgendein anderes Tier sollte mitgenommen werden. Aber selbst ein Teil der Eisenwaren musste zurückbleiben, da einige der Schiffe sonst überladen gewesen wären. Steinar beurteilte bei jedem Schiff den Tiefgang und sorgte rücksichtslos dafür, dass die Ladung wieder reduziert wurde.

Auch den Knochen des unbekannten Apostels, jene Reliquie aus dem Kloster, ließ man zurück. Ein Lösegeld hatte sich dafür nicht erzielen lassen, und im fernen Norden war der Mann, von dem der Knochen angeblich stammte, vollkommen unbekannt. Außerdem war nicht auszuschließen, dass diesem Ding irgendeine christliche Zauberkraft anhaftete, die all das Unglück über die Nordmänner gebracht hatte, denn die Mission hatte unter einem schlechten Stern gestanden, seit die Krieger den Knochen an sich genommen hatten.

Skarf der Grobe warf das Kästchen einfach in den Fluss.

Am Abend war die Flotte reisefertig. Die Männer kamen in der Kapelle zusammen, und so manchen schmerzte es, dort zu sehen, was man zurücklassen musste. Darunter waren auch Säcke voller Kleider und Stoffballen. Die waren zwar leicht, nahmen aber viel Platz weg. »Ein Vermögen liegt hier«, sagte Finnbogi Großhand voller Bedauern. »Ich werde jedes Mal daran denken, wenn ich auf einem Markt im Norden solche Stoffe für Höchstgebote den Besitzer wechseln sehe.«

»Du wirst genug Bruchsilber bekommen, um mitbieten zu können«, tröstete ihn Stormur.

»Traurig ist es trotzdem.«

Leif der Über-Bord-Gegangene mischte sich ein. »Du kannst ja hierbleiben, dann könnten wir noch ein paar Ballen mitnehmen.«

»Du bist zu jung, um so mit mir reden zu dürfen!«, knurrte Finnbogi in gespieltem Zorn und alle drei lachten kurz.

»Ist euch eigentlich aufgefallen, wie ähnlich Thorbrand seinem Vater ist?«, fragte Stormur dann.

»Ja, das stimmt«, bestätigte Leif diesen Eindruck.

»Hauptsache, die Götter sind mit ihm«, sagte Finnbogi sehr ernst. »Davon hätten wir alle was.«

In diesem Moment betrat Thorbrand die Kapelle. Alle Augen richteten sich sogleich auf ihn. »Morgen früh geht es los«, erklärte er.

»Was ist mit der Leiche deines Bruders?«, fragte Finnbogi.

»Eine Nacht im Draken soll ihm bleiben«, sagte Thorbrand. »Bei Sonnenaufgang verbrennen wir ihn.«

»Was machen wir gegen die Seile, die die Franken vielleicht gespannt haben?«, wollte Finnbogi wissen.

»Ich weiß es nicht. Aber da wir am Tag fahren, sollten wir sie sehen.«

»Dein Bruder hatte den Vorschlag, ein kleines Beiboot vorausfahren zu lassen, bemannt mit Männern, die schwimmen können.«

Zwei kleine Beiboote hatte die Flotte von Grimr Schädelspalter seinerzeit mitgebracht. Kleine offene Boote, die einfach hinter den großen Draken und Skaids hergezogen wurden und die man hin und wieder brauchte, wenn das Anlanden schwierig war.

»Das ist ein guter Vorschlag«, meinte Thorbrand. »Mein Bruder war ein kluger Mann.«

»Aber die Götter haben sich von ihm abgewandt«, sagte Stormur.

»Ja, das sehe ich auch so«, nickte Thorbrand.

»Verdient hatte er es nicht.«

Thorbrand zuckte mit den Schultern. »Wer hätte je davon gehört, dass die Götter gerecht wären?«

»Pass auf, dass dir das nicht passiert, Jarl«, mahnte ihn Stormur. »Achte auf die Zeichen. Dein Bruder hat sie ignoriert.«

»Ich habe niemals irgendwelche Zeichen beachtet«, entgegnete Thorbrand. »Und mein Vater auch nicht. Ich unterwerfe mich nicht den Launen der Götter. Ich allein bestimme mein Schicksal und das meiner Männer!«

Von draußen war leichtes Donnergrollen zu hören.

In der Nacht schliefen sie kaum, denn aus dem Gewitter wurde ein heftiges Unwetter, das über die Insel und das gesamte umliegende Gebiet zog. Immer wieder donnerte es, und grelle Blitze erhellten die Nacht.

Am Morgen hörte Thor auf, am Himmel zu wüten. Sein Zorn, gegen wen auch immer er sich gerichtet hatte, schien verraucht zu sein. Aber er hatte ein Zeichen hinterlassen, so eindeutig, dass niemand unter den Männern es anzweifeln konnte.

Ein Blitz hatte in den Mast des Draken eingeschlagen, in den man Olav Schädelspalters Leichnam gelegt hatte. Das halbe Schiff war verbrannt, und auch der tote Jarl war von dem Feuer in Mitleidenschaft gezogen worden. Damit stand außer Frage, dass Olav tatsächlich das Wohlwollen der Götter zuletzt verloren hatte. Womit genau er sich den Zorn Thors zugezogen hatte, vermochte niemand zu sagen, und wahrscheinlich würde man sich darüber in vielen Jahren an den Feuern des Nordens streiten.

Man verbrannte die vom Blitz angesengten sterblichen Überreste. Der Leichnam brannte nur schlecht, und der Draken war nicht mehr zu gebrauchen. Doch es blieb keine Zeit, den Draken zu reparieren. Damit wurde der Stauraum noch knapper, als er es ohnehin schon war.

Die Abfahrt der Flotte verzögerte sich, denn viele Schiffe waren durch den heftigen Regen voller Wasser. Man musste erst mehrere Stunden schöpfen. Zu viel Wasser im Schiff zu haben, konnte lebensgefährlich sein, auch wenn das Schiff dadurch nicht unterging. Die Langschiffe hatten so viel Auftrieb, dass sie fast bis zum Rand volllaufen konnten, ohne dass dies geschah. Die Gefahr lag in der Bewegung von Wassermassen während der Fahrt. Sie konnten ein so schlankes Schiff wie einen Draken oder eine Skaid sehr leicht zum Kentern bringen. Und wenn die Wassermassen dann auch noch dafür sorgten, dass die Ladung in Bewegung geriet, war selbst das imposanteste Langschiff verloren.

Am novaesischen Ufer tauchten unterdessen einige fränkische Kundschafter auf. Gleiches geschah auch am Ostufer.

»Was meinst du? Sind das bereits die Vorhuten der Heere, die hierher unterwegs sind?«, wandte sich Stormur an Thorbrand.

Dieser zuckte mit den Schultern. »Ich habe keine Ahnung. Aber auf jeden Fall sind es Franken, und das sollte uns daran erinnern, dass wir nicht allein hier sind, sondern ständig beobachtet werden.«

Erst gegen Mittag ging die Fahrt los. Thorbrand befand sich an Bord eines Draken, an dessen Ruder der schweigsame Asbjorn stand. Zwei kleine Boote fuhren der Flotte voraus, jeweils mit Männern besetzt, die schwimmen konnten. Leif der Über-Bord-Gegangene war auf einem dieser Boote. Seitdem er ins Wasser gefallen und nur mit Mühe gerettet worden war, hatte er schwimmen gelernt und darin sogar eine gewisse Meisterschaft erreicht. Jedenfalls war er bekannt dafür, sich sehr ausdauernd über Wasser halten zu können.

KAPITEL 29

Bis zum frühen Abend fuhren sie unbehelligt flussabwärts. Der Wind stand zwar günstig, aber Thorbrand hatte trotzdem den Befehl gegeben, keine Segel zu setzen. Die Schiffe durften nicht zu viel Geschwindigkeit bekommen, schließlich trieb die Strömung sie voran. Hin und wieder bremsten die Männer an den Riemen sogar die Fahrt ab, um zu verhindern, dass man mit hoher Geschwindigkeit auf ein gespanntes Seil traf und dabei womöglich kenterte. Vor allem aber mussten die beiden offenen Beiboote ein Stück vorausfahren und durften von den Langschiffen nicht überholt werden.

Aufmerksam beobachteten die Nordmänner die Ufer zu beiden Seiten. Hin und wieder waren Franken zu sehen. Bewaffnete Späher, so nahm Thorbrand an, der am Bug seiner Skaid stand, aufrecht und furchtlos, auch wenn jederzeit die Gefahr bestand, dass vom Ufer aus Bogenschützen ihre Pfeile auf die Schiffe abschossen.

Die meisten Männer an Bord saßen an den Riemen hinter ihren an der Reling aufgereihten Schilden. Abgesehen von Thorbrand standen nur die Steuermänner aufrecht, da sie sonst nicht das Steuerruder halten konnten. So weit wie möglich versuchten die Nordmänner ihre Schiffe in der Mitte des Stroms zu halten, um eventuellen Angreifern ein schwereres Ziel zu bieten. Sie selbst verfügten nach wie vor über so gut wie keine

Pfeile mehr und hätten sich bei Pfeilattacken vom Ufer aus kaum wehren können.

Am frühen Abend entdeckte das Beiboot von Leif dem Über-Bord-Gegangenen ein Seil, das in Höhe der Wasseroberfläche über den Fluss gespannt war.

»Zurück!«, rief Leif, und der Ruf wurde von Steuermann zu Steuermann weitergegeben. Die Mannschaften an den Riemen reagierten sofort und versuchten die Fahrt der Schiffe abzubremsen.

Der Fluss machte an dieser Stelle eine Biegung und war etwas schmaler. Der Uferbereich war auf beiden Seiten stark bewachsen und sehr unübersichtlich. Thorbrand ließ den Blick schweifen.

»Duck dich, Jarl! Du gibst sonst eine zu verlockende Zielscheibe ab!«, rief Skarf der Grobe. Er saß bei den Männern an den Riemen hinter einem Rundschild.

»Einer muss schauen«, sagte Thorbrand.

»Bei Thors donnerndem Zorn! Mit einem Köcher voller Pfeile würde ich mich wohler fühlen!«, grummelte Gunjorn Gutauge.

»Da ist was am Ufer!«, rief auf einmal Stormur Stormsson von seinem Langschiff herüber.

Im nächsten Augenblick prasselte ein Pfeilhagel von beiden Seiten des Stroms auf die Langschiffe herab. Mindestens hundert Bogenschützen mussten sich jeweils auf beiden Seiten postiert haben. Schreie gellten. Die Schilde boten nur unzureichenden Schutz gegen einen derart starken Beschuss. Bald waren sie von den Pfeilen regelrecht gespickt.

Gut die Hälfte der herabregnenden Geschosse waren in Pech getränkte Brandpfeile. Einer der Draken fing Feuer. Die Flammen breiteten sich schnell aus. Die

Männer schöpften Wasser, um zu löschen. Etliche starben dabei, weil sie dabei dem Beschuss schutzlos ausgeliefert waren.

Thorbrand stand noch immer am Bug. Haarscharf jagten mehrere Pfeile an ihm vorbei. Aber das schien ihn nicht weiter zu kümmern.

»Runter mit dir, Jarl!«, rief Knut Vierfinger, der im nächsten Moment selbst aufsprang und einen Brandpfeil aus dem Mast zog. Das am Mast klebende Pech brannte noch, den Pfeil warf Knut ins Wasser.

In nächsten Augenblick bohrte sich ein anderer Pfeil durch Knuts Hals und ragte an der anderen Seite etwa eine Handbreit mit blutiger Spitze hervor. Röchelnd sank der Nordmann zu Boden.

»Tod den Franken!«, rief Skarf der Grobe grimmig und mit ohnmächtiger Wut. Und auch Thorbrand spürte, wie kalter Grimm in ihm aufstieg. Aber es gab nichts, was er im Moment tun konnte. Endlich ging auch er in Deckung. Schließlich wollte er die Götter nicht herausfordern.

Eines der Schiffe hatte zu viel Fahrt gehabt, und während des Beschusses waren einige entscheidende Männer an den Riemen getroffen worden. So raste es nun in einem schlingernden Kurs auf das Seil zu. Eines der Beiboote trieb bereits herrenlos dahin. Die beiden Männer an Bord waren von Pfeilen getroffen worden, ehe sie das Seil hatten durchtrennen können.

Das zweite Beiboot befand sich direkt am Seil. Leif der Über-Bord-Gegangene versuchte, es zu durchtrennen. Er nahm dazu weder Schwert noch Messer und auch keine Axt. Da die im Seil miteinander verdrehten Fasern nass und zugleich sehr widerstandsfähig und nachgiebig waren und Leif außerdem keinen festen Untergrund hatte, hätte er sie mit einem Schwert- oder Axthieb nicht durchtrennen können. Er nahm dazu eine Säge, wie man sie im Schiffsbau verwendete.

Steinar war mit ihm im Boot und hielt das Seil fest, sodass Leif daran arbeiten konnte. Das Boot war bereits gespickt von Pfeilen. Ein Brandpfeil steckte im Heck, doch bis das Boot in Brand geraten war, würden sie das Seil hoffentlich durchtrennt haben.

Unterdessen raste das Langschiff mit der zu hohen Geschwindigkeit unaufhaltsam in das Seil, das sich nun spannte. Es hakte unter den Bug des kleinen Beibootes und brachte es zum Kentern. Steinar und Leif fielen ins Wasser. Die Säge war fort, verschwunden in den Tiefen des Flusses, und beide Männer mussten schwimmen.

Das Langschiff, dessen durch die Strömung bedingte Beschleunigung kaum noch gebremst worden war, kenterte ebenfalls. Schreie gellten, als die Männer ins Wasser geschleudert wurden. Die Ladung geriet ins Rutschen und ging über Bord, ehe sich der gesamte Schiffsrumpf drehte.

Einige Männer konnten nicht schwimmen. Sie versuchten zu den anderen, sich dem gespannten Seil langsam nähernden Schiffen zu gelangen, von denen aus ihnen Seile zugeworfen wurden.

Leif hatte das über dem Fluss gespannte Seil bereits zu einem Gutteil durchgesägt. Nur ein paar Fasern hielten es noch zusammen, auf denen durch das kenternde Langschiff, das sich im Seil verfangen hatte, ein enormer Druck lastete. Es gab einen Knall, als das Seil riss.

»Vorwärts!«, rief Thorbrand. »In die Riemen! Gebt alles!«

Er stand wieder auf und warf höchstpersönlich ein Seil hinaus, um Leif und Steinar aufzunehmen. Beide Männer griffen danach, während das Schiff beschleunigte. Die Strömung und die Kraft der Männer an den Riemen sorgten dafür, dass es schnell vorwärts ging. Leif und Steinar wurden hinter dem Schiff hergezogen, während Thorbrand zum Mast eilte. »Das Segel herunter!«, rief er. Skarf der Grobe ging ihm zur Hand, und wenig später wurde das Segel vom Quermast herabgelassen und festgezurrt. Der Wind blähte es und sorgte dafür, dass die Fahrt noch schneller wurde.

Noch immer wurde von den Ufern aus geschossen. Aber die Pfeile erreichten kaum noch eins der Schiffe, bei denen nach und nach die Segel von den Quermasten herabgelassen wurden.

»Odin sei Dank!«, stieß Thorbrand hervor. »Wir haben es geschafft. Zumindest dieses Stück haben wir geschafft!«

Die Verluste waren schwer. Die Beiboote und ein Schiff samt Ladung waren verloren, und nur wenige der Männer, die sich an Bord befunden hatten, hatten gerettet werden können.

Leif und Steinar wurden mit dem Seil herangezogen und konnten schließlich an Bord klettern. Sie rangen nach Luft. Steinar war derjenige, der zuerst zu sprechen vermochte. Er deutete auf Leif und sagte: »Dich wird man in Zukunft Leif den zweimal Gekenterten nennen!«

Aber der Angesprochene konnte darauf noch nichts erwidern.

»Auf jeden Fall wird man sich noch lange davon erzählen, dass er das Seil durchtrennt hat«, sagte Thorbrand.

Die Dämmerung setzte bald danach ein. Normalerweise hätte man sich an einer geeigneten Stelle gesammelt, um die Nacht dort zu verbringen. Aber das war unter den gegebenen Umständen zu riskant. Man musste damit rechnen, dass sich auch an weiteren Uferabschnitten fränkische Krieger befanden. Und auf weitere Gefechte ließ man sich im Moment besser nicht ein. Zu sehr war die Schar, die einst unter Grimr Schädelspalter aufgebrochen war, bereits dezimiert.

Die Langschiffe fuhren also die Nacht über durch. Auch das bedeutete ein Risiko. Vor allem wegen der schlechten Sicht. An manchen Abschnitten des Flusses, wo das Ufer sehr stark bewachsen war und daher beinahe der gesamte Fluss in einer Schattenzone lag, musste man fast blind fahren. Zudem drehte der Wind. Die Segel wurden nach und nach eingeholt, und man verließ sich wieder auf die Riemen und die Kraft der Strömung. Aber schon Letztere war völlig ausreichend, wenn man stromabwärts fuhr.

»Wir sind haarscharf am Reich der Hel vorbeigefahren«, meinte Skarf.

»Ja, das kann man so sagen«, stimmte Thorbrand zu.

Erst gegen Mittag des nächsten Tages legten die Langschiffe an einer geeigneten Uferstelle an. Einige der Verwundeten waren inzwischen gestorben. Und die Ladung musste auf mehreren Schiffen neu verzurrt werden.

»Es scheinen keine Franken in der Nähe zu sein«, meinte Stormur, nachdem er sich etwas umgesehen hatte.

»Offenbar können sie unser Elend nicht mehr ertragen«, lautete der Kommentar von Asbjorn dem Weitgereisten. »Bei Njörds Geiz, die Götter waren wohl volltrunken, dass sie ausgerechnet unser größtes Schiff kentern ließen.«

»Wir sollten froh sein, dass wir bis hierher durchgekommen sind«, meinte Leif. Es schien, als hätte die Tatsache, dass er es gewesen war, der das Seil durchgeschnitten und der Flotte damit zur Weiterfahrt verholfen hatte, sein Selbstbewusstsein enorm gestärkt. Thorbrand war bereits aufgefallen, dass sich der junge Mann häufiger zu Wort meldete und sagte, was er dachte. Und die Älteren nahmen das hin. Er hatte sich das Recht zum Widerspruch verdient, so fanden sie wohl.

»Es ist nicht mehr weit bis zu Eiriks Hafen«, sagte Stormur Stormsson.

»Trug der Ort nicht bisher den Namen Xanten oder irgendwas anderes, was nicht so leicht auszusprechen ist?«, fragte Finnbogi.

Stormur grinste. »Ja, sicher. Aber so eitel, wie unser Freund Eirik ist, wird er den Ort nach sich umbenannt haben.« Ein raues Lachen aus mehreren Kehlen antwortete ihm, und Stormur fügte noch hinzu: »Ich wette, dass er dort erst fortzieht, wenn er aus der Kirche einen gewaltigen Runenstein geformt hat, auf dem seht: Dies war Eiriks größte Tat! Ich gab diesem Steinhaufen einen Namen!«

Während die Männer erneut schallend lachten, wandte sich Steinar der Schiffsbauer an Thorbrand. »Versprich mir eins, Jarl!«

»Was?«

»Frag Eirik nach Bragi.«

»Das werde ich.«

»Und wenn er dir eine Antwort gibt, die dich nicht zufriedenstellt, oder dich anlügt, dann schlag ihm den Kopf ab.«

»Ich bin schon einmal verbannt worden«, erinnerte ihn Thorbrand.

»Diesmal hättest du jedes Recht dazu. Zehn gute Männer wurden getötet, und man hat ihre Häupter auf eine Weise zur Schau gestellt, die eines Kriegers unwürdig ist. Und daran trägt Eirik die Schuld! Ich gehe jede Wette ein, dass Bragi und seine Männer bei ihm waren und ihn angefleht haben, die Knorren freizugeben!«

»Ich werde Eirik darauf ansprechen«, versicherte Thorbrand. Von den aufgespießten Köpfen und Bragis Schicksal hatten ihm die anderen während der Fahrt in aller Ausführlichkeit berichtet. »Aber was ich tue, wenn mir seine Antwort nicht gefällt, kann ich dir noch nicht sagen.«

»Die Sache liegt auf der Hand, Thorbrand. Unsere Männer müssen auf dem Rückweg gewesen sein, als sie von den Franken aufgegriffen wurden. Das bedeutet, Eirik hat sie einfach fortgeschickt. Jeder, der ein bisschen Verstand hat, kommt zu diesem Ergebnis. Wenn Eirik auch noch die Frechheit haben sollte, deswegen zu lügen, hat er den Tod verdient.«

»Wir werden sehen. Jeder hat das Recht, gehört zu werden.«

»Du willst erst zwölf Geschworene einberufen?«

»Ich will ihn hören, das ist alles.«

Steinar kratzte sich in seinem Bart. Nach einer kurzen Pause meinte er: »Wenn du diesen falschen Troll nicht tötest, tue ich es. Und es ist mir gleichgültig, was danach geschieht.«

Thorbrand konnte gut nachempfinden, wie Steinar empfand. Er selbst verspürte die gleiche Wut, je näher sie Xanten kamen.

Und trotzdem …

Es war immer noch möglich, dass die Anschuldigungen gegen Eirik Sturlason unberechtigt waren. Eirik war stets ein Jarl gewesen, wie ihn sich alle wünschten, und vielleicht gab es für das, was geschehen war, eine durchaus einleuchtende Erklärung.

»Du willst Eirik also töten«, sagte Thorbrand schließlich an Steinar den Schiffsbauer gewandt.

»Wie ich es dir angekündigt habe.«

»Nun, dann werde ich dich einfach nicht mitnehmen, wenn ich Eirik treffe.«

Steinar verzog grimmig das Gesicht. »Das ist keine gute Idee, Thorbrand.«

»Nein?«

»Es ist besser, du lässt mich Eirik erschlagen. Dann wird niemand auf den Gedanken kommen, dich ein zweites Mal zu verbannen, und du kannst die Männer sicher nach Hause führen.«

KAPITEL 30

Es war später Nachmittag, als Thorbrand mit seiner Flotte Xanten erreichte. Das Land war hier so flach, dass man die hohen Masten all der Schiffe, die dort anlagen, schon aus weiter Entfernung sehen konnte. Noch höher war weit und breit nur der Kirchturm.

Bei der Anfurt entstand schnell ein Menschenauflauf. Viele der Nordmänner waren mit Schiffsreparaturen beschäftigt gewesen. Und es gab auch Bewohner der Stadt, die neugierig zusammenkamen. Menschen, die unter der Herrschaft der Fremden geblieben waren, um weiter ihren Geschäften nachgehen zu können.

»Da sind die Knorren!«, sagte Leif der Über-Bord-Gegangene.

»Voll beladen!«, stieß Steinar der Schiffsbauer hervor. »Bei den namenlosen Schrecken der Hel – es ist so, wie wir es geahnt haben, Thorbrand! Unsere Knorren mit fremder Beute beladen!« Dass dem so war, sah man daran, wie tief sie im Wasser lagen.

Thorbrands Hand legte sich um den Schwertgriff. »Vielleicht ist dein Vorschlag, Eirik den Kopf abzuschlagen, gar nicht so schlecht.«

Wenig später stiegen sie an Land. Die zusammengelaufenen Nordmänner begrüßten sie überschwänglich. Thorbrand sah sich um, ließ sich auf die Schulter klopfen.

»Wir haben schon nicht mehr geglaubt, dass ihr es schafft!«, wurde ihm gesagt.

»Aber du siehst, dass wir hier sind«, gab Thorbrand grimmig zurück. »Die Götter wollten es so, auch wenn ich zugeben muss, dass wir Njörds Segen reichlich strapaziert haben.«

»Habt ihr viele Franken gesehen?«, fragte ein anderer.

»Und viele erschlagen«, erklärte Thorbrand. »Wo ist Eirik?«

»Er ist in der Kirche«, antwortete einer der Männer.

»Dann macht uns Platz«, forderte Thorbrand. »Für Geschichten über Heldentaten und reiche Beute ist immer noch Zeit. Jetzt will ich zu eurem Jarl!«

Mit einem Großteil seiner Männer hinter sich schritt Thorbrand auf die Kirche zu, die Eirik offenbar zum Zentrum seiner Herrschaft über die eroberte Stadt gemacht hatte. Die Männer vom Hafen folgten ihnen ebenfalls, und weitere schlossen sich ihnen an. Niemand wollte sich entgehen lassen, was nun geschehen würde. Denn *dass* etwas geschehen würde, war Thorbrand deutlich anzumerken.

»Ich habe gehört, dein Vater ist tot«, sprach ihn einer der Männer aus dem Gefolge von Eirik an.

Thorbrand blieb stehen. Er kannte den Mann. Er hieß Hrolf, gehörte zur Besatzung von Eiriks Draken und war allgemein als hervorragender Steuermann bekannt. »Du hast vom Tod meines Vaters gehört?«, fragte Thorbrand.

»Es wird darüber geredet. Die Franken haben zwar auch hier versucht, uns zu vertreiben, haben sich dabei aber nur blutige Nasen geholt.«

Thorbrand ballte die Hände zu Fäusten. Steinar der Schiffsbauer stand in der Nähe und hatte Hrolfs Worte mit angehört, und er zog die gleichen Schlüsse daraus wie Thorbrand. »Bragi war hier«, stellte er fest.

Thorbrand nickte. »Ja«, sagte er knapp.

Nur durch Bragi und seine Männer hatte die Kunde vom Tod des großen Grimr Schädelspalter nach Xanten gelangen können.

»Komm«, sagte Thorbrand zu Steinar, bevor sie in die Kirche gingen.

»Hast du nicht gesagt, du nimmst mich nicht mit, damit ich ihn nicht erschlage«, raunte der Thorbrand zu, damit Eiriks Mannen es nicht hörten.

»Ich habe es mir anders überlegt«, sagte Thorbrand. »Erschlagen darfst du Eirik trotzdem nicht.«

»Aber …«

»Das steht mir selbst zu!«

Wutentbrannt trat Thorbrand die Kirchentür auf. Zusammen mit seinen Männern trat er in das Gemäuer. Dort hatte sich einiges verändert. Nur noch ein Teil der Bänke war vorhanden und um Tische gestellt worden. Ein Feuer brannte vor dem Altar, ein Braten hing darüber, und der Rauch zog über ein hohes Fenster ab, aus dem man das gefärbte Glas herausgeschlagen hatte.

Eirik Sturlason saß an einem der Tische. Es war ein grober Holztisch, den man wohl aus irgendeiner Schenke in der Stadt hergebracht hatte. Krüge mit Wein standen darauf. Auf seinem Schoß saß eine junge Frau, deren schrilles Lachen erstarb, als die Tür aufgetreten wurde.

»Thorbrand!«, stieß Eirik hervor. Er stand auf und ließ die Frau von seinem Schoß rutschen. »Bei Odin!«

»Ich hoffe, ich störe dich nicht bei irgendetwas Wichtigem!«, zischte Thorbrand zwischen den Zähnen hindurch. Als er vor Eiriks Tisch stehen blieb, lief die junge Frau ängstlich davon.

»Herzlich willkommen in meiner Halle, die einst eine Christenkirche war!« Eirik breitete die Arme aus, als wollte er Thorbrand über den Tisch hinweg umarmen, doch dessen eisiger Blick ließ ihn erstarren.

»Eirik Sturlason«, murmelte Thorbrand. »Beantworte mir meine Fragen!«

Eirik forderte Thorbrand mit einer Geste auf, sich an den Tisch zu setzen. »Nimm einen Schluck Met. Dann redet es sich leichter.«

»Vielleicht nehme ich einen Schluck Blut.«

»Thorbrand, dein Vater und ich …«

Thorbrand ließ ihn nicht weiterreden. »Bragi war hier, nicht wahr? Er wollte die Knorren holen, so wie es abgemacht war. Es waren nicht deine Schiffe, sondern die meines Vaters. Und ich bin jetzt sein Nachfolger.«

»Du bist wütend, aber dafür besteht kein Grund«, versuchte Eirik ihn zu beschwichtigen. »Lass uns vernünftig reden, Thorbrand.«

»Wie wäre es einfach mit der Wahrheit, Eirik?«

»Welche Wahrheit? Es gibt keine Wahrheit. Die Christen kennen eine andere Wahrheit als wir, und jeder sieht die Welt anders …«

»So redet der Lügner, der seine Lüge rechtfertigen will.«

»Jetzt aber Schluss«, erregte sich Eirik und schlug auf die Tischplatte. »Wie redest du mit mir?«

»So, wie man mit einem wie dir redet, Eirik.«

Augenblicke lang herrschte vollkommene Stille in der Kirche. Eirik ließ den Blick schweifen. Der Raum war voll von seinen Leuten und von Thorbrands Mannschaft. Und sie alle hielten förmlich den Atem an.

»Lass uns das allein besprechen, Thorbrand«, sagte er leise.

»Und wieso?«

»Es wäre besser. Weißt du, dein Vater und ich hatten auch unsere Streitigkeiten, aber wir haben immer eine Lösung gefunden.«

»Bragi Bragison und seine Männer wurden von den Franken getötet, als sie zu uns zurückkehren wollten.«

»Das ... das ist bedauerlich, aber ich kann nichts dafür. Es war zu gefährlich, mit den Knorren flussaufwärts zu fahren. Grimr hatte zu wenig Männer dafür hier zurückgelassen. Die hätten das nie geschafft. Es gab schließlich auch hier Angriffe der Einheimischen. Und außerdem habe ich Bragi geraten hierzubleiben.«

»Ich habe die beladenen Knorren gesehen«, sagte Thorbrand. »Du wolltest die Schiffe für deine eigene Beute haben. Habt ihr euch in der Gegend umgesehen und noch ein paar Klöster geplündert? Hat euer Stauraum nicht mehr gereicht, oder wie muss ich mir das vorstellen?«

»Dein Vater würde es missbilligen, dass du so mit mir sprichst. Ich habe ihm einmal das Leben gerettet und ...«

Thorbrand riss das Schwert heraus. Es war eine einzige fließende Bewegung und wurde so schnell ausgeführt, dass es für Eirik unmöglich war, darauf zu reagieren.

All die Wut, die er empfand, legte Thorbrand in diesen kraftvollen Hieb.

Das Schwert traf den Tisch und spaltete ihn. Er brach

zusammen. Eirik griff ebenfalls zum Schwert, hielt aber in der Bewegung inne, als er die Klinge seines Gegenübers an seiner Kehle spürte.

»Ich hasse Lügner, Eirik. Und jetzt will ich die Wahrheit wissen.«

Eirik schluckte. Seine Augen zuckten, er schielte zu seinen Männern hinüber, ob nicht einer von ihnen zu seinen Gunsten eingreifen wollte. Aber da war niemand, der es gewagt hätte, sich Thorbrand Schädelspalters Zorn entgegenzustellen.

»Bei Odins Auge«, murmelte Eirik. »Ja, die Schiffe waren schon voll, als Bragi kam und ihre Herausgabe forderte. Wir hatten ein paar einträgliche Beutezüge in der Gegend hinter uns. Man sieht es diesem Land nicht gleich an, aber hier und dort gibt es reiche Klöster und Handelsplätze, an denen das Silber in Säcken den Besitzer wechselt …«

»So habe ich mir das gedacht«, sagte Thorbrand. »Die Götter waren gnädig, dass sie meinen Vater nicht mehr erleben ließen, wie sein bester Freund ihn betrog.«

»Bevor du mich tötest, solltest du aber auch die ganze Wahrheit erfahren, Thorbrand.«

»Dann heraus damit!«

»Es waren Grimr Schädelspalters eigene Männer, die den Vorschlag machten, die Knorren mit der Beute zu beladen, natürlich gegen einen entsprechenden Anteil daran. Bei Njörd, was will ein Seefahrer mehr als ein Schiff, das mit Beute gefüllt ist? Doch wenn es voll ist, ist es voll. Warum hätten diese Männer den Fluss hinauffahren sollen? Sie wären nur den Angriffen der Franken ausgesetzt gewesen. Keiner der Männer, die Grimr hier zurückgelassen hatte, war dazu bereit. Das ist die

Wahrheit! Und diese Wahrheit habe ich Bragi gesagt. Und jetzt stich zu, wenn du glaubst, dass du diese Kirchenhalle anschließend lebend verlassen kannst. Aber das ist so einem Feuerkopf wie dir ja vielleicht gar nicht wichtig.«

Thorbrand krampfte die Hand um den Schwertgriff, dass die Knöchel weiß hervortraten. Eine rote Welle der Wut und des Hasses überkam ihn. Für Augenblicke geschah gar nichts. Momente, die sich in Thorbrands Empfinden zu einer Ewigkeit dehnten.

Alles würde sich nun entscheiden, erkannte er. In diesem Moment lag die Zukunft oder das Verderben für alle.

»Du kannst einen Anteil an der Beute bekommen, mit der deine Schiffe bereits beladen sind«, sagte Eirik. »So können wir uns doch sicher einigen. Das ist für alle das Beste. Na los, dein Vater war auch immer zu einem guten Handel bereit.«

Thorbrand zögerte noch. Dann … nahm er das Schwert zurück und wandte sich an die Männer. »Hört mir zu! Ihr alle! Zwei gewaltige fränkische Heere ziehen nach Norden. Heere, die aufgestellt wurden, um sich gegenseitig zu bekriegen, die sich jetzt aber gegen uns wenden. Ich habe eines dieser Heere mit eigenen Augen gesehen. Es ist unvorstellbar groß, und niemand von euch sollte glauben, dass wir uns gegen eine solche Macht behaupten könnten.« Thorbrand machte eine Pause und atmete tief durch.

Dann steckte er sein Schwert ein.

»Das zweite Mal, dass du einen Gegner schonst«, raunte Steinar der Schiffsbauer ihm zu. »Du wirst noch richtig sanftmütig, Thorbrand.«

Thorbrand hob die Hände, um das aufkommende Stimmengewirr einzudämmen. »Wir sollten auf die Schiffe tragen, was möglich ist, und dann zur Mündung fahren. Anschließend kehren wir in den Norden zurück. Wartet nicht, bis ihr so dezimiert seid wie unsere Schar. Wir haben einen hohen Preis dafür gezahlt, dass wir zu lange geblieben sind.«

In diesem Augenblick sah Eirik Sturlason seine Gelegenheit gekommen. Er griff nach seinem Schwert, fasste es mit beiden Händen und stürzte sich von hinten auf Thorbrand. Die Klinge, die er führte, war ein gutes Ulfberth-Schwert, breit und scharf.

Thorbrand sah die Bewegung aus den Augenwinkeln und versuchte noch, sein eigenes Schwert wieder herauszuziehen, aber es war zu spät. Er wich zwar zur Seite hin aus, aber die Klinge traf ihn an der Schulter.

Ein anderes Schwert fuhr dazwischen.

Es war die Waffe von Steinar dem Schiffsbauer, die im nächsten Moment den Hals von Eirik Sturlason durchtrennte. Weit klaffte dessen Kehle auf, ein wahrer Sturzbach ergoss sich auf Eiriks Brust. Dann fiel er rückwärts der Länge nach hin.

Tumult entstand. Überall wurden die Waffen gezogen. Thorbrand war durch die Verwundung zu Boden gegangen. Sein Wams färbte sich an der Schulter und darunter rot, aber er kämpfte sich wieder auf die Beine. Er hatte die Hand an der Klinge, zog sie aber nicht. Er wollte etwas sagen, aber der Schmerz machte ihn fast wahnsinnig.

Da ergriff einer der Gefolgsleute von Eirik das Wort. Er fasste nach Thorbrands Arm und riss ihn hoch. »Der Jarl ist tot!«, rief er. »Aber wir haben einen neuen!«

Es vergingen drei Herzschläge.

Dann erhob sich ein ohrenbetäubender Chor, der den neuen Jarl bejubelte.

»Wir haben genug Blut untereinander vergossen!«, rief Gunjorn Gutauge. »Wir sollten den Franken nicht auch noch die Arbeit abnehmen! Töten müssen sie uns schon selbst – oder es zumindest versuchen!«

KAPITEL 31

»Sie glauben, dass du sie nach Hause bringen wirst«, sagte Finnbogi, während er Thorbrands Wunde provisorisch verband.

»Wir hätten einen Heiler mit auf die Reise nehmen sollen«, äußerte sich einer von Eiriks Männern.

»Deinem Herrn hätte der aber auch nicht mehr geholfen«, warf Steinar der Schiffsbauer ein.

»Eirik hätte niemand mehr geholfen«, murmelte Thorbrand. »Nicht einmal Njörd belohnt so viel Skrupellosigkeit.«

Etwas Heilerde und ein Verband, das musste für Thorbrands Wunde reichen. Aber die Götter schienen im Moment auf seiner Seite zu sein, und das bedeutete, dass er diese Verletzung wohl überleben würde.

Die Schiffe wurden beladen. Offenbar hatte auch Eirik geplant, das Land der Franken bald zu verlassen. Thorbrand hatte das schon vermutet, als er die beladenen Knorren gesehen hatte.

»Er hätte uns einfach zurückgelassen«, murmelte Steinar der Schiffsbauer kopfschüttelnd, als sie bereits wieder bei den Schiffen waren, an denen noch letzte Vorbereitungen und Reparaturen durchzuführen waren. »Das Schicksal seines Bundesgenossen Grimr war ihm völlig gleichgültig gewesen.«

»So ist das eben«, sagte Thorbrand. »Wege trennen

sich, und Wege führen zusammen. Niemand weiß, wann und warum das geschieht. Hätte mein Vater noch irgendwo im Landesinneren die Möglichkeit gesehen, reiche Beute zu machen, hätte er Eirik ebenfalls bis zum Ragnarök warten lassen.«

»Wenn du das sagst ...«

»Aber das mit den Knorren nehme ich Eirik wirklich übel. Und wenn ich dereinst in Walhall bin, werde ich sicher viel Met trinken, aber nicht zusammen mit Eirik. Mit ihm werde ich mein Horn nicht anstoßen.«

»Vielleicht hast du ja Glück«, meinte Steinar.

»Wie meinst du das?«

Steinar grinste. »Könnte doch sein, dass du ihn gar nicht wiedertriffst, weil er in das Schattenreich der Hel gefahren ist – so feige, wie sein Angriff auf dich war.«

Später fand die Totenfeier für Eirik Sturlason statt. Der Tote wurde verbrannt, und einer seiner Gefolgsleute sprach Gebete dazu. Auch ihm konnte man ein Totenschiff unter den gegebenen Umständen nicht zugestehen. Man brauchte jedes einsetzbare Schiff für die Rückreise.

Erst am nächsten Tag konnte die Flotte aufbrechen. Zuvor stellte Thorbrand jene Männer zur Rede, die in Grimrs Diensten gestanden, dann aber von Eirik einen Anteil von dessen Beute angenommen hatten, damit sie ihm den Stauraum der Knorren zur Verfügung stellten.

»Was ihr getan habt, ist verabredungswidrig und treulos«, sagte Thorbrand. »Mein Vater hätte jeden von euch eigenhändig den Schädel gespalten oder euch zumindest verbannt. Aber wir brauchen jeden Mann und deswegen leider auch Verräterpack wie euch.«

»Wir hatten keine Wahl«, sagte einer der Männer, ein

älterer, breitschultriger Kerl, dessen schneeweißes, aber dichtes Haar ihm weit über den Rücken fiel.

»Man hat immer eine Wahl«, entgegnete Thorbrand. »Aber manchmal ist man im Irrtum. Eure Anteile werden um ein Drittel vermindert. Dieses Drittel soll Bragi Bragisons Familie und den Familien der Männer zukommen, die mit ihm hierherkamen, um die Knorren zu holen.«

Niemand wagte darauf einen Widerspruch.

Die Flotte brach schließlich auf und fuhr stromabwärts. Der Wind stand günstig und blähte die Segel. Thorbrand stand am Bug seiner Skaid und sah über das flache Land.

»Wenigstens kann man die Feinde von Weitem sehen«, sagte er.

»Jeder, der diese Segel sieht, wird sofort die Flucht ergreifen«, war Gunjorn Gutauge überzeugt.

»Das wollen wir hoffen«, meinte Thorbrand. »Das Heer der Franken marschierte zügig, aber so schnell werden sie nicht bis in diese Gegend gelangt sein.«

»Auch die Bewohner dieser Gegend sind unangenehme Gegner«, warf Steinar der Schiffsbauer ein. »Jedenfalls behaupten das Eiriks Männer.«

»Es wundert mich, dass die überhaupt mir dir gesprochen haben«, sagte Gunjorn.

»Wieso sollten sie nicht?«

»Weil du derjenige warst, der ihren Jarl umgebracht hat.«

»Daran trägt er selbst die Schuld, würde ich sagen.«

»Du kannst froh sein, dass Eirik keine Söhne hat, die ihn auf diese Fahrt begleitet haben«, meinte Gunjorn. »Dann hätten sie Rache verlangt und wohl auch bekommen.«

»Die Götter haben es geschehen lassen, wie es geschah«, sagte Steinar. »Und alles in allem war Njörd mit uns.« Der Schiffsbauer zuckte mit den Schultern. »Wer weiß, vielleicht wollte Njörd uns prüfen und hat uns deswegen so viel zugemutet.«

»Hast du nicht gesagt, wir sollten nächstes Jahr wiederkommen?«, rief Finnbogi Großhand von etwas weiter hinten.

»Vielleicht warten wir damit besser ein weiteres Jahr«, meinte Steinar daraufhin. »Oder zwei. Die Beute wird uns ja alle eine Weile gut ernähren, denke ich.«

»Was meinst du dazu, Asbjorn?«, rief Finnbogi Richtung Heck, wo Asbjorn der Weitgereiste am Steuerruder stand.

»Stimmt«, sagte dieser knapp.

»Auf seine alten Tage wird er richtig weitschweifig«, lachte Gunjorn.

Thorbrand jedoch schwieg. Er sah in die Ferne und beteiligte sich nicht weiter an dem Gespräch der anderen. Seine Gedanken waren bei dem, was geschehen war. Bei seinem Vater, dem er so ähnlich war und den er enttäuscht hatte, weil er seine Wut nicht hatte im Zaum halten können. Bei seinem Bruder Olav, der sein schlimmster Feind geworden war.

Und er dachte an Branagorn von Corvey, den Mönch, den er beschützt hatte. Er dachte an das Kloster Prüm und all die anderen Dinge, die er im Land seiner Mutter gesehen und erlebt hatte. Eines Tages würde er zurückkommen, nahm er sich vor. Aber mit einem besseren Plan, besseren Männern und besseren Schiffen.

Branagorn von Corvey hatte ihm in Aussicht gestellt, ihn irgendwann einmal nach Miklagard, der großen

Stadt des Kaisers von Konstantinopel, mitzunehmen, wo die Kirchen angeblich goldene Kuppeln hatten. Er hatte sein Versprechen ebenso wenig halten können wie Thorbrand das seine, den Mönch weiterhin zu beschützen.

Sein Vorhaben, sich Miklagard anzusehen, würde er wohl erst einmal verschieben müssen. Die Männer folgten ihm nur, solange er ihnen weitere Beute versprach. Die Schiffe waren voll und die Männer abgekämpft und zufrieden. Aber irgendwann musste er ihnen neue Ziele geben. Vermutlich würden sie ihm nicht glauben, dass es die Stadt mit den goldenen Kirchen überhaupt gab. Niemand würde ihm dorthin folgen. Aber ein so reiches Kloster wie das in Prüm war etwas, was man sich vornehmen konnte …

Auch wenn er von den Schätzen selbst wenig gesehen hatte, es musste sie geben. Die Einkünfte aus den Besitzungen der Klosterbrüder in Aquitanien und anderswo mussten doch irgendwo zusammenfließen. War es unter Christen nicht üblich, den Zehnten zu fordern?

»Unser Jarl scheint sich Tagträumen hinzugeben«, drang die Stimme von Gunjorn in seine Gedanken. »Wahrscheinlich stellt er sich einen reichen Ort vor, zu dem er uns nächstes Jahr führen kann.«

Die anderen lachten.

»Ich hoffe, es ist am Ende nicht nur ein armseliges Dorf der Angelsachsen«, rief Finnbogi gut gelaunt.

Kurz vor der Mündung wurde der Fluss sehr breit und verzweigte sich in ungezählte Arme, die sich überdies immer weiter veränderten, als könnte sich das Land nicht entscheiden, ob es nicht schon zum Meer gehörte. Bereits bei der Einfahrt vom Meer aus war es schwierig gewesen, durch dieses Labyrinth von gewundenen Wasserarmen hindurchzufinden. Es gab tückische Untiefen und Sandbänke. Manche dieser Wasserarme endeten nicht im Meer, sondern in einem sumpfigen Gelände, in dem es weder mit dem Schiff noch zu Fuß weitergegangen wäre. Nur diejenigen, die hier lebten, schienen damit keine Schwierigkeiten zu haben.

»Friesen!«, rief Asbjorn der Weitgereiste dröhnend und wies auf einen Trupp von Männern, die sie zu beobachten schienen.

Immer wieder waren auch Thorbrand einige dieser Gestalten aufgefallen. Angeblich rief kein König diese Friesen zur Heerfolge, weil es ihre Aufgabe war, gegen das Meer selbst zu kämpfen, das immer wieder bedrohlich vordrang. Mit den friesischen Händlern waren auch ihre Geschichten weit in den Norden vorgedrungen. Thorbrand hatte sie ebenso gehört wie die anderen Nordmänner.

»Sie beobachten uns«, sagte Finnbogi.

»Das haben sie schon getan, als wir den Fluss hinaufgefahren sind«, sagte Gunjorn. Er legte die Hand an seinen Pfeilköcher, der seit ihrem Aufenthalt in Xanten wieder einigermaßen gefüllt war. Gunjorn hatte einige Pfeile von Eiriks Männern erworben, auch wenn er über deren angeblich mangelhafte Qualität klagte.

»Wir sollten auf der Hut sein«, sagte Thorbrand. »Als wir in die Mündung hineinfuhren, kamen wir wie eine unvorhergesehene Sturmflut. Aber inzwischen hatten sie Zeit, sich vorzubereiten.«

Die großen Knorren, auf die man auf der Flussinsel so lange vergeblich gewartet hatte, wurden ausgerechnet ein paar Meilen vor der Mündung zu einem Problem. Der Wind drehte sich, trug den Geruch von Salzwasser und Seetang mit sich. Für die Knorren wurde es dadurch schwierig. Die bauchigen Transportschiffe konnten ohnehin nicht so präzise den Kurs halten wie die Langschiffe. Sie gingen auf drei Beinen, sagte man und meinte damit, dass man den Kurs ständig mit Riemen und Ruder korrigieren musste.

Die Segel mussten vollkommen eingeholt werden, und man konnte nur noch mithilfe der Riemen vorwärtskommen. Außerdem war der Tiefgang dieser Schiffe gerade im beladenen Zustand deutlich größer als bei den Langschiffen. Immer wieder blieben sie im flachen Wasser des verschlammten Deltas stecken. Es blieb nichts anderes übrig, als Beute von Bord zu werfen, damit der Auftrieb wieder groß genug war.

Eine Knorr setzte auf dem Flussgrund auf und grub sich in den Schlamm. Es gab kein Weiterkommen mehr.

Schlimmer noch, plötzlich waren die Friesen da!

Sie hatten offenbar genau auf eine derartige Gelegenheit gewartet. Schließlich kannten sie die Gewässer und wussten, wo man mit einem beladenen Boot besser nicht herfuhr. Im hohen Ufergras hatten sie sich verborgen, doch nun griffen mehrere Hundert von ihnen an.

Manche setzten Pfeil und Bogen ein. Die meisten benutzten einfache Schleudern und Speere.

Die auf Grund gelaufene Knorr war verloren. Männer wurden von Steinen, Pfeilen und Speeren getroffen. Andere sprangen ins Wasser, um sich zu retten. Von den anderen Schiffen aus wurden ihnen Taue zugeworfen, um sie an Bord nehmen zu können.

Gunjorn hatte seine neu erworbenen Pfeile innerhalb weniger Augenblicke verschossen. Ähnlich ging es vielen anderen der Nordmänner. Auch diejenigen, die mit Eirik in Xanten geblieben waren, hatten einen Großteil ihrer Pfeile in den zurückliegenden Kämpfen verbraucht.

Doch der Kampf war rasch vorbei. Die Friesen schienen mit ihrer Beute zufrieden zu sein. Während die anderen Schiffe der Mündung entgegenstrebten, blickte Thorbrand zurück und sah, wie die Friesen sich über die gestrandete Knorr hermachten.

»Es muss das schwerste Schiff gewesen sein«, meinte Finnbogi. »Ich habe es nicht beladen, aber vermutlich war viel Eisen an Bord.«

»Hoffentlich nicht auch noch viel Silber«, grummelte Gunjorn. Dann wandte er sich an Thorbrand. »Wer hätte gedacht, dass am Ende wir es sind, die überfallen und beraubt werden!«

»Man hört schon die Möwen kreischen«, sagte Thorbrand. »Ich weiß nicht, was wir Njörd angetan haben, dass er uns so straft, aber das Meer war immer unser Freund.«

»Vergiss nicht, dass Njörd auch der Herr des Meeres ist«, raunte Gunjorn. »Nicht nur der Segner von Handel und gerechtem Raub!«

»Willst du uns jetzt Angst machen, Gunjorn?«, fragte Thorbrand.

»Du kennst ihn doch!«, lachte Finnbogi. »Wenn er keinen Pfeil mehr im Köcher hat, ist er wie ein Weib.«

Die Schiffe fuhren dem unermesslich großen blauen Band entgegen, das sich von Horizont zu Horizont vor ihnen erstreckte. Der Seegang war deutlich zu spüren. Und das Meer schien es tatsächlich gut mit ihnen zu meinen, denn die Flut schlug gerade um. Das Wasser zog sich mit Macht zurück und zog sie trotz des ungünstigen Windes schnell hinaus in die unendliche Weite der See.

Nachwort

Krieger des Nordens ist ein historischer Roman. Romanhafte Fiktion mischt sich mit historischen Fakten, Erdachtes mit tatsächlich Geschehenem oder Ereignissen, die sich mit großer Wahrscheinlichkeit so oder so ähnlich abgespielt haben, auch wenn es keine Dokumente darüber gibt, die dies belegen.

Fakt ist, dass es um die Jahreswende 842/43 einen Einfall von Nordmännern über den Rhein gab. Xanten wurde geplündert und besetzt, während ein anderer Teil der Wikinger auf der Rheininsel bei Neuss ein befestigtes Lager errichtete. Wer diese Wikinger waren, wissen wir nicht. Wir kennen weder ihre Namen noch ihre genaue Herkunft. Aber wir wissen, dass sie nach ein paar Monaten vertrieben wurden, mutmaßlich durch Gefolgsleute von Kaiser Lothar und König Ludwig, den man später »den Deutschen« nannte, da er jene Gebiete beherrschte, aus denen Deutschland entstehen sollte.

Die Situation des Frankenreichs war zu dieser Zeit desolat. Die Ursache lag – wie so oft – im fränkischen Erbrecht, das die Aufteilung des Erbes vorsah. Einem fränkischen Thronfolger blieben nur die beiden Alternativen, seine Brüder nach und nach umzubringen oder sie ins Kloster zu verbannen, wollte er die Alleinherrschaft antreten. Nach dem Tod von Kaiser Ludwig dem

Frommen war das Reich in drei Herrschaftsbereiche aufgeteilt. Lothar, der formell die Kaiserwürde innehatte, beherrschte Italien und einen Streifen zwischen Flandern und Burgund, der schon erwähnte Ludwig der Deutsche den Ostteil des Frankenreichs und Karl (genannt der Kahle) den größten Teil des heutigen Frankreichs und die spanische Mark. Der Machtkampf unter den drei Brüdern war schon zu Lebzeiten von Ludwig dem Frommen ausgebrochen. Lothar und Ludwig (der Deutsche) waren die Söhne aus der ersten Ehe Ludwigs des Frommen. Dass dieser nach dem Tod seiner ersten Frau ein zweites Mal heiratete, sahen sie als Bedrohung ihrer Erbansprüche. Kurzerhand entmachteten Lothar und Ludwig (der Deutsche) ihren Vater, internierten dessen neue Familie quasi im Kloster Prüm und teilten das Reich unter sich auf. Der junge Karl – für die beiden Söhne aus erster Ehe nur ein Bastard – wuchs in Prüm auf. Seinen Beinamen »der Kahle« bekam er, weil er bei der ersten Reichsteilung zwischen Lothar und Ludwig (dem Deutschen) leer – also »kahl« – ausging. Haarpracht war für die Franken mit der Königswürde verbunden. Ein Haarloser war unwürdig, den Thron zu besteigen. Dieser noch auf die heidnische Zeit zurückgehende Haarkult der Franken hatte schon in der Merowingerzeit dazu geführt, dass lästige potenzielle Thronerben ins Kloster gesteckt wurden oder sich sogar freiwillig dorthin begaben, um einer Verfolgung zu entgehen, denn die Tonsur der Mönche machte es ihnen unmöglich, den Thron zu besteigen.

Ludwig der Fromme konnte sich aus seiner Gefangenschaft befreien und das Blatt noch einmal wenden. Zur Überraschung aller verzieh er seinen Söhnen aus erster

Ehe. Die ursprüngliche Aufteilung des Frankenreichs unter Ludwig (dem Deutschen) und Lothar wurde rückgängig gemacht und die Dreiteilung des Reichs durch einen Reichstag beschlossen.

Nach dem Tod Ludwigs des Frommen brachen die Rivalitäten allerdings wieder auf – und genau in diese Phase fällt der Wikingereinfall, der in diesem Roman geschildert wird. Die Uneinigkeit der drei Machthaber, die in Verdun ihre Unterhändler über eine Einigung verhandeln ließen, ermöglichte der relativ kleinen Schar von räuberischen Eindringlingen ihre zunächst spektakulären Erfolge. Noch 843 wurde der sogenannte Vertrag von Verdun geschlossen, mutmaßlich auch unter dem Eindruck der äußeren Gefahr. Aber einen dauerhaften Frieden brachte er nicht.

Schon vor Abschluss des Vertrages (zur Handlungszeit des Romans) hatten sich die Koalitionen stillschweigend verändert. Ludwig der Deutsche, der Sohn aus erster Ehe von Ludwig dem Frommen, schloss mit dem »Bastard« Karl dem Kahlen ein Geheimabkommen. Im Roman lasse ich Karl die Befürchtung äußern, dass Ludwig dieses Geheimabkommen womöglich zugunsten einer Koalition mit Lothar aufgegeben hätte. Der Text dieses Schwurs zwischen Karl und Ludwig ist überliefert. Das Dokument ist in althochdeutscher und in romanischer Sprache verfasst, und die romanische Fassung gilt heute als erstes Schriftstück in Französisch. Tatsächlich werden Karl und Ludwig die Jahrzehnte nach dem Vertragsschluss von Verdun 843 dazu nutzen, das Reich Lothars nach und nach unter sich aufzuteilen.

Der Wikingereinfall von 842/43 war nur der erste

einer ganzen Reihe ähnlicher Überfälle, die zum Teil noch sehr viel tiefer rheinaufwärts führten. Bis zum Beginn des 10. Jahrhunderts, als ein Wikinger namens Rollo Paris belagerte und sich den Landstrich um Rouen als Lehen erzwang, die spätere Normandie, blieben die Räuber aus dem Norden eine dauerhafte Gefahr.

Wenn man einen Roman schreibt, bemüht man sich, seinen Figuren und den Orten darin gut unterscheidbare Namen zu geben. Die historische Wirklichkeit ist da manchmal sehr viel weniger leserfreundlich. Ludwig der Fromme und Ludwig der Deutsche sind gute Beispiele für die Schwierigkeiten, die sich daraus ergeben. Die Bezeichnung Ludwig der Deutsche ist natürlich nicht zeitgenössisch, sondern eine Unterscheidung von Historikern des 19.Jahrhunderts, die vor dem Problem standen, zwei namensgleiche Herrscher voneinander unterscheiden zu müssen. Normalerweise macht man dies durch eine Nummerierung. Aber die Bezeichnung »Ludwig II.« wäre für den Sohn nicht zutreffend, da Ludwig der Fromme Kaiser des gesamten Frankenreichs, Ludwig der Deutsche aber nur König eines Teilreichs war. Beide hätte man daher korrekt »Ludwig I.« nennen müssen. Oft benutzten in solchen Fällen schon die Zeitgenossen Beinamen zur Unterscheidung. Aber zu allem Überfluss wurde Ludwig der Deutsche vielfach auch mit dem Beinamen seines Vaters bedacht und ebenfalls »Ludwig der Fromme« – »Ludovicus Pius« – genannt. Die Kunst besteht also darin, den König des Ostreichs so zu bezeichnen, dass man zweifelsfrei weiß, wer gemeint ist, ohne einen Anachronismus durch die Verwendung eines Namens zu schaffen, der damals noch nicht gebräuchlich war.

Ein ähnliches Problem kann sich für den Autor historischer Romane bei der Benennung von Orten oder Ländern ergeben. Darum bin ich sehr froh, dass in diesem Roman die Normandie keine Rolle spielt, denn dieser Landstrich hatte vor der Inbesitznahme durch den Normannen Rollo überhaupt keine zusammenfassende Bezeichnung.